KB041132

파혼은
어떻게
하나요?

단글

파혼은 어떻게 하나요? 3

초판 1쇄 인쇄 2017년 4월 17일
초판 1쇄 발행 2017년 4월 24일

지은이 강하다
발행인 오영배
기획 박성인
책임편집 김보나
표지 일러스트 웃는해
표지 · 본문 디자인 권지연
제작 조하늬

펴낸곳 (주)삼양출판사 · 단글
주소 서울시 강북구 도봉로 173
대표 전화 02-980-2112 **팩스** / 02-983-0660
편집부 전화 02-980-2116 **팩스** / 02-983-8201
블로그 blog.naver.com/dan_gul
출판등록 1999년 3월 11일 제9-00046호

ISBN 979-11-283-9105-7 (04810) / 979-11-283-9102-6 (세트)

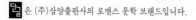 은 (주)삼양출판사의 로맨스 문학 브랜드입니다.

파혼은
어떻게 하나요?

강하다 장편소설

vol.3

단글

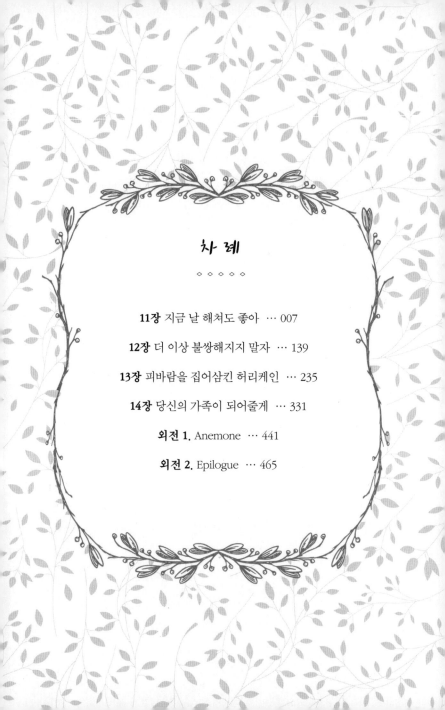

차 례

◇ ◇ ◇ ◇ ◇

11장

지금 날 해쳐도 좋아

"들어와. 우리 신혼집이야."

"신혼집은 무슨 신혼집이야! 미쳤어?!"

하언의 파격발언을 들은 여울은 버럭 소리를 내질렀다.

기다리는 사람 마음은 생각 안 하고 잠적해 버린 것만으로도 꽤 씸한데, 갑자기 아래층으로 이사 와서는 신혼집이라니! 결혼식도 안 올린 주제에 은근슬쩍 살림을 차리려 하다니!

제 생각밖에 않는 하언을 두고 볼 수 없는 건 시울도 마찬가지였다.

"그래, 매제! 신혼집은 말도 안 돼! 그건 나도 허락 못 해!"

시울이 단호하게 고개까지 내저으며 반대하자, 하언의 미간에 까칠한 주름이 잡혔다. 그가 이해 안 돼 죽겠다는 표정으로 가리키는 건 거실 한편에 놓아둔 병아리 슬리퍼였다.

"이거까지 사 뒀는데 안 되긴 뭐가 안 돼."

"슬리퍼는 귀엽지만 안 돼. 여울이는 이제 너희 집 식구들 눈치 볼 필요도 없는데 우리 집에서 살아야지."

"갑자기 사는 환경 바뀌면 차여울도 적응 못 할걸."

"그렇게 따지면 더더욱 우리 집이 훨씬 편한 거 아니야? 너랑 뭐 얼마나 같이 살았다고."

하언이 아무리 우겨도 좀처럼 의견을 굽히지 않는 시울은 역시 말로 이길 수 없는 상대였다.

하언은 급히 여울에게 SOS를 청해보았지만 그녀도 딱히 그의 편처럼 보이진 않았다.

"너 이거 탐나지 않아?"

하언이 팬시점에서 쪽팔림을 무릅쓰고 사온 병아리 슬리퍼를 다시 한 번 가리키며 물었다.

그러자 여울은 조금의 망설임도 없이 곧바로 대답했다.

"탐나."

"그럼 이거 신게 해 줄 테니까 이 집에 눌러앉아."

"그건 싫어. 우리 집이 편하단 말이야. 병아리 슬리퍼는 그냥 우리 집 들고 가서 잘 신을게요."

"안 돼. 그런 식이면 못 줘."

"아닐걸? 나 주려고 산 거니까 내가 가져가겠다고 조르면 꼼짝 없이 주게 될걸?"

자신에게만 마음이 약한 그를 전부 파악하고 있는 여울은 코웃음을 치며 반박했다.

그 말에 차마 아니라고 대답할 수 없었던 하언은 얼굴 가득 짜증난 기색을 띠었다. 어떤 말로도 이겨먹을 수 없이 남매는 천하무적이었다.

이미 그것만으로도 하언의 심기는 충분히 불편해졌는데.

"유현 씨랑 둘이 살기에 딱 좋네."

여울은 하언의 새 집을 훑어보며 속 터지는 말을 했다.

유현은 계속 시울에게 맡겨둘 생각이었던 하언은 정색을 하고 거절했다.

"아, 그건 절대 싫어. 난 도유현이랑 동거할 마음 없어."

"뭘 어때, 같은 식구끼리."

"걔는 내 식구 아니야."

"왜 식구가 아니야? 피는 안 섞였어도 같은 곳에서 자라왔으면 무조건 한 식구지."

여울은 하언의 불평에도 아랑곳 않고 집 안에 들어섰다.

가장 커다란 방문부터 열어보니, 와인색 이불로 덮인 킹 사이즈의 침대가 단번에 그녀의 이목을 사로잡았다.

"와아, 침대 좋다! 두 명이서 충분히 잘 수 있겠어!"

두 명이서 편히 자려고 산 침대이긴 했지만 그 동반자가 유현은 절대 아니었다. 예상치 못한 전개에 성질이 나기 시작한 하언이 더욱 노골적으로 싫은 티를 냈다.

"차라리 도유현이 살 집을 따로 샀으면 샀지, 걔랑 같이 사는 건 진짜 안 돼."

"왜요?"

"생각을 해봐, 너 같으면 그 새끼랑 한 공간에 붙어있을 수 있겠어?"

응, 한 공간에 붙어 있어도 괜찮던데.

여울은 본능적으로 내뱉어버릴 뻔 했던 말을 가까스로 멈춰두었다.

유현과 같이 보낸 날들에 대해 좋은 내색이라도 보였다간, 성깔 더러운 도하언이 그에게 얼마나 해코지를 해댈지 불 보듯 뻔했다.

그래서 잠시 난처해하고 있자, 끝나지 않는 실랑이를 보다 못한 시울이 나섰다.

"너무 안 좋게만 생각하지 마. 자꾸 쓸데없는 걸로 고집 부리면 여울이 못 만나게 한다?"

"그게 말이 돼?"

"말이 안 될 건 뭐야. 이젠 법무팀도 떨어져나가서 너한테 신세지고 있는 것도 없는데."

"뭔 말을 그렇게……."

시울의 말은 하언의 심기를 단번에 날카롭게 만들고도 남을 협박이었다. 하지만 시울은 하언이 반박할 틈도 주지 않고 특유의 얄미운 눈빛으로 매정한 말을 건넸다.

"이젠 우리 사이에서 내가 갑이야. 그러니까 니가 선택해."

"……."

"여기서 미카엘이랑 말썽 안 피우고 잘 지낼래? 아니면 영영 여울이랑 얼굴도 못 보고 살래?"

애초부터 답은 확실히 정해져 있는 불공정한 제안. 하언은 한동안 아무 말도 하지 않고 시울의 얼굴만 노려보았다.

"대답할 시간 3초 줍니다. 1초, 2초……."

그러나 시울이 주눅 들기는커녕 오히려 눈썹을 꿈틀대며 대답을 재촉하자, 결국 하는 수 없다는 듯 진심과 먼 대답을 했다.

"……알았어. 도유현 살림 여기다 옮겨."

"옳지, 착하다. 우리 매제."

기어이 하언의 고집을 꺾어버린 시울은 생글생글 웃어댔다.

그런 그를 바라보는 하언은 겉보기에도 짜증이 가득 했으나 여울은 그럴수록 서둘러 상황을 수습했다.

"자, 그럼 집 정리 도와줄게요! 오빠는 얼른 유현 씨 가방부터 가져 와!"

"네네, 알았습니다."

하언은 유유자적하게 현관문을 나서는 시울을 물끄러미 쳐다보다가.

철컥—

현관문이 닫히자마자 서운한 목소리로 여울에게 물었다.

"나한테 화났어?"

"갑자기 무슨 소리야?"

"보자마자 성질만 내고 반겨주지도 않았잖아."

투덜거리는 하언의 얼굴에는 전전긍긍하는 기색이 역력했다. 연락도 없이 떨어져있던 일주일 동안 혹시 그녀의 마음에 문제라도 생겼을까 걱정하는 모양이었다.

그동안 그로인해 꽤나 속 썩었던 여울은 일부러 심술궂은 대답을 했다.

"원래 눈에서 멀어지면 마음에서도 멀어진다고 하잖아요. 연락 없는 동안 애정이 많이 식긴 했지."

그 잔인한 말은 일주일 간 애간장을 녹였던 벌이었다. 언제나 위풍당당하던 하언의 어깨가 곧바로 축 늘어졌다.

"다시 눈앞에 왔으니까 마음도 원래 있던 자리에 갔다 와."

"흐음, 그게 말처럼 쉽나."

"연락 안 했던 건 내가 사과할게. 미안."

"맨 입으로?"

장난기 어린 여울의 눈이 하언에게로 향했다. 그녀가 살랑살랑 눈웃음을 지으며 톡톡 두드리는 건 자신의 도톰한 입술이었다.

"뽀뽀 한번 제대로 해봐. 그럼 용서해 줄게."

도발적인 그녀의 멘트는 하언의 심장을 쿵 내려앉게 만들었다.

하여간, 아무리 애를 써도 절대 못 이길 여자 같으니.

"숨 크게 들이마셔. 니 오빠 올 때까지 할 거니까."

하언은 나직한 목소리와 함께 홍조가 핀 여울의 얼굴을 부드럽게 붙잡았다. 마주한 여울의 눈빛에선 그를 향한 설렘이 그대로 전해졌다.

그는 지그시 눈을 감았고 그녀의 입술 위로 고개를 끌어내렸다. 혀끝이 뒤엉킬 때마다 자극적인 소리. 간절한 만큼 나를 붙잡는 당신의 손길.

일주일 만에 나누는 키스는 본능을 한껏 부추겼다.

야릇이 뭉개지는 입술 새로 그의 숨결이 밀려들어올 때마다, 여울의 심장은 첫 키스의 순간처럼 강렬하게 요동쳤다.

그러니 가능하기만 하다면 이대로 영원히 함께하고 싶은데.

"여울아! 미카엘 가방에 든 것도 없다! 어지간한 건 다 사야겠는데?!"

눈치 없는 불청객은 왜 이렇게 빨리 돌아오는지.

"아…… 차시울."

서둘러 입술을 떼어낸 하언은 짜증 가득한 표정을 지어보였다. 그 안엔 여울을 향한 애정이 잔뜩 묻어있어서, 그녀는 은근히 기분이 좋아졌다.

여울은 이제야 애정이 넘치는 손길로 그의 뺨을 쓰다듬었고 장난기 어린 목소리로 속삭였다.

"그럼 나머지는 이따가 해줄게. 기회 봐서."

그제야 심통을 사르르 풀어낸 하언은 일말의 망설임도 없이 대답했다.

"기회는 내가 만들어줄 테니까 걱정 마."

그리 말하며 입꼬리를 들어 올리는 모습은 마치 잘 길들여진 맹수와 같다.

다른 사람이 이 말을 듣는다면 비웃어댈 지도 모르지만, 여울은 저보다 두 뼘은 더 큰 이 남자가 몹시도 귀여워 보인다.

여울의 집 근처, 손님이 거의 없는 카페.

딸랑—

종소리와 함께 열린 유리문으로 장신의 여자가 들어섰다. 두 손 가득 쇼핑백을 들고 있는 그녀는 제 오빠와 상봉하기 위해 먼 길을 한걸음에 달려온 혜수였다.

"오빠!"

성질이 급한 혜수는 카페를 살펴보지도 않고 유현부터 불렀다.

"응, 나 여기 있어."

그러자 가장 구석진 곳에서 들려오는 목소리는 눈물이 날 만큼 반가웠다.

혜수는 소리가 들려온 쪽을 향해 곧바로 고개를 돌렸고, 아직 아물지 못한 상처들이 가득한 유현의 얼굴을 두 눈에 담았다.

"뭐야, 오빠……."

"잘 지냈어?"

"잘 지냈냐니! 오빠 얼굴이 대체 왜 그렇게 된 거야!"

흥분한 혜수는 성큼성큼 그에게로 걸어갔다.

들고 온 쇼핑백들을 던지듯 테이블 위에 올려놓은 그녀는, 유현 앞에 도착하자마자 그의 뺨을 양손으로 붙잡았다.

"세상에! 여기 멍든 것 좀 봐! 피도 났었네!"

"괜찮아. 이제 안 아파."

"이제 안 아픈 게 뭐가 중요해! 맞을 땐 엄청 아팠을 거 아니야! 대체 어떤 새끼가 이렇게 만들었어?!"

매서운 목소리로 그리 묻는 혜수는 속상해 죽겠다는 얼굴이었다. 하지만 솔직히 대답할 수 없었던 유현은 난처한 눈빛으로 그녀의 손을 떼어놓았다.

"정말 괜찮아. 걱정하지 않아도 돼."

"오빠……."

혜수를 진정시키는 유현의 목소리에선 미묘한 벽이 느껴졌다. 그녀와는 어떤 상처도 공유하고 싶지 않은 눈치였다.

그가 이리도 혜수를 밀어내는 이유는 단 하나였다. 그를 아프게 만드는 사람은 혜수와 밀접한 관련이 있는 게 분명하다.

"아버지가 그랬지?"

"……."

"아버지가 오빠 이렇게 만든 거지?"

"혜수야."

"대체…… 왜?"

혜수는 재차 물었고 유현은 어떠한 대답도 하지 못했다. 그러나 확답을 듣지 않아도 될 정도로 혜수는 돌아가는 상황에 대해 잘 파악하고 있었다.

유현이 집을 나간 뒤로 쑥대밭이 된 집 안.

'지금 당장 도유현이 어디 있는지 알아내.'

'제대로 찾아내지 못하면 너도 이 집안에 온전히 붙어 있지 못하게 될 게다. 알았니?'

도 회장은 광기 어린 눈빛으로 유현을 찾았다.

평소엔 그가 어디에서 무얼 하든 무관심으로 일관했던 그였는데, 난폭한 행동까지 서슴지 않으며 집착하는 그 모습은 딸의 눈으로 봐도 이상했다.

그가 소원대로 유현을 찾게 되었을 때 무슨 짓을 할지는 충분히 예측할 수 있었다.

그는 아마도 엄마의 팔목을 부러져라 붙잡았던 그 손으로 유현의 숨통을 조를 것이다.

"아버지가 오빠를 쥐 잡듯이 찾고 있어."

"……."

"대체 왜 그러시는 건지, 오빠는 무슨 일 때문에 목숨 걸고 도망친 건지…… 나한테도 얘기해 줘."

그런 도 회장을 이해할 수 없었던 혜수는 유현에게 그 답을 물었다. 순간 가늘게 떨리던 유현의 눈빛을 물들이는 건 뿌리 깊은 미안함이었다.

유현은 가는 숨을 내쉬었고 그간 한 번도 털어놓지 못한 대답을 했다.

"이제 그만 하고 싶어, 혜수야."

"뭘?"

"난 너희 가족과 더 이상 엮이고 싶지 않아."

'너희 가족'이라는 단어는 혜수와 유현의 사이에 분명한 선을 그어두었다.

혜수가 유현을 친오빠처럼 애틋하게 생각하고 있는 건 알지만, 인정을 받지 못하고 있으니 틀린 표현은 아니었다.

아니나 다를까, 유현의 대답을 들은 혜수는 잠시 말을 잇지 못했다. 늘 따뜻하게 마주 닿던 오빠의 시선은 오늘따라 그녀에게서 도망치기 바빴다.

그러나.

'섭섭해.'라는 이기적인 감정이 피어오르자마자.

'유현아. 우리 혜수한테 가까이 가지 마.'

'너 감기 걸렸잖아. 옮으면 어쩌려고 그러니.'

오빠에게만 차가웠던 엄마의 모습이 머릿속에 떠올랐다. 존재 자체를 외면하던 아버지의 차가운 시선도 뒤따라 생각났다.

오빠는 그런 그들의 앞에서 언제나 죄인이었고 어떤 때는 산 사람 취급조차 받지 못했다.

그녀의 앞에서도 대놓고 경멸하는 내색을 보일 정도이니, 그녀가 유학을 떠났을 땐 혼자 남은 오빠에게 무슨 짓들을 했을지 눈에 선했다.

나도 그걸 미리 알아채지 못하고 지금껏 방관해 왔으니 '너희 가족'으로 밀려나도 할 말이 없지. 어디 가서 오빠의 여동생이라고 말할 자격도 안 돼.

"오빠."

혜수는 낮은 목소리로 유현을 불렀다. 그녀에게 다가온 유현의 눈동자는 쓸데없는 죄책감이 가득했다.

혜수는 그런 그를 위해 일부러 씩씩한 표정을 지어보였고 담담한 목소리를 내보냈다.

"나도 도와줄게."

"……어?"

"오빠가 우리 가족한테서 무사히 도망칠 수 있게, 내가 뭐라도 해 볼게."

전혀 예상치 못했던 아군의 등장이었다.

지금껏 혜수에게는 비참한 삶을 숨기기 급급했던 유현은 언제나 그래왔듯 호의를 거절하려 했다.

"아니야, 넌 아무것도 모르는 것처럼 있어. 너까지 위험해질 수 있으니까……."

"오빠 도와주다가 좀 위험해지는 게 뭐 어때서."

하지만 굳은 결심을 마친 혜수는 그가 습관처럼 쌓아올리는 담을 망설임 없이 뛰어넘었다.

마주한 그녀의 표정에서 느껴지는 건 여울이 손을 내밀어 주던 순간에도 느껴졌던 각오였다.

"만약 아버지가 나까지 내쳐 버린대도 상관없어. 오빠 내버려두고 나 혼자 잘 먹고 잘 살았던 대가니까 아주 달게 받을 거야."

"그래도……."

"그래도는 무슨 그래도야. 난 오늘부터 무조건 오빠를 구해낼 방법만 생각할 거니까 그런 줄 알아."

한 번 고집을 피우기 시작하면 좀처럼 물러서지 않는 건 하언과 똑같았다. 그는 불구덩이로 뛰어드는 혜수를 한 번 더 말려보려 했으나, 뒤따르는 그녀의 말에 숨까지도 멈춰두었다.

"나는 오빠가 내 오빠라서 좋아."

"혜수야……."

"오빠만큼은 절대 잃고 싶지 않아."

잃고 싶지 않다는 한 마디는 다시 말해 떠나가지 말라는 뜻과 같았다.

혜수는 가족에게서 무사히 도망친 그가 자신과도 인연을 끊어 버릴까봐 심히 걱정하고 있는 모양이었다.

유현은 그녀의 눈동자에서 느껴지는 불안을 읽어냈고 복잡해진 머릿속을 정리했다. 해야 할 대답은 분명히 정해져 있었지만 하고 싶은 대답이 정답을 가로막았다.

"······고마워."

나를 너의 가족이라고 생각해줘서. 내 여동생이 된 걸 기뻐해줘서.

"정말 고마워, 혜수야."

그녀는 외로움뿐인 그의 삶에서 유일하게 가족이라고 부를 수 있는 존재였다.

비록 혜수의 선택은 지옥의 불구덩이에 제 발로 빠지겠다는 뜻이었으나, 유현은 더 이상 다가오는 그녀를 밀어낼 수 없었다.

"일단 이것부터 받아. 오빠 주려고 이것저것 샀어."

그러자 혜수는 기다렸다는 듯 테이블 위 쇼핑백들을 떠밀었다.

옷부터 신발, 화장품과 각종 생활용품까지. 갑작스레 가출한 유현이 챙겨 나오지 못한 물품들은 쇼핑백 안에 야무지게도 담겨 있었다.

"다 니가 골라온 거야?"

"응, 마음에 들지는 모르겠어. 시간이 없어서 꼼꼼히 살펴보고 고르진 못했거든."

유현은 그런 그녀를 물끄러미 쳐다보다가 피식, 실웃음을 흘려보냈다. 그의 눈빛에서 느껴지는 감정은 아무 일도 없다는 듯 평온하기만 했다.

"오빠가 동생한테 손만 벌려도 될지 모르겠네."

유현이 부드러운 목소리로 꺼낸 대답은 혜수의 가슴을 벅차오르게 만들었다.

고맙다는 말보다, 준비해준 것들을 잘 쓰겠다는 말보다, 유현이 제 스스로 내뱉은 '오빠'라는 호칭이 무엇보다 기분 좋게 들렸다.

"아…… 그래! 오빠지! 오빠는 내 오빠지!"

혜수는 만족스러운 그 단어를 계속해서 입에 담으며 이 순간을 마음껏 즐겼다. 영원히 사라져버릴 듯 위태로웠던 그의 존재는 이제야 겨우 안정감을 되찾았다.

"그럼 나 여기까지 오느라 수고했으니까, 점심 같이 먹어줘!"

혜수는 이 여세를 몰아 남매간의 데이트까지 신청했고 유현은 흔쾌히 고개를 끄덕였다.

"그래, 뭐 먹고 싶은 거 있어?"

"오빠랑 먹는 건 다 괜찮아!"

"애매모호한 대답은 어려운데……."

"그럼 오빠가 좋아하는 초밥 먹으러 가자!"

다정한 대화를 나누며 카페를 나서는 두 사람은 누가 봐도 사이 좋은 남매사이였다.

혜수는 쇼핑백을 가득 든 유현에게 억척스레 팔짱을 꼈고, 앞으로도 우리가 이만큼만 다정했으면 좋겠다고 생각했다.

그녀에게 새로 생긴 간절한 소원이었다.

카페 근처 초밥집.

"와아, 잘 먹었다. 회가 싱싱하진 않아도 두툼해서 좋네."

모둠 초밥 한 접시를 뚝딱 비운 혜수가 만족스러운 표정으로 말했다. 이미 식사를 끝 마친지 오래였던 유현은 흐뭇하게 웃어 보였다.

"처음 와 봤는데 니가 마음에 들어 해서 다행이다."

"오빠는 더 안 먹어?"

"응, 난 배불러."

"항상 느끼는 건데 오빠는 너무 적게 먹는 경향이 있어. 그러다 영양실조 걸리면 어떡하려고 그래."

혜수는 유현에게 핀잔을 주며 지갑을 들었다. 하지만 그녀가 카드를 꺼내기도 전에 유현이 테이블에서 먼저 일어나 계산대로 다가갔다.

"아, 오빠 내가 살게! 오빠는 도망자 신세라서 카드도 못 쓸 거 아니야!"

"현금 있어. 용돈 받았거든."

"용돈? 누구한테?"

"아, 차시……."

유현은 최근 들어 가장 고마운 그의 이름을 말하려 했다. 하지만 문득 하언의 얼굴이 스쳐 지나간 탓에 도로 입술을 닫아두었다.

시울에 대해 설명하는 건 어려운 일이 아니었지만, 여울의 집에 얹혀 산다는 얘기를 어디서부터 설명해야할지 난처했기 때문이다.

"그냥, 요즘 신세지고 있는 친구."

결국 유현은 되는대로 대답을 얼버무렸다. 누군가를 친구라고 소개해본 건 거의 처음이었으나 어색하게 느껴지지는 않았다.

혜수는 그런 그를 의아한 눈빛으로 바라보다가 이내 탐탁지 않은 듯 물었다.

"요즘 친구랑 같이 살아?"

"응, 어쩌다 보니까."

"어쩐지 이 근처에 호텔 하나 없는데 어디서 묵고 있나 했어. 어떤 친구야? 믿을 만한 사람 맞아?"

"믿을 수 있어. 착하고 친절한 사람이야."

언제나 타인을 호의적으로 평가하는 그였지만 이렇게 살가운 느낌은 처음이었다.

가끔 오랜 시간 알고 지냈던 설아에 대한 이야기를 할 때도, 그의 눈빛은 어딘가 불편한 기색이 어려 있었으니까.

하지만 새로운 친구를 떠올리는 유현의 표정은 그저 편안해 보였다. 그제야 경계심을 접어둔 혜수는 안도의 한숨을 내쉬며 말했다.

"다행이다. 혼자 고군분투 하는 게 아니라서."

그건 어디까지나 여울의 덕이었다.

새삼 그녀의 손길이 고마워진 유현은 부드러운 미소와 함께 순순히 고개를 끄덕였다. 그렇게 한결 편안해진 표정으로 계산대 앞으로 다가서려는데.

지잉ㅡ

주머니 속 휴대폰이 짧은 진동으로 문자 도착을 알렸다. 수신인에 적힌 이름은 여울이었다.

[유현 씨! 약속 끝나고 하언 씨 집으로 내려와요! 짐은 알아서 다 옮겨놨습니다!]

"……하언이?"

유현은 등골이 서늘해지는 그 이름을 조심스레 곱씹었다. 짐을 옮겨놨다는 말로도 상황설명은 충분했지만 그대로 받아들이기에는 앞으로 펼쳐질 미래가 너무나 두려웠다.

"도하언? 지금 도하언한테 연락 왔어?"

마침 그의 곁으로 다가온 혜수는 오만상을 쓰며 물었다. 혼란스러운 표정으로 그녀를 내려다보자 혜수는 결코 좋게 봐줄 수 없는 도하언의 행태를 낱낱이 보고했다.

"도하언 조심해. 여울이 언니 집 나가고 살짝 미쳤으니까."

"미치다니?"

"나를 비롯해서 우리 집 식구들 만나면 아주 못 잡아먹어서 안달이야. 게다가 오빠 얘기만 나오면 어찌나 지랄발광을 해 대는지."

"내…… 얘기?"

"응, 며칠 전에도 오빠랑 연락 되냐고 물어봤더니 대뜸 협박부터 하더라고."

"……."

"한 번만 더 자기 앞에서 오빠 얘기 꺼냈다간 오빠 제사 치르게 해 주겠다나 뭐라나……."

그 말을 듣는 순간, 유현은 온몸에 핏기가 가시는 기분이었다.

하언의 협박과 폭언이야 익숙해질 대로 익숙해졌으나, 지금 유현의 입장은 그의 연락을 받은 것도 모자라 제 발로 찾아가야 하는 상황이었다.

"하아……."

다가온 시련이 막막해진 유현은 긴 한숨을 흘려보냈다.

"왜 그래? 무슨 일 있어?"

혜수는 급격히 나빠진 그의 안색을 보고 걱정스레 물었지만, 유현은 애써 미소를 되찾으며 대답을 얼버무렸다.

"아니, 그런 건 아니고…… 그냥 하언이도 많이 걱정하는구나 싶어서."

"그건 걱정이 아니야! 사람 하나 죽이고도 남겠더만 뭐!"

답답하다는 듯 언성을 높이는 혜수는 유현을 깜깜한 현실로 밀어두었다.

꼭 사형선고가 내려진 기분이다.

나를 잡아먹고도 남을 도하언을 만나러 가는 길, 유현은 여울이 옮겨둔 짐을 들고 재빨리 도망쳐 나와야겠다고 생각했다.

"그 사람, 혜수랑은 연락을 하는 모양이네요."

유현에게 붙여 둔 경호실장의 보고를 들은 설아가 단조로운 목소리로 대답했다.

집무실 컴퓨터로 그가 동봉해 준 사진들을 넘겨보고 있는 설아는 같잖다는 듯한 미소를 띠고 있었다.

경호실장은 유현을 격하게 반가워하던 혜수의 모습을 회상하며 설명을 덧붙였다.

―네, 하지만 도혜수 양도 연락이 닿은 지 얼마 되지 않은 모양입니다. 대화를 들어 보니 그 사람의 거처도 잘 모르고 있더군요.

"그랬겠죠, 혜수도 어디까지나 회장님의 측근이니까요."

―그래도 예전보다 안정을 찾은 상태로 보였습니다. 슬슬 다음

명령을 내리셔도 될 듯합니다.

다음 명령이란 설아가 탈주한 유현의 목에 다시 목줄을 거는 것을 의미했다.

유현은 지금 설아의 손에서 온전히 벗어났다 생각하겠지만, 그녀는 그저 유현이 도로 붙잡혀왔을 때 가장 좌절할 만한 타이밍을 재고 있을 뿐이었다.

사실 난 단 한 마디만으로 도망치는 널 포획해 버릴 수 있다. 그러나 그렇게 하지 않는 이유는…….

"아니요, 조금 더 주변상황이 정리되고 나면요."

스스로 돌아오게 하고 싶어.

주변 사람들이 모두 너를 버리고 세상천지에 혼자가 되었을 때, 그때 내가 외로운 너를 향해 손짓해 주고 싶어.

특별한 의미가 되고 싶다는 설아의 욕심은 외면 받았던 세월만큼 강렬해져 있었다.

유현을 온전히 소유할 수만 있다면 그가 얼마나 만신창이가 되는지는 별 상관이 없었다.

이 잔혹한 마음은 사랑이 아니라는 걸 그녀도 알고 있다. 그에게 고통을 주는 이기적인 욕심은 죄와 다름없다는 것도 충분히 인지하고 있다.

하지만 그럼에도 불구하고 물러서지 못하게 된 이유는 전부 그 사람 탓이었다.

'너 피아노 칠 때 손 정말 예쁘게 움직이는 거 알아?'

애초부터 내가 마음을 주게 만들지 말았어야지.

'한 번 잡으면 놓아주기 싫을 것 같아.'

사랑에 굶주린 내게 사랑을 꾸며내지는 말았어야지.

"그 사람의 일거수일투족은 앞으로도 주기적으로 보고해 주세요."

설아는 유현의 사진을 하나하나 저장해 두며 단호한 명령을 내렸다.

―네, 그렇게 하겠습니다.

그녀의 말에 순종적으로 대답하는 경호실장에게는 조금의 양심의 가책도 없었다.

질척한 감정은 설아도 망가트리고 있었으나 그걸 거둘 수 있었더라면 진작 거두었을 것이다. 이제 남은 건 본격적으로 유현을 혼자 남게 만드는 일 뿐.

"아…… 그리고 도하언이 드디어 회장님 댁에서 벗어났어요."

첫 번째 타깃은 유현과 멀고 먼 사이지만 설아에게는 가장 위협이 되는 하언이었다.

"차여울 주변을 잘 살펴보세요. 반드시 근처에 있을 겁니다."

경호실장에게 수색을 명령하는 설아는 이미 머릿속으로 모든 계획을 정리해 둔 상태였다.

하언의 약점은 너무나도 뚜렷하니 아마도 그는 별다른 어려움 없이 순조롭게 무너져 내릴 것이다.

도하언의 고통은 그 사람이 애달프도록 사랑하는 그녀의 고통. 절망에 빠질 그 사람의 얼굴은 언제나 나를 기쁘게 만든다.

한 번에 두 사람을 잃어버리고 혼자가 될 그를 생각하자 온몸에 희열이 차올랐다.

여울이 사는 곳 바로 아래층에 위치한 도하언의 집.

현관문 앞에 선 유현은 차마 초인종을 누르지 못했다. 아직 하언과 대면할 마음의 준비를 하지 못했기 때문이었다.

오늘 아침 하언의 연락을 받았을 때만 해도 그가 여울의 집에서 자신을 쫓아내고 아래층에 상주하며 감시하려는 의도인 줄 알았다.

그래서 여울과의 이별까지도 각오하고 있었는데, 막상 다가온 현실은 어쩐지 더 불안한 기운을 띠고 있었다.

하언의 집으로 옮겨진 가방. 하언의 집으로 부르는 여울의 호출.

"나 없다고 유현 씨 괴롭히지 마요. 알았어요?"

"지금 그 새끼 감싸고도는 거야?"

"감싸고도는 게 아니라 이왕 같이 살기로 한 거 사이좋게 지내라는 뜻이지."

그리고 하언의 집에서 들려오는 의미심장한 대화.

'아, 어쩐다······.'

하언과의 동거를 본능적으로 예감한 유현은 난처한 듯 입술을 깨물었다.

물론 그간 평창동 저택에서 줄곧 같이 살아오긴 했지만, 단둘이 따로 떨어져 나와 사는 건 의미가 남달랐다. 그래서 차라리 나도 다른 곳에 집을 구해 볼까, 고민하던 그때.

"도하언! 난 드라마 보러 간다! 안녕!"

시울의 명랑한 목소리와 함께 현관문이 열렸다.

잔뜩 긴장한 유현은 도망치지도 못하고 그 자리에서 시울과 직면

하고 말았다.

"아, 깜짝이야! 미카엘!"

"……."

"왔으면 들어오지 왜 문 앞에 서 있어!"

유현을 마주한 시울은 복도가 쩌렁쩌렁 울리도록 우렁차게 소리
쳤다.

덕분에 신발을 신고 있던 여울은 물론 그들을 배웅하던 하언까지
어렵지 않게 유현을 발견했다.

"엇! 유현 씨! 이제 들어와요?"

이때껏 그를 기다렸던 여울은 살가운 미소를 띤 채 인사를 건넸다.

그녀가 반가운 건 유현도 마찬가지였지만 그는 아무 대꾸도 하지
못했다. 자신에게 꽂힌 하언의 날카로운 눈빛 때문이었다.

"뭘 쳐다 봐."

"……."

"현관문 막고 서 있지 말고 들어오든가 사라지든가, 둘 중에 하나
만 해."

단단히 벼르고 있다고 혜수에게 말은 들었는데, 직접 마주한 하
언의 분위기는 예상했던 것보다 훨씬 공격적이다.

지금은 여울의 앞이라 그렇지 아마 혼자 있을 때 마주했더라면
지금보다 더 못된 말을 퍼부었을 거다.

"아, 미안."

유현은 이 이상 하언의 심기를 건드리지 않기 위해 현관문에서
한 걸음 물러섰다. 그 불편한 기색을 읽어낸 여울은 까칠하게 구는

하언에게 눈치를 주었다.

"그렇게 못되게 굴지 말라니까 곧바로 그러네!"

"내가 뭘 했다고."

"오빠 좀 비켜 봐. 유현 씨 안으로 들어오게."

얼어붙은 유현을 보다 못한 여울은 시울의 몸뚱이를 밖으로 밀어냈다.

"유현 씨, 들어와요. 얼른."

그리고 나선 유현을 향해 손짓을 하자 안 그래도 구겨져 있던 하언의 미간이 더욱더 구겨졌다.

"짐은 작은 방으로 다 옮겨 놨으니까 거기 편하게 쓰면 돼요."

"네, 네……."

"그리고 혹시 하언 씨가 치사하게 안 빌려주는 거 있으면 나한테 말해요. 금방 가져다줄게."

"네, 그럴 게요."

유현은 순순히 대답을 하면서도 절대 여울의 얼굴을 쳐다보지 않았다. 그 모습은 여울의 마음을 더욱 짠하게 만들었으나 더 이상 해줄 수 있는 건 없었다.

"피곤할 텐데 얼른 신발 벗고 들어가서 쉬어요. 내일 놀러올게요."

여울은 가볍게 손을 흔들어 인사하곤 시울을 따라 복도로 나섰다. 그녀의 걸음이 멀어질 때마다 하언이 주는 위압감은 점점 더 강렬해졌다.

마음 같아서는 이대로 그녀를 따라 나서고 싶은데.

"안녕! 잘 자!"

속도 모르고 밝기만 한 그녀의 인사를 마지막으로 철컥—! 닫혀 버린 현관문.

"아……."

"……."

"나 왔어, 하언아."

결국 둘만 남아버렸다. 그렇게도 피하고 싶었던 시간이 현실로 다가왔다.

이제 어떡하지. 무슨 말부터 해야 하지. 어떤 표정을 지어야 하지.

싸늘하게 식어 버린 공기는 그의 숨통을 조여 왔다. 잔뜩 긴장한 유현은 뒤죽박죽 섞이는 생각들을 정리하려 애썼다.

바로 그 순간.

"냉장고에 차여울이 반찬 넣어 두고 갔는데……."

"어?"

"건드리면 죽는다."

무거운 정적을 뚫고 흘러나온 하언의 첫 마디는 역시나 협박이었다. 이 집안의 어떤 것도 함부로 손 델 생각이 없었던 유현은 천천히 고개를 끄덕였다.

하언은 그제야 두 눈에 어린 경계심을 풀었고, 거실 쪽으로 등을 돌렸다. 언뜻 외면처럼 느껴지지만 사실 그건 들어와도 좋다는 허락과 다름없었다.

"집에서 왜 나온 거야?"

유현은 조심스레 집 안으로 발길을 들이며 물었다. 하언은 아직 정리하지 못한 책들을 거실 책장에 꽂아 놓으며 무심히 대답했다.

"살인자랑 어떻게 한 집에 살아."

"뭘 어떻게 할 생각인데?"

"제대로 되갚아 줘야지. 그 전에 무기부터 구해야 하고."

하언은 책들이 들어 있는 박스 안에서 파일 하나를 꺼내 유현의 발밑으로 던져 놓았다.

하얀 라벨지에 '도선웅 살인미수 사건'이라고 적혀 있는 파일은 겉보기에도 의미심장했다.

"이게…… 뭐야?"

"내가 찾을 수 있는 정보들은 다 찾아냈어. 아버지 건강기록부터 병원진료기록, 그리고 당시 주치의 소견까지."

"얻어 낸 정보는 있어?"

"몇 가지 실마리 정도."

하언의 대답을 들은 유현은 허리를 숙여 파일을 집어 들었다.

가장 첫 장을 펼치자 어쩐지 유현의 눈에도 익숙한 남자의 얼굴 하나가 곧바로 시선을 사로잡았다.

"이 사람은……."

"너도 아는 사람이지."

"응, 최민석 비서실장님……."

사진 속 인물은 20년 전 상무이사였던 도선웅의 직속비서를 맡았던 사람이었다.

당시 도선웅의 최측근이기도 했던 그는 도선우 회장을 견제하는 일이라면 발 벗고 나서서 끼어들곤 했었다.

유현의 불안한 눈빛을 읽어낸 하언은 자신이 알아낸 핵심적인 정보를 브리핑했다.

"아버지는 그동안 단 한 번도 불면증을 앓은 적이 없었어. 그런데 딱 한 번, 누군가 아버지의 이름으로 가장 독한 수면제를 대리처방 받아갔어. 그게 누군 줄 알아?"

"……."

"바로 그 새끼야. 도선웅의 직속비서."

미스터리한 죽음의 첫 번째 조각은 도선웅 회장과 연관되어 있었다. 심증뿐이었던 의혹에 물증이 생기자 유현은 근심 어린 표정으로 깊은 한숨을 내쉬었다.

"지금 이 사람 어디 있는지 알아?"

"도선웅이 숨겨줬을 텐데 증거를 남겨놨겠냐. 그 비서도, 조현병 환자 취급받은 의사도, 판결 이후에 어떻게 사는지 기록이 없어."

"그럼 이제 어떡해?"

"행방을 찾아줄 수 있는 사람한테 가 봐야지."

그리 대답하는 하언은 결의에 차 있었다. 그에게서 느껴지는 독기는 지금껏 본 적 없던 종류였다.

유현은 그런 그를 물끄러미 바라보다가 진심 어린 충고를 흘려보냈다.

"몸조심해."

"왜. 도선웅이 나까지 잡아먹을 것 같아?"

"그러고도 남을 분이시라는 거 알잖아."

인정하기는 싫지만 유현이 감지한 위험에 대해선 하언도 충분히 알고 있었다.

도 회장에게 정면으로 도전장을 내민 순간부터 그의 목숨은 살생부에 오르게 된 것과 마찬가지였다.

하지만 이제 겨우 보이기 시작한 진실의 끄트머리를 이제 와서 놓아 버릴 수는 없는 노릇이니.

"그 새끼가 해코지하기 전에 내가 먼저 끝내."

하언은 단호한 목소리로 모든 불안을 떨쳐 버렸다. 그 모습을 보는 유현은 더 이상 불안을 내색하지도 못하게 됐다.

다시 책장으로 시선을 돌린 하언은 책들을 마저 꽂아 넣었다.

"내일부터 난 바빠질 거야."

"응."

"그때까지만 차여울 옆에 붙어 있어."

"……어?"

"니가 잘 지켜달라고."

예상치 못한 하언의 부탁은 유현을 놀라게 만들었다.

하언의 유현의 도움까지 필요로 한다는 건 상황이 그만큼 심각하다는 걸 뜻했으나 유현은 피어오르는 안도감을 어찌할 수 없었다.

나는 당신과 조금 더 함께 해도 되는구나. 아직은 이별을 고하지 않아도 되는구나.

위기를 기회로 삼는 건 이기적인 행동이었다. 그러나 자꾸만 들떠 오르는 마음은 좀처럼 가라앉지를 않는다.

"……그렇게 할게."

머지않아 내뱉은 대답은 낮고 단조로웠다.

유현은 이 순간 하언이 자신의 얼굴을 바라보고 있지 않아서 천

만다행이라고 생각했다.

만약 그가 어색하게 떨리고 있는 눈빛을 발견했더라면, 감춰 둔 속마음을 전부 다 알아차렸을 테니까.

*   *   *

서울강남경찰서.

모든 사람들이 분주히 움직이는 그곳에 하언이 들어섰다. 그는 입구 근처에 있는 관계자에게 다가섰고 정돈된 목소리로 물었다.

"강력2반 한남철 형사님 계십니까."

그의 입에서 꺼내진 이름은 옵타티움의 살인미수 사건을 담당했던 형사였다. 그 이름이 낯설지는 않은 듯 관계자는 흔쾌히 구석 자리를 가리켰다.

"저기 계신 분이 한 형사님이십니다. 그런데 무슨 일로 찾아오셨습니까?"

"아닙니다. 용건은 저분께 직접 말씀 드리죠."

하언은 두 눈을 한 형사에게 고정시킨 채 빠른 걸음을 옮겼다. 그 때까지만 해도 휴대폰 게임에 여념이 없던 한 형사는 머리 위로 드리워진 그림자에 고개를 들어 올렸다.

"한남철 형사님?"

"응? 누구……."

"안녕하십니까. 만나게 되어서 반갑습니다. 저는 옵타티움 대표 이사, 도하언이라고 합니다."

"도······하언?"

뒤늦게 하언을 알아본 한 형사의 동공이 미세하게 떨려 왔다.

잠시 아무 말 못하고 하언의 얼굴만 뚫어져라 쳐다보던 그는 이내 난처한 표정을 지어 보였다.

"아아······ 옵타티움 도하언 이사님께서 여긴 어쩐 일로 찾아오셨나."

반겨주는 것까진 아니더라도 이렇게 노골적으로 불쾌함을 드러내진 않을 거라고 생각했는데.

한 형사의 반응은 하언을 다소 당황스럽게 만들었다. 그러나 하언은 불편한 분위기를 애써 외면하고 조심스레 대화를 청했다.

"예전 옵타티움 살인미수혐의 건에 대해 알아보고 싶은 게 있어 찾아왔습니다."

"도 회장이 보낸 거요?"

"아니요, 그런 건 아닙니다. 저 혼자 개인적으로 묻고 싶은 질문이라······."

"그럼 따라 와요. 여기서 할 얘긴 아닌 것 같으니까."

한 형사는 늘어져 있던 몸을 일으켰다. 하언을 사무실 밖으로 이끄는 그의 눈빛은 시종일관 곱지 않았다.

"이것 참, 귀찮은 일이 생겼구만······."

뒤따르는 도중 들려온 한 형사의 푸념은 하언의 심기를 건드리기에 충분했다. 아무래도 이 남자는 순순히 협조해 주진 않을 모양이었다.

하지만 그의 도움이 절실한 하언은 치솟아 오르는 성질머리를 간신히 억누르고 조용히 그의 뒤를 따랐다.

첫 단추를 쥐고 있는 사람이니 태도에 대해 따져 묻더라도, 그건 원하는 정보를 얻어 낸 다음에 할 일이었다.

느긋한 걸음으로 경찰서 건물을 빠져나간 한 형사가 멈춰 선 곳은 인적이 드문 주차장이었다.

짜증 가득한 눈길로 주변을 살핀 한 형사는 그 감정이 그대로 묻어나는 목소리로 까칠하게 물었다.

"그래서, 묻고 싶은 게 뭐요?"

표정이 그리 살벌해서 뭐 물어보기나 하겠냐.

진짜 내뱉고 싶은 대답은 꾸욱, 삼켜 넘기고 하언은 차분한 목소리를 꺼내놓았다.

"옵타티움 살인미수혐의가 무혐의 판결난 건 압니다. 그런데 몇 가지 의문점이 들어서 말입니다."

"의문점이라면 어떤 거?"

"20년 전 아버지가 돌아가실 때, 당시 도선웅 회장님의 비서가 수면제를 처방 받아줬다 들었습니다. 전신에 급속도로 퍼지는 수면제라서 섭취한 지 1시간이 지나면 한 번에 뻗어버린다 하더군요."

그건 운전을 하다가 기절하듯 정신을 놓은 아버지의 모습과 일맥상통하는 부분이었다.

하언은 이 사실을 알고 있을 형사의 얼굴을 살폈으나, 그는 담배만 심드렁하게 꺼내 물뿐 별 반응을 보이질 않았다.

그럼에도 불구하고 하언은 고집스레 제 할 말을 이어 나갔다.

"하지만 아버지는 단 한 번도 불면증을 앓았던 적이 없습니다."

"……."

"그래서 저는 비서가 누구의 명령으로 수면제를 처방받았던 걸까, 그 약을 대체 뭐라고 속여서 드시게 했던 걸까. 직접 얼굴을 마주하고 물어봐야겠습니다."

그리고 드디어 본론이 입 밖으로 꺼내졌을 때, 하언에게로 돌아온 한 형사의 눈초리는 필요 이상으로 매서웠다.

"지금…… 도 회장을 의심하고 있다는 겁니까?"

한 형사는 낮게 가라앉은 목소리로 물었다.

"네."

굳이 진심을 숨길 필요는 없었다. 상대가 비협조적으로 나올수록 하언은 굳건한 태도를 유지해야 했다.

"하, 비서를 만나서 뭘 어쩌시겠다고 이러시나."

"……."

"이사님 말씀대로라면 비서도 공범이라는 얘긴데 직접 찾아가서 물어본다고 순순히 불겠어요?"

한 형사는 비웃음 가득한 말을 하며 하언의 어깨를 툭툭 건드렸다. 언뜻 보기엔 기만이었으나 하언은 떨리는 그의 눈빛 안에 서린 경계심을 읽어냈다.

"물론 의사는 자기가 살인에 가담했었다고 털어놨었죠. 왜 그랬을까? 양심에 찔려서? 아니지, 아니지."

"……."

"조현병 환자잖아요. 정신병자가 뭔 소릴 못하겠어요."

한 형사는 하언을 향해 너털웃음을 지어 보이며 담배 필터를 깊이 빨아들였다.

후우우우. 한숨과 함께 흘러나오는 연기는 하언의 눈앞을 매캐하게 만들었다.

"탐정놀이 하는 건 좋은데 괜한 벌집 들쑤시고 다니지 말아요."

"……."

"살다보면 문득문득 죽은 사람 그리워질 때가 있긴 하지만 마음 잘 추스르셔야죠. 다 끝난 일 붙들고 있어서 뭐합니까."

'다 끝난 일'이라…….

'하언아, 마음을 추스르거라. 그날의 교통사고는 벌써 20년이나 지난 일이잖니.'

문득 도 회장이 의도적으로 꺼내던 말이 떠올랐다. 무슨 말이 오갔는지 모르겠지만, 두 사람의 태도는 상당히 흡사했다.

전혀 상관이 없는 사람들은 부모님의 얘길 꺼낼 때마다 허울 좋은 위로를 건네주는데. 진실을 막고자 하는 자들은 부모님의 얘기를 꺼내기도 전에 묻어 버리려 한다.

그것이 선의와 악의의 차이라는 것을 하언은 이제 너무나도 잘 알고 있다.

"한남철 형사님."

하언은 한기 서린 음성으로 그를 불렀다. 한 형사는 귀찮은 기색이 역력한 표정으로 그를 마주한 채 담배를 물었다.

하언은 그런 그를 향해 부드러운 미소를 머금은 채 의미심장한 말을 흘려보냈다.

"과거를 지우려는 사람은 한 발자국도 앞으로 나갈 수 없습니다."

"……."

"지나간 일 수습하는 건 그만 하시고, 이제부터라도 미래를 똑바로 직시하세요. 그게 형사님 인생을 개과천선하게 만들지도 모르잖습니까."

아까 받았던 것처럼 툭툭, 형사의 어깨를 두드리는 하언에게선 도 회장과 다른 느낌의 위압감이 느껴졌다.

비꼬는 기색이 가득하던 한 형사의 입꼬리가 싸늘하게 내려앉았다.

"당장은 제게 협조할 마음이 없는 듯하니, 일단은 물러가겠습니다. 그럼 이만."

하언은 한 형사보다 먼저 발걸음을 움직였다.

그때까지만 해도 그의 표정은 여유가 넘쳤으나 한 형사를 완전히 등지는 순간 하언의 한기는 더욱 짙어졌다.

아직 현재진행형이다. 의문투성이인 아버지의 사고는 계속해서 감춰지고 퇴색된다.

분명 그 중심엔 모든 것을 계획하고 실행했던 범인이 있을 것이다. 심증만으로도 백 퍼센트 확신을 불러일으키는 그는 지금 무슨 생각을 하고 있을까.

"후우……."

주차시켜두었던 검은 세단에 다시 몸을 실은 하언은 긴 한숨을 내쉬었다.

사실 형사의 앞에선 당당하게 굴었으나 당시 비서를 찾지 못하는 이상, 첫 걸음도 뗄 수 없는 노릇이었다.

깜깜한 현실에서 유일하게 떠오르는 사람은 우습게도 단 한 명뿐이었다.

하는 짓을 보면 영 못 미덥지만 그래도 법조계에 몸담고 있는 유일한 아군.

하언은 정장재킷 안주머니에서 휴대폰을 꺼내 들었다. 그리고 연락을 잘 하지도, 받지도 않는 번호로 전화를 걸었다.

뚜루루루— 뚜루루루—

지루한 통화연결음이 흐른 지 얼마나 되었을까.

—어머나, 세상에! 우리 매제가 어쩐 일이야! 이 형님이 점심으로 갈비 먹고 싶은 거 알고 전화했구나!

"……."

받자마자 속 뒤집어지는 말만 쏟아 내는 시울이 전화를 받았다.

하언은 분위기 파악도 못하고 까부는 시울에게 윽박을 지르고 싶었으나 간신히 참아 내고 본론부터 꺼냈다.

"오늘 도유현이 준 자료에 있던 담당형사를 찾아왔어."

—한남철인가 뭔가 하는 그 사람?

"어, 그런데 날 심하게 경계해. 꼭 아직까지도 도선웅 회장이랑 내통하고 있는 것처럼."

—당연히 그러겠지! 그 인간 그 사건 맡고 얼마 안 돼서 강남에 타워팰리스로 이사 갔어.

시울의 말은 한 형사가 도 회장으로부터 무언가를 받아먹었을 수도 있다는 증거였다. 하언은 짐작했던 것과 별반 다르지 않은 현실에 코웃음을 쳤다.

"그래서 말인데, 예전에 도선웅 직속비서였던 놈의 현소재지가 필요해."

그는 분노 어린 목소리로 본론을 꺼냈다.

—나 판사라서 그런 거 뒷조사해 주면 안 되는데?

시울은 난처하다는 듯 말했으나 하언은 조금도 개의치 않았다.

"첫 단추만 제대로 꿰면 그다음부터는 니 도움 필요로 할 일 없을 거야. 최민석 비서실장 지금 어디 있는지만 찾아 줘."

—아후, 그렇게 말해도…….

"……부탁이야."

하언은 그렇게 못 잡아먹어 안달이던 시울에게 매달릴 만큼 절박한 상황이었다.

시울은 그 마음을 충분히 알고 있지만 선뜻 도와줄 수 있는 방법은 없었다. 물론 딱 하나 방법이 있긴 하지만, 그건 도하언이 절대 싫다며 거절할 게 뻔한데…….

—정말 도움이 필요해?

시울은 의미심장한 목소리로 넌지시 물었다. 물불 가릴 처지가 아니었던 하언은 지체 없이 대답했다.

"그래, 필요해."

—어떤 도움이든 곱게 받아 줄 마음 있어?

"내가 지금 뭘 따질 때냐."

—알았어! 그럼 오늘 퇴근하자마자 곧장 너희 집으로 갈게!

시울은 하언의 확답을 재차 듣고서야 긍정적인 반응을 내비쳤다. 쓸데없이 신나 있는 그의 텐션은 몹시도 얄미웠으나 마음이 놓이는 건 어쩔 수 없었다.

"최대한 빨리 와. 할 일이 많으니까."

시울의 퇴근을 재촉하는 하언은 한 형사와 헤어진 직후보다 훨씬 안도한 표정이었다.

인정하긴 싫지만, 받아들이고 싶지도 않지만. 아무것도 없는 내 곁에 이런 망나니라도 있어서 다행이었다.

"첫날 밤 어땠어요?"

하언의 집으로 놀러온 여울의 짓궂은 질문이었다. 커피를 타던 유현은 쉽게 대답하지 못하고 잠시 당황한 기색을 띠었다.

"그냥…… 아무 일 없이 잘 지냈어요."

짧은 한 마디에 깃든 찰나의 망설임은 분명 그에게 험난한 일이 있었음을 뜻했다. 안 그래도 그걸 걱정하고 있었던 여울은 식탁에 턱을 괴며 감춰진 그의 속내를 캐물었다.

"왜 그래요, 하언 씨가 막 괴롭혔어요?"

"아니, 아니요. 안 그랬어요."

"안 그러기는. 괴롭혔지!"

"……."

"대답 못 하는 거 보니까 이 인간 이거 있는 생색, 없는 생색 다 냈나보네!"

사실 솔직히 털어놓자면 어제 하루 하언이 저질렀던 만행은 단순한 괴롭힘 수준이 아니었다.

야심한 밤, 자신이 쓸 큰방으로 침대까지 옮겨놓았던 하언은 유현이 지낼 방이 여울의 방 바로 밑에 위치했다는 걸 깨달았고.

'도유현.'

'어?'

'그쪽 방 차여울이 쓰는 방 아니야?'

'아, 그렇지.'

'그럼 거기서 자지 마. 나랑 방 바꿔.'

그때부터 말도 안 되는 고집을 부리기 시작했다.

'갑자기 방을 바꾸자니……'

'일단은 내 방에서 자고, 내일 날 밝으면 내 침대 그쪽으로 옮겨둘 거야.'

'여긴 작아서 그렇게 큰 침대 들어가지도 않아.'

'넣어보지도 않고 어떻게 알아.'

이성적인 대화는 전혀 통하지 않았다. 그에게는 유현과 여울을 최대한 떨어트려 놓겠다는 의지만이 가득했다.

덕분에 작은 방을 쓰는 대신 하언과 지내는 내내 거실 소파를 쓰기로 타협한 유현은 밤새 몸을 뒤척인 탓에 삭신이 쑤시는 상태.

유현은 그 하소연을 곧이곧대로 털어놓을까 하다가 괜히 하언의 귀에 들어갈까 싶어 관두었다.

"정말 잘 지내고 있어요. 하언이가 애도 아니잖아요."

그래서 어색한 미소를 곁들여 대답하니, 여울은 입술을 삐죽이면서도 더 이상 추궁하지 않았다.

"물론 나이는 벌써 서른이나 먹었지만 하언 씨가 은근히 유치한 구석이 있어서 말이죠."

"그런가요? 저는 사실 하언이랑 그렇게 친한 편이 아니라……."

"그래도 착하고 의리 있는 사람이에요. 이번 기회에 하언 씨랑 조금 더 친해졌으면 좋겠어요."

하언을 장난스레 흉보던 여울은 결국 그에 대한 칭찬으로 끝을 맺었다. 지금으로 봐선 불가능한 일이었으나 유현은 굳이 반박하지 않고 고개를 끄덕였다.

그때, 호랑이도 제 말하면 나타난다고 했던가.

"차여울 신발이네. 여기 차여울 있냐?"

철컥—

열린 현관문으로 하언이 들어왔다. 여울과 함께 있는 게 마음에 걸렸던 유현은 섣불리 아는 체를 하지 못했지만, 여울은 고개까지 쭉 빼고 하언을 반겼다.

"어? 하언 씨 회사 일은 잘 마치고 왔어요?"

"회사 다녀온 거 아니야."

"그럼 어디 갔다 왔어?"

"만날 사람이 있어서…… 그나저나 넌 여기서 뭐해."

하언은 매서운 눈빛으로 유현을 노려보며 캐물었다.

순간 난처해하는 유현의 분위기를 읽어낸 여울은 하언의 옆구리를 쿡 찌르며 대답했다.

"어제 집 청소 도와준 대가로 커피 얻어 마시러 왔어."

"뭐 얻어먹고 싶었으면 나한테 연락했어야지."

"그래서 이렇게 기다리고 있었잖아요. 얌전하게."

"앞으로는 여기서 기다리지 마. 나 없을 때 이 집에 오지도 말고."

유현의 진심을 알고 있는 하언은 지나치다시피 그를 경계할 수밖에 없었다. 이런 순간에도 아무 대꾸 없는 유현은 아직까지도 여울에 대한 감정을 정리하지 못한 게 분명했다.

하지만 여울은 샐쭉한 표정으로 하언을 핀잔했다.

"괜히 시비 걸지 말고 옷이나 갈아입고 와."

이미 유현에게 손을 내밀기 전, 확실한 선을 그어 두었던 여울은 하언의 경계심이 불필요한 감정 낭비라고 생각한다.

바라보기에도 애틋하고 걱정스러운 사람이지만 여울은 지금껏 단 한 번도 유현을 남자로서 느꼈던 적이 없다. 그러니 이제부턴 견제하지 말고 서로 살갑게 지냈으면 좋겠는데.

"도유현이랑 너랑 둘이 한 공간에 두기 싫어."

하언은 청개구리처럼 고집스럽게 여울의 맞은편에 자리를 잡았다. 찬장에서 말없이 새로운 커피 잔을 꺼내드는 유현은 퍽 가시방석 같아 보였다.

"하여간 성격하고는……."

여울은 혀를 끌끌 차며 하언의 질투심을 나무랐다. 하지만 하언은 아무런 대꾸도 하지 않았고, 그 뒤로 이상한 침묵만 이어졌다.

잠시 후 유현이 하언의 앞에 커피를 가져다놓았으나, 하언은 고맙다는 인사도 없이.

"난 됐어."

라는 짧은 거절만 되돌려줄 뿐이었다.

정말 불편해죽겠네. 내가 있어도 이 정도인데 나까지 없어지면 얼마나 더 심할까.

이런저런 생각에 시름이 깊어지던 그 순간.

띵동―

현관문 초인종이 집안을 가득 메웠다.

"매제! 나 왔어! 문 열어 줘!"

누군지 추측할 필요도 없이 곧바로 들려오는 목소리는 분명 시울의 것이었다. 여울은 하언에게서 눈길을 거두고 현관을 향해 의아한 시선을 두었다.

"뭐야, 오빠가 갑자기 여긴 왜 온 거야?"

"아, 뭐 좀 도와준다고 해서."

"오빠가?"

등장부터 요란한 시울은 어색한 이 분위기를 환기시켜줄 수 있는 사람이었다. 여울은 반가운 기색을 띤 채 자리에서 일어나 현관문으로 한 걸음에 달려갔다.

"오빠! 오늘 일찍 퇴근했네!"

그리고 눈빛으로 간절한 SOS를 요청하며 문을 열었는데.

"여, 여울아! 오랜만이야!"

난데없는 얼굴 하나가 그녀의 눈앞에 드러났다.

그녀의 동공을 사정없이 떨리게 만드는 사람이자, 절대 이 집에 발을 들여선 안 되는 사람.

그러나 상황파악 못하고 헤벌쭉 웃고 있는 그는 다름 아닌 시울이 데리고 온 경찰청장의 아들, 계강태였다.

"계……강태?"

"여울아! 오빠 왔다!"

"미, 미쳤어! 차시울! 너만 온 거 아니잖아!"

여울은 명랑하게 인사하는 시울에게 사색이 된 얼굴로 소리쳤다.

안 그래도 불편한 이 집에 망할 놈의 계강태는 왜 데리고 온 건지. 여울은 아무리 생각해도 제 오빠를 이해할 수가 없었다.

"왜, 누구랑 왔는데."

때마침 식탁에 앉아 있느라 상황파악을 제대로 하지 못한 하언이 뒤늦게 현관 쪽으로 걸어왔다. 최악의 위기를 앞둔 여울의 시선이 몹시도 불안해졌다.

하지만 강태는 하언의 실루엣이 보이자마자 씩씩하게 인사를 건넸다.

"네! 안녕하십니까! 도하언 씨! 저 여울이 전 남자 친구 계강태입니다! 오랜만에 찾아뵙네요!"

"……뭐?"

그러나 그걸 받은 하언의 표정이 삽시간에 싸늘하게 굳어 버렸다.

난 어쩜 좋아. 벌써부터 화난 눈빛이야.

"밥은 아직 안 먹었지? 배고픈데 먹을 거 없어?"

이 모든 시련을 끌고 들어온 시울이 태연하게 말했다. 하언은 단번에 미간을 구기고 사납게 으르렁거렸다.

"먹을 건 무슨…… 너 죽고 싶어서 내 집에 저 새끼 끌고 들어왔냐?"

"진정해. 도움이 필요하다며."

"저 모자란 놈이 무슨 도움을 줄 수 있는데."

"다른 건 몰라도 니가 지금 당장 필요로 하는 도움은 들어줄 수 있어. 그렇지, 강태야?"

시울은 강태와 툭 어깨를 부딪치며 물었지만 아무것도 모르는 강태는 그저 어버버한 표정으로 여울만 보고 있을 뿐이었다. 그러다 상황파악 못 한 수줍은 표정으로 여울에게 넌지시 말을 걸었다.

"여울아, 집으로 돌아왔구나. 혹시 하언 씨랑 헤어진 거야?"

"넌 목숨이 여러 개라서 그딴 걸 묻는 거니?"

"아니…… 나는 또 혹시나 해서."

"쉿쉿, 입술 얌전히 닫아 둬. 여기서 무사히 살아나가고 싶으면."

강태에게 냉정하게 철벽을 친 여울은 하언을 향해 고개를 돌렸다. 이글이글 타오르고 있는 하언의 눈빛은 폭발하기 직전의 상태였다.

"유현 씨, 도하언을 제가 붙잡아야 할까요?"

여울은 곁으로 다가온 유현에게 넌지시 물었다.

하지만 유현은 그녀의 몸을 하언에게서 멀찍이 떨어뜨려 놓는 것으로 대답을 대신했다. 흥분한 도하언은 체구가 작은 그녀가 달라붙어 본다고 해서 말릴 수 있는 정도가 아니었다.

"너……."

한동안 분노를 불태우고 서 있던 하언이 시울을 똑바로 바라보며 입술을 떼어 냈다. 큰일을 벌여놓고서도 당당한 시울의 눈동자가 또렷하게 하언에게 향했다.

"……이 새끼 도움 안 되기만 해 봐. 나 엿 먹이는 거로 알고 니 인생에 트라우마 하나 만들어 준다."

고요한 분위기에 흘러나온 살벌한 협박.

여울은 아무리 오빠일지라도 차마 하언을 뜯어말리지 못하고 긴 한숨을 내쉬었다.

그러나 이 살벌한 분위기의 화근과 다름없는 시울은 방실방실 웃으며 대답했다.

"나중에 우리 강태 대견해서 업고 다니지나 마."

여울의 친오빠, 여울의 현 남친, 여울의 전 남친, 그리고 여울의 아픈 손가락.

말도 안 되는 조합의 네 남자가 둘러앉은 식탁.

"야, 도하언. 얘 울겠다, 그만 좀 째려봐."

강태를 잡아먹을 듯 노려보고 있는 하언에게 시울이 말했다. 하언은 여전히 눈빛에 어린 살기를 거두지 않은 채 신빙성 없는 대답을 내뱉었다.

"째려보는 거 아닌데."

"강태 겁먹은 거 보고도 그런 말이 나와?"

"원래 표정이 저따위로 생겨 먹었나 보지."

"아니지, 강태? 도하언이 지금 한 대 칠까 봐 무서워하는 거지?"

어르고 달래는 듯한 시울의 질문에 강태는 연거푸 고개를 끄덕거릴 뻔했다. 하지만 그래 봤자 돌아오는 건 어마어마한 후폭풍이 전부였기에, 그는 애써 웃으며 고개를 저었다.

"아니요, 아니요. 무섭긴요. 하하."

이 불편한 분위기에 더 이상 끼어 있을 수 없었던 여울은 슬며시 주방 쪽에서 물러섰다.

"음…… 어차피 저녁 먹을 때 다 됐죠? 집에 가서 고기 사놓은 거 가져올게요. 우리 다 같이 그거나 구워 먹자."

그러면서 현관 쪽으로 몸을 돌리니, 강태의 눈빛이 불안하게 흔들렸다. 그는 지금도 충분히 살벌한 하언을 여울이 떠난 자리에서 홀로 감당해 낼 자신이 없었다.

"저, 저기 여울아. 가지 말고 잠깐만……."

하지만 그의 손이 여울의 옷깃을 붙잡기도 전에.

"뭐."

"예, 예?"

하언의 싸늘한 목소리가 공기를 가르며 새어 나왔다. 다시 마주한 그의 눈동자는 공격 준비를 끝마친 맹수와 같았다.

"차여울은 왜 불러."

"아, 그게……."

"할 말 있으면 나한테 해. 한 마디만 직접적으로 걸었다간 베란다 밖으로 내쫓아 버릴 줄 알아."

"여기서 떨어지면 주, 죽을 텐데……."

"그걸 알면 말 붙이지 말라고."

하언이 내뱉은 엄포는 절대 빈말이 아니었다.

천상천하 유아독존 도하언은 정말 사람을 베란다 밖으로 집어 던지고도 남을 만큼 살벌한 기운을 지닌 사람이었다.

강태는 여울에게 뻗었던 손길을 순순히 거두고 식탁 위로 고개를 숙였다.

도와주러 왔다가 본의 아니게 위협만 받고 있는 모습은 여울이 보기에도 안쓰러웠다.

여울은 '그러게 애를 왜 데려왔어'하는 뜻으로 시울을 흘겨보았다. 시울이 입 모양만으로 내뱉은 대답은 '내가 뭐!'.

하여간 저 인간은 반성이 없으니 발전도 없지.

"하언아, 도와주시러 오신 분인데 너무 몰아붙이지 마."

경직된 상황을 살피고 있던 유현이 차분한 목소리로 하언을 진정시켰다. 그러나 하언은 보다 날카로운 눈빛으로 애꿎은 유현에게 신경질을 퍼부었다.

"지금 나한테 명령하는 거야?"

"명령이 아니라 부탁이야."

"그럼 너라도 내 눈에 안 보이는 데로 꺼져 있든가. 성질 긁는 놈들이 죄다 우리 집에 쳐들어와서 뭐하는 짓이야."

호랑이 굴에 제 발로 기어들어 온 강태는 그렇다 하더라도, 죄 없는 유현까지 덩달아 욕을 먹고 있는 모습은 도저히 봐줄 수 없었다.

여울은 하는 수 없이 여러 사람 피 말리게 하는 하언의 곁으로 다가갔고, 그의 뒷목을 부드럽게 쓰다듬었다.

"자자, 하언 씨. 진정해요. 성질 가라앉히고 무사히 대화 끝마치면 상으로 한 번 안아줄게."

그 부드러운 손길에 하언은 바짝 곤두서 있던 신경을 가라앉히는 듯했으나, 이내 여울을 향해 까칠한 단답을 내뱉었다.

"싫어."

그리고서 이어내는 말은 평소 여울의 앞에서만 드러내는 닭살이 한가득.

"한 번은 니가 안아주고 한 번은 나한테 안겨."

"으휴, 하여간 음흉하긴."

여울의 한 마디에 곧바로 이성을 되찾는 하언은 마치 잘 길들여 놓은 사냥개 같았다.

여울은 그런 하언을 사랑스럽다는 듯 바라보았으나, 시울을 비롯한 세 남자의 눈빛은 못 볼 꼴을 본 표정으로 굳어 있었다.

"그럼 이것저것 챙겨서 내려올게요. 그동안 심각한 얘기 잘 나눠요."

주변 사람들이 그러든가 말든가. 하언의 곁을 떠난 여울은 손을 살랑살랑 흔들며 현관 쪽으로 발걸음을 옮겼다.

이제부터 네 남자만 남게 될 집 안은 그녀가 신발을 신을 때까지도 쥐 죽은 듯 조용하다가.

철컥―

현관문 닫히는 소리가 들리자마자 다른 의미로 소란스러워졌다.

"아하하하! 진짜 웃기네! 들었어, 미카엘?! 한 번은 안아주고 한 번은 나한테 안기래!"

"닥쳐라. 차시울."

솔직한 소감을 털어놓은 건 역시나 시울이었다.

겨우 진정되었던 하언의 눈빛이 다시 까칠해지자 유현과 강태는 안절부절 하기 시작했다. 그러나 용감한 시울은 조금도 기죽지 않고 하언을 열심히 놀려먹었다.

"우리 매제 로맨티스트구나! 나는 무슨 연애소설 남자주인공인 줄 알았네! 아하하하!"

"아, 진짜 닥치라고 했다."

"그런 멘트는 어떻게 생각해내는 거야? 샤워하다가 떠오르면 막 뛰쳐나와서 메모해?"

"내가 진짜 저 주둥아리를 확……."

봐주는 건 여울밖에 없는 하언은 곧바로 시울의 멱살을 붙잡으려 했다.

분위기 파악 못 하는 의형제를 지키고 싶었던 강태는 시울을 향해 뻗어 나오는 손을 온몸으로 가로막았다.

"참, 참으세요! 하언 씨!"

"안 놔? 어디다 손을 대!"

"시울이 형! 어디 숨어요! 좀!"

"아하하하! 아하하하!"

그녀가 사라지자마자 더욱 엉망진창이 된 집안 분위기. 이 와중에 유일하게 제정신을 붙잡고 있는 사람은 유현뿐이었다.

"하아……."

긴 한숨으로 심란한 마음을 정리한 그는 모두가 잊고 있는 본론을 꺼내놓았다.

"하언아, 이분한테 부탁할 거 있다면서."

"지금 그게 중요해?"

"그럼 이따가 여울 씨 돌아왔을 때 아쉬운 소리 시작할 거야? 예전 남자 친구한테 도움 청하는 모습 보여 줘서 좋을 게 뭐가 있어."

차분한 유현이 놓은 일침은 반박할 거리 없이 옳은 말이었다.

그제야 가까스로 이성을 찾은 하언은 시울을 공격하려던 손아귀를 탐탁지 않은 표정으로 거두었고, 제 몸에 달라붙은 강태를 모질게 밀어냈다.

"아, 비켜. 좀."

"앗!"

"어머! 로맨티스트! 우리 강태한테 정말 너무하네! 여울이한테 하는 거 반만큼만…… 푸흐흡!"

아직 웃음기가 남아 있는 시울은 여전히 얄미웠다.

그러나 유현의 말대로 지금은 사소한 싸움을 벌일 때가 아니었기에, 하언은 주먹을 꽉 쥐며 솟구치는 성질머리를 참아 냈다.

"좋아, 본론 꺼내지. 한 번 말할 테니까 잘 듣고 니 능력 밖이면 그대로 이 집에서 나가."

부탁도 엄포처럼 꺼내놓는 하언은 강태에게 별다른 기대를 걸지 않고 있었다.

"무, 무슨 부탁이요? 혹시 살인청부 같은 거 하려는 건 아니죠?"

쓸데없이 겁부터 집어먹는 그의 모습을 보고 있노라면 누구라도 그러했을 것이다.

하지만 본론을 빨리 끝내야 이 보기 싫은 존재들을 치워 버릴 수 있을 테니, 하언은 더 이상의 지체 없이 자세한 설명을 시작했다.

"파헤치고 있는 사건 하나가 있는데, 실마리를 쥐고 있는 사람이 지금 어디 있는지 알 수가 없어."

"무슨 사건인데요?"

"예전 옵타티움 살인미수 건. 그때 도선웅 회장이랑 공범으로 지목당했던 최민석 비서, 현소재지 찾을 수 있나?"

이윽고 하언이 내뱉은 부탁은 일반인이 쉽게 들어주기 힘든 일이었다. 형사도 쉬쉬하는 일을 일개 회사원이 알아낼 수 있을 리가 만무했다.

그러나 강태는 난처해 하는 기색도 없이 물끄러미 하언을 바라보다가, 별안간 제 휴대폰을 손에 들었다.

갑작스러운 그의 딴청에 하언의 심기는 다시 불편해졌다.

"찾을 수 있냐고. 왜 대답을 안 해."

"잠시만요. 문자 좀 보내느라……."

"지금 내 얘긴 귓등으로도 안 듣고 다른 사람이랑 잡담하고 있는 거야?"

"아, 바로 답장 왔네요. 삼십 분 내에 최민석 씨 자택 주소 보내 주신대요."

하지만 부탁을 하고 나서 일 분도 채 되지 않아 강태가 꺼낸 대답은 놀랍게도 해결책이었다.

강태를 쥐 잡듯이 잡을 준비만 하고 있던 하언은 미간을 좁히며 되물었다.

"……뭐?"

"사실 하언 씨 일이기는 하지만, 그냥 내가 급하게 찾고 있는 사람이라고 말해 뒀어요. 그러니까 금방 신상 정보 도착할 거예요."

"누구한테 말을 해."

"우리 아빠요."

"너희 아빠가 누군데."

"계강철 경찰청장이라고…… 혹시 아세요?"

현 경찰계의 수장. 불가능을 가능으로 만든다고 독불장군, 계강철 경찰청장.

쥐뿔 아무것도 없어 보이던 녀석이 그 사람의 하나뿐인 아들내미였다니.

"짜잔, 이제 주소만 받으면 앓던 이 빠지는 거 맞지?"

시울은 마치 제 능력으로 해결한 것처럼 뻐기며 물었다. 하언은 아무런 대꾸 없이 강태의 얼굴만 뚫어져라 바라보았다.

비록 아직도 여울의 주변을 얼쩡거리는 놈이지만 경찰청장의 아들이라면 앞으로도 요긴하게 써먹을 수 있을 터였다. 그걸 깨달은 시점부터 사사로운 악감정은 더 이상 중요치 않아졌다.

'넌 꼭 내 사람으로 만들어야겠다.'

새삼 강태의 진정한 가치를 발견한 하언은 그를 마주한 채로 가벼운 웃음을 머금었다. 그리고 최대한 나직한 목소리로 그의 이름을 불렀다.

"강태야."

그건 충분히 다정한 태도였지만 이미 그를 두려워하고 있는 강태에게는 또 다른 위협처럼 느껴질 뿐이었다.

"삼, 삼십 분은 너무 오래 걸리나요? 조금 더 빨리 알아봐 달라고 할까요?"

그래서 살짝 어깨를 움츠리며 다시 휴대폰을 드니 하언은 그 손을 차분히 말려두었다.

"아니, 천천히 해. 그나저나 루왁 커피 좋아하나?"

"좋아하긴 하는데……."

"기다려. 타 줄게."

"아니요! 아니요! 어디 있는지 알려 주시면 제가 알아서 타 마실게요!"

"앉아 있어라. 형이 타 준다니까."

하언은 서둘러 자리에서 일어서려는 강태를 도로 앉혀 두었다. 그러고는 친히 커피포트 앞으로 다가가 그를 위한 커피를 공들여 내리기 시작했다.

손바닥 뒤집듯이 바뀐 태도 변화에 놀란 강태는 시울에게만 들리도록 속삭여 물었다.

"저, 저거 혹시 저한테 뜨거운 물 부어 버리려는 건 아니겠죠?"

"아니, 저건 그냥 도하언이 너의 매력을 발견한 거야."

"제 매력이요?"

"응, 집안 좋은 호구……는 아니고 어쨌든 너의 그 신박한 매력."

"그, 그런 건가요?"

잔뜩 움츠려 있던 강태의 어깨가 그제야 느슨히 풀어졌다. 그때까지만 해도 강태는 시울의 말을 반신반의하고 있었지만.

"그 사람 찾아내는 일이 가장 막막했는데, 덕분에 쉽게 해결됐어요. 고마워요, 강태 씨."

하언만큼이나 어렵고 무섭던 유현이 친절하게 웃으며 감사를 표하자 잔뜩 죽어 있던 자존감이 새롭게 되살아났다.

비록 시울의 손에 이끌려 와서 얼떨결에 돕게 된 처지지만, 하언에게 좋은 일은 여울에게도 좋은 일일 테니 결론적으로는 그녀의 인생에 큰 공을 세운 셈이었다.

그걸 하언도 인정해 주는 눈치이니까, 혹시 앞으로……!

"하, 하언 씨! 저 뭔가 엄청난 도움이 된 거 맞나요?"

"어. 잘했어."

"그럼 앞으로 여울이랑 친구 사이로……."

"겨우 살려놓은 목숨 잃고 싶으면 그렇게 해."

아, 그거까진 안 되는구나.

체념이 빠른 강태는 곧바로 자세를 고쳐 앉았다. 비록 여울과의 인연은 매몰차게 차단당했지만, 그의 표정은 제법 뿌듯해 보였다.

"우리 강태, 혹시나 이번 부탁 때문에 험한 일을 겪게 되어도 절대 아빠한테 일러바치면 안 된다."

그런 강태에서 시울이 꺼내놓은 말은 제법 의미심장했다. 강태는 잠깐 동안 자신이 위험한 일에 가담하게 된 건 아닌가 고민했으나…….

"그럴게요! 제가 이래 봬도 의리 하나는 굳세거든요!"

이내 아버지께는 하언의 부탁을 누설하지 않기로 가슴 깊이 맹세했다.

집에 가면 아빠가 그 사람 정보는 왜 알아보게 한 거냐며 물어보시겠지만, 적당히 예전에 날 괴롭혔던 사람이라고 둘러대면 되겠지!

시울은 강태의 부슬부슬한 머리카락을 애완견 쓰다듬듯 쓰다듬으며 말했다.

"어휴, 모자란…… 아니, 착한 강태. 무슨 일 생기면 대신 형아한테 말해. 형아가 출동할게."

그리 말하는 속내가 뻔히 비쳐 보여도 유현은 차마 그를 약았다고 비난할 수 없었다. 강태의 도움을 필요로 하는 건 유현도 마찬가지였다. 그래서 강태에게서 미안한 시선을 돌리니, 그와 곧바로 눈이 마주친 시울은 윙크를 날렸다.

유현은 저리도 뻔뻔한 그에게 양심이라는 것이 존재하긴 하는지, 문득 궁금해졌다.

해가 저문 저녁, 도 회장의 집무실.

—회장님, 저 강력 2반 한남철 형사입니다.

오랜 시간 연락할 필요가 없었던 상대에게서 연락이 왔다. 본능적인 불안을 느낀 도 회장은 휴대폰을 쥔 손에 힘을 더했다.

"형사님께서 어쩐 일이십니까."

—그, 그게…… 오늘 아침 도선우 회장의 아들이 찾아왔습니다.

"……도하언이?"

—네, 난데없이 최민석 비서에 대해서 물어보길래 일단은 곧바로 돌려보냈는데…….

끝말이 흐린 건 곧이어 안 좋은 소식이 이어질 거란 예고였다. 도 회장은 굳이 캐묻지 않고 한 형사의 목소리가 마저 이어지기를 기다렸다.

—갑자기 경찰청장님까지 나서는 바람에 그대로 넘겨주고 말았습니다. 죄, 죄송합니다…….

머지않아 터져 나오는 말은 짐작했던 대로 잘 흘러가던 삶에 휘발유를 끼얹는 듯한 비보였다.

대체 누가 무슨 바람을 불어넣은 건지, 며칠 전부터 하언은 다 끝난 이야기를 밝혀 지금까지 공들여 세워 놓은 현실을 무너트리려 한다.

그건 절대 용납할 수 없는 일이었다.

도 회장은 칠흑 같은 눈빛을 띠며 차가운 숨을 내쉬었다. 지독히 가라앉은 살기는 휴대폰 너머 한 형사의 등골까지 오싹하게 만들었다.

"목숨을 걸고 비밀을 지키겠다고 하지 않았나요?"

─예? 아, 예. 저야 어떤 것도 누설할 생각이 없지만······.

"형사님의 자의든 타의든, 비밀이 지켜지지 않는 순간 우리의 계약은 파기되는 겁니다."

─파, 파기라면······.

"기억하세요. 제가 끝나면 형사님 인생도 그대로 끝나게 될 거라는 점."

도 회장의 엄포가 진심이라는 건 한 형사도 잘 알고 있었다.

어마어마한 보상을 받는 대신 진실을 묻어주기로 약속했던 날, 도 회장은 똑같은 얘기를 웃는 낯으로 꺼내놓았었다.

아군일 땐 누구보다 든든하지만 적이 되는 순간 어떠한 괴물보다도 잔혹해지는 인간.

─제, 제가 어떻게든 수습해놓겠습니다.

한 형사는 떨리는 목소리로 대답했다. 그에게서 느껴지는 거대한 두려움은 도 회장을 향한 충성의 크기와 같았다.

"한 형사님만 믿고 있겠습니다."

그리 대답하는 도 회장의 음성엔 흐린 미소가 얹혀 있었다.

—하아…… 믿어주셔서 감사합니다, 회장님. 실수는 제가 어떻게든 만회하겠습니다.

한 형사는 그 웃음기에 또 한 번의 기회를 얻은 듯이 안도의 한숨을 내쉬었으나.

"아니요, 파트너끼리 신뢰하는 건 당연하죠."

도 회장의 마음속 깊숙한 곳엔 이미 그의 최후까지도 마련되어 있었다는 건, 어수룩한 한 형사로서는 죽는 순간까지도 모를 사실이었다.

믿을 수 없는 일이 벌어졌다.

"개강태. 많이 먹어."

"하언 씨도 그만 굽고 고기 좀 드세요."

"아니야, 계속 굽게 냅둬. 하언이는 강태 너 먹는 것만 봐도 배부르대."

절대 화합이 불가능할 것 같던 네 남자가 거실에 오순도순 둘러앉아 삼겹살 파티를 벌이는 엄청난 기적이 일어났다.

"넌 좀 뭐라도 하지그래?"

"집게를 니가 들고 있는데 내가 뭘 하겠어."

"거기 하나 더 있잖아. 너도 굽고 자르고 해, 당장."

"하하, 내가 뭘 굳이."

물론 하언과 시울이 자잘한 말싸움을 벌이긴 했지만 확실히 집안 분위기는 평화롭기 그지없었다.

그 광경을 물끄러미 지켜보던 여울은 싱크대 앞에 서서 야채를

씻던 유현에게 넌지시 물었다.

"나 집에 다녀온 사이에 무슨 일이 있었던 거예요?"

"강태 씨가 하언이한테 큰 도움이 됐어요."

"강태가 도움이 돼요?"

"네. 앞으로 당분간은 사이좋게 지낼 것 같으니까 걱정 내려놔요."

유현의 설명은 친절했지만 여울은 그래도 의아함을 감출 수 없었다.

분명 집에서 출발할 때까지만 해도 살인 안 나면 다행인 수준이었는데……

"여울 씨."

미심쩍은 눈길로 거실 테이블을 쳐다보던 그때, 유현이 나직한 목소리로 여울을 불렀다.

그녀는 곧바로 고개를 돌렸고, 그녀의 눈앞에 내밀어진 유현의 손바닥을 내려다보았다. 꾸물꾸물 느리게 기어가고 있는 건 작은 달팽이였다.

"와, 귀여워라."

"이 안에 살고 있었나 봐요."

"달팽이 진짜 오랜만에 보네. 얘는 어디에다가 풀어 줘야 돼요?"

"안 풀어 주고 내가 키울 거예요."

"응? 유현 씨가요?"

"네. 여울이라고 이름 붙여야지."

유현은 농담인지 진담인지 모를 소리를 내뱉으며 달팽이를 투명한 유리그릇 안에 넣어 두었다. 혹시나 빠져나올까, 배추로 천장을 만들어 주는 것도 잊지 않았다.

여울은 그런 그를 물끄러미 바라보다가 무언가를 물어보려 했다.

"그런데 진짜 걔한테 내 이름 붙일……."

"차여울, 이리 와서 너도 고기 먹어."

그때, 하언이 삼겹살을 수북이 담아둔 그릇을 빈자리에 놔두며 말했다. 그걸 탐탁지 않게 바라보던 시울이 곧바로 투정을 부렸다.

"아! 뭐야! 반절은 계강태 주고! 반절은 차여울 주고! 그럼 나는 뭐 먹으라고?"

"그러니까 너도 굽지 그랬어. 내가 굽는 고기 중에 너 먹을 건 없었는데."

"하, 이거 우리 집에서 가져온 삼겹살이거든?!"

"그래서 니 동생 입으로 들어가잖아. 이렇게나 많이."

하언은 턱 끝으로 여울의 그릇을 가리키며 대답했다.

시울은 그런 그를 얄미워 죽겠다는 표정으로 노려보다가 젓가락을 내려놓았다. 완벽하게 토라진 모양이었다.

"하언 씨, 우리 오빠 먹을 걸로 삐지면 평생 가요."

여울은 저 먼발치서 투닥이는 두 사람을 저지했다. 그러자 시울은 기다렸다는 듯 엄포를 놓았다.

"여울아, 처가에 못되게 구는 놈이랑은 절대 결혼하지 말아라."

"너한테만 못되게 구는 거야."

"들었지? 처가 알기를 우습게 알아, 아주."

시울은 삿대질까지 하며 말했지만 하언은 피식피식 웃어댈 뿐이었다. 이 상황을 보다 못한 강태는 제 그릇에 쌓여 있던 고기를 시울에게 반쯤 덜어주었다.

"형, 이거 드세요."

"어머, 강태야! 내 영혼의 단짝 강태야!"

"야, 개강태. 형이 챙겨 준 걸 차시울한테 버리는 거야?"

"버, 버리는 게 아니라……."

결국 애꿏은 강태에게까지 튀어버린 신경전의 불똥.

여울은 한심스러운 두 사람을 향해 끌끌 혀를 찼다.

"어째 서른이나 먹은 형들이 스물여덟 살짜리 동생보다 못하냐. 속은 계강태가 제일 넓네."

"여, 여울아……."

"내가 칭찬 좀 해 줬다고 금세 얼굴 붉히지 마. 짜증 나니까."

이 어지러운 상황을 제정신으로 지켜보고 있던 유현이 작게 웃었다. 그 웃음소리를 들은 여울이 다시 유현에게로 고개를 돌리자, 그는 들떠 있는 목소리로 대답했다.

"아, 말하는데 웃어서 미안해요. 이렇게 소란스러운 식사는 처음이라서."

하긴 그렇기도 하겠네. 그 집안의 식사는 완전 살얼음판이 따로 없었으니까.

아무리 정신 나간 광경이라도 유현이 보고 즐거우면 됐다고 생각한 여울은 그를 따라 싱긋 웃었다. 그리고 거실까지는 들리지 않을 목소리로 물었다.

"그럼 재롱잔치 더 구경하게 조금만 저대로 내버려 둘까요?"

"네?"

문득 유현의 여린 눈동자가 여울에게로 향했다. 그건 대답을 하기 위해서였지만 이상하게도 말이 나오질 않았다.

아무래도 너무 가까이서 마주한 그녀의 얼굴 때문인 것 같다. 그녀의 입술은 이대로 고개를 끌어내리면 닿을 위치에 있다.

그 사실을 의식하자마자 유현의 심장은 감당할 수 없이 빨라지기 시작했다. 그는 점차 뜨거워지는 온도를 느끼며 미세한 호흡을 떨었다.

그 순간.

"비켜 봐. 꺼낼 거 있으니까."

신경 쓰지 못한 새 주방으로 온 하언이 거친 손길로 유현을 밀쳐 냈다. 불친절한 그의 손길은 흐려지려던 유현의 이성을 가까스로 멈춰두었다.

정말, 정말 다행히도.

"하언 씨도 참…… 사람을 그렇게 밀치나."

"차여울, 넌 오늘 집에 혼자 들어갈 준비하고 있어라."

"응? 왜?"

"차시울이랑 주량으로 끝장 봐야 되거든."

그리 말하는 하언이 싱크대 위 찬장에서 꺼내 드는 건 평소 하언이 즐겨 마시는 양주였다. 박스를 확인한 시울이 크게 웃으며 허풍을 떨었다.

"하, 조니워커 하면 또 나지! 나 회식 때 저거 다섯 병 마셨어."

"사기를 치려면 적당히 쳐. 그랬으면 넌 주검이 돼서 이 자리에 없었어."

"블랙이야, 골드야, 뭐야."

"블루. 제일 도수 높은 거 알지?"

비장하게 대답한 하언은 여울에게로 시선을 두었다. 그녀는 철없게 구는 시울을 바라보는 표정으로 그를 마주하고 있었다.

"이기고 올게."

하지만 그러든가 말든가 하언은 그녀의 입술 위로 가벼운 입맞춤을 쪽!

유현은 두 입술이 맞닿기 직전 서둘러 고개를 돌렸다. 하지만 기껏 피해 온 슬픈 장면은 머릿속에서 선명히 재생되었다.

"어머, 남사스럽게 무슨 짓이야. 사람들 앞에서."

민망해진 여울은 하언의 몸을 거실 쪽으로 떠밀었다. 그러곤 분위기가 어색해지기 전에 유현에게 너스레를 떨었다.

"하여간 진짜 유치해 죽겠네요. 유현 씨는 저러지 마요. 알았죠?"

"하하, 하언이는 40도 넘어가는 술은 안 마시는데 오늘은 왜 저러는지 모르겠네요."

그리 말하는 유현은 혼자만의 씁쓸한 감정을 흔적도 없이 지워 버린 상태였다. 어쩐지 설아에게서 벗어난 지금도 감정을 숨기고 꾸며진 미소를 지어 보이는 일은 변함없이 계속되는 것 같다.

여울은 그 연기에 속았는지, 다시 거실 쪽으로 시선을 두며 의미 모를 부탁을 했다.

"저는 밥만 먹고 위층으로 올라가 볼 테니까 우리 오빠 좀 잘 부탁해요."

"시울 씨를요?"

"네. 도하언이 뭘 몰라서 저러나 본데…… 우리 오빠 술 먹으면 진짜 개가 되거든요."

"아……."

"혹시 통제가 불가능해지면 뒤통수를 세게 때려요. 가능한 힘껏."

그건 여울이 건네는 진심 어린 조언이었다.

하지만 유현은 계속 웃는 낯을 유지하느라 곱씹지 못했다. 그저 금세 허물어질 그 얼굴을 싱크대 안에 박아두고는.

"……여울 씨, 먼저 가서 밥 먹어요. 배고프겠다."

"아 참, 오빠 취하기 전에 빨리 먹고 도망가야지. 유현 씨도 얼른 와요."

"네, 하하."

서러움에 일렁이는 눈동자를 애써 감출 뿐.

"왈왈! 왈왈!"

하언은 잔뜩 인상을 쓴 채 개 한 마리를 바라보고 있다.

"왈! 왈왈왈!"

"아……."

"으르렁! 으르렁!"

그렇게 잘 마신다고 호언장담을 하더니 양주 단 세 잔 만에 개가 되어 버린 시울을, 그는 그저 난처한 시선으로 바라보고 있다.

물론 하언이 원했던 건 시울이 이 집에서 뻗어버리는 것이었다. 그가 자신의 집으로 돌아갈 수 없을 지경이 되면, 하언 혼자 유유히 여울이 있을 위층으로 올라가는 것이 남몰래 세워 둔 계획이었다.

하지만 시울이 이토록 시끄럽게 난동을 부려대는 이상, 하언은 홀연히 떠날 수가 없었다. 이러다 앞집에서 경찰 부르게 생겼잖아.

"개강태, 어디서 목줄 좀 구해와라. 저 똥강아지 동물병원이나 데려가게."

하언은 아까부터 고갤 숙이고 있던 강태에게 성난 목소리로 명령했다. 그러나 이미 곯아떨어진 강태는 코만 골 뿐 아무런 도움도 되지 못했다.

인내심이 한계에 다다른 하언은 테이블 위에 놓여 있던 물수건을 들어 시울의 입을 틀어막으려 했다.

그때.

"……여울 씨한테 가려고?"

맞은편에 잠자코 앉아 있던 유현의 물었다. 그에게로 향하는 하언의 시선에 날카로운 날이 섰다.

"뭐?"

"위층 올라가고 싶어서 시울 씨 저렇게까지 먹인 거잖아."

그건 맞는 말이었으나 유현의 입으로 들으니 기분이 묘했다. 하언은 아직 제 감정을 정리하지 못한 유현이 그녀의 이름을 꺼내는 것조차 싫었다.

"왜, 막게?"

하언은 낮게 가라앉은 목소리로 물었다. 그 질문을 들은 유현은 옅은 웃음을 흘렸고, 제 앞에 놓인 술잔을 집어 들었다.

"응, 그러고 싶어."

이윽고 흘러나온 대답은 지나치게 솔직해서 화도 나지 않았다.

하언은 보다 사나워진 눈빛으로 유현을 향해 헛웃음을 쳤다.

"술 취했냐?"

하지만 마저 이어지는 유현의 목소리는 슬프도록 담담했다.

"그런데 그럴 수가 없어. 왜인 줄 알아?"

"……."

"너는 여울 씨 옆에 있지만 나는 여울 씨 뒤에 있거든."

의미심장한 말끝에 따라붙은 유현의 한숨은 잔뜩 젖어 있었다.

하언은 어떤 대꾸도 하지 않고 유현의 얼굴을 물끄러미 마주했다. 그의 눈시울은 평소처럼 메말라 있었으나 어쩐지 하언에게는 자꾸만 울고 있는 것처럼 보였다.

그렇게나 슬픈 눈을 하고 유현은 소란스러운 상황 속에서도 제할 말을 계속했다.

"흔히들 아침이 되면 달이 진다고 하잖아. 그런데 사실 달은 하루 종일 하늘에 떠 있대. 태양이 너무 밝아서 보이지가 않는 거지."

"……."

"나는 여울 씨한테 그런 사람이라고 생각해. 니가 옆에 떠 있는 이상 그 사람 눈에 띄지도 않는 사람."

"……."

"나는 절대 너를 이길 수 없어."

그리 말하는 유현은 스스로의 위치를 너무나도 잘 알고 있다. 그래서 하루에도 수백 번씩 그 사람이 욕심나도 감히 손 한 번 뻗을 시도조차 하지 못한다.

아버지는 그런 유현에게 분노한 목소리로 말했다.

그렇게 약해 빠졌으니까 너는 원하는 걸 손에 넣을 수 없는 거라고. 너는 평생 누군가의 그림자 밑에 가려져 살 게 될 거라고.

유현은 그 악담에 전부 동의한다. 무언가를 손에 쥐려고 노력도 하지 않는 지금의 태도는 평생 그를 그림자 안에 가둬둘 것이다.

하지만 그럼에도 불구하고 변하기 위해 애쓰지 않는 이유는.

"여울 씨는 너랑 있을 때 가장 예쁘게 웃어."

"······."

"그 얼굴을 보면 나까지 기분이 좋아져서 널 이겨 먹어야겠다는 생각도 안 들어."

그 사람이 행복해하는 모습을 보며 같이 행복해지고 싶기 때문이었다. 함께 고통받는 걸 행복으로 여기는 것이 아니라.

유현의 말을 들은 하언은 다른 의미로 심경이 복잡해졌다. 늘 뒤로 물러서기만 하는 유현은 도 회장의 꼭두각시라고는 믿을 수 없을 만큼 악의가 없었다.

하지만 곧이곧대로 받아들이기엔 그를 신뢰하지 못했던 시간이 너무나도 길었다.

그래서 떨리는 시선으로 유현만 바라보고 있으니, 유현은 아직까지도 짖고 있는 시울의 곁으로 다가서며 말했다.

"시울 씨는 내가 어떻게든 해 볼게. 여울 씨 잠들어버리기 전에 얼른 올라 가."

순간, 아주 케케묵은 기억 하나가 하언의 머리를 스쳐 지나갔다.

아주 오래전 어느 날.

가족의 죽음을 뒤늦게 깨달은 하언은 혼자서라도 납골당에 찾아가겠다고 우겼었다.

그걸 용납할 수 없었던 도 회장은 그를 방에 가둬 버렸고, 정신을 차릴 때까진 몇 날 며칠이고 열어 주지 않겠다며 협박했다.

하지만 그날 오후, 유현은 어디서 구해 왔는지 모를 열쇠로 굳게 닫혀 있던 방문을 열어주었다. 그리고는 자신의 동전지갑을 그의 손에 건넸다.

'이게…… 뭔데.'

혼란스러운 표정의 하언에게 유현이 속삭였던 대답은 방금 전 했던 말과 비슷했다.

'하언아, 아버지는 내가 어떻게든 해 볼게. 너는 얼른 식구들 만나러 가.'

뒤는 자신이 지킬 테니 너는 앞으로 달려 나가라는 말.

그건 가족들이 죽은 후로 처음 들어보는 격려였다. 덕분에 하언은 그날 뒷일에 대한 걱정 없이 있는 힘껏 달려 나갈 수 있었다.

물론 그렇게나 도움을 받고서도 어린 하언은 경호원들에게 가로막혀 저택의 정원조차 빠져나가지 못했다. 만약 무사히 저택을 탈출했었다고 해도 어차피 납골당 위치를 몰라서 가족들을 찾아가지는 못했을 거다.

하언은 다시 방으로 끌려오는 동안 세상 모두를 원망하고 저주했다.

하지만 그 와중에도 단 한 사람, 유현만큼은 원망하지 않았던 것 같다.

오히려 유일한 내 편이 되어 준 너에게 고맙다고, 너의 선의를 쓸모없게 만들어서 미안하다고 생각했으면 생각했지.

"그만 착한 척…… 차여울 앞에선 하지 마라."

하언은 유현에게서 눈길을 돌리며 한층 누그러진 목소리를 흘려보냈다.

무슨 눈빛이든 당당하게 맞받아치는 하언이 이런 반응을 보인다는 건, 숨기고 싶은 감정이 있다는 뜻이었다. 그 진심을 알고 싶었던 유현은 현관을 향해 멀어지는 그에게서 시선을 떨어트리지 않았다.

하언은 신발을 챙겨 신을 때까지도 완벽히 얼굴을 감추다가, 현관문을 열기 직전 마지막으로 거실을 바라보았다.

"그리고 나한테도 하지 마. 꼴보기 싫으니까."

이윽고 꺼내놓는 말은 표정에서 전부 티가 나는 거짓말이었다.

저렇게 적의 없는 눈빛은 정말 오랜만에 보는데, 대체 뭘 속여 보겠다고. 유현은 알아챈 내색도 하지 않고 그제야 하언에게서 고개를 돌렸다.

"강태 씨, 강태 씨. 여기서 자면 안 돼요."

"왈왈! 왈왈!"

"시울 씨는 잠깐만 뒤통수 좀 빌려주시겠어요?"

한 사람은 시체가 되고 한 사람은 개가 되어 버린 도떼기시장.

끼익— 쾅!

그 속에서도 현관문이 열렸다가 닫히는 소리는 유달리도 경쾌했다. 보내주는 사람과 떠나는 사람의 가벼운 마음만큼.

"으으, 쌀쌀해라."

하언의 윗집.

방금 샤워를 마친 여울이 목욕가운 차림으로 화장실에서 나왔다. 평소라면 곧바로 방에 들어갔을 테지만, 그녀는 그 차림 그대로 부엌에 나와 미리 꺼내둔 맥주 한 캔을 집어 들었다.

정말 오랜만에 찾아온 혼자 있는 밤을 최대한 느긋하게 누리고 싶어서였다.

"차시울 하나 없는 건데 되게 조용하네."

그녀는 한가로운 혼잣말을 내뱉으며 캔맥주를 땄다. 그리고 한 모금 들이켜 보려는데.

띵동―

요란한 초인종 소리가 난데없이 울려 퍼졌다. 여유를 방해받은 여울의 표정이 단번에 까칠해졌다.

"아, 깜짝이야! 누구세요!"

여울은 현관을 향해 신경질적인 고함을 내질렀다.

늦어도 너무 늦은 시간이니 어차피 현관문 앞에 있을 건 고주망태가 된 차시울일 게 뻔했다.

여울은 들고 있던 맥주를 식탁 위에 올려놓고 다시 한 번 소리를 내질렀다.

"나 옷 안 입었으니까 오빠가 문 열고 들어와!"

그 순간 초인종 소리는 폭주하듯 띵동―! 띵동―! 띵동―!

안 그래도 날카로웠던 여울의 심기를 더욱 들쑤셔놓기 시작한다. 성질이 잔뜩 난 여울은 시울을 잡아먹을 기세로 인터폰을 든다.

"미쳤어?! 니가 알아서 열고 들어오라고!"

그러나 버럭 호통을 치자마자 그녀의 눈에 들어온 화면 속 인물은 전혀 뜻밖의 손님이었다.

─차여울, 나야.

"하, 하언 씨?"

─얼른 문 열어. 지금 당장 얼른.

인터폰을 통해 들려오는 하언의 목소리는 굉장히 다급했다. 놀란 여울은 혹시 그가 오빠에게 물리기라도 한 걸까 싶어, 후다닥 현관으로 다가갔다.

"왜 그래요! 무슨 일인데! 응?!"

그리고 하언만큼이나 다급한 손길로 문을 열어 주자, 문밖에 서 있던 그는 여울을 보자마자 한 품에 와락 끌어안아버린다. 머지않아 그녀의 귓가에 스며드는 건 술기운이 어린 달콤한 속삭임이었다.

"니가 보고 싶어서 왔어."

나직한 고백을 내뱉은 하언은 그녀의 귀끝을 살짝 깨물었다. 온몸에 돋아나는 기분 좋은 소름을 참지 못한 여울은 서둘러 하언의 몸을 밀어냈다.

"아이, 참…… 나 옷 입어야 돼."

"뭐하러 입어."

"그, 그야……."

"내가 다시 벗겨 버릴 텐데."

응? 벗겨 버린다고?

귓가에 닿는 숨결의 농도가 점점 짙어진다 싶던 그때.

"엄마야!"

하언이 은은한 바디클렌저 향기를 풍기는 여울의 몸을 번쩍 안아 들었다. 짐짝처럼 들어 올려진 여울은 금방이라도 벗겨질 것 같은 앞섶을 서둘러 추슬렀다.

"뭐, 뭐하게?!"

그러고 나서 휘둥그레진 눈으로 묻자 하언은 야릇한 미소를 지으며 대답한다.

"……알면서."

하언이 두 눈이 심하게 반짝거렸다. 머지않아 그가 여울을 안아 든 채 발길을 옮기는 곳은 금남의 구역, 차여울 방이었다.

서슴없이 침대 앞으로 간 그는 잔뜩 움츠러든 여울을 던지듯 내려놓았다.

"하, 하언 씨? 으악!"

푹신한 매트리스 덕에 여울의 몸은 크게 흔들렸고, 대충 묶어 두었던 목욕가운의 끈은 느슨해졌다. 그 틈새로 그녀의 봉긋한 가슴이 은근슬쩍 내보여졌다.

"진정해! 도하언! 이따가 오빠 올라오면 어떡하려고 그래!"

여울은 두 손을 가슴 앞으로 모은 채 이성을 반쯤 놓아 버린 하언을 달랬다. 그러나 하언이 그녀의 몸 위를 덮쳐 오르며 내뱉은 대답은 굉장히 단호했다.

"그 인간은 이미 개가 된 지 오래야."

"아, 아……."

"다시 인간으로 돌아오려면 하룻밤은 지나야할걸."

시울이 돌아올 수 없을 거라 확신하는 하언의 손길은 거침없었다.

차가운 손끝으로 여울의 목덜미를 휘감은 그는 그녀의 도톰한 입술을 사탕처럼 머금었고, 제 몸을 더욱 가까이 밀착시켰다. 마주 닿은 가슴에선 뜨거운 그의 열기가 고스란히 전해졌다.

순식간에 하언에게 사로잡혀 버린 여울은 숨도 못 쉴 지경이었다. 그녀는 은밀하게 건네지는 혀끝에 온 신경을 집중시켰다가, 숨이 벅차오기 시작하자 고개를 틀어 입술을 떼어 냈다.

"왜. 오늘은…… 싫어?"

하언은 그녀의 얼굴을 빤히 내려다보며 보채듯 물었다. 여울은 잠시 망설이다가 고개를 가로저었다.

"그럼 왜."

"……."

"왜 그러는데."

하언은 재차 질문을 던지며 집요하게 여울의 목덜미를 파고들었다. 그럴수록 여울의 심장은 요동쳤고 이성은 흐트러졌다. 그의 호흡이 살결을 스칠 때마다 여울은 정신을 차릴 수 없다.

한참을 얼어붙어 있기만 하던 여울은 하언의 어깨를 조심스레 잡았다.

"부, 부끄럽단 말이에요……."

그런 뒤 흘려보낸 목소리엔 수줍음이 가득 담겨 있었다.

하언은 그녀의 목덜미를 탐하던 입술을 떼어 냈고 나른한 미소를 띤 채 물었다.

"부끄럽긴 뭐가 부끄러워."

"그냥 하언 씨가 예뻐해 줄 때마다 뭔가 낯간지러워 죽겠어."

"그럼 예뻐해 주지 말까?"

하언은 마냥 얼굴을 붉히고 있는 여울에게 장난스레 물었다. 그건 또 싫었던 여울은 살며시 고개를 저으며 대답했다.

"안 예뻐해 주는 건 싫고……."

"……."

"지금은 너무 조급하니까 조금만 천천히 와."

그러자 하언의 입술에선 나른한 실웃음이 피식.

"알았어. 천천히 갈게."

템포를 늦추기 전, 하언은 그녀의 이마에 가벼운 키스를 했다. 그러고는 끌어안았던 그녀의 몸을 놓아주고 그녀의 발밑 쪽으로 내려갔다.

멀어지는 와중에도 뇌쇄적인 눈빛만큼은 계속 여울에게 향해 있어서, 여울은 삐걱거리는 매트리스 소리조차도 야하게 느껴졌다.

"우선 여기서부터 출발할까."

그녀 밑에 무릎을 꿇어앉은 하언은 그녀의 작은 발을 붙잡았다. 그리고 고개를 끌어내려 하얀 발등에 지그시 입을 맞추었다.

그 광경은 그 광경 나름대로 자극적이었던지라, 여울은 눈을 질끈 감았다.

"다음은 여기."

다음으로 하언의 입술이 도착한 곳은 왼쪽 무릎.

"이쪽도 아쉬우니까 들렀다 갈게."

이어서 자연스럽게 옮겨가는 곳은 오른쪽 무릎. 그런 뒤 두 손으로 그녀의 양 무릎을 잡고 살며시 사이를 벌린다.

아마도 그의 다음 목적지는 여울의 신체부위 중에서도 가장 은밀하고 자극적인 곳인 모양이었다.

머지않아 예민해질 대로 예민해진 허벅지 안쪽에 촉촉한 감촉이 느껴졌다. 순간 온몸에 힘이 빠져버린 여울은 저돌적으로 다가오는 그를 막지도 못했다.

그저 점차 젖어드는 제 몸을 느끼며 하언에게 좀 더 깊이 스며들기를 기다리고 있는데.

"이쯤에서 휴식할까."

하언이 갑작스레 입술을 떼어내고 허릴 세워 앉았다. 그를 받아들일 마음의 준비를 끝내두었던 여울의 눈동자에 당황이 어렸다.

"휴식이라니?"

"천천히 오라고 했는데 이 속도는 너무 빠른 것 같아서."

그건 확실히 여울의 요구를 들어주는 중이었으나, 그녀는 아직 남아있는 입술의 감촉 때문에 그새 마음이 조급해져 버렸다.

그래서 멀어진 그를 붙잡기 위해 아직 무릎에 닿아있는 그의 손을 맞잡은 채 몸을 일으키자, 코앞으로 가까워진 하언이 피식 실웃음을 흘렸다. 장난기 가득한 눈빛을 보니 그녀의 심경변화는 이미 눈치채고 있던 모양이었다.

"애태우지 마요."

"애태우는 게 아니라 주인님이 시키는 대로 따르는 중입니다만?"

"난 시키는 대로 움직이는 남자는 매력 없더라."

제대로 달아오른 여울은 먼저 입술을 맞부딪혔다. 하언의 목덜미를 끌어안은 채 건네는 키스는 평소보다 깊었다.

하언은 밀려들어오는 그녀의 혀를 받아들이며 제 와이셔츠를 풀었고 이내 거칠게 벗어버렸다.

그리고 여울의 몸을 가리고 있는 목욕가운도 풀어헤쳤다. 덕분에 드러난 여울의 나신은 이미 뜨겁게 달아올라 있었다.

"하아……."

맨가슴이 맞닿자 그녀의 입술은 옅은 신음을 내며 잠시 떨어졌다.

그러자마자 하언은 그녀를 다시 침대 위로 눕혀놓았고 잠시 놓쳤던 그녀의 입술을 다시 거칠게 집어삼켰다. 농도 짙게 휘감기는 그의 혀는 그녀의 이성을 앗아가기에 충분했다.

호흡조차 버거울 만큼 점점 더 깊어지는 하언의 키스, 그와 동시에 나머지 허물마저도 벗겨져 가는 하언의 몸.

머지않아 여울처럼 자신의 모든 것들 드러내게 된 하언은 난폭한 입술을 잠시 떼어냈다. 그리고 유독 붉어진 입술로 물었다.

"날 얼마나 사랑해?"

이런 순간마다 사랑을 불안해하는 하언의 아이 같은 질문이었다. 그런 그가 사랑스러웠던 여울은 떨리는 그의 입술을 엄지손가락으로 매만지며 대답했다.

"지금 날 망가트려도 좋을 만큼 사랑해."

그러자 예쁘게 웃어주는 당신은 내 사랑을 몽땅 가져가기 위해 태어난 사람 같다. 내 마음에 울고 웃는 당신은 영원히 붙잡아두고 싶을 만큼 애틋하다.

"나도 그래."

"……."

"너는 날 해쳐도 괜찮아……."

두 뺨을 붉힌 그가 고요하게 흘려보낸 목소리는 그녀의 심장을 흔들어놓기에 충분했다.

여울은 품에 안겨드는 그를 더욱더 세게 끌어안았고, 먼저 그의 입술을 찾아 뜨거운 숨결을 건넸다. 그러자 하언은 끓어넘치는 본능을 촉촉해진 여울의 안으로 천천히 밀어 넣었다.

"음……!"

순간 여울에게서 터져나온 비음은 참을 수 없이 야릇했다. 이보다 더 기분 좋아지게, 이보다 더 내 사랑을 느낄 수 있게.

하언은 허리를 깊숙이 움직이길 반복했다. 그럴수록 간절히 매달리는 그녀는 시간을 멈춰놓고 싶을 만큼 사랑스러웠다.

아름다운 곡선을 그리며 엉키는 두 사람의 몸은 같은 온도, 같은 희열을 띠고 있었다.

하언의 움직임이 느려질 때마다 그를 보채는 여울도, 여울이 지칠 때마다 좀 더 자극적인 부위를 찾아 애무하는 하언도 마음껏 서로를 탐하는 일에 여념이 없었다.

몇 번이고 도달하는 오르가즘이 무색할 만큼 격렬하게 사랑을 전해주는 오늘 밤. 그 어느 때보다도 내 마음에 가득 들어찬 당신.

나는 지금 당신이 내 곁에 있어서, 기꺼이 나의 사람이 되어 주어서, 하염없이 고마워진다. 이유 없이 펑펑 울고 싶어질 만큼.

이른 아침, 서울 중심가 호텔 VIP 미팅룸.

페미닌한 정장을 곱게 차려입은 설아가 지배인의 안내를 받으며 들어섰다. 굳게 닫혀 있던 미팅룸의 문이 열리자, 담담하게 그녀를 반기는 인물은 다름 아닌 도선웅 회장이었다.

"안녕하십니까, 회장님. 그동안 잘 지내셨나요?"

설아는 특유의 정돈된 표정으로 먼저 인사를 건넸다.

도 회장은 대답대신 고개를 끄덕이는 것으로 화답을 대신했고, 그녀가 맞은편에 앉을 때까지 기다렸다.

평소보다 싸늘하게 굳어 있는 그의 안색은 무언가 중요한 용건이라도 준비해 놓은 듯 보였다.

"심기가 많이 불편해 보이시네요. 무슨 일 있으세요?"

그의 분위기를 어렵지 않게 읽어낸 설아가 넌지시 질문을 던졌다. 그러자 도 회장은 제 앞에 놓은 찻잔을 들어 마른 입술을 적셨고, 지독히도 가라앉은 목소리를 꺼내놓았다.

"하언이가 제멋대로 집을 뛰쳐나갔단다."

"......"

"혹시 그 애가 어디 있는지 알고 있니?"

물론 지금도 유현의 일거수일투족을 감시하고 있는 설아는 하언의 행방도 알고 있었다.

그는 며칠 전 여울의 바로 밑에 집을 구입했고 유현까지도 끌어들였다. 굳이 감춰야할 사실은 아니었지만 하언의 위치가 발각되는 순간 유현도 덩달아 도 회장의 손아귀에 붙잡힐 게 뻔했다.

유현이 제 발로 그녀를 찾아오길 바라고 있는 설아는 전혀 모르겠다는 눈빛으로 고개를 저었다.

"하언 씨가 저한테 일일이 스케줄 보고할 사람인가요? 그 사람이랑은 연락 끊고 산지 오래예요."

"……."

"혹시나 연락 닿게 되면 제일 먼저 말씀드릴게요. 그 사이 큰일은
나지 않을 테니 너무 걱정하시 마세요."

설아는 더 이상 이어가고 싶지 않은 대화를 서둘러 마무리 지었다.
그러나 도 회장이 지닌 한기는 그 순간부터 더욱 짙어졌다. 그는 며칠
전부터 큰일을 저지르기 위해 움직이는 하언을 경계하는 중이었다.

"설아야, 못 본 새에 많이 안일해졌구나."

"……무슨 뜻이죠?"

"하언이에게서 연락이 닿을 때면 이미 늦었을 거라는 생각은 안
하니?"

도 회장의 날카로운 눈빛이 설아를 냉정하게 직시했다. 차분히
가라앉았던 분위기엔 금세 살얼음판 같은 긴장감이 맴돌았다.

설아는 그럴수록 부드럽게 입꼬리를 들어 올렸고, 도 회장의 속
내를 먼저 알아맞혔다.

"하언 씨가 벌써부터 거슬리는 짓을 하기 시작한 모양이군요. 제
가 무엇을 어떻게 도와 드리면 될까요?"

순순히 협조하겠다는 설아의 뜻은 도 회장을 만족시키기에 충분
했다. 그는 한결 여유로워진 표정으로 재킷 안주머니에 손을 넣었다.
머지않아 딸려 나오는 건 알 수 없는 주소와 이름이 적힌 종이였다.

"서정희…… 이 여자는 누구죠?"

"아무에게도 말하지 말고, 아무도 동행하지 말고 최대한 얌전하
게 찾아가거라."

"찾아가서 뭘 하면 되는데요?"

"긴 설명 할 것 없이 가지고 있는 모든 걸 넘겨달라고 해. 그럼 그 여자가 너의 정체를 물어볼게다."

"그땐 뭐라고 대답하면 되죠?"

설아는 가지고 온 클러치에 종이를 고이 접어 넣으며 물었다. 하지만 이윽고 꺼내진 도선웅 회장의 대답은 그녀를 꼼짝없이 얼어붙게 만들었다.

"도선우 회장의 최측근이라고 대답하렴."

"……네?"

도선우 전 회장.

이십 년 전 죽은 도하언의 아버지이자 도선웅 회장의 친형. 아직까지도 영향력이 대단한 그는 도 회장의 앞에선 언급조차 금기시되던 인물이었다.

그러나 도 회장이 그런 그를 이용해서까지 뭔가를 얻어내려 한다는 건, 그만큼 그 여자가 위험하고 치명적인 걸 쥐고 있다는 걸 뜻했다. 설아는 굳었던 표정을 다시 느슨히 풀어내며 여유로운 목소리로 물었다.

"그렇게 중요한 걸 왜 저한테 얻어오라고 말씀하시는 거죠?"

만약 그가 신뢰하기 때문이라고 대답한다면 설아는 손을 뗄 생각이었다. 인간이라고 볼 수 없을 정도로 냉혹한 도선웅이 정을 운운하며 내민 손은 위험한 덫일 것이 틀림없었다.

그러나 도 회장이 이어낸 대답은 설아의 이런 생각까지도 읽어낸 듯 허를 찔러왔다.

"넌 내가 쥐고 있는 걸 위해서라면 뭐든 할 수 있는 아이잖니."

순간 설아의 머릿속에 그 사람의 얼굴이 스쳐 지나간다. 도 회장은 어김없이 흔들리는 그녀의 눈빛을 더욱 깊이 들여다본다.

"이번 일이 해결될 때까지만 도와준다면 내가 도유현의 두 다릴 부러트려서라도 너의 옆에 앉혀두겠다."

"⋯⋯."

"도유현이 어디 있는지 몰라서 손을 떼고 있는 게 아니야. 그저 지금 당장 필요 없는 놈이니까 내버려 두는 거지."

그리 말하는 도 회장은 소름 끼치도록 차가운 미소를 머금고 있었다. 등줄기가 서늘해진 설아는 잠시 숨마저 멈추고 그의 얼굴만 물끄러미 바라보았다.

도 회장은 그녀의 반응이 재미있다는 듯 숨죽여 웃더니, 설아에게 의미심장한 질문 하나를 던져 놓았다.

"그 아이를 가지고 싶니?"

"⋯⋯."

"그렇다면 주인한테서 직접 사가렴. 물론 정당한 대가를 지불하고 말이다."

가장 원하는 것을 얻을 수 있는 거래. 수락하기도 전에 느껴지는 악의는 역한 기운이 몰려올 정도로 짙었다. 하지만 거절하기엔 도 회장이 쥐고 흔드는 사람은 너무나도 탐스러웠다.

"대가는 충분히 지불해드리죠."

"⋯⋯."

"대신, 꼭 모든 일이 마무리되었을 때 그 사람은 온전히 제 것이어야 합니다."

그러니까 오늘 이후로 두 번 다시는 그 사람을 무기처럼 휘두를 생각하지 마.

설아의 경고는 입 밖으로 내뱉어지지 않았으나 도 회장의 귀에는 선명하게 들리는 듯했다.

도 회장은 특유의 무거운 미소를 띤 채 고개를 끄덕였다.

"그건 너무 당연한 소리잖니."

어차피 더 이상 이용가치도 없는 놈이니 버려진 뒤에도 섣불리 움직이지 못할 곳으로 넘겨지면 좋지.

그제야 눈빛에 세웠던 날을 거두는 여자는 너무나도 쉬운 상대였다. 사사로운 감정에 눈이 멀어 가치 있는 것과 없는 것조차 구분하지 못하는 모습은 놀라울 정도로 미련해서 웃음이 나온다.

형은 언제나 이런 내게 쓸데없는 충고를 건네며 주의시켜왔지만…… 아무리 생각해 봐도 감정 없이 태어난 건 축복이었다.

저렇게 쓸모없는 사랑 때문에 나약해지지 않아도 되니까.

"으으음……."

점심때가 다 된 늦은 아침.

깊은 잠에서 깨어난 여울이 몸을 쭈욱 늘여 기지개를 켰다.

한 번도 깨지 않고 푹 잠든 덕분에 피곤하진 않았지만, 맨살에 닿는 보들보들한 이불의 감촉은 그녀를 계속 붙잡아두었다.

그래서 조금 더 누워 있어 볼까, 고민하고 있던 그때. 부엌에서부터 풍겨져오는 수상한 냄새가 그녀의 후각을 자극했다.

달그락 달그락 거리다가 중간중간 '아…….' 하는 탄식을 내뱉는 걸 보니 하언의 기척이 분명했다.

"응? 뭐하는 거지?"

호기심이 든 여울은 안락한 침대에서 몸을 일으켜 편안한 옷을 입었다. 그러고선 긴 머리를 대충 묶으며 방을 나서니, 프라이팬과 싸움을 벌이고 있던 하언이 당황한 표정으로 그녀를 맞이했다.

"왜 벌써 일어났어?"

"부엌이 하도 시끄러워서 잘 수가 있어야지. 대체 뭐하는 중이야?"

"그냥 토스트 만들고 있었는데……."

하언은 말끝을 얼버무리며 프라이팬을 감추려 했다. 그러나 그 안에 있던 숯검댕이 두 개는 여울의 눈길을 사로잡기에 충분했다.

"어머나, 뭘 태워 먹은 거야!"

"그래, 인정할게. 아침 식사 차리려다 실패했어."

"세상에, 식빵 한 봉지 있던 걸 다 이렇게 만든 거야?"

"애초부터 몇 장 있지도 않았어."

하언은 실수를 감추는 걸 포기하고 까맣게 그을린 프라이팬을 싱크대 안에 넣었다. 찬물을 틀자마자 뜨겁게 달구어져 있던 프라이팬에선 흰 연기가 자욱하게 났다.

"아휴, 환기부터 시켜야겠다. 온 집안에 탄내가 진동을 하네."

여울은 손을 휘휘 내저으며 베란다로 달려갔다. 무겁게 잠겨 있던 유리문을 열자 시원한 공기가 집안으로 스며들었다.

"어제 고기는 잘 굽더만 토스트는 왜 못 만들어요?"

여울은 이해 안 된다는 표정으로 하언에게 물었다. 그러자 하언은 제법 심각한 표정으로 확신에 찬 대답을 했다.

"아무래도 너희 집 프라이팬 문제 같아. 아무리 불 조절을 해도 다 눌러 붙어버려."

"참내, 별 핑계를……."

"이거 마트에서 파는 몇 만 원짜리지? 딱 보니까 몇 년은 쓴 것 같은데."

하언은 제 실수를 감추려는 듯 여울의 집 프라이팬을 원망했다. 하지만 전부 사실이라 반박할 수 없었던 여울은 괜히 입술을 삐죽였다.

"그럼 좋은 걸 사주고 뭐라 하든가!"

그리고 내뱉자마자 깨달았다. 가진 게 돈 뿐인 도하언에게 뭘 사 달라는 말은 그의 씀씀이를 폭주하게 만드는 주문과 다름없다는 걸.

"좋아. 최고급 세트로 주문해 줄게."

"어이구, 하언 씨……."

"이왕 바꾸는 거 가스레인지도 바꿔. 너무 기름때 탔어."

"됐으니까 진정해! 휴대폰 집어넣어!"

여울은 하언에게로 곧장 달려가 휴대폰을 빼앗았다. 아니나 다를까, 하언의 휴대폰은 명품 주방용품세트 결제창을 띄우고 있었다.

세상에, 사람이 돈 쓰는 일엔 어쩜 이렇게 손이 빨라.

"우리 그냥 아침은 나가서 먹자. 요 앞에 해장국 잘하는 집 있어."

"나 해장국 안 좋아하는데."

"그럼 하언 씨는 거기서 비빔밥 먹든가."

여울은 하언에게 휴대폰을 돌려주지 않은 채 제 방으로 향했다. 하언은 강아지처럼 그녀의 뒤를 졸졸졸 따랐다.

다시 들어온 여울의 방은 어젯밤의 온기가 남아 있는 듯 따듯했다.

"어디보자…… 지갑을 어디에 뒀더라?"

그는 분주한 여울의 뒷모습을 물끄러미 바라보다가 슬그머니 다가가 허리를 감싸 안았다. 그녀의 목덜미에서 느껴지는 보드러운 향기는 언제 맡아도 가슴이 두근거렸다.

"아침부터 왜 이래, 참……."

여울은 밀어내는 척했지만 그의 팔을 떼어 내진 않았다. 드넓은 하언의 품에 들어가는 건 언제든 좋았다.

"아직 차시울 안 왔어."

"그래서 뭐?"

"무슨 뜻인 줄 알면서 자꾸 물어보는 이유가 뭐야?"

"여우짓 하는 거지, 뭐."

꽁냥대는 연인의 애정전선에 아침부터 불이 붙었다.

사랑을 확인하기 위해서라면 몇 날 며칠을 지새워도 쌩쌩한 젊은 남녀는 서로의 손을 꽉 부여잡는 것으로 본능의 신호탄을 울렸다.

하지만 바로 그때.

"여울아! 해장하게 감자탕 시켜 줘!"

그녀의 이름을 고래고래 소리쳐 부르며 현관문을 박차고 들어오는 이는 드디어 개에서 사람으로 되돌아온 차시울이었다.

"하언이 형! 하언이 형 어디 있나요!"

설상가상으로 그의 곁엔 지난밤을 하언의 집에서 보낸 계강태도 따라붙어 있었다.

"저것들은 와도 꼭 이 타이밍에……."

평온하던 하언의 미간에 매서운 주름이 잡혔다.

어쩔 수 없이 품고 있던 여울의 몸을 놓아준 그는, 저승사자처럼 위압감 넘치는 걸음으로 그녀의 방을 빠져나왔다. 제 동생의 방에서 나오는 남자를 확인한 시울의 표정이 단번에 까칠해졌다.

"넌 왜 거기서 나와! 이 늑대 같은 놈이 일부러 날 재워두고……!"

"감자탕 시켜 줄 테니까 입 닫아."

"응, 그래. 대자로 고기랑 당면사리 넣어서 부탁해."

먹을 것과 돈에 순순히 굴복할 줄 아는 시울은 더 이상의 시비 없이 얌전해졌다. 하언은 신이 난 채 소파로 뛰어드는 시울의 뒷모습을 한심스럽게 쳐다보았다.

"넌 무슨 일이야."

그리고 이내 고갤 돌려 시선 아래 강태에게 무섭게 캐묻자, 그는 의기양양한 표정으로 대답했다.

"형이 찾던 사람 주소 받았어요!"

"……뭐?"

"아, 그 있잖아요! 도선웅 회장의 예전 비서!"

강태는 하언의 집에서 프린트해 온 서류를 내밀었다. 낚아채듯 서류를 받아 든 하언의 눈에 '최민석'이라는 이름 석 자가 담겼다.

"그런데 왜 못 찾은 거예요? 그 사람 집…… 도선웅 회장 명의로 되어 있던데."

의아해하는 강태의 질문은 하언마저도 허탈감에 젖게 만들었다.

하언이 그렇게도 찾아 헤매던 최민석 비서는 옵타티움 가의 가평 별장, 즉 여전히 도 회장의 가장 최측근으로서 머물러 있었으니까.

"아……."

휴대폰에 저장된 낯선 남자의 사진을 넘겨보던 하언이 신경질적인 탄식을 터트렸다. 강태에게서 넘겨받은 최민석 비서의 최근 모습 때문이었다.

예전엔 쌍꺼풀 없이 처진 눈매에 뭉툭한 코, 둥근 턱을 가지고 있었던 걸로 기억하는데 사진 속 그는 전혀 다른 얼굴이었다.

어디서부터 얼마나 손을 댄 건지, 갑자기 생겨난 진한 쌍꺼풀에, 눈초리는 매섭게 올라가 있고 턱은 과도하게 깎아내서 뾰족하다.

게다가 이젠 '최민석'이 아닌 '최성철'이란 이름으로 살고 있으니, 이건 전혀 다른 사람이라고 해도 과언이 아니었다.

"미치겠네."

하언은 들고 있던 휴대폰을 던지듯 테이블 위에 내려놓았다.

맞은편에 앉아 있던 유현은 뒤늦게 최 비서의 사진을 확인하며 한숨 섞인 목소리를 흘려보냈다.

"이렇게까지 신분 세탁을 한 걸 보면 과거를 전부 지워 버리겠다는 뜻인데……."

그 얘길 들은 하언의 눈빛이 순식간에 사나워졌다.

그는 타인의 인생을 파괴시켜놓고서 이토록 번듯하게 살고 있는 최 비서를 용서할 수 없다.

"누구 마음대로. 난 그 꼴 못 봐. 어떻게든 실토하게 만들 거야."

"무슨 수로?"

"지 살 구멍 찾으려고 얼굴가죽까지 뜯어고친 새끼니까, 죽기 직전까지 맞다 보면 결국엔 실토하겠지."

하언은 그 살벌한 협박이 진심이라는 걸 알려주듯 주먹을 꽉 쥐었다. 격양된 그를 바라보던 유현은 느린 한숨을 내쉬었다.

"하아…… 그렇게 강압적인 방법으론 안 돼."

"해 보지도 않고 어떻게 알아."

"너 최 비서랑 개인적인 친분이 있어?"

"있겠냐."

"그럼 업무적으로라도 직접 상대해본 적은?"

"전혀."

유현의 질문에 연신 부정적인 대답만 하는 하언은 최 비서와 조금의 인연도 닿아 있지 않았다.

처음부터 도선웅 측 사람이었던 그는 아버지가 계실 땐 상대할 필요가 없었고, 아버지가 돌아가신 후론 상대하고 싶지도 않았다.

그에 대해 아는 거라곤 고작 얼굴뿐이었는데 이젠 그마저도 바뀌어버렸으니, 발뺌하는 최 비서를 실토시킬 수 있는 공략법은 아무것도 없는 상태.

"너랑 전혀 교류가 없었다면 그 사람은 끝끝내 최민석이 아닌 척, 시치미만 뗄 거야."

"상관없다니까."

"그래, 니 말대로 쥐어짜고 협박하면 무슨 말이라도 털어놓겠지. 하지만 그건 시간 낭비인 데다가 너의 신변도 위험해져."

유현은 모든 일을 성질대로 밀어붙이려는 하언을 침착하게 저지시켰다. 그걸 듣고 있는 하언의 표정은 결코 좋지 못했지만 딱히 반박은 하지 않았다.

"그럼 뭘 어떻게 하라고."

대신 뒤틀린 심사가 잔뜩 묻어 나오는 목소리로 묻자, 유현은 잠깐의 망설임 끝에 대답했다.

"도움이 필요해."

"도움?"

"최 비서와 개인적인 교류는 있지만 도 회장의 손아귀에 놀아나진 않는 사람. 도선우 사건과 조금도 관련이 없는 사람."

제법 까다로운 조건이었지만 하언의 뇌리엔 딱 한 사람이 스쳐 지나갔다. 그녀는 하언에게도 적이 아니었으나, 문제는 아군도 아니라는 것이었다.

"도혜수가…… 나를 도와주겠냐."

전혀 신뢰감 없는 하언의 대답.

며칠 전 만난 그녀의 따뜻한 손길을 기억하고 있는 유현은 고개를 끄덕였다.

"내가 어떻게든 설득해 볼게."

"……"

"대신 넌 반드시 혜수까지도 지켜 주겠다고 약속해."

그건 하나뿐인 가족을 위험한 일에 끌어들여야 하는 오빠가 내거는 조건이었다.

하언은 일평생 그녀를 신경 써 본 적도, 그녀를 위해 움직여 본 적도 없지만 지금으로썬 무슨 일이든 못 할 것이 없었다.

"좋아, 약속하지. 도혜수가 막힌 길만 뚫어줄 수 있다면."

그제야 마음을 놓은 유현의 안색이 한결 편안해졌다. 하지만 아직 불안한 점은 남아 있었다.

유현이 아는 최 비서는 줏대 없이 교활한 박쥐와 비슷한 인간형이라서, 의리가 아닌 승세에 따라 움직이기 때문에 꼬여내기는 쉬웠으나 그건 혜수가 해내기엔 무리가 있었다. 그러니 그를 꼬여내기 위해선 그럴싸한 권력과 배짱을 가진 조력자가 필수적인 셈.

"강태 씨도 같이 보낼까?"

고민하던 유현은 경찰청장 아버지를 등에 업은 강태를 넌지시 추천했다. 그러나 하언은 매정하리만큼 딱 잘라 대답했다.

"계강태는 끌어들이지 마."

"아…… 너무 관계없는 분이지."

"그런 문제가 아니라 뭐 하나 똑바로 할 줄 아는 게 없는 놈이야. 합류시켰다가 사고나 안 치면 다행이지."

사람을 섣불리 판단내리는 걸 좋아하지 않는 유현이었으나 하언의 의견엔 어느 정도 동의하는 바였다. 순박한 강태는 절대 최 비서를 상대하지 못할 것이다.

"그럼 주변에 혜수랑 동행시킬 만한 사람이 없어?"

"어떤 사람이 필요한데."

"최민석을 상대할 수 있을 만큼 힘 있고 노련한 사람이었으면 좋겠어. 도 회장 일가와는 일면식도 없는 사람이면 더 안전하고……."

그런 사람. 주변에 딱 한 명 있지.

도 회장 측근들은 얼굴을 알지 못하면서, 최민석은 상대도 되지 않을 만큼 노련한 녀석. 나를 상대로 거금 5000만원도 뜯어갔던 여우 같은 새끼.

"있어. 그 새낀 내가 설득해볼게."

그리 대답하는 하언의 눈동자가 비장하게 빛났다.

그 모습은 도 회장을 상대하러 가는 것만큼이나 결의에 차 있어서, 유현은 그가 떠올린 조력자의 정체가 살짝 궁금해졌다.

서울 근교의 후미진 동네.

퀴퀴한 냄새가 진동하는 골목길을 오르던 설아가 낡은 집 앞에서 멈춰 섰다.

유현을 만날 때를 제외하고는 좀처럼 혼자 다니는 법이 없는 그녀가 은밀하게 행차한 곳은 도 회장이 찾아가라 명령했던 '서정희'의 집이었다.

오늘 설아는 그녀에게서 가지고 있는 모든 걸 넘겨받아야만 했다.

물론 일면식조차 없는 그녀가 순순히 건네줄 리는 없지만, 도 회장은 그럴 때 죽은 하언의 아버지 '도선우' 회장의 이름을 팔라고 명했다.

'이번 일이 해결될 때까지만 도와준다면, 내가 도유현의 두 다릴 부러트러서라도 너의 옆에 앉혀두겠다.'

그때 도 회장이 지었던 표정은 다시 떠올려 봐도 섬뜩했다. 확신하건대, 설아가 만나야 할 '서정희'라는 여자는 도 회장의 약점을 쥐고 있는 것이 분명했다.

뭐, 어차피 도유현만 넘겨받는다면 도 회장에게선 신경 자체를 끊을 것이니 별다른 홍미는 없지만.

삐익—

초인종을 누르자 시원찮은 알림음이 마당에 울려 퍼졌다. 머지않아 치릭치릭 슬리퍼를 끄는 소리와 함께 힘없는 여자의 음성이 들려왔다.

"누구세요?"

"여기가 서정희 씨 댁인가요?"

"네, 그런데요……."

"안녕하세요. 신우그룹 대표이사 유설아입니다. 돌아가신 도선우 회장님 일로 찾아왔습니다."

"도선우…… 회장님이요?"

도 회장의 지시대로 도선우의 이름 석 자를 꺼내자 서정희의 음성에 경계심이 어렸다. 설아는 혹시나 그녀가 부정적인 반응부터 내비칠 새라, 서둘러 준비해 두었던 뒷말을 이어 나갔다.

"그분에 대한 중요한 단서를 정희 씨가 쥐고 있다고 들었어요. 그걸 도선웅 회장이 노리고 있다던데……."

"……."

"걱정 마시고 제게 넘기세요. 서정희 씨가 지키고자 하는 진실을 함께 지켜드리겠습니다."

도 회장이 일러둔 멘트는 마무리되었지만 서정희는 아무 대꾸도 하지 않았다. 들리지도 않을 만큼 가는 숨소리만 내고 있는 걸 보면 아직 의심을 풀지 못한 게 분명했다.

이런 상황까지도 예상했던 도 회장은 비장의 카드를 일러 주었다.

"부탁입니다. 제발…… 하언 씨를 도와주세요."

서정희의 마음을 열게 할 마스터 키, 도선우의 아들 도하언.

순간 흐리게 들려오던 그녀의 호흡이 멈췄다. 대문을 사이에 두고도 그녀의 혼란스러움이 느껴지는 걸 보면, 도하언과 심상치 않은 인연이 있는 것이 분명했다.

설아는 그녀가 망설임을 끝낼 때까지 잠자코 기다려 주었다. 그리고 마침내, 녹슨 쇳소리와 함께 열린 문틈으로 왜소한 체구에 조용하게 생긴 여자가 모습을 드러냈다.

"……언젠가 와 주시길 기다리고 있었어요."

"서정희 씨?"

설아는 확인차 그녀의 이름을 불렀다. 그러자 일렁이는 서정희의 눈동자는 화려한 설아에게로 조심스레 향했다.

"도하언 씨 약혼녀 되시는 분이죠……?"

그녀는 설아를 언론이 소개하는 대로 하언의 약혼녀라 알고 있었다. 물론 그 관계는 이미 파투난 지 오래였으나, 설아는 조금의 어색함도 없이 고개를 끄덕였다.

"네, 다시 정식으로 인사드리겠습니다. 하언 씨의 부탁을 받고 찾아온 신우그룹 대표이사 유설아입니다."

그러자 서정희는 곧바로 모든 경계심을 풀고 집 안으로 손짓했다.

"들어오세요. 언젠가는 누구라도 아버지를 찾아오실 줄 알았어요."

"아버지요?"

"네, 비록 강압적인 분위기에서 이뤄졌다고 해도 도선우 회장님을 죽게 만든 건 결국 저희 아버지셨으니까……."

순간 서정희의 입에서 예상치 못했던 비밀 하나가 흘러나왔다. 설아는 그제야 도 회장의 조언을 어렴풋이 이해할 수 있을 것만 같았다.

'도하언을 이용해라.'

'그 여자는 도하언을 위해서라면 무엇이든 하려 할 테니.'

설아는 도선우 회장의 아들인 하언을 미끼처럼 여기던 그를 떠올리며 조심스레 서정희에게 물었다.

"서정희 씨 아버님이 혹시 도선우 회장님의……."

"주치의셨어요. 당시 도선웅 이사의 사주를 받아 도선우 회장님께 불법 수면제를 처방하셨던……."

그녀의 질문이 미처 다 끝나기도 전에 꺼내진 충격적인 대답.

생각지도 못한 죽음의 전말에 도선웅의 이름이 포함되었다. 비로소 자신의 역할이 무엇인지 깨닫게 된 설아는 차갑게 가라앉은 눈으로 서정희를 직시했다.

메마른 그녀의 얼굴엔 죄책감이 짙게 배어 있었다. 그 크기는 너무나도 커서, 자비 없는 도 회장이 이용해먹기에 딱 좋을 정도였다.

새까만 어둠이 내려앉은 밤.

"차시울! 얼른 옷 좀 개달라고!"

짜증 가득한 여울이 목청껏 소릴 질렀다.

제 방에서 단짝 나현규 검사와 피 튀기는 인터넷 알까기를 하고 있었던 시울은 여울 못지않게 우렁찬 목소리로 대답했다.

"잠깐만! 나 지금 진짜 중요한 순간이야!"

"중요하긴 개뿔 뭐가 중요해!"

"이 판 이기면 현규가 나한테 형이라고 부르기로 했다고! 너 둘째 오빠 생기는 거야, 인마!"

"오빠 하나 있는 것도 내다버리고 싶어 죽겠다! 진짜 빨리 안 와?"

귀찮은 집안일로 일어나는 사사로운 다툼은 하루도 거르는 법이 없었다. 같은 피를 나눈 남매인지라 두 사람 다 천성이 게을러서, 세탁을 마친 티셔츠 몇 장 개는 것조차도 매번 전쟁이었다.

"아, 진짜 오빠 계속 내 말 무시하면 두꺼비집 내려 버린다?!"

뺀질대는 시울을 더 이상 봐줄 수 없었던 여울은 비장한 목소리로 엄포를 놓았다.

"안 돼! 니가 자꾸 정신 사납게 해서 졌잖아!"

방금 첫 판을 패배로 끝낸 시울이 여울의 말은 들은 척도 않고 성질을 냈다.

"좋아, 진짜 확 내려 버릴 거야."

각오를 다진 여울은 앉아 있던 거실 바닥에서 일어나 성큼성큼 두꺼비집이 있는 곳으로 걸어갔다. 시울의 모니터에는 이제 막 두 번째 판이 벌어지고 있었으나 그건 여울이 상관할 바가 아니었다.

하지만 막 전기차단 스위치에 손을 대려던 그때.

띵동— 요란한 초인종 소리가 여울의 집을 메웠다. 고갤 돌려 인터폰을 확인하자 여울이 좋아하는 서늘한 이목구비가 단번에 시선을 사로잡았다.

"어, 하언 씨다!"

여울은 시울을 엿 먹이겠다는 사명감조차 잊은 채 곧바로 현관을 향해 달려갔다. 바쁜 손길로 문을 열어 주니, 조잡한 화질의 인터폰 화면보다 수천 배는 잘 다듬어진 그의 얼굴이 그녀를 반겼다.

"잘 놀고 있었어?"

어쩜, 내 남자 친구는 목소리조차 멋져.

"응, 나 보고 싶어서 온 거야?"

여울은 수줍음 가득한 얼굴로 물었다.

아직까진 지난 밤, 달빛 아래 빛나던 하언의 잔상이 생생해서 그녀의 가슴은 평소보다 더욱 설레 오는 듯했다. 그러니 하언이 달콤한 대답을 하자마자 뽀뽀로 화답해 줘야지, 마음먹고 있던 그때.

"아니, 차시울 보러 왔어."

지나치게 솔직한 하언이 여울의 로맨스를 깨트렸다. 당황한 여울의 눈빛이 몹시 흔들렸다.

"뭐, 뭐?"

"걔 퇴근했지?"

"퇴근하긴 했는데……."

여울은 눈동자로 시울부터 찾아 헤매는 하언에게 용건을 물어보려 했다. 지금의 대답이 너무도 섭섭해서 살짝 삐질 것 같은데, 이유가 그럴듯하다 싶으면 기꺼이 서운함을 풀어 줄 생각이었다.

"하하! 나현규 튕겨 나가는 거 구경 잘했고요! 이젠 내가 일타사피를 보여 줄게!"

"아, 방에 있나보네."

그러나 뭘 물어볼 새도 없이 시울에게 온 신경을 쏟아버리는 하언은 아무리 봐도 이상했다. 언제나 무심하던 얼굴엔 살짝 긴장감까지 어린 게, 아무래도 다급한 용건이 있는 모양이다.

"미안, 잠깐 둘이 할 얘기가 있어서."

"으응?"

"야, 차시울. 나 좀 봐."

하언은 여울을 현관에 그대로 세워 둔 채 시울의 방문을 닫고 사라져 버렸다.

"또 뭐 때문에 저러는 거야……."

난데없는 상황을 맞이한 여울은 토라지려던 마음도 잊고 한쪽 눈썹을 찡그리며 중얼거렸다.

그녀는 방문에 귀를 바짝 가져다 대보았으나 안에선 웅얼거리는 소리만 이어질 뿐, 내용은 제대로 들리지도 않았다.

"부탁이 있어."

시울에 방에 들어온 하언이 문밖으로 새어 나가지 않을 만큼 흐린 목소리로 말했다.

"무슨 부탁?"

알까기에 온 정신을 쏟고 있던 시울은 모니터에서 시선도 떼지 않고 되물었다. 그러자 하언은 정말 어려운 말을 꺼내려는 듯 잠시 뜸을 들이다가, 이내 조심스럽게 입술을 움직여 말했다.

"니가 나대신 어딜 좀 가줘야겠어."

"어디?"

"가평 쪽에 꼭 잡아야 할 사람이 살고 있는데, 내가 직접 움직일 수 있는 상황이 아니라서……."

"싫어. 안 들어줄래."

하지만 시울은 하언의 본론이 끝나기도 전에 딱 잘라 대답했다.

태도는 몹시 단호했으나 모니터를 향한 눈빛은 마냥 가벼워서 하언의 심기가 언짢아졌다.

"중요한 문제니까 제대로 듣고 대답하지?"

"제대로 들을 필요가 뭐 있어. 딱 봐도 각 나오는데."

"나오긴 뭐가 나와. 게임에 정신이나 팔고 있었던 주제에."

"어차피 니 말은 귀로 듣는 건데 게임이랑 뭔 상관이람."

심각한 하언과 상관없이 따박따박 말대꾸를 해 대는 시울은 뒤통수를 후려치고 싶을 만큼 얄미웠다.

분노게이지가 슬슬 차오르기 시작한 하언은 잡아먹을 듯한 눈빛으로 시울의 옆얼굴을 노려보았다.

그 뜨거운 눈초리를 철저히 무시하던 시울은 현규와의 두 번째 판이 끝나자 곧바로 하언에게 고갤 돌려 싱긋.

"오오, 나 이긴 거 봤어?"

내가 지금 그딴 거 보자고 이 돼지우리에 발 들인 줄 아냐?

하언은 득달같이 받아치고 싶은 말을 애써 참아 냈다.

오늘 하언은 아쉬운 소리를 하러온 입장이니, 참을 수 있는 데까지는 최선을 다해 참아야줘야 했다.

"……아버지 죽음이랑 관련된 문제야."

하언은 아직 스스로도 입에 담기 어려운 사건까지 언급하며 다시 한 번 시울에게 매달렸다. 그러자 좀 더 입꼬리를 틀어 올린 시울은 가벼운 말투로 날카로운 대답을 내뱉었다.

"아니, 도선웅 회장이랑 관련된 문제겠지."

정곡을 찔린 하언의 눈동자가 옅게 떨려 왔다.

"그게……."

하언은 보다 자세한 설명을 덧붙이기 위해 입술을 떼어 냈다. 그러나 시울의 담담한 목소리는 그의 말을 기다려 주지 않고 흘러나왔다.

"내가 말 안 했던가? 너희 가족이랑은 별로 얽히고 싶지 않다고."

"……."

"내가 위험해지면 여울이도 위험해져. 그래서 난 도선웅하고 관련된 일에서만큼은 철저히 제삼자이고 싶어. 매정하다고 욕할 거면 해."

시울은 욕을 하라고 했지만 하언은 감히 원망할 수가 없었다. 거슬리는 존재는 뿌리째 뽑아 버리는 도 회장의 성격을 아는 이상, 하언이 시울이었다 해도 같은 선택을 했을 것이다.

게다가 시울이 위험해지면 그녀도 위험해질 거라는 말 역시 반박하지 못할 만큼 동의하는 바.

그 모든 걸 알고 있는 하언이 다시 단호한 목소리를 꺼내놓았다.

"미안한데, 나도 만만치 않게 이기적인 성격이라서."

"뭐?"

"그래도 난 니 도움이 필요해."

여울의 안위를 위해서라면 물러설 줄 알았던 하언이 강하게 나오자, 시울의 눈빛이 전에 없이 싸늘해졌다.

"너 지금…… 그게 무슨 뜻인지 알고나 하는 말이야?"

"어. 그래도 도와 달라고 부탁하는 중이야."

시울은 매번 이런 식으로 여울을 위험한 상황에 노출시키는 하언이 마음에 들지 않았다.

이런 절박함에 속아 그녀는 몇 번이나 휘둘렸던가.

시울은 늘 어려 있던 미소까지 지워낸 채 또 한 번 거절의 의사를 분명히 했다.

"아직까지 착각하고 있나 본데, 계약은 진작 끝났어. 이제 여울이도 우리 집으로 돌아왔으니까, 더 이상 우리 집안이 도선웅 집안이랑 엮이지 않았으면 좋겠어."

"그래서 부탁한다고 했잖아."

그러나 이 모든 걸 담담하게 받아들이고 있는 하언은 끝내 물러서지 않았다.

아니, 애초부터 물러설 곳이 없었다. 과거를 전부 뒤엎어 버리려는 하언은 지금 앞만 보고 내달리는 불도저와 같다.

하언은 짧게 숨을 고르고 시울만큼이나 단호한 목소리를 이어 나갔다.

"차시울 니 말이 다 맞아. 그동안 나는 너희 가족을 위험한 일에 끌어들여왔고, 이젠 그만할 때 됐어."

"……."

"그런데 내가 여기서 그만 둘 수가 없다."

"그러니까 왜."

"지금 내가 벌이는 무모한 짓이 억울하게 죽은 사람들한테 해 줄 수 있는 유일한 일이니까."

하언은 혼자 되새기는 것조차 꺼려했던 그들의 존재를 입에 담았다. 지나온 세월만큼 흐려진 얼굴들이 머릿속에 떠오르자, 그의 숨통은 어김없이 질식할 듯 조여 들었다.

그러나 이번만큼은 무너지지 않고 그는 시울에게 감춰뒀던 상처들을 꺼내 보였다.

"20년 전 교통사고가 났고 나만 살아남았어."

"……"

"그게 죄책감으로 남아서 그동안 단 한 번도 그 사람들 있는 곳에 찾아가보질 못했어. 왠지 그럴 면목이 없었거든."

"……"

"그러다 겨우 그 사람들을 위해서 해 줄 수 있는 일이 생겼는데…… 나 혼자서는 역부족이야. 과거를 감추려는 사람들이 너무 많아서 진실까지는 닿기도 힘들어."

하언의 얼굴에 드리워진 그늘은 시울에게도 익숙한 것이었다.

"부탁이야. 너의 도움이 필요해……."

"……"

"도와줘, 차시울."

그가 지친 목소리로 고집을 부리는 순간, 시울의 머릿속에도 꾹꾹 우겨두었던 과거의 단면들이 날카롭게 스쳐 지나간다.

'시울아! 당장 여울이 데리고 나가!'

'아빠! 엄마!'

'우리도 곧 따라 나갈 테니까 불길 더 번지기 전에 먼저 나가 있어!'

집안을 가득 메웠던 새까만 연기만큼이나 매캐하고 지독했던 그날의 기억.

'아직 살아계셔! 내가 목소리 들었단 말이야!'

'……'

'그럼 내가 들어갈 테니까 이 손이라도 놔줘! 오빠, 제발!'

'미안.'

'오빠⋯⋯.'

'미안해, 여울아⋯⋯.'

내가 나를 죽을 만큼 원망했던 우리 가족의 마지막 밤.

하지만 나는 너보다 성격이 못돼 처먹어서, 그 이후 곧 죽어도 미안하다는 말은 하지 않았다.

뻔뻔하게 찾아가서 웃고 있는 그들의 사진 앞에 국화꽃 한 송이 떨어트려놓고, 힘들어 죽겠다고, 못 버티겠다고 투정만 늘어놓았으면 늘어놓았지.

"하아, 나 참⋯⋯."

시울은 긴 한숨을 내쉬며 흔들리는 눈동자를 아래로 떨어트렸다. 완강하기만 했던 그의 표정에는 어느새 난처한 기색이 역력했다.

그러나 쉽사리 결정을 내리지 못하겠는지, 그는 한동안 말을 아끼다가 이내 다시 하언을 마주 보며 물었다.

"넌 대체 뭘 하고 싶은 건데?"

그러자 조금의 지체도 없이 내뱉어진 하언의 대답은 시울을 놀라게 만들었다.

"아버지의 자리에서 도선웅을 끌어내릴 거야."

"뭐?"

"그리고 내가 앉아야겠어. 아버지를 대신해서."

무모한 소리였으나 시울이 마주한 하언은 그 어느 때보다 견고한 눈빛을 띠고 있었다. 처음으로 지녀보는 그의 야망은 과거는 물론 뒤틀린 현실까지 바꾸어버릴 만큼 거대했다.

안 그래도 독한 놈이 독기를 더 머금었으니…… 진짜 무슨 일 하나 제대로 터트리겠구먼.

"뭐야, 둘이 무슨 얘기해? 응?"

그때, 나오지 않는 두 남자를 기다리다 지친 여울이 문에다 입술을 바짝 가져다댄 채 물었다.

덕분에 팽팽하게 당겨져 있던 긴장감은 잠시 느슨해지고, 마주 보고 있던 두 남자의 시선은 동시에 문 쪽으로 옮겨간다.

"오빠들은 지금 사랑을 속삭이고 있단다. 방해하지 마렴."

시울은 이전의 날을 모두 거두고 장난스럽게 말했다.

하언의 떨리는 눈동자가 확인차 시울에게로 따라붙었다. 그러자 힐끗 하언에게로 눈길을 돌린 시울은 평소처럼 능글맞은 미소를 띠었다.

"도하언."

"왜."

"나가서 나 대신 옷 좀 개줘라."

"뭐?"

난데없는 심부름.

"완벽하게 잘 개어놓으면 이번 한 번쯤은 더 도와줄게."

그 뒤에 흘러나온 건 그토록 기다리던 수락의 말이었다. 그제야 조여 들었던 하언의 숨통은 느슨해지고, 안도감 섞인 호흡이 새어 나온다.

"하…… 성격 더럽네. 그냥 처음부터 들어주면 좀 좋냐."

하언은 일부러 가시 돋친 대답을 했지만 시울의 건넨 손이 진심으로 고맙게 느껴졌다.

언제부터였는지 모르겠다. 혼자만의 세상에도 잘 지내던 그가 타인의 손길을 필요로 하게 된 건. 이제는 조금만 외로워져도 불안해질 만큼 의존적인 인간형이 되어 버렸다.

하언은 그간 무기처럼 품고 있던 마음속 칼날이 무뎌져 버린 건 아닐까, 생각했다. 그러나 무뎌지다 무뎌지다 끝내 사라져 버리더라도, 그는 저 혼자뿐이던 때로 돌아가고 싶지 않았다.

"뭐해, 얼른 개러 가지 않고."

"지금 날 시종취급 하는 거야?"

"아니, 데릴사위 취급하는 거야. 여울아! 하언이가 빨래 개준대! 얼른 데려가라!"

"지금 하언 씨한테 뭘 시키는 거야! 이 망할 놈아!"

가끔 대놓고 얄밉게 굴어도. 귀청 떨어질 만큼 소란을 피워도.

"아…… 그냥 줘. 거실에 있어?"

"응? 진짜 개주게요? 하언 씨 무슨 책 잡혔어요?"

"아니, 해 주고 싶어서 해 주는 거야."

"에엥?"

곁에 있는 그들의 온기는 이미 하언에게 가장 소중한 것이 되어 버렸으니.

한 집안의 가장을 죽음으로 내몰았다는 죄책감을 이기지 못해 자살한 의사. 그의 업보를 대신 짊어진 외동딸은 소중히 간직하고 있던 서류파일을 내밀었다.

"여기…… 도선우 회장이 죽기 전, 도선웅으로부터 의뢰 받았던 처방전 원본이에요."

설아의 눈이 낡은 처방전을 샅샅이 훑었다.

날린 글씨로 적혀 있는 약품의 이름은 확실히 효력이 너무나도 강력해서 법적으로 금지되었던 품목이었다.

"이걸…… 캡슐형으로도 파나요?"

설아는 의구심이 가득 담긴 목소리로 물었다.

그러자 서정희는 아버지가 죽기 전 일러 준 정보들을 자세히 꺼내놓기 시작했다.

"의뢰를 받아야지만 제작되는 특수 캡슐이에요. 다른 캡슐들과 달리 산에 강해서 위 속으로 들어가도 한 시간은 버티거든요."

"……."

"그 안에 주입한 액상 수면제는 전신에 퍼지는 속도도 빠르고 효력도 강력한 약품이죠. 하지만 효과가 지속되는 시간은 굉장히 짧아요. 그게 무슨 뜻인 줄 아세요?"

"……."

"약물이 체내에서 금방 사라져 버리기 때문에 살해수단으로 이용되었을 경우엔 단서가 전혀 남지 않는다는 말이에요. 부검에 들어가기까진 적어도 하루 이상은 걸리니까."

도 회장이 형의 주치의에게 의뢰했던 건 수면제로 만든 시한폭탄이었다.

수면 위로 드러나는 어두운 의혹에, 설아의 눈빛이 날카로워졌다.

"이 사실에 대해 제대로 아는 사람은요?"

"도선웅과 그 약을 처방받아갔던 비서, 그리고 사건 담당형사요. 그런데 비서는 종적을 감췄고 담당형사는 진실을 파묻어 버렸어요."

"……."

"이건 단순한 의심이지만…… 경찰은 도선웅의 편인 것 같았어요."

서정희의 추측은 확신하건대 사실이었다. 도 회장이 가진 권력과 인맥이라면 담당형사쯤은 제 꼭두각시처럼 다룰 수 있을 것이다.

"하언 씨가 처리해야 할 방해꾼들이 꽤 많네요. 지금도 많이 지쳐 보이던데 안타까워라……."

혼잣말처럼 내비친 설아의 동정심은 어느 정도 진심이었다. 물론 어디까지나 그녀의 일은 아니었으니 오래가진 않겠지만.

그녀는 가지고 온 숄더백에 서정희가 건넨 서류파일을 넣었다. 그러고는 신뢰감이 절로 들 만큼 온화한 표정으로 감사를 표했다.

"도와 주셔서 정말 고맙습니다. 하언 씨한테 큰 힘이 될 거예요."

그러자 서정희는 설아의 차가운 손을 붙잡았고, 후련함이 가득 담긴 목소리를 내뱉었다.

"아버지는 돌아가시는 순간까지도 억울하게 조현병 진단을 받았던 것보다 죗값을 치르지 못했다는 사실에 가슴 아파하셨어요."

"아…… 그러셨군요."

"그 마음의 짐을 조금이라도 덜어드릴 수 있는 기회를 주셔서 제가 더 감사드립니다."

기만당하는 사람이 큰 은혜라도 받은 양 고갤 숙이는 모습은 처참하기 그지없었다. 하지만 도 회장의 약점을 손에 쥐었다는 사실에 마냥 기뻐하고 있는 설아는 부드러운 미소와 함께 대답했다.

"마음 편해지셨다니 다행이네요. 앞으로 과거의 죄 같은 건 깨끗하게 잊고 사세요."

맑은 햇살이 내리쬐는 주말 낮.

"오빠! 오빠, 나 왔어!"

하언의 집에 수선스러운 사람이 들이닥쳤다. 바로 유현의 도움 요청을 받자마자 고민도 않고 달려온 혜수였다.

손님이 모일 것을 대비하여 다과상을 차리고 있던 유현은 밝게 웃으며 그녀를 맞이했다.

"혜수야, 와줘서 고마워."

"오빠가 부르는데 지구 끝까지라도 가야지! 세상에, 못 본 사이에 살이 더 빠졌네! 도하언이 밥 안 줘?"

"응? 아니야, 하언이랑은 잘 지내고 있어."

"거짓말! 도하언은 뭘 하고 앉아있길래 오빠가 주방 일을 하고 있어!"

혜수는 앞치마를 두른 유현의 모습을 용납할 수 없었는지, 고갤 홱홱 돌려가며 하언을 찾았다.

성난 그녀의 눈에 저 혼자 편히 소파에 앉아 자료를 훑어보고 있는 하언의 모습이 눈에 들어왔다. 아는 체도 안 하길래 집에 없나 했는데, 저기 대놓고 앉아 있었구만!

"도하언 넌 여전히 인간성 최악이다, 진짜."

혜수는 하언을 향해 혀를 끌끌 차며 핀잔을 주었다. 그러나 하언은 그녀에게 눈길조차 주지 않은 채 무심히 대꾸했다.

"오자마자 시비 걸지 마라."

"우리 오빠가 니 가정부냐? 손에 물 한 방울도 묻히면 안 될 사람한테 뭘 시킨 거야."

"내 집에서 얹혀살려면 저 정도는 해야지."

"멀쩡한 지 몸은 저렇게 가만히 내버려 두고!"

혜수는 상처도 채 아물지 않은 오빠를 함부로 다루는 하언을 원망스럽게 노려보았다.

그건 마치 맹렬한 싸움을 앞두고 있는 상황처럼 보였지만, 도 회장의 저택에서는 빈번하게 벌어지던 일상 중 하나였다. 이런 모습조차 반가웠던 유현은 부드럽게 웃으며 말했다.

"이렇게 셋이 모이니까 정말 집 같아서 기분 좋네."

진심으로 기뻐하는 그의 모습은 혜수의 마음을 찡하게 만들었다.

그동안 살던 집이 얼마나 불편했으면 저 성깔대마왕 도하언 곁이 기분 좋대.

"오빠, 이거 받아."

혜수는 찡해지려는 눈시울을 추스르고 손에 들린 쇼핑백을 건넸다. 그 안에 있는 건 홍삼진액으로 가득 채워진 커다란 박스였다.

"한 박스에 30포 짜리니까 다음 달에 또 주문해서 보내 줄게. 오빠만 먹어."

"이런 거 안 챙겨 줘도 괜찮아, 혜수야."

"괜찮긴 뭐가 괜찮아. 아직 혈색 돌아오려면 한참 멀었는데."

혜수는 따듯한 손으로 유현의 볼을 쓰다듬었다. 하얀 피부에 남은 불긋한 상처들은 다시 봐도 안쓰러웠다.

그래서 선한 그의 눈동자를 들여다보며 반드시 내가 지켜주겠노라 약속하려 했는데.

"나 피곤한데 하나만."

어느새 다가온 하언이 홍삼 박스를 낚아채갔다.

유현만 먹으라고 말한 대화내용을 똑똑히 들었으면서도 탐을 내는 그의 모습은 뻔뻔해도 너무 뻔뻔했다. 그걸 용납할 수 없었던 혜수는 거침없이 달려들어 쇼핑백을 붙잡았다.

"이리 안 내놔?! 죽고 싶어서 환장했어?!"

"나 진짜 요즘 몸 상태 안 좋다고."

"그래서 뭐 어쩌라고! 우리 오빠 주려고 사 온 건데 왜 니가 먹어!"

"너 겨우 하나가지고 치사하게 굴래?"

홍삼진액을 사이에 두고 벌어진 난데없는 줄다리기.

"아, 진짜! 내놓으라고!"

혜수는 테니스 칠 때나 쓰던 힘을 모두 발휘해 쇼핑백을 당겼다. 바로 그때, 비밀번호 누르는 소리와 함께 현관문이 열렸고.

"하언 씨, 나 왔어요!"

명랑한 인사와 함께 여울이 나타났다. 하언의 신경이 곧바로 그녀에게 옮겨갔다.

"어, 왔어?"

"엄마야!"

하언이 말도 않고 손에 힘을 풀어버린 탓에 혜수의 몸은 홍삼박스를 안은 채 뒤로 철푸덕!

꼬리뼈부터 묵직하게 전해지는 통증은 혜수의 분노를 맥시멈으로 끌어올렸다. 그녀는 두 눈을 질끈 감은 채 고통을 삼키고 있다가, 다시 고갤 들어 거친 욕설을 퍼붓기 시작했다.

"아악! 도하언 저 미친 새끼! 척추를 다 분질러 버릴까 보다!"

그렇게 사정없이 소리치며 고개를 들었더니 곧바로 눈에 들어오는 사람은 얄미운 하언도 아니요, 놀란 여울도 아니요.

"……응?"

여울의 뒤를 따라 막 현관문으로 들어선 시울이었다.

혜수는 자세히 들여다보고도 믿지 못해서 두 눈을 꾸욱 감았다 떠 보았으나, 역시 눈앞에 있는 잘생긴 남자는 차시울, 그가 확실했다.

"시울이 오빠……?"

혜수는 꿈에서나 그려왔던 그의 이름을 소리 내어 불렀다.

여우처럼 섹시한 눈초리, 무표정해도 올라가 있는 입꼬리, 그리고 아기 엉덩이처럼 뽀얗고 맨들맨들한 볼따구니.

일방적으로 차이고 나서 처음으로 마주한 그는 못 본새 더욱 매력적인 분위기를 지니고 있었다. '사랑스러움'이라는 단어에도 얼굴이 있다면 그건 바로 저런 모습이겠구나, 싶을 만큼.

시울은 놀란 혜수의 물끄러미 들여다보았고 둥글게 눈초리를 휘어 웃었다. 그런 뒤 살며시 움직이는 도톰한 입술은 나른한 목소리를 흘려보냈다.

"와, 너 욕할 때 되게 옆집 아저씨 같다."

"예, 예?"

달콤하게 들려온 폭언은 굉장히 파격적이었다. 오랜만에 그의 돌직구에 얻어맞은 혜수는 벌써부터 정신을 차릴 수 없을 지경이었다.

"오, 오빠…… 홍삼 좀 드세요."

혜수가 하언이 하나만 달라고, 달라고 졸라도 주지 않았던 홍삼을 들고 왔다. 수줍게 내민 손이 향하는 곳은 여울의 친오빠, 시울이었다.

"나 홍삼젤리 아니면 안 먹는데?"

시울은 살랑살랑 웃는 낯으로 그녀의 호의를 밀어냈다. 오도 가도 못하고 공중에 멈춰 버린 혜수의 손은 참으로 안타까웠다.

하언은 이 모든 상황을 이해할 수 없다는 눈초리로 지켜보았다. 저 둘은 단 한 번도 만난 적이 없는 걸로 아는데, 천하의 도혜수가 저리도 절절 매다니. 아무리 생각해도 납득이 되지 않는 관계였다.

"너 차시울이랑 무슨 사이냐."

하언은 힐끔힐끔 시울을 곁눈질 하는 혜수에게 대놓고 물었다.

"예, 예?"

그러자 눈에 띄게 당황하기 시작하는 건 곁에 있는 여울이었다.

시울은 혜수의 짝사랑 상대이자 얼마 전 매정하게 그녀를 찼던 남자. 여울은 비록 혜수의 편이 아니었지만, 그래도 솔직하게 털어놓기에는 같은 여자로서 자존심 상할 것 같았다.

"뭐, 그냥 아는 오빠동생 사이가 아닐까……."

그래서 그냥 되는 대로 둘러대려 했는데.

"쟤가 나 좋아해."

유현이 깎아 놓은 과일을 집어먹던 차시울이 군더더기 없는 설명을 덧붙였다.

"아, 그러고 보니까 너 나 아직도 좋아해?"

"예, 예?"

"지금은 아니지?"

"아…… 뭐……."

그것도 모자라 당황한 혜수에게 추가질문까지 덧붙이는 그는 친 동생이 보기에도 더할 나위없는 쓰레기였다.

"니가 이따위로 나오는데 좋아하겠냐? 오만 정 다 떨어졌지."

여울은 철없는 그의 등짝을 찰싹 내리치며 사납게 나무랐다. 그 러나 하도 대쉬를 많이 받아서 여자들이 왜 자신을 좋아하는지에 대해선 완벽하게 파악하고 있는 시울은 실실 웃으며 대꾸했다.

"아니야, 혜수는 처음부터 내 얼굴만 좋아했어. 요즘 나 더 잘생 겨져서 더 좋아졌을 걸?"

"무슨 개뼈다구 같은 소릴……."

여울은 뭐라고 반박이라도 하라는 의미에서 혜수를 쳐다보았다. 하지만 이미 얼굴을 붉히고 있는 그녀는 대답만 안 했지 거의 동의 하는 모양이었다.

시울은 그런 그녀를 보고 싱긋 웃으며 너스레를 떨었다.

"혜수야, 오빠가 잘생겨서 미안."

"아, 아니에요. 태어나길 그렇게 태어난 걸 어쩌겠어요. 하하."

맞장구를 쳐주지 마. 너 그렇게 휘둘러놓고도 아직까지 정신을 못 차렸니?

여울은 여전히 차시울의 덫에 사로잡혀 있는 혜수를 한심스럽게 흘겨봐주고는, 하언과 유현에게로 고개를 돌렸다.

"우리 오빠한테 뭘 부탁하겠다는 거예요? 아가씨는 왜 또 여기에 있고."

그러고선 단도직입적인 본론부터 꺼내 묻자, 혼란스러운 표정으로 혜수와 시울을 구경하고 있던 유현이 조심스레 말문을 열었다.

"아, 그게…… 두 분이 같이 해 주셨으면 하는 일이 있어요."

"우리 오빠랑 아가씨가 뭘 해?"

"중요한 정보를 쥐고 있는 사람이 있는데, 도선웅 회장의 최측근이라 하언이가 접근하기에는 무리가 있어서요."

"……"

"그래서 그 사람하고 친분이 있는 혜수가 나서줬으면 좋겠어요. 혼자 가는 건 위험하니까 시울 씨가 경호하는 것처럼 동행해 주시고요."

그건 쉽게 말해 잠입미션이었다. 단 한 번의 설명만으로 제 역할을 완벽하게 이해한 시울이 맘에 안 든다는 표정으로 되물었다.

"미카엘, 나더러 아가씨를 지키는 보디가드 노릇을 하라는 거야?"

"네, 말하자면 그래요."

"난 그렇게 멋없는 거 안 해!"

시울이 쓸데없는 문제로 시비를 거는 동안, 혜수는 얼굴을 붉힌 채 비밀스러운 망상에 빠져 있었다.

손이 닿지도 않을 만큼 멀리 떨어져 있던 남자가 나의 곁에 딱 붙어서 함께해 준다니. 그것도 그냥 함께해 주는 게 아니라.

'아가씨, 걱정 마십쇼. 아가씨는 제가 꼭 지켜드리겠습니다.'

'어머나, 시울 씨!'

영화에서만 보던 그 멋진 보디가드 역할을 해 준다니!

"할게요! 할게요! 북한의 기밀문서를 빼오는 일이라도 제가 하겠습니다!"

잔뜩 흥분한 혜수는 손까지 번쩍 들어 올리며 소리쳤다.

대답은 빨라서 좋았지만 여울은 지나치게 신이 난 그녀가 걱정스러웠다.

"한쪽은 의욕제로고 한쪽은 의욕과잉인데, 둘이 너무 궁합이 안 맞지 않아요?"

그래서 하언에게만 들릴 만큼 작은 목소리로 속삭여 물으니, 하언은 짧은 고민 끝에 의미심장한 대답을 내뱉었다.

"이왕이면 의욕제로가 의욕과잉한테 맞춰 주는 편이 낫지."

그리고 자리에서 벌떡 일어나 향하는 곳은 자신의 방이었다.

옷장에서 뭔가를 찾는가 싶던 그는 머지않아 시가 오백만 원이 훌쩍 넘는 명품 선글라스를 들고 나왔다. 돈 냄새를 맡은 시울의 눈동자가 곧바로 선글라스 케이스에 따라붙었다.

"앗, 그거 이번 신상……."

"보디가드 역할을 위해 준비한 거야. 가질 사람?"

"나! 나! 나나나!"

동생 여울이 보기에도 오빠는 참 쉬운 남자였다.

사치가 심한 것까지는 오해였다고 해도, 물욕에 엄청나게 휘둘리는 건 시울의 천성이 분명했다.

"보디가드처럼 멋없는 거 안 한다며."

"보디가드도 보디가드 나름이지! 저 선글라스에 정장 풀세트로 갖춰 입으면 영화배우 같을걸?!"

"그럼 제대로 해 주겠다는 뜻?"

"당연히 제대로 해 주지! 그러니까 얼른 넘겨!"

하언은 시울에게서 확답을 듣고서야 그에게 선글라스를 넘겨주었다.

"저 비싼 것까지 내거는 걸 보면 엄청 위험한 일인가 본데 괜찮겠어?"

"어때? 오빠 멋지지?"

여울은 그런 시울에게 조심스레 걱정을 드러냈지만, 일단 선글라스부터 꺼내 쓰는 시울은 그저 태평하기만 했다.

"네! 잘 어울려요! 오빠!"

"그래, 혜수야. 니 눈엔 내가 뭔들 안 멋지겠니. 혹시라도 더 반하지 마."

"그건 제 마음대로 되는 게 아니라서……!"

생각이 없는 남자와 자존심이 없는 여자의 만남.

여울은 한숨만 나오게 하는 두 사람이 정말 무언가를 해낼 수 있을는지, 심히 염려스러워졌다. 하언은 왜 하필 저 두 사람에게 중요한 임무를 맡기는 건지. 정말 그의 머릿속은 알다가도 모르겠다.

"저기…… 여울 씨."

비밀요원 두 명을 보내고 대기조만 남은 하언의 집.

유현이 조심스러운 목소리로 여울을 불렀다. 거실 테이블 위에 놓인 과자를 집어먹던 그녀는 동그란 눈동자로 그를 마주했다.

그러자 유현이 망설이며 꺼낸 질문은 혜수와 시울에 관한 것이었다.

"혜수랑 시울 씨…… 혹시 예전에 사귀었었나요?"

차라리 사귀었던 관계라면 덜 민망할 텐데.

혜수가 시울에게 일방적으로 농락당한 수준이라서 여울은 심히 민망해졌다. 아무리 편한 친구 같은 상대라 해도, 유현은 어디까지나 혜수의 친오빠였다.

"뭐…… 사귄 건 아니고 그냥 건너건너 아는 사이라고 들었어요."

그래서 대충 둘러대자 곁에 있던 하언이 곧바로 대꾸했다.

"차시울 성격에 도혜수 뜯어먹지만 않았으면 다행이지."

"설마 혜수 성격에 당할 리가……."

"아까 도혜수가 쩔쩔 매는 거 보고도 모르겠냐? 도유현 니가 차시울을 잘 모르나 본데, 그 새끼는 남들 머리 위에서 놀아."

그건 스쳐 지나가는 말이었으나 제법 정곡을 찔러왔다.

생각해 보니 시울 앞에서의 혜수는 평소답지 않게 잔뜩 주눅이 들어 있었던 것 같아서, 유현의 마음이 심란해졌다.

"진지한 호감은 아니어야 할 텐데."

흘러나온 혼잣말을 들은 하언은 비웃음을 띠며 물었다.

"왜, 니 동생이 아깝냐?"

하지만 대답을 준비하는 유현의 눈빛은 사뭇 어둡게 가라앉았다. 그는 무언가를 말하려 했지만 몇 번의 시도만 할 뿐, 끝내 목소리로 뱉어내지는 않았다.

'아니, 내 동생도 나랑 같은 처지가 되는 건 싫어서.'

이 순간 그가 하고 싶은 말은 하언의 앞에서만큼은 꺼내지 못할 말이었다.

"둘이 아깝고 말고 할 게 뭐 있어. 어차피 되지도 않을 텐데."

"사람 인연 모르잖아. 둘이 교외로 드라이브도 나갔는데."

"드라이브라니요! 데이트 하는 것처럼 말하지 말아요!"

여울은 혜수와 시울 사이에 혹시나 하는 여지도 남겨 두지 않기 위해 단호히 말했다. 하언은 삐죽거리는 여울의 입술이 좋아서 그녀의 볼을 살며시 꼬집었다.

"나나 좀 그렇게 견제해 봐."

다정한 목소리는 여울을 웃게 만들었지만, 유현에게는 선명한 금을 그어놓았다. 유현은 지금 홀로 다른 세계를 사는 것만 같다.

"나 방에 들어가서 눈 좀 붙일게."

두 사람과 한 공간에 오래 머물 자신이 없었던 유현은 부자연스럽게 몸을 일으켰다. 핏기 없는 피부에 아직도 남아 있는 멍 자국과 상처들은 여전히 여울의 마음을 저리게 했다.

"혹시 어디 아파요?"

여울은 멀어지는 그의 뒷모습에 대고 조심스레 물었다.

"아니요, 괜찮아요."

살짝 고갤 돌려 대답하는 유현의 목소리는 유독 딱딱했다.

"아프면 참지 말고 말해요. 우리 집에 무슨 약이든 다 있으니까."

"아픈 거 아니에요."

"그래도……."

"정말 괜찮으니까 걱정하지 마요."

그런 표정으로 괜찮다고 말해 봤자 누가 믿는다고.

유현이 머무는 방문이 소리 없이 닫혔다. 여울은 저도 모르게 한숨을 내쉴 뻔했지만 곁에 있는 하언 때문에 가까스로 참아 냈다.

그에게서 느껴지는 감정이 어둡다는 건 알고 있지만, 그가 필사적으로 숨기려는데도 들여다보려 한다는 건 고집에 불과했다.

"도유현 아픈 거 아니니까 걱정 마."

가라앉은 그녀의 표정을 바라보던 하언은 부드럽게 말했다. 여울은 가만히 고개를 끄덕이면서도 좀처럼 걱정스러운 기색을 풀지 못했다.

하언은 그런 여울을 한동안 살피다가 살며시 유현의 방 쪽으로 고개를 돌렸다.

감정 숨기는 일엔 도가 텄으면서 차여울에게는 왜 저리도 서툴게 구는 건지. 대체 그녀에게 무엇을 바라고 있는 건지.

유현은 여울에 대한 마음을 포기할 것처럼 말했으나 하언은 그것이 억지라는 것을 이미 알고 있었다. 마음이 제 뜻대로 움직여 주었더라면 비극으로 끝날 게 뻔한 감정은 시작하지도 않았을 거다.

그래서 자꾸만 그녀의 신경을 앗아가는 유현의 모습이 거슬리기도 하고, 불편하기도 하지만…….

'니 주제를 알면 차여울은 끌어들이지 말았어야지. 차여울이 손을 내밀어도 니가 뿌리쳤어야지.'

'니 인생이 어떤 시궁창인지 알면! 니가 알아서 사라져 줬어야지!'

내 마음이 많이 약해졌나 보다. 이상하게도 예전처럼 그의 미련을 손가락질 하지 못하겠다.

*'주인 없는 개새끼도 너처럼은 안 살고 싶을걸. 길바닥 헤매면서 자
유롭게 사는 게, 호의호식하면서 몸종노릇 하는 니 인생보다는 나으
니까.'*

그에게 내뱉었던 폭언도.

*'제발 주제를 알아. 니가 이렇게 발버둥 친다고 해서 나아지는 건
아무것도 없어.'*

확신하듯 쏟아 냈던 저주도.

전부 나의 죄책감이 되어 가슴에 눌러 앉고 있다. 꺼내놓을 땐 모
두 진심이었는데도 불구하고.

*'넌 이 시궁창 같은 삶에서 벗어나게 되면…… 두 번 다시는 차어울
눈앞에 띄지 마.'*

문득 유현에게 쏟아 냈던 협박과 다름없는 부탁이 떠올랐다. 그
건 마음이 약해진 지금이라도 번복할 수 없을 만큼 확고한 생각이
었으나, 어쩐지 마음은 편치 못했다.

나는 요즘, 너와 어떤 관계가 되고 싶은 건지 정리가 되지 않는다.

"오빠, 다 왔어요! 내려요!"

모두의 기대가 아닌 걱정을 한 아름 안은 두 남녀가 최 비서의 가
평 은신처에 도착했다.

아가씨와 보디가드라는 설정에 맞춰 정장을 갖춰 입긴 했지만,
혜수의 스포츠 카 뒷좌석에 드러누워 푹 자면서 온 차시울.

그는 내리쬐는 햇빛을 피해 등받이 쪽으로 얼굴을 바짝 갖다 붙

이며 투정을 부렸다.

"으음…… 엄마, 오 분만 더요."

그건 좀처럼 보기 힘든 귀여운 광경이었다. 순간 혜수는 그의 몸을 확 덮쳐오를 뻔했으나, 겨우 이성을 다잡고 그의 등을 두드렸다.

"오빠, 다 왔다니까요. 여기가 비서 아저씨 댁이에요."

"……."

"얼른 일어나요! 좀!"

"아, 조금만 더 자고 싶은데……."

계속되는 보챔을 무시하지 못한 시울은 인상을 잔뜩 찌푸린 채 벌떡 몸을 일으켰다. 그러고는 휙 고개를 돌려 혜수를 바라보았다.

마주한 시울의 얼굴은 퉁퉁 부어 있었지만, 혜수의 눈에는 그 모습조차도 휘황찬란한 빛이 나 보였다.

"잠은 잘 자셨어요?"

그래서 수줍게 얼굴을 붉히며 물으니 돌아오는 대답은 얼토당토없었다.

"너 왜 내 방에 있어?"

"여기는 오빠 방이 아니라 내 차인데요?"

"니 차? 혹시 나 납치한 거야?"

"예? 그럴 리가요."

"납치 맞는 것 같은데. 안 그러면 내가 너랑 단둘이 있을 리가 없잖아."

하아…… 우리 오빠는 참 쓸데없는 의심이 많구나.

"우리 하언이 오빠가 시킨 잠입미션 하러 온 거잖아요. 기억 안

나요?"

혜수는 아직 잠에서 깨지 않아 사리분별조차 제대로 못하는 시울에게 상황을 알렸다. 그제야 하언의 부탁을 다시 기억해낸 시울은 미심쩍은 눈빛을 거두고 배시시 웃었다.

"아아, 맞다. 난 또 혹시나 해서 경찰 부를 뻔했네."

그러고 나서 재킷 주머니에 넣어 두었던 선글라스를 꺼내 쓰자, 그는 다시 영화배우의 모습으로 거듭났다. 돋보이는 그의 콧날에 새삼 반한 혜수는 방금 범죄자 취급을 당했다는 사실도 신경 쓰지 않았다.

"오빠 잠깐만요."

혜수는 먼저 차에서 내리자마자 서둘러 시울이 있는 뒷좌석 문부터 열어 주었다.

"으으, 햇빛 너무 세다."

그러고는 눈부셔하는 시울을 위해 가방에서 미리 챙겨왔던 장밋빛 양산을 꺼냈다.

"제가 잘 가려드릴 테니 오세요."

"어머, 고마워라."

제 앞에서 팡! 하고 펼쳐지는 양산을 본 시울이 만족스럽다는 듯 웃어 보였다. 혜수는 그 미소를 보기 위해서라면 뭐든 갖다 바치겠노라고 생각했다.

"하언이가 준 서류가방 무거워."

한참을 꾸물거리다 드디어 밖으로 나온 시울은 녹음기 밖에 들지 않은 서류가방을 끌어안으며 투정했다.

혜수는 사랑하는 오빠의 팔이 고생하는 꼴을 두고 볼 수 없었다.

그래서 본인의 가방은 오른쪽 어깨에 이고, 시울의 가방은 왼쪽 어깨에 지고.

"조금 더 높이 들어줄래? 자꾸 양산에 정수리가 닿아서 말이야."

"아, 죄송해요! 이렇게?"

"옳지, 잘한다."

그러고 나선 우산까지 더욱 바짝 받쳐 들고 나니 그들의 모습은 더 이상 아가씨와 보디가드의 모습이 아니었다.

시울은 핏 좋은 정장에 비싼 선글라스까지 착용한 부잣집 도련님, 그리고 혜수는 도련님의 시중을 드는 가엾은 하인처럼 비칠 뿐.

"집 되게 크다."

시울은 최 비서가 살고 있다는 가평 저택을 바라보며 감탄사를 내뱉었다. 높디높은 담이 저택을 둘러싸고 있었으나 규모는 감히 짐작도 할 수 없을 만큼 거대했다.

혜수는 이곳이 낯설지 않은 듯, 가벼운 발걸음으로 대문 앞에 다가섰다.

"오빠 누를게요."

"응응."

삐이이익—

그녀는 시울의 허락을 받자마자 초인종을 눌렀다. 집안은 한동안 잠잠했으나 머지않아 들려오는 건 반가움 가득한 목소리였다.

─아니, 이게 누구야. 혜수 한국 왔었네!

"최 비서님! 잘 지내셨어요?!"

─나야 잘 지냈지! 그런데 옆에 계신 분은…….

집안 인터폰으로 시울의 존재를 확인한 최 비서가 넌지시 물었다. 애써 감춰보려고 해도 낯선 이를 향한 경계심은 확실히 느껴졌다.

시울은 고개를 삐딱하게 꼬아들며 대문 위에 달린 카메라를 바라보았고, 생글생글 웃는 미소와 함께 손을 흔들었다.

"안녕하세요! 저 혜수 보디가드요!"

손인사라니. 안녕하세요라니. 혜수 보디가드라니.

시울이 조금의 고민도 없이 뱉어낸 멘트는 혜수까지 당황시킬 만큼 무례했다. 세상에 저렇게 막 나가는 보디가드가 어디 있어.

─보디……가드?

아니나 다를까. 인터폰에서는 납득할 수 없다는 듯한 되물음이 새어 나왔다.

순간 머릿속이 하얘져 버린 혜수는 아직까지도 철없이 웃고 있는 시울을 돌아보며 최선의 변명을 내뱉었다.

"나, 남자 친구예요! 이 사람이 장난기가 많아서! 하하하!"

"……뭐?"

휘둥그레진 시울의 눈동자가 혜수에게로 꽂혔다. 혜수는 잠시 입을 닫고 있으라는 의미에서 그에겐 한 번도 꺼낸 적 날카로운 눈빛을 쏘아붙였다.

거짓된 소개는 끝났으나 좀처럼 돌아오지 않는 최 비서의 대답.

─뭐…… 그래, 들어와서 얘기하자꾸나!

잠깐의 정적 끝이 이어지는 목소리는 다행히도 밝았다.

겨우 대문 안으로 들어서게 된 혜수의 입술 새로 안도의 한숨이 터져 나왔다.

값비싼 가구들이 들어찬 별장의 응접실.

"한국에 온 게 거의 2년 만이던가?"

최 비서가 캔커피를 가져와 테이블 위에 올려놓으며 물었다.

"거의 그렇죠. 비서님은 못 본 새 더 젊어지신 것 같아요."

혜수는 자연스러운 미소를 띤 채 대답했으나, 시울은 별말이 없었다. 그는 삐딱하게 꼬아든 고개로 인위적인 최 비서의 얼굴을 바라보고 있을 뿐이다.

최 비서는 그런 시울의 시선을 느끼고는 살갑게 웃으며 물었다.

"남자 친구가 있다는 얘긴 회장님으로부터 못 들었는데."

'남자 친구'라는 낯간지러운 단어에 시울은 자세를 고쳐 앉았다. 장난스러운 입꼬리에 웃음기가 사라져 있는 걸 보면 진지하게 해명하려는 것이 분명했다.

혜수는 혹시나 그가 괜한 의심을 살 짓을 해버릴까 싶어, 한 박자 빠르게 입술을 열었다.

"제가 몇 살인데 남자 친구 사귈 때마다 일일이 보고해요? 지금은 그냥 사랑만 하다가 결혼에 대한 확신이 들면 그때 말해야죠."

그러고는 더 자연스러운 연기를 위해 테이블 위에 놓인 시울의 손을 살며시 잡았다.

이 순간, 그녀에게 사심이 아예 없다고는 말 못하겠다. 처음으로 맞닿은 시울의 체온은 예상 외로 따듯해서, 그녀의 심장은 두근두근 떨려온다.

"하긴, 지금은 그냥 연애만 할 때지."

최 비서는 흐뭇함 섞인 대답과 함께 그들의 맞은편에 자리를 잡았다. 시울은 그의 시선이 잠시 캔커피로 향한 틈을 타 혜수의 손을 뿌리치려 했으나 그녀는 점점 더 힘을 더할 뿐이었다.

"아, 좀 가만히 있어요."

"너 정말……."

"그래서, 유학 생활은 어때? 사모님은 많이 외로워하시던데."

잠시 투닥거리는 도중 최 비서가 갑작스러운 질문을 던졌다. 갑자기 꽂힌 시선에 놀란 시울은 본인이 나서서 난데없는 대답을 했다.

"저야 잘 지내고 있습니다."

"……예?"

"아, 제게 물어보신 게 아니군요."

시울의 부자연스러운 태도에 최민석의 눈이 가늘어졌다. 그 안에 의심이 서려 있지는 않았지만 수상쩍게 여기는 건 분명했다.

이상해진 분위기를 수습해야 하는 건 온전히 혜수의 몫이었다.

오늘 하언이 최 비서에게 물어오라 시킨 정보는 비서직을 관두게 된 이유.

어째서 하언과 유현이 그의 과거를 캐내는 건지는 몰라도, 유현에게 도움이 될 만한 정보라면 최선을 다해서 알아내볼 생각이었다.

혜수는 비협조적인 시울의 손을 더욱 힘주어 잡으며 너스레를 떨었다.

"어머, 자기야. 왜 긴장을 하고 그래."

"니가 내 손을 잡아서 그렇잖아."

"아직도 설레는 거야? 어머, 미쳐미쳐. 비서님 제가 이렇게 사랑을 받고 살아요."

"아하하. 그러게요. 이러고 있으려니까 미치겠네요."

애매모호한 시울의 태도는 말장난을 하자는 건지, 어쩌자는 건지 모르겠다. 시울을 바라볼 때만큼 언제나 온화했던 그녀의 미간이 최 비서 몰래 구겨졌다.

'자꾸 이런 식으로 나올래요?'

혜수는 희번덕인 눈으로 소리 없이 물었고 시울은 어깨를 으쓱이며 입모양만으로 대답했다.

'내가 뭐.'

하아…… 이렇게 된 이상, 최대한 빨리 얻을 정보만 얻고 나가버려야겠다. 여기서 더 의심스럽게 군다면 아버지한테 수상하다며 보고해 버릴 게 뻔해.

"최 비서님. 혹시 예전에 기억하세요? 아버지 비서이실 적에 저한테 간식 엄청 사다주셨잖아요."

혜수는 하언이 부탁한 일을 수행하기 위해 그와 함께 했던 추억 하나를 끄집어냈다. 최 비서는 별다른 거부반응 없이 즐거운 듯 미소 지었다.

"기억하고말고. 그때 넌 내 허리까지도 안 왔는데 말이다."

"비서 시절이라면 도선우 회장님이 계실 때네요."

그때 시울이 갑작스럽게 꺼낸 대답은 혜수를 당황시켰다. 도선웅 회장의 측근 앞에서 '도선우'라는 이름 석 자는 절대 언급되어선 안 될 금기어와 다름없었다.

"자네, 도선우 회장님을 알고 있나?"

아니나 다를까. 최 비서의 목소리가 급속히 차가워졌다. 하지만 시울은 그 냉기를 똑바로 마주 보며 대답했다.

"이 나라에 도선우 회장님 모르는 사람 있습니까. 너무 허무하게 돌아가셔서 더욱 기억에 남는 분이죠."

"……."

"아, 그런데 옵타티움 제품은 다 좋은데 포인트가 너무 안 쌓이더라. 저 5년 모은 포인트로 겨우 만 원짜리 마우스 하나 샀어요."

큰아버지 이름에 이어서 죽음까지…… 이 오빠가 지금 뭐하자는 거야.

혜수는 지진이 난 동공으로 시울을 보았다. 그러나 시울은 선글라스를 벗으며 장난기 가득한 표정으로 되물었다.

"왜, 자기? 무슨 문제라도 있어?"

자기라는 호칭은 굉장히 듣기 좋지만 뒤따라온 질문은 너무 뻔뻔해서 기가 찼다. 아무도 그는 모든 계획을 망치기 위해 따라온 사람 같다. 혜수는 그에게 주의를 주기 위해 잠깐 둘만의 시간을 요청하기로 했다.

"오빠 잠깐 나랑 얘기 좀……."

하지만 그를 따로 불러내기도 전에 먼저 흘러나온 최 비서의 목소리는 등골을 서늘하게 만들었다.

"아아, 이제 알아보겠네. 회장님이 사진으로 보여주셨지. 도하언이 데리고 들어온 여자의 유일한 가족."

"……."

"이름이 차시울이라고 했나?"

알려주지도 않은 그의 이름이 튀어나오자 혜수의 놀란 눈동자가 최 비서에게로 꽂혔다.

그녀는 어째서 최 비서가 일면식도 없는 시울을 알아보는 건지 하나도 이해할 수가 없었다. 하지만 이곳으로 오기 전, 하언은 시울만을 따로 불러 이러한 상황들을 예견해 두었다.

'도혜수는 어디까지나 집 안으로 들어가기 위한 마스터키일 뿐이야. 넌 차에서 내리기 전에 선글라스로 얼굴부터 가리고 접근해.'

'얼굴은 왜?'

'도선웅이 널 경계하고 있는 이상, 최민석은 너에 대해 꿰고 있을걸.'

하언의 말은 시울을 의아하게 만들었다. 그가 부탁한 일이 잠입인 만큼 얼굴이 알려진 사람은 별 소용이 없었다.

'그럼 내가 가면 안 되겠네. 선글라스로 가리는 것도 한계가 있지.'

시울은 손을 휘휘 저으며 난색을 표했다. 그러자 하언은 그의 눈앞에 작은 녹음기 하나를 건네주었고, 서늘한 눈빛을 띤 채 입을 열었다.

'아니, 최민석 은신처에 들어가기만 하면 그때부턴 너인 걸 밝히는 쪽이 좋을 거야. 그 새끼를 어떻게든 탈탈 털어서 모든 증거를 받아내.'

'증거?'

'옵타티움 살인미수 건과 관련된 확실한 증거.'

'그런 걸 내가 달라 그런다고 주나.'

'사람 속여서 끝물까지 빼먹는 건 니 전문 아니었나?'

위험하게 들리는 명령을 아무렇지 않게 내린 하언은 시울의 어깨를 툭툭 두드렸다. 그러고는 특유의 낮은 목소리로 불안까지 가라앉힐 만한 약속을 했다.

'뒤집어엎든 잡아 패든 마음대로 해. 모든 뒤처리는 내가 할게.'

뒤집어엎고 잡아 패는 건 너처럼 성질 더러운 놈들이나 하는 짓이고. 내가 사람 숨통 조이는 방식은 클래스부터가 다르지.

본격적인 판을 벌려보기로 결심한 시울은 눈웃음을 치며 최 비서를 바라보았다. 그리고 나긋한 목소리를 여유부리듯 흘려보냈다.

"절 알고 계시다니 인사는 필요 없겠네요. 자, 그럼 이제 딜을 시작해 볼까요?"

"딜? 무슨 딜?"

그의 계획에 대해선 전혀 아는 바가 없는 혜수가 대신 되물었다. 하지만 이미 본론을 알아챈 최 비서는 낮게 가라앉은 음성을 내뱉었다.

"혜수야, 잠시만 나가 있어주겠니? 차 판사와 단둘이 할 얘기가 있구나."

혜수가 잠시 밖으로 자리를 피해 준 응접실.

"오, 이거 달고 맛있네요."

캔커피 하나를 비워낸 시울이 만족스러운 미소를 띠며 말했다.

최 비서는 그런 시울을 매섭게 노려보았고, 혜수가 있을 때와는 비교도 안 될 만큼 사나운 목소리로 물었다.

"나한테 무슨 말을 하고 싶어서 온 거지?"

"뭘 그런 걸 물어. 이미 다 아는 것 같은데."

"도선우 전 회장님에 관한 거라면 난 아무것도 몰라."

"흐음…… 기억상실중인가? 뭐, 괜찮아요. 내가 전부 알고 있으니까."

생글생글 웃는 낯으로 속을 긁어 대는 시울은 최 비서가 상대하기에 어려웠다. 정말 묻어둔 진실에 알고 있다면 정면으로 부딪혀 상대해야겠지만, 이런 타입이라면 집히는 것도 없으면서 능청맞게 아는 척하고도 남았다.

"그 일에 관련해서라면 이미 판결 끝났어. 그 의사가 미쳐서 헛소리를 지껄인 거라고."

계속 발뺌하는 게 최선이라고 생각한 최 비서는 의자 등받이에 몸을 기대며 말했다. 그러자 시울은 최 비서가 몸을 멀리한 만큼 상체를 앞으로 숙였고, 조곤조곤한 목소리로 물었다.

"내가 헛소리 하나 듣고 여기까지 찾아온 걸로 보여?"

날카롭게 빛나는 그의 눈빛엔 이유 모를 확신이 서려있었다. 그 당당함이 불길하게 느껴졌기에 최 비서는 꿀꺽 마른침을 삼켰다.

"의사가 말했던 사건 당일, 병원 주차장 CCTV 영상을 입수했어. 거기 누가 찍혀 있었게."

"……"

"놀랍게도 그쪽 얼굴이 있더라고. 의사가 증언했던 것과 똑같은 모습으로."

물론 시울의 말은 모두 거짓이었다.

20년 전 사건의 CCTV영상은 지금 와서 구할 수도 없을뿐더러, 의사는 최 비서의 행색에 대해 언급할 기회조차 얻지 못했었다.

하지만 몹시 당황한 최 비서는 그 허무맹랑한 말에 대해 곱씹어

볼 마음의 여유조차 갖지 못했다.

"그, 그걸 무슨 수로 입수해? 말이 되는 소리를 해."

의심하는 척하고 있지만 이미 동요할 대로 동요한 상태다. 이대로 조금만 더 쥐고 흔든다면 가진 모든 걸 털어 내는 건 시간문제다.

시울은 자신의 거짓말에 신빙성을 더할 만한 가장 적당한 인물을 생각해 냈다. 그들이 아직까지도 불안해하는 얼굴이 그의 머릿속에 선명하게 떠올랐다.

"도선우."

"……뭐?"

"도선웅이 움직이기 전부터 도선우가 주치의에게 일러둔 모양이야. 당신네들이 불안하게 움직이거든 증거가 될 수 있는 모든 걸 확보해 달라고."

역시 죽은 사람이 가장 무섭지. 이제 와서 추궁할 수도 없는 노릇이니까. 흔들리는 최 비서의 눈빛을 보며 시울은 입술을 떼어 냈다.

"도선우는 증거를 남겼고 도하언은 그걸 찾아냈어. 이게 무슨 뜻인 줄 알아?"

"……."

"곧 재수사에 들어간다는 소리야. 아마 이번엔 도 회장이 절대 빠져나오지 못할걸? 그쪽 라인이랑 전혀 상관없는 검사가 사건을 맡을 테니까."

그 멘트를 뱉어낼 쯤에 시울은 절친한 친구 나현규 검사를 떠올렸다. 정말 재수사에 들어가게 된다면 역시 그 녀석이 가장 믿을 만했다. 그러니 최 비서가 가지고 있다는 증거만 받아 낸다면 아무리 생각해도 승자는 도하언 쪽.

"얼굴하고 이름 바꿔봤자 아무 소용없어요. 그 CCTV 영상이 당신이라는 걸 증명하는 순간 모든 건 끝장날 거야."

"그, 그럴 리가……."

"봐 봐, 그쪽에 대해서 생판 모르는 나도 이렇게 찾아왔잖아."

대화의 주도권을 거머쥔 시울은 살벌한 협박으로 최 비서의 숨통을 조여 왔다. 그 모습을 바라보던 최 비서는 결국 흥분을 참지 못하고 버럭 언성을 높였다.

"대체 이게 무슨 짓이야! 날 건드리면 어떻게 되는 줄 알아?!"

"모르지. 내가 어떻게 알아."

"니가 날 끝내기 전에 내가 널 끝내! 그것도 지금 당장 말 한 마디면!"

최 비서는 그걸 증명하려는 듯 주머니에서 휴대폰을 꺼내 들었다.

하지만 시울은 여유로운 태도로 그 손을 붙잡아 내렸고, 기회주의자는 절대 거부하지 못할 달콤한 덫을 깔아 놓았다.

"진정해요. 나는 협박하러 온 게 아니야. 딜을 하러 온 거지."

"뭐? 딜?"

"그쪽이 20년 전 사건의 확실한 증거를 가지고 있다는 거 알아. 그걸 순순히 내게 전달하면 CCTV 영상은 모르는 척해 줄게."

이제 본격적인 판이 시작되었다.

하언이 깽판을 쳐도 상관없다고 했으니, 시울은 온갖 입에 발린 말로 최민석을 뒤흔들어 놓을 작정이다.

시울은 특유의 눈웃음을 띤 채 마저 입술을 열었다.

"그쪽은 도 회장 몰래 살 궁리를 찾고, 나는 20년 전의 죄인을 응징하고. 우리 둘 다 윈윈 하는 거지."

"……."

"아, 정 싫으면 관두고."

시울의 제안을 들은 최 비서의 손에 힘이 풀렸다. 그는 탐탁지 않은 표정으로 시울을 훑어보았고, 이내 단도직입적인 질문을 던졌다.

"여기까지 오기 위해 혜수까지 속이는 놈이 정의를 위해 움직이진 않을 테고…… 넌 무엇을 원하지?"

시울이 원하는 바를 묻는다는 건 목적을 달성했다는 뜻. 그는 매끄러운 입꼬리를 부드럽게 들어 올렸고 가벼운 목소리로 말했다.

"대가는 도하언에게 받기로 했어. 그쪽은 나한테 붙기만 하면 돼."

"하아……."

홀로 대문을 서성이던 혜수가 긴 한숨을 뱉어 냈다.

시울 혼자 최 비서를 상대하고 있는 지금, 그녀는 시울이 꺼낸 본론이 무엇인지 짐작조차 할 수 없었다.

하언은 분명 최 비서가 비서직을 관두게 된 이유를 알고 싶어 했는데 시울은 어째서 판을 키워버린 건지.

'이 나라에 도선우 회장님 모르는 사람 있습니까. 너무 허무하게 돌아가셔서 더욱 기억에 남는 분이죠.'

게다가 도선우 전 회장에 대한 이야기를 최 비서에게 꺼낸 건 굉장히 무모했다. 그래서 본론을 꺼내지도 못하고 쫓겨난 혜수는 혹시 시울이 하언에게 다른 내용을 전달받은 걸까, 의심해볼 정도였다.

바로 그때.

철컥—

문이 열리고 위풍당당한 시울이 등장했다. 밖으로 나오자마자 하언에게 받은 선글라스부터 끼는 시울은 혜수의 걱정과 달리 여유만이 가득했다.

"얘기 잘 끝났어요?"

혜수는 시울에게 다가가 떨리는 목소리로 물었다.

그러자 시울은 대답 대신 오른손을 들어 'V'자를 그려냈다. 입가에 번진 장난스러운 미소를 보니 안에서 혜수 몰래 무슨 짓을 하고 온 게 분명했다.

"아니, 대체 뭘 하고 온 거예요? 중간에 쫓겨나는 바람에 무슨 일 생기는 건 아닌가 걱정했잖아."

길지 않은 시간이었지만 몹시도 불안해했던 혜수는 불평하듯 툴툴거렸다.

"비밀이야. 묻지 말아 줘."

하지만 시울이 뱉어 내는 말은 그저 태평하기만 했다.

그는 아직 혜수에게는 아무 말도 하지 말아달라는 하언의 부탁을 들어주는 중이었다.

"하참…… 밖에서 기다린 사람 마음 생각도 안 하고 비밀이래."

혜수는 볼멘 목소리로 섭섭함을 드러냈다. 시울은 그런 그녀를 스쳐 지나가며 정수리를 가볍게 쓰다듬었다.

덕분에 찝찝한 심정과 상관없이 설레어 버린 그녀는 몇 초간 얼어붙어 있다가, 서둘러 이성을 되찾고 시울의 뒤를 따랐다.

"아, 같이 가요!"

"아, 그럼 빨리 와요!"

혜수의 흉내를 내듯 얇은 목소리로 대꾸한 시울은 휴대폰을 꺼내 들었다.

그는 주소록에서 '동생도둑'이라고 저장해 놓은 하언을 어렵지 않게 찾아냈고 엄지손가락을 빠르게 움직여 결과를 보고했다.

[녹음기에 본인의 범행증언 확보함. 도 회장이 시주했다는 모든 증거는 주치의에게 있대. 현주소 받아왔어.]

이 승전보를 전하기까지 정말 수고 많이 했다.

시울은 오늘 도하언에게 한우 꽃등심이라도 잔뜩 얻어먹을 생각이다.

12장
더 이상 불쌍해지지 말자

하언의 차가 퀴퀴한 골목 한편에 위치한 낡은 집 앞에 멈춰 섰다.

그가 경직된 표정으로 찾아온 이곳은 시울이 최민석 비서에게서 입수해 온 주치의의 현 소재지였다.

지난 밤, 수차례 마음의 준비를 거듭했건만, 막상 그 사람과 대면할 생각을 하니 가슴 깊숙한 곳에서부터 불안이 몰려왔다.

그도 그럴 것이 주치의는 탐욕에 물든 과거를 밝히기 위해 싸웠던 유일한 인물이었으나, 근본적으로는 하언의 가족을 죽음에 빠트린 장본인기도 했으니까.

하언은 그를 어떤 낯으로 바라봐야 할지 아직 판단내리지 못했다.

그땐 무슨 욕심에 흔들려서 도 회장의 손을 붙잡았었는지. 어째서 모든 것이 망가져 버린 후에야 부질없는 투쟁을 시작했는지.

그에게 물을 말은 대부분 원망이었지만 하언은 그의 도움이 절실했다. 그러니 죄를 인정하는 범인이자 도 회장의 추악함을 알고 있는 유일한 증인인 주치의를 적대시하지는 못할 것이다.

"후우……."

긴 한숨과 함께 초조한 마음을 정리한 하언이 드디어 차 밖으로 나섰다.

다행히 집 주인이 머물고 있는지 대문 안에선 작은 인기척이 새어 나오고 있었다. 그는 초인종을 누르기 전 입고 온 코트의 매무새를 정돈했고 마른 입술을 적셨다.

오늘은 가장 꺼내고 싶지 않은 그들에 대해 묻고 추궁해야 하는 날.

지금 이 순간 하언이 원하는 것은 단 하나였다. 그는 이 대문으로 들어서서 다시 나올 때까지 어떻게든 이성을 붙잡고 있고 싶다.

하언은 정면으로 향해 있던 고개를 아래로 끌어내렸다. 여울의 이니셜이 새겨진 싸구려 커플링이 지친 그를 반겼다.

"잘하고 올게."

그 이름을 똑바로 바라보며 짧은 다짐을 건네자 가슴은 언제 조여들었었냐는 듯 평온해졌다.

역시 눈앞에 있지 않아도 의지가 되는 그녀는 예나 지금이나 유일한 구원자였다. 아무리 높고 단단한 벽도 그녀를 위해서라면 몇 번이고 뛰어넘을 수 있을 것만 같다.

심기를 다진 하언은 대문 앞으로 가까이 다가가서 초인종을 눌렀다.

삐이익―

"누구세요?"

요란한 소리와 함께 들려온 목소리는 여자의 것이었다. 곧바로 주치의와 대면할 줄 알았던 그는 살짝 떨리는 목소리로 대답했다.

"옵타티움 대표이사 도하언입니다. 서두영 씨를 찾아왔습니다."

"도……하언 씨요?"

짧은 소개를 들은 그녀의 반응은 의미심장했다. 벌써 그가 누구인지, 무슨 용건으로 찾아왔는지 알고 있는 눈치였다.

덕분에 본론 꺼내기가 한결 수월해졌다고 생각한 하언은 최대한 부드러운 음성으로 말을 이었다.

"받고자 하는 자료들을 서두영 씨가 가지고 계신다 들었습니다. 그 얘기를 자세히 하고 싶은데……."

"잠시만요."

하지만 여자는 하언의 말을 멈춰두고는 닫힌 대문부터 열었다. 처음으로 마주한 그녀의 얼굴엔 긴장한 기색이 역력했다.

"도하언 씨까지 직접 찾아오실 줄은 몰랐어요."

그리고서 꺼내놓는 말은 마치 하언 이외의 다른 사람을 만났던 것 같은 태도였다.

하언은 낯선 그녀의 얼굴을 물끄러미 내려다보며 낮은 목소리를 꺼내놓았다.

"저까지라면…… 이미 다른 사람이 왔었다는 뜻인가요?"

"도선웅 회장 쪽 사람이라면 걱정하지 않으셔도 돼요. 찾아온 건 유설아 씨밖에 없었으니까."

"⋯⋯유설아?"

순간 들려온 이름 석 자는 전혀 생각지도 못했던 인물이었다.

단번에 심장이 내려앉아 버린 하언은 그 자리에 굳은 채 그녀의 얼굴만 내려다보았다.

"제가 가진 증거자료는 그분을 통해 전달 드린 게 전부예요. 혹시 부족한 부분이 있었나요?"

"증거자료를⋯⋯ 전부 넘기셨다고요."

"네, 아버지가 가지고 계시던 것 전부요."

이어지는 내용은 그저 절망적이었다.

도 회장은 하언의 의도를 미리 파악하고 있었고, 유설아를 이용해 자신의 과오가 담겨 있는 증거들을 전부 가로챘다.

그 모든 것이 끝나고 나서야 주치의 주소를 손에 넣은 하언은 이렇게 빈껍데기만 남은 집에서 사라져 버린 증거를 찾고 있다.

별다른 설명 없이도 여기까지의 상황을 이해해 버린 하언은 지끈거리는 관자놀이를 한 손으로 붙잡았다.

지그시 내리 감았다가 다시 치켜 올린 하언의 눈동자에는 혼란이 가득했다.

"왜 그러세요? 혹시 무슨 일이라도 생겼나요?"

갑자기 안색이 나빠진 하언을 본 서정희는 불안한 표정으로 물었다.

순간 하언은 단 한 번도 유설아를 추궁해 보거나 의심하지 않은 그녀에게 거친 원망을 쏟아 붓고 싶어졌으나.

"대체 왜⋯⋯."

첫 마디를 내뱉을 무렵 시작된 서정희의 말은 그의 입술을 멈춰 두었다.

"혹시 그 증거들로 부족하다면 제가 증인으로 서드릴게요. 아버지가 돌아가시기 전에 저한테 부탁하셨던 일이니까."

"그 사람…… 죽었습니까?"

"도선우 회장님이 아버지가 처방해 주신 불법 약품 때문에 돌아가신 걸 알고부턴 거의 제정신이 아니셨어요. 평생을 하언 씨한테 죄송해하셨구요."

"……."

"그래서 어떻게든 법적으로 죗값을 물고 싶어 하셨지만 그게 쉽지 않으니까…… 저한테 유서 한 장 남겨 놓고 목숨을 끊으셨어요."

일가족을 파멸로 이끈 사람의 비참한 결말이었다.

조현병 판정을 받았으니 제 구실도 못하고 살 거라고 예상은 했으나, 이렇게까지 망가졌을 줄은 몰랐다.

하언은 그의 불행이 당연한 죗값이라고 생각하면서도 좀처럼 받아들이기 힘들었다.

지금 하언의 눈엔 제 아버지를 떠올리며 슬퍼하지도 못하는 서정희의 모습이 마치 하루아침에 사라진 가족을 그리워하는 자신의 모습처럼 보인다.

"아버지가 죄책감을 못 이겨 스스로 목숨을 끊으시기 전에, 목숨처럼 소중하게 지켜 오셨던 자료들이에요."

"……."

"그걸 유설아 씨한테 무사히 전달해드리던 순간 얼마나 기뻤는지……."

"그만."

하언은 낮은 목소리로 그녀의 고역 같은 말을 멈춰두었다.

모든 상황을 깨달은 하언의 가슴엔 거대한 분노가 휘몰아치고 있었으나, 조금도 겉으로는 내비치지 않았다.

하언은 천천히 숨을 들이쉬었고 흐리게 내뱉었다.

"……그만하면 됐습니다."

"예?"

"최선을 다 하셨어요."

그리고서 이어내는 말은 폐허가 된 자신의 마음은 잠시 뒷전으로 미뤄두고 내뱉은 위로였다.

그를 바라보는 서정희의 눈이 옅게 흔들렸다.

"도와 주셔서 감사합니다. 제가 아버님이 바라던 끝을 내드리겠습니다."

처음으로 다른 사람의 마음을 먼저 생각해서 내뱉은 말.

그건 분명 마음에도 없는 말이었으나, 입술을 닫을 때쯤 공허하던 알 수 없는 온기가 가슴에 들어찼다.

다 무너져 내렸던 이성은 정말로 끝을 낼 수 있을 것처럼 혼신의 힘을 다해 일어서고, 그녀에게 건넸던 위로는 그를 위한 위로가 되어 공허함을 달랜다.

"하아……."

서정희는 구원이라도 받은 사람처럼 안도의 한숨을 내쉬었다.

"아버지가 바라는 대로 잘 해결 되겠죠?"

그리고서 축축이 젖은 목소리로 꺼내놓는 질문은 현실적으로 불가능했다.

하지만 하언은 움직이지 않는 입꼬리를 들어 올려 억지로 웃었고, 반드시 해야만 하는 대답을 했다.

"네…… 그럼요."

완전히 거짓말은 아니었다. 타오르는 하언의 독기는 불가능을 가능으로 만들어 버리고도 남을 기세였다.

물론 진실에 도달하는 길은 흔적도 없이 사라져 버렸으나, 필요 이상으로 절망할 필요는 없다고 생각한다. 진실에서 멀어진 거리만큼 내가 더 많이, 내가 더 빨리 달려가면 되니까.

"이젠 그쪽도, 그쪽 아버님도 이제 더 이상 죄인처럼 살지 마세요."

살아남은 자가 죽은 자를 대신해서 건넨 용서.

어쩌면 주제 넘는 짓일지도 모르지만 가족들을 떠올리는 하언의 마음은 조금도 불편하지 않았다.

아마도 알고 있나보다.

누구보다 선하고 따뜻했던 그 사람들은 하언이 이렇게 해 주길 바라고 있었다는 것을.

"엄마."

평창동 저택의 거실.

혜수가 함께 커피를 마시고 있던 켈리 박을 불렀다. 제 사람한테만 보여 주는 켈리 박의 자상한 눈빛이 혜수에게로 향했다.

"응, 왜?"

"저기 있잖아."

"뭐가 있어."

"그게……."

"무슨 얘긴데 이렇게 뜸을 들여."

그들은 사실 무슨 얘기든 허심탄회하게 할 수 있는 사이였지만 혜수는 쉽사리 입술을 떼어 내지 못했다. 마음속에 가득 차오른 의혹은 감히 그녀가 품어선 안 될 내용이었다.

마른침을 삼키며 심기를 다진 혜수는 고심 끝에 어려운 질문을 꺼내놓았다.

"큰아버지는…… 어떻게 돌아가시게 된 거야?"

순간 켈리 박의 눈동자에 의아함이 어렸다. 새삼스럽게 왜 그런 걸 묻느냐는 표정이었다.

"교통사고 나셨잖아. 다 아는 걸 뭐 하러 물어?"

"교통사고로 돌아가셨다는 건 알지. 그런데 앞뒤 상황이 궁금해졌어."

"갑작스럽게 생긴 사고인데 앞뒤 상황이랄 게 어디 있어. 그날 가족끼리 휴가를 떠나시던 중이었고 고속도로에서 차가 가드레일에 들이박고 반파됐다는 소식을 들었어."

혜수는 켈리 박이 모두가 알고 있는 내용을 설명하는 동안 온 신경을 집중시켜 그녀의 표정을 바라보았다.

껄끄러운 사건을 되새기는 그녀에게선 불편함이 느껴졌으나 불안해 보이진 않았다.

"아, 그렇구나."

혜수는 흐린 목소리로 대답하며 커피 한 모금을 들이마셨다. 그리고 홀로 확신을 내렸다. 엄마는 큰아버지의 죽음에 대해 아무것도 모른다고.

그녀에게서는 어떤 정보도 얻을 수 없다는 걸 깨달은 혜수는 한결 편안해진 목소리로 물었다.

"하언이 오빠네 가족은 어땠어? 큰아버지랑 큰어머니랑 형도 있었지, 아마?"

그러자 켈리 박은 잠시 주변을 살펴보았고 조심스럽게 그녀를 주의시켰다.

"이런 얘기 집안에서 하면 안 되는 걸 몰라?"

"아빠도 없는데 뭘 그래. 어디 가서 내색은 안 할게. 솔직하게 얘기해 줘."

혜수의 부탁을 들은 켈리 박의 얼굴에 난처함이 어렸다.

형에 대한 이야기를 극도로 꺼리는 도 회장 때문에 존재 자체를 잊고 산지도 꽤 되었던 탓에, 새삼스럽게 회상해 보려 해도 그다지 떠오르는 게 없었다.

아, 그래도 그거 하난 확실했지.

"꽤 좋은 사람들이었어. 일찍 죽은 게 안타까울 만큼."

켈리 박의 대답은 한 치의 거짓도 없는 진심이었다.

그녀가 도선웅 회장과 정략결혼 생활 중에서 유일하게 즐거워했던 시간은 하언의 엄마와 주말동안 티 타임을 가질 때뿐이었으니까.

켈리 박은 그녀와 나누었던 소소한 대화들을 떠올리며 그들에 대한 이야기를 마저 이어 나갔다.

"가정 분위기도 화목하고 따듯했어. 무엇보다 아주버님은 회장님과는 정반대의 분위기셨지."

"······."

"제 부모가 도하언 곁에 살아만 있어줬어도 그놈 성격이 이 지랄은 아니었을 거야."

켈리 박은 아쉽다는 듯 말했지만 혜수는 대답하지 않았다. 하언의 성격이 그리도 날이 선 이유는 아무리 생각해도 도 회장의 탓이 가장 컸다.

오빠도 그렇잖아. 우리 집에 있는 시간이 길어지면 길어질수록 무기력해지고 여려졌어.

"아니, 그냥 이곳 분위기가 사람을 이상하게 만드는 거야."

소신 있게 꺼낸 혜수의 목소리에 켈리 박은 눈썹을 일그러트렸다. 혜수에게만큼은 최선을 다 하는 켈리 박은 딸의 회의감을 조금도 이해하지 못했다.

"우리 집이 뭐 어때서······."

그래서 이유를 물어보려 입을 떼기가 무섭게 혜수는 담담한 표정으로 의미심장한 말을 꺼내놓았다.

"아버지는 좋은 사람은 아닌 것 같아."

"······."

"우리 가족한테도, 하언이 오빠한테도."

켈리 박은 그녀의 비난을 곧바로 부인하지 못했다. 얼마 지나지 않은 기억이 머릿속을 스쳤기 때문이었다.

'난 필요 없는 건 옆에 두지 않아.'

'하루라도 더 호사를 누리고 싶다면 시킨 일은 똑바로 하는 게 좋을 거야.'

얼마 전, 자신의 뜻대로 되지 않자 가족까지도 협박했던 도 회장은 절대 '좋은 사람'으로 평가될 수 없었다. 그날 딸의 눈동자에 어렸던 공포는 아직까지도 선명했다.

켈리 박은 작은 한숨을 내쉬었고 커피 한 잔으로 마른 입술을 축였다.

"무서운 사람이야. 자기 자신 외엔 사람으로 생각하지도 않거든."

그리고 뱉어 내는 대답은 처음으로 솔직했다. 놀란 혜수의 눈동자가 그녀의 얼굴로 향했다.

아버지의 말이라면 무조건적으로 순종했던 엄마. 늘 그의 곁에서 태연하기만 했던 엄마.

혜수의 앞에 더 이상 그런 엄마는 존재하지 않았다.

"엄마……."

"유현이를 입양한 것도, 이 집을 벗어나지 못하고 있는 것도……순순히 따르지 않으면 그 사람 손에 죽을 거 같아서였어."

그녀조차 도 회장에게 목숨의 위험을 느끼고 있는 지금.

"이건 우리끼리 비밀이다, 알았지?"

혜수는 어쩌면 머릿속을 가득채운 의혹이 사실일 지도 모른다는 생각을 한다.

그 사람은 이미 누군가에게 끔찍이도 잔인한 사람이었으니.

♪ ♩ ♫ ♪ ♩ ♫ ─

조용하던 집무실에 요란한 벨소리가 울렸다.

늦은 저녁까지 일을 처리하고 있던 설아는 휴대폰 액정으로 시선을 돌렸다.

[도하언]

오랜만에 떠오른 그 이름은 설아의 입꼬리를 비틀려 올라가게 만들었다. 언제 자신이 당했다는 걸 알아채려나 했더니, 그는 예상보다 빠르게 분노하기 시작했다.

설아는 휴대폰을 들어 통화버튼을 눌렀고 태연한 목소리를 내뱉었다.

"여보세요."

─유설아…….

그가 이때껏 들어보지 못한 낮은 목소리로 그녀를 불렀다. 설아는 이런 반응조차 흥미롭다는 듯 웃음기를 가득 담아 물었다.

"혹시 오늘 서정희 씨 만났어?"

─…….

"대답이 없는 걸 보니까 만났나 보네. 너무 화내지 마. 하언 씨가 닿을 수 없는 진실이었다고 생각해."

그리 말하는 설아의 표정에는 우월감이 잔뜩 묻어 있었다. 평소의 하언이라면 제정신으로 참아내지 못할 태도였다.

그러나 하언은 거칠게 반응하는 대신 짙은 숨을 들이마셨고, 가라앉은 음성으로 내뱉었다.

─유설아, 내 말 잘 듣고 대답해.

"……."

─너와 나의 공통점이 뭐라고 생각해?

그의 질문을 이해하지 못한 설아는 아무런 대꾸도 하지 않았다.

하지만 하언은 애초부터 그녀의 이해 따위 아무래도 상관없었다는 듯 머지않아 정답을 흘려보냈다.

─바로 무언가를 간절하게 원하고 있다는 거야. 목숨까지 바쳐도 좋을 만큼.

순간 설아의 뇌리에 그 사람의 얼굴이 스쳐 지나갔다.

모든 걸 내걸어서라도 손에 넣고 싶은 그는 지금의 설아를 움직이게 만드는 목표이자 원동력이었다.

─그럼 너와 나의 차이는 뭘까.

이어지는 하언의 질문은 의도가 분명했으나 정답은 희미했다.

그래서 역사나 입술을 닫고 있으니, 하언은 이제껏 들어온 목소리 중 가장 확신에 찬 목소리로 대답을 꺼내놓았다.

─진실은 애초부터 내 것이었어. 내가 원하는 한 반드시 나에게 되돌아 와.

그건 한 마디로 말해 선전포고였다. 한계치를 넘어선 분노는 전부 오기가 되어 버린 모양이었다.

"그래?"

하지만 단조로운 반응만 내비치는 설아는 아직까지 도 회장의 승리를 믿고 있었다.

건드릴 때마다 제대로 반응하는 약점이 있는 이상, 하언은 결코 도 회장을 상대할 수 없을 터였다.

그러나 하언은 조금도 흔들리지 않는 목소리로 잠시 끊어놓았던 뒷말을 이어 붙였다.

　—그런데 니가 원하는 것은 절대 너에게 되돌아가지 않아. 이 시간부로 감히 손조차 뻗지 못하게 될 거야.

　"……."

　—왜냐하면, 도유현은 단 한 번도 니 것이었던 적이 없거든.

　그건 그녀의 간절한 바람을 잘 알고 있는 하언이기에 꺼내놓을 수 있는 저주였다.

　순간 설아는 온 신경에 날이 서는 듯했지만, 애써 동요하지 않은 척 비웃음을 던졌다.

　"내 것이었는지, 아니었는지 니가 어떻게 알아? 아마 내가 너보단 그 사람이랑 가깝게 지냈을 것 같은데."

　하지만 곧바로 이어진 하언의 대답은 설아의 이성을 뒤흔들어놓기에 충분했다.

　—가족이니까 알아.

　"……뭐?"

　—도유현도 그 사람들처럼 내 가족이니까, 니 소유물이 아니라는 것 정도는 안다고.

　한 치의 떨림도 없는 목소리로 들려온 '가족'이라는 단어. 하언의 입에서는 영원히 나오지 않을 것만 같았던 그들의 존재.

　그건 설아가 하언의 한계라고 생각했던 부분이었다. 그는 20년 동안 단 한 번도 그 한계를 뛰어넘어본 적이 없었다.

　하지만 그 믿기지 않는 일을 예고도 없이 해낸 하언은 살벌한 목소리를 마저 이었다.

─그러니까 너 같은 년한텐 내 가족 절대 못 넘겨줘.

"……."

─이 이상으로 욕심내면, 니 인생도 도선웅이랑 같이 지옥으로 떨어트려 줄게.

약점이 사라져 버린 도하언의 협박은 처음으로 불안하게 다가왔다. 그러나 이미 스스로도 욕심을 컨트롤 할 수 없을 지경이 된 설아는 순순히 받아들이지 않았다.

"아…… 그것참 기대되네."

머지않아 평생을 두고 후회할 헛된 오기만 부릴 뿐.

지친 발걸음으로 집에 돌아오는 길.

짙게 내려앉은 밤은 유독 깜깜했다. 두 눈은 분명하게 뜨고 있었지만 아무것도 빼는 것이 없는 기분이었다.

아파트 단지에 차를 주차시켜놓은 하언은 한참 동안 내리지 못하고 핸들을 쥔 손끝만 바라보았다.

그러고선 많은 것을 생각했다.

도 회장에게로 먼저 넘어가버린 증거. 스스로 목숨을 끊어 버릴 정도로 묵직했던 주치의의 죄책감. 그와 함께 짓눌려 힘겨워 하고 있던 딸.

오늘 하루 동안 새롭게 얹어진 짐의 무게는 막중했다. 이 모든 것들이 어깨를 짓누르는 순간 하언은 멀쩡히 내쉬던 숨까지 막혀 오는 듯했다.

하지만 그는 이를 악물고 버텨내는 중이다. 예전처럼 무기력해지지 않으려고 어떻게든 이성을 붙잡고 있다.

비록 결정적인 증거는 도 회장 손에 넘어가버렸으나 전부를 잃은
건 아니었다.

시울이 얻어온 최민석 비서의 녹취록과 서정희의 증언이 있다면
재수사 정도는 요청할 수 있을 터.

하지만 문제는 재수사가 진행된 그다음이었다. 다시 옵타티움의
무혐의로 끝나버리지 않으려면 도 회장의 가면을 벗길 수 있을 만
한 무기가 필요했다.

'역시 주치의가 남긴 자료를 되찾아오는 수밖에 없어.'

너무나도 뚜렷한 다음 목표를 이뤄내려면 완벽한 계획이 필요했
다.

잔혹하고 무자비한 도선웅은 상대하기 가장 까다로운 인물이니,
그만큼 많은 준비를 하고 달려들어야 했다.

"후우……."

하언은 잠시 핸들 위로 고개를 끌어내렸고 긴 한숨을 내쉬었다.
아마 내일부터는 다시 치열한 삶을 살아야 할 테니, 오늘까진 무너
져 내린 가슴을 어떻게든 수습해볼 생각이다.

"으으, 추워라."

그때 또렷하고 생기있는 목소리가 주차된 차 근처에서 들려왔다.
누구인지 단번에 알아챈 하언은 숙였던 상체를 똑바로 일으켜 세웠
다.

"하여간 샴푸 좀 미리미리 사 두라니까."

불평 가득한 혼잣말을 내뱉으며 슈퍼 쪽에서부터 걸어오는 사람

은 역시 예상했던 대로였다.

그의 유일한 방공호이자 모든 시련을 내려놓을 수 있는 안식처. 어둠이 내려앉은 공간에서조차 유독 밝게 빛나는 존재.

"차여울⋯⋯."

하언은 그녀를 발견하자마자 홀리듯 차문을 열고 내렸다. 까만 비닐봉지를 흔들며 걸어가고 있던 여울은 갑작스럽게 나타난 새까만 실루엣에 잠시 발걸음을 멈춰 세웠다.

"응?"

"⋯⋯."

"거기 하언 씨예요?"

대답을 해야 하는데 갑자기 목이 메어왔다. 이때까지 애써 외면하고 있었던 설움이 도저히 막지 못할 정도로 와르르 덮쳐 왔다.

그러나 한 번 무너지기 시작하면 끝도 없이 추락할 자신을 알기에.

"후우."

하언은 잠시 눈동자를 바닥으로 떨어트린 채 짧은 숨을 내쉬었다. 그리고 머지않아 다시 여울을 향해 들어 올렸다.

"누가 너한테 심부름 시켰어."

다행히도 꺼내진 목소리는 울음기 없이 깔끔했다. 여울은 그런 하언을 보고 함박웃음을 지여보였고 신이 난 걸음을 재촉했다.

"누구겠어. 같이 사는 원수지. 샤워하다가 샴푸 다 떨어졌다고 난리난리지 뭐예요."

"그럼 지가 미리 사놓든가."

"내 말이 그 말이야. 그나저나 하언 씨는 어디 다녀와요?"

아무렇지 않게 꺼내진 여울의 질문은 대답하기 난처한 것이었다. 평소의 하언이었다면 거짓말을 지어내거나 대충 둘러댔겠지만 지금은 그럴 마음이 들지 않았다.

하언은 한 걸음 앞까지 다가온 그녀를 가만히 품 안으로 끌어당겼다. 그리고 귓가에 흐린 목소리를 흘려보냈다.

"나 오늘 죽을 만큼 힘들었어."

"왜. 누가 속상하게 했어?"

"어. 혼내 줘."

말의 앞뒤를 잘라먹고 투정부터 부리는 걸 보면 지금 난 너에게 일방적으로 기대고 싶은 모양이다.

이런 모습이 나약해 보일 수도 있는데 그런 것 따윈 아무래도 상관없나 보다.

"데려와. 내가 꿀밤 한 대씩 먹여줄게."

여울은 농담 반 진담 반인 대꾸를 내뱉으며 하언의 등을 쓸어내렸다. 갑갑했던 숨통은 그녀의 손길을 따라 느슨해졌다.

하언은 그럴수록 그녀의 목덜미로 더욱 파고들었고 피식, 숨결 같은 웃음을 내뱉었다.

"조그만 게 든든하네."

"좋은 말할 때 '조그만 게' 빼."

"조그만 걸 조그맣다고 하지, 뭐라 그래."

"다른 좋은 표현 많잖아요. 귀엽다든지, 사랑스럽다든지."

"그건 매일 해 주는데 질리지도 않아?"

짧은 투정 뒤에 이어지는 대화는 마냥 달콤했다.

하언의 가슴에 가득 찼던 울화는 분명 표현하기도 무서울 만큼 거대했는데, 그녀가 장단 한 번 맞춰 주니 거짓말처럼 가라앉아 있다.

여울은 한결 편안해진 그의 호흡을 느끼며 두 팔에 힘을 더했다. 그런 뒤 조심스럽게 꺼내놓는 위로는 다정하고 부드러웠다.

"수고했어요, 하언 씨."

"……"

"힘든 일도, 속상한 일도 많을 텐데 이렇게 멀쩡하게 버텨 줘서 자랑스러워."

순간 하언은 생각했다.

그럼 됐다고. 오늘 무너지고 부서지고 비참해진 나지만 그래도 너에게 자랑스러운 사람이었으면 됐다고.

복잡하고 어지럽던 머릿속이 정리되는 건 금방이었다.

하언은 곰인형처럼 끌어안고 있던 여울의 몸을 잠시 떼어 냈고, 곱게 휘어진 눈으로 그녀를 내려다보았다.

지금 하언의 입술엔 여울에게 하고 싶은 말이 산더미처럼 맺혀 있다.

항상 고마워. 온 마음 다해 사랑해. 계속 내 옆에 있어줘. 앞으로도 잘 부탁해.

하언은 그 진심 어린 고백을 내뱉을까 하다가 굳이 그러지 않았다. 대신 더욱 달콤해진 입술을 그녀에게로 천천히 끌어내릴 뿐.

지그시 감긴 그녀의 속눈썹은 천사의 깃털보다 아름다웠다. 벌어진 입술 틈새로 건네지는 혀끝은 뜨겁고 촉촉했다.

하언은 욕심나는 만큼 그녀의 숨결을 파고들었고 여울은 그의 허

리를 단단히 붙잡았다. 잠시 입술이 떨어졌을 때 가쁘게 몰아쉬어
진 숨이 두 사람의 본능을 자극했다.

더 이상 서로의 사랑을 증명할 필요도 없어진 지금, 하언은 그래
도 잠시 입술을 떼어 내 속삭였다.

"어떡하지. 이젠 너 아니면 안 될 것 같아."

그러고선 그녀의 머리카락 사이로 손가락을 넣어 쓰다듬자, 여울
은 감았던 눈꺼풀을 천천히 치켜 올렸다. 마주한 그녀의 얼굴은 복
숭아 빛으로 예쁘게 물들어 있는 상태였다.

"나도 알아. 하언 씨한텐 내가 전부인 거."

이어지는 그녀의 대답은 자신만만했다. 여울은 일렁이는 눈빛으로
자신을 바라보는 그에게 팔을 둘렀고, 한 번 더 입술을 끌어당겼다.

"그러니까 내 옆에 잘 붙어 있어요."

숨소리와 함께 새어 나온 한 마디를 끝으로 또 한 번 시작된 깊은
입맞춤.

어두웠던 하언의 세상이 눈부시게 밝아졌다. 하언이 안겨있는 그
녀의 품은 너무도 따듯해서 녹아버릴 지경이었다.

옵타티움 근처 고급 일식집.

가장 구석진 곳에 위치한 룸의 미닫이문이 열렸다. 테이블 앞에
앉아 있던 설아의 고개가 조용히 문 쪽으로 틀어졌다.

"많이 기다렸니?"

그녀를 보자마자 단조로운 인사를 건네는 사람은 다름 아닌 도
회장이었다.

"아닙니다, 회장님. 저도 도착한지 얼마 안 됐어요."

설아는 들어서는 도 회장을 향해 목례를 하며 그를 맞은편 자리로 안내했다. 그녀를 스쳐 지나가는 도 회장에게선 오늘따라 더욱 짙은 한기가 느껴졌다.

"내 시간이 그리 넉넉하지 않으니 바로 얘기를 시작하자꾸나."

도 회장은 자리에 앉기가 무섭게 본론부터 꺼냈다. 그 말을 들은 설아는 기다렸다는 듯 제 옆에 놓아두었던 서류를 건넸다.

"서정희가 가지고 있던 증거들입니다. 넘겨받자마자 그대로 가져왔어요."

"그 사이 누군가와 공유한 건 아니겠지?"

"설마요. 제가 무엇을 위해서 그런 짓을 하겠어요."

도 회장의 불신을 자연스럽게 받아친 설아는 은은한 미소를 입가에 띄웠다.

도 회장은 날이 선 눈동자로 그녀의 얼굴을 마주했고, 이내 테이블 위에 놓인 파일을 제쪽으로 끌어당겼다.

"허튼 생각은 너를 위해서라도 미리 접어 두는 게 좋을 거다. 우린 한 배를 탔잖니."

그 말은 설아가 내민 도움의 손길을 약점으로 삼겠다는 뜻과 같았다. 매사에 잔인하게 느껴질 만큼 인간미 없는 도 회장은 아군이라고 해서 자비를 베풀어 주는 타입이 아니었다.

그의 그런 성격에 대해 누구보다 잘 알고 있는 설아는 조금도 기죽지 않은 목소리로 대답했다.

"회장님과 계속 같은 배를 탈 수 있게 이젠 제가 원하는 바를 들어주세요."

"……."

"제가 그 사람과 결혼할 수 있는 방법이 무엇인지는…… 회장님
도 잘 아시죠?"

설아의 말은 곧 하언이 쥔 경영권을 어서 유현에게로 넘겨달라는
뜻이었다.

그 사람이 경영권만 갖게 된다면 설아의 아버지 유 회장도 그녀
와 유현의 결혼을 전폭적으로 지원해 줄 게 분명했다.

전에 유 회장과 이미 그 비슷한 대화를 나눴던 도 회장은 옅은 미
소와 함께 고개를 끄덕였다.

"알고 있고말고. 도하언이 회사를 뒤엎을 수 없게 만들어놨으니
모든 일이 계획했던 대로 진행될 게다."

"……."

"그 전에 딱 한 가지 걸림돌만 제거된다면."

하지만 만족스러운 대답 끝에 따라붙은 건 탐탁지 않은 전제조건
이었다. 이미 도 회장을 위해 연관도 없던 살인 사건의 증거까지 건
드려 버린 설아는 살짝 입꼬리를 굳혔다.

"또 무엇이 문제이길래 그러시는 거죠?"

그러자 도 회장의 눈엔 특유의 비열한 웃음기가 맺혔다.

그는 설아 쪽으로 더욱 상체를 당겨 앉았고, 칠흑 같이 검은 눈동
자로 그녀를 바라보며 말했다.

"새로운 싹을 틔우려면 원래 있던 싹은 뿌리째 뽑아내야지. 흔적
도 없이 깨끗하게."

그가 흔적도 없이 깨끗하게 처리하려는 싹.

그건 이미 거의 빼앗겨버린 자리에서 버티고 있는 도하언이 틀림 없었다.

설아는 오늘 오후, 도하언에게 들었던 살벌한 협박을 떠올리며 도 회장의 서늘한 시선을 가만히 마주했다.

"준비하는 데까지는 얼마 걸리지 않을 게다. 적어도 일주일 안에 도하언은 이 세상에서 흔적도 없이 사라지게 될 거야."

"……."

"그전에 마음을 못 잡고 있는 유현이를 잘 달래보렴. 그때까지도 같이 있다가 한꺼번에 잘려나가면 곤란하잖니?"

이번에 도 회장이 쥐고 흔드는 건 유현의 목숨이었다.

설아는 이전에 했던 약속과 달라진 도 회장의 태도를 납득할 수 없었으나 차마 섣불리 반항하지는 못했다.

그녀는 이미 도 회장이 욕망을 위해서라면 자신의 친형까지도 가차 없이 처리해 버릴 수 있는 인간이라는 걸 알아 버렸다.

"보상이 자꾸 미뤄지는군요, 회장님."

차가운 한 마디는 그녀가 할 수 있는 최대한의 분노 표현이었다.

하지만 전혀 개의치 않는다는 듯 비웃음을 흘리는 도 회장은 그저 태연하기만 했다.

"이게 다 너와 유현이를 위해서란다."

속이 뒤틀릴 만큼 뻔뻔스러운 말.

그러나 설아는 어느 정도 하언을 제거해야 할 필요성은 느끼고 있던 중이었다.

'너 같은 년한텐 내 가족 절대 못 넘겨줘.'

'이 이상으로 욕심내면, 니 인생도 도선웅이랑 같이 지옥으로 떨어 트려줄게.'

그리 말하던 하언은 분명 가만 놔두기엔 분명 위험한 존재였으니 까.

"유현 씨는 제가 데려오도록 하죠."

설아는 이번에도 도 회장이 원하는 대답을 내뱉을 수밖에 없었다.

하지만 순종을 하는 건 아니었다. 그저 도 회장이 하언을 처리하 며 유현까지 상처 입히지 못하도록, 최대한 안전한 곳으로 피신시켜 야 한다는 마음 뿐.

도 회장이 그를 무기처럼 사용하는 것도 이번이 마지막일 것이 다. 한 번만 더 나의 연인을 두고 협박했다가는 내가 먼저 우연히 손 에 넣은 무기를 꺼내 들 것이니까.

그를 지킬 사람은 나밖에 없다.

그는 언제나 그 사실을 부인하지만 조만간 깨닫게 될 것이다.

그의 앞에서 버티고 서 있는 나의 상처 많은 뒷모습을.

철컥—

무거운 현관문이 열리고 집안으로 하언이 들어섰다. 거실에서 초 조하게 그를 기다리고 있던 유현이 현관으로 다가섰다.

"어떻게 됐어?"

유현은 그가 구두를 미처 벗기도 전에 초조한 기색을 띠며 물었 다.

"한 발 늦었어."

그러자 곧바로 돌아온 하언의 대답엔 회의감이 가득했다. 하언이 다녀온 곳을 정확히 알고 있는 유현의 얼굴에 절망이 어렸다.

"주치의가 협조를 안 해 주겠대?"

"주치의는 만나지도 못했어. 이미 죽은 지 오래거든."

"그럼? 최민석한테 받아 온 주소는 뭐였어?"

"주치의의 딸이 살고 있는 집. 확실히 증거는 그 집에 있었어. 지금은 사라졌지만."

담담히 대답하는 하언의 얼굴엔 아쉬워하는 기색도 없었다. 그런 그를 이해하지 못한 유현은 다급한 손길로 그를 붙잡았다.

"지금은 사라졌다니…… 그게 무슨 소리야?"

되묻고는 있지만 유현은 어렴풋이 돌아올 대답을 알고 있다. 제발 이 예상이 맞지 않기를 바랄 뿐이다.

"유설아가 이미 받아갔어. 이젠 도 회장 손에 들어갔겠지."

그러나 하언의 입에서 들려온 전말은 유현이 본능적으로 깨우친 내용과 완벽하게 일치했다. 파르르 떨리는 유현의 입술 새로 흐린 탄식이 흘러나왔다.

"안 돼……."

순간 모든 힘이 빠져 버린 유현의 손이 허공으로 떨어졌다. 하언은 잠시 동안 그를 바라보다 구두를 마저 벗었고 무심히 곁을 스쳐 지나갔다.

반쯤 몸을 돌려 본 그의 뒷모습은 평소와 달리 유독 지쳐 있었다.

"하언아……."

그의 이름을 부르는 유현의 목소리엔 죄책감이 가득했다.

지금은 꼭두각시 노릇에서 완전히 벗어났다고 믿고 싶지만, 유현은 유설아가 이 일에 개입하게 된 원인이 자신이라는 것을 알고 있다.

"내가 돌려달라고 할게."

이젠 누군가의 짐이 되기도 지친 유현은 하언의 뒷모습을 바라보며 말했다. 멀어지던 하언의 걸음이 잠시 제자리에 멈춰 섰다.

유현은 아랫입술을 지그시 깨문 채 복잡한 생각을 정리하고는 낮고 부드러운 음성으로 뒷말을 이었다.

"설아가 원하는 건 내가 알아. 내가 그 애한테 돌아가기만 하면 더 이상 아버지의 편에서 훼방 놓을 일 없을 거야."

"……."

"아직 증거를 넘기지 않았을 지도 모르니까 내가……."

"어딜 돌아가."

그러나 하언은 짧은 질문으로 내뱉기도 힘들었던 이야기를 멈춰 놓았다. 떨리는 유현의 눈동자가 하언에게로 옮겨 붙었다.

"하언아……."

"거기가 어디라고 돌아가."

"……."

"니가 유설아 옆에서 제대로 숨이라도 쉴 수 있을 것 같아?"

몰아치는 질책은 충분히 사나웠지만 원망처럼 들리지는 않았다. 아마 유현에게 닿은 눈빛 때문인 것 같다.

"유현아."

하언은 오랜만에 성을 빼고 그의 이름만을 불렀고.

"나랑 약속 하나만 하자."

처음으로 따뜻한 목소리를 건넸다. 마주한 그의 얼굴엔 예전의 적대감이 담겨 있지 않았다.

유현은 하언을 말없이 응시하는 것으로 대답을 대신했다. 그러자 하언은 짧은 한숨으로 뜸을 들이더니 어느 때보다 진지한 부탁을 꺼내놓았다.

"더 이상 불쌍해지지 말자."

"······."

"너나 나나····· 지금까지 살아왔던 것처럼 살진 말자."

하언이 흘려보낸 말은 유현의 귀가 아닌 마음으로 스며들었다. 아무 이유 없이 울고 싶어진 유현은 서둘러 고개를 떨구었다.

그 순간, 저벅 저벅 저벅 들려오는 발소리는 유현에게로 가까워지고 있었다. 유현은 뒷걸음질을 치고 싶었지만 이미 가득 고여 버린 눈물이 떨어질까 봐 움직이지 못했다.

그와 딱 한 걸음 차이로 멈춰 선 하언은 유현의 메마른 어깨에 손을 얹었다.

얼마 만에 닿은 친절한 손길인지.

반가운 감정은 눈물과 뒤섞여 바닥으로 뚝뚝 떨어졌다.

"조금만 이기적으로 굴어도 돼. 너 좋은 쪽으로 욕심 부려도 되고."

"······."

"기껏 밖으로 빼줬더니 아직도 갇힌 사람처럼 굴면 어쩌자는 거야."

차분히 이어지는 목소리는 밀어내는 말이 아니라서 좋았다. 뜨거운 숨과 함께 젖은 얼굴을 들어 올린 유현은 떨리는 입술을 움직였다.

"내가…… 내가 여기 있으면……."

하지만 하고 싶은 얘기를 제대로 꺼내놓진 못했다. 목구멍을 타고 꾸역꾸역 넘어오는 설움은 그의 목소리를 자꾸만 잡아먹었다.

그러나 하언은 전부 알아들었다는 듯 픽, 입꼬리를 들어 올렸다.

"니가 여기 있어야 내 마음이 편해."

그가 대답처럼 건네는 말은 꽉 조여 들었던 유현의 가슴을 느슨히 풀어 주었다.

아무도 하지 않는 원망에 아직까지 고통 받고 있던 유현은 드디어 모든 불행의 근원이란 누명을 벗는 기분이다.

"그러니까 조금만 버텨. 내가 구해 줄게."

하언이 유현에게 건넨 약속은 고맙다는 말로도 부족할 만큼 간절히 원하던 것이었다.

이미 성한 곳 하나 없는 몸뚱이지만, 마음은 유약하기 짝이 없지만, 유현은 그래도 버티고 있어도 되는 곳이 생겨서 한없이 기쁠 따름이다.

"하언이 착해졌네."

유현은 소매 끝으로 눈물을 닦아 내며 웃음기 어린 대답을 했다.

"내 성깔 여전히 더러워. 그러니까 쓸데없이 건드리지는 마."

다시 평소의 까칠함을 되찾은 하언은 뻐딱하게 대꾸했지만 유현은 더 이상 그게 난처하지 않았다.

이 순간, 유현은 하언 몰래 가슴에 소망 하나를 품었다.

훗날 우리가 아주 많이 나이가 들어서 그동안 서로에게 준 상처도 말끔히 잊을 수 있게 되었을 때. 아니면 적어도 가끔씩 보고 싶어질 만큼 서로의 존재가 소중해졌을 때.

그때가 되면 웃으며 나눌 수 있는 추억거리가 생겼으면 좋겠어.

단 한 가지라도 괜찮으니까, 두고두고 꺼낼 만한 즐거운 기억 하나만 만들어놓고 싶어.

니가 날 떠올릴 때마다 불쌍해서 멀어지고 싶은 게 아니라, 보고 싶어서 언제든 찾아올 수 있도록.

"밥 먹었냐."

하언이 유현에게서 등을 돌리며 짧게 물었다. 천천히 고개를 가로젓는 유현은 따듯한 집밥을 차려야겠다고 생각했다.

물론 단 한 번도 먹어본 적은 없지만 지금이라면 편안하고 포근한 식사를 할 수 있을 것 같아.

"어, 내가 법원으로 갈게. 한 시간 뒤에 나와."

외출 준비를 완벽하게 끝낸 하언이 휴대폰을 든 채 거실로 나왔다. 세워 놓은 계획에 차질이 생긴 지금, 그는 시울과 새로운 해결책을 모색하러 가는 길이었다.

─그리고 나 스테이크 먹고 싶은데…….

"알았어. 사 줄 테니까 끊어."

하언은 대가를 조르는 시울에게 쿨한 대꾸를 하며 전화를 끊었다. 그러고선 구두를 신기 위해 현관으로 다가섰더니.

"……어?"

마침 현관문을 열고 들어오는 유현과 정면으로 마주쳤다. 그가 집밖을 나가는 걸 좀처럼 본 적이 없었던 하언은 의아한 눈으로 그를 훑었다.

"어디 갔다 와?"

"아, 그게…… 택배가 와서."

유현이 그 대답을 할 때쯤 하언의 눈동자가 그의 품에 머물렀다.

화려한 리본장식이 달려 있는 네모난 상자. 그 안에 든 것 얼핏 보기에도 케이크가 분명했다.

하언은 그제야 오늘이 며칠인지를 떠올렸다. 그동안 참석한 적이 없어서 정확히는 모르지만 이맘때쯤 유현은 생일파티를 열었던 것 같다.

"혹시 오늘이 너 생일이냐?"

하언은 특유의 무심한 목소리로 물었다. 그러자 유현은 작게 고개를 끄덕였다.

"응, 그래서 혜수가 퀵으로 케이크 보내줬어. 올해는 파티 같은 거 못 여니까 집에서 생일 초라도 끄라고……."

혜수의 말을 곧이곧대로 전하던 유현의 목소리가 점차 작아졌다. 여러 가지로 복잡한 하언에게 생일을 같이 축하해 달라고 조르는 것처럼 느껴져서였다.

"이따 커피 마실 때 먹어. 잘라서 냉장고에 넣어 놓을게."

유현은 그가 혹시라도 부담을 갖지 않도록 담백한 말을 덧붙였다.

그런 유현을 물끄러미 바라보던 하언은 이내 고개를 떨구었고, 가지런히 정리된 구두를 신었다.

"잘라놓지 마. 저녁때 사람들 불러서 같이 먹게."

그러면서 눈도 안 마주친 채 툭 내뱉는 말은 뜻밖이었다. 순간 커다래진 유현의 눈동자가 하언의 옆얼굴로 향했다.

"저녁때?"

"파티가 별거냐. 생일 축하해 줄 사람들끼리 모여서 밥이나 한 끼 먹으면 되지."

"아……."

"봐서 도혜수도 부르든가 말든가. 나 잠깐 나갔다 온다."

하언은 다정한 제안을 무심하게 꺼내놓고는 서둘러 현관문을 열었다.

뜻밖의 배려에 당황한 유현은 제대로 된 대답도 하지 못하고 집을 나서는 그의 뒷모습만 바라보았다.

혜수랑 마주치는 것도 싫어하면서, 생일은 같이 보내게 해 주고 싶은 건가.

서툴게 건네진 하언의 마음을 이해한 유현은 편안한 미소로 지어 보였다. 어제 해 준 약속만으로도 충분히 고마운데 아무래도 하언은 좀 더 제 곁을 내주려는 모양이다.

그토록 멀게 대하던 사람이 어째서 하루아침에 변했는지는 알 수 없는 노릇이었다.

그러나 한 가지는 확실했다. 지금의 하언은 유현을 더 이상 도 회장의 꼭두각시라고 생각하지 않는다.

"……잘 됐다."

안도 섞인 혼잣말과 함께 집 안에 들어선 유현은 케이크 상자부터 냉장고 안에 넣어 두었다.

그리고 잠시 식탁에 앉아 음식점 전단지들을 훑어보기 시작했다. 저녁때 찾아올 손님들에게 대접할 메뉴를 고르기 위해서였다.

사실 그의 생일파티는 이번이 처음은 아니었다.

그동안 그는 클럽이나 호텔 세미나 룸을 빌려 성대한 파티를 열었었고, 찾아온 사람들만 해도 셀 수 없을 정도였다.

하지만 그렇게 화려한 하루를 보내면서도 유현은 단 한 번도 기뻐했던 적이 없었다. 요란한 음악도, 맛있는 음식도, 유현의 공허한 마음을 채워 주지는 못했다.

수많은 사람들이 유현의 생일을 빌미삼아 인사를 나누고, 인맥을 쌓아갈 때마다 그는 홀로 구석에서 외로워하고 있었던 것 같다.

꼭 허울만 번지르르한 외톨이처럼.

그러나 오늘은 확실히 느끼는 감정부터가 달랐다.

"술안주 종류가 좋으려나. 아, 시울 씨 감자탕 좋아하던데."

진지한 자세로 직접 파티를 준비하는 유현은 처음으로 자신의 생일을 기대하고 있다.

띵동— 띵동—

그때, 요란한 초인종 소리가 집안을 메웠다.

방금 집을 나섰던 하언이라고 생각했던 유현은 서둘러 현관 앞으로 달려가 잠금장치를 열었다.

"하언아, 뭐 두고갔⋯⋯."

"유현 씨! 생일 축하해요!"

하지만 현관문이 열리기가 무섭게 명랑한 축하인사를 건넨 사람은 다름 아닌 여울이었다.

그녀에게 단 한 번도 제 생일을 알려 준 적이 없었던 유현은 놀란 목소리로 물었다.

"여울 씨가 그걸 어떻게 알았어요?"

그러자 여울은 꼭 쥐고 있던 검은색 신용카드 한 장을 유현의 눈앞으로 들이밀며 대답했다.

"방금 하언 씨가 말해 줬지! 나한테 카드 주면서 유현 씨가 사고 싶은 거 사게 하라는데?!"

"하언이가요?"

유현은 여울의 말을 똑바로 듣고 있으면서도 차마 소화시키지 못했다.

제 곁을 내준 것만 해도 기적에 가까운 일인데, 그는 대체 무슨 마음에서인지 여울과의 관계에 대한 경계심마저 풀어 버렸다.

"가서 얼른 겉옷 입고 나와요! 얼른!"

여울은 당황한 유현의 몸을 집 안으로 떠밀며 나갈 준비를 재촉했다.

하언의 주도 하에 여울과 단둘이 시간을 보내는 것은 상상해본 적도 없었기에 유현은 오늘 자신이 무얼 해야 할지, 어떻게 반응해야 할지, 하나도 정리하지 못했다.

대체 하언이는 무슨 생각을 하고 있는 걸까.

유현은 진심으로 혼란스러울 따름이었다.

서울지방법원 근처의 고급 레스토랑.

"큰일이야, 매제. 나 레어 진짜 입에 안 맞아."

하언은 직접 메뉴를 골라놓고도 불평불만이 가득한 시울을 한심한 표정으로 바라보는 중이었다.

대체 먹어본 적도 없는 걸 왜 시켰는지.

물어봤자 돌아오는 대답은 '있어 보여서'가 전부일 게 뻔했다. 잠시 짧은 한숨을 내쉰 하언은 옆으로 밀어놓았던 메뉴판을 다시 내밀었다.

"그럼 다른 거 시켜."

"오, 그래도 돼?"

"이번엔 니가 처먹을 수 있는 거 시켜라."

하언은 겁주듯 사나운 목소리로 말했다.

"아, 이 새끼한테 맞춰 주지 마세요. 버릇 나빠지면 나만 고생합니다."

하지만 시울과 나란히 앉아 있던 한 남자가 하언의 자비를 가로막았다. 바로 오늘 시울에게 소개받기로 한 나현규 검사였다.

짙은 눈썹, 잔뜩 치켜 올라간 눈초리가 하언만큼이나 사나워 보이는 나 검사는 시울이 잡으려던 메뉴판을 대신 낚아채갔다.

그러고는 탐탁지 않은 표정으로 시울을 노려보며 폭풍 같은 잔소리를 늘어놓기 시작했다.

"내가 몇 번이나 말했냐. 레어는 거의 생고기랑 다름없다고. 니가 피 냄새 싫어하는 거 뻔히 알아서 뜯어말렸잖아."

"나는 또 너만 이런 거 못 먹는 줄 알았지. 니가 좀 촌스러운 구석이 있잖아."

"뚫린 입이라고 함부로 놀릴 거면 틀어막아버려."

"안 돼. 내 목소리는 꾀꼬리라서 봉인하기엔 너무 아까워."

시울은 분개한 나 검사에게 시종일관 장난스럽게 대꾸했다.

"꾀꼬리는 지랄……."

"갑자기 걔 생각난다. 니가 되게 좋아했었던 법원 동기 여자애. 걔가 너한테 내 목소리 칭찬했다고 니가 엄청 울면서 화냈었는데."

"야! 안 닥쳐?! 죽고 싶어?!"

덕분에 성질만 나빠지는 건 나 검사였다.

이러려고 불러낸 건 아닌데, 괜히 나 검사와 시울의 유치한 말싸움만 구경하다 가게 생겼다.

이 이상 지루한 말싸움이 이어지길 원치 않았던 하언은 나 검사가 들고 있던 메뉴판을 도로 되가져왔다.

"검사님 말씀이 맞습니다. 돈지랄에 동조할 필요는 없는 것 같군요."

"응? 그걸 다시 왜 가져가?"

"차시울, 넌 새 거 시키지 말고 니가 시킨 레어나 똑바로 처리해."

하언이 본격적으로 나 검사의 편을 들자 시울의 두 눈에 불만이 가득 어렸다. 심술 날 때마다 입술이 비죽 튀어나오는 건 동생이랑 똑같았다.

"뭐야! 아까는 다시 시키라며! 지금 얘 편드는 거야?"

"어, 오늘 신세져야 할 분이니까."

"나는 이제 필요 없다 이거지?! 좋아, 그럼 나 오늘 한 마디도 안 해!"

"그래주면 고맙고."

하언은 시울의 유치한 협박에도 눈 하나 깜짝하지 않았다.

애초부터 조언을 구할 상대는 나 검사였으니 오히려 시울은 입을 닫고 가만히 있어주는 쪽이 나았다.

"차시울에게 듣던 것과 달리 상당히 올바르신 분이군요."

나 검사는 함께 시울을 나무라주는 하언에게 호감을 드러냈다.

하언은 그간 차시울이 자신에 대해 뭐라 말하고 다녔는지 심히 궁금해졌으나, 굳이 묻지 않고 부드러운 목소리로 대답했다.

"꿋꿋이 진실을 파헤쳐 주실 나 검사님만큼 올바르기야 하겠습니까."

"제가요?"

"네, 옵타티움 살인미수 사건에 대해서 의문점을 제기해 주신 것도 나 검사님이셨잖습니까."

하언은 그가 부담스럽지 않게끔 은근슬쩍 본론을 꺼내놓았다.

시울이 털어놓기를, 옵타티움 살인미수 사건에 대한 방대한 양의 자료를 제공해 준 사람이 바로 나현규 검사라 했다.

그러니 그는 이 사건에 대한 가장 이해도가 높을뿐더러, 재수사가 들어갔을 때 가장 효율적으로 움직일 수 있는 사람이었다.

게다가 성품 또한 하언 못지않게 억세다고 하니, 도 회장에게 쉽게 구슬려 넘어가지 않을 터.

"저는 당신이 도선웅 회장에게 휘둘리지 않을 것 같아 마음에 듭니다."

이런 타입의 사람일수록 돌려 말하는 것보다는 대놓고 의도를 드러내는 편이 나았다.

하언의 입에서 심상찮은 인물이 꺼내지자 나 검사의 눈빛이 예리해졌다.

"제가 그 사람에게 휘둘릴 일이 뭐가 있겠습니까. 담당 사건도 없는데."

우선 한 발 뒤로 물러서려는 나 검사는 본능적인 위험을 감지한 것이 분명했다. 그러나 하언은 보다 진중한 목소리로 그가 본론에서 멀어지지 못하게 붙잡았다.

"사건은 곧 생겨날 겁니다."

"……."

"그때 오로지 정의를 위해 맞설 수 있는 사람은 오직 나 검사님뿐이라고 확신합니다."

그건 쉽게 말해 어떻게든 이 사건을 맡아 도와 달라는 부탁이었다.

생각보다 빨리 진행되는 대화 내용에, 토라졌던 시울도 조심스러운 눈길로 나 검사의 반응을 살폈다.

하지만 나 검사는 쉽사리 속마음을 알 수 없는 표정으로 하언을 마주했다. 그리고 꺼내놓는 말은 매정하리만큼 단호했다.

"혹시 제가 차 판사님께 드린 자료 때문에 절 찾아오신 거라면 기대하지 않는 게 좋을 겁니다."

"……."

"저는 그 자료를 보고 도선웅 회장의 혐의를 의심하지도 못했으니까요."

그것은 사실이었다.

시울에게 자료를 넘겨줄 당시 나 검사는 옵타티움을 털어서 먼지 하나 안 나올 청렴결백한 기업이라고 생각했었다.

즉, 도 회장의 죄에 대해선 아무것도 모른다고 해도 과언이 아니었던 나 검사는 고개를 가로저으며 말을 이었다.

"무엇을 의심하시는지는 알겠지만 제가 밝힐 수 있는 건 아무것도 없습니다."

짙은 회의감은 시울을 당황하게 만들었다.

하지만 하언은 낯빛 하나 일그러트리지 않고 재킷 안주머니에서 무언가를 꺼내놓았다. 그건 20년 전 사건에 대한 최 비서의 증언이 담겨 있는 녹음기였다.

"제가 나 검사님께 부탁드리려는 것은 그 진실을 밝혀달라는 것이 아닙니다."

"……."

"진실은 제가 세상 밖으로 가지고 나오겠습니다. 검사님은 그 진실을 받아서 법정까지 무사히 도착해 주시기만 하면 됩니다."

하언의 말을 들은 나 검사는 가는 웃음을 흘려보냈다. 워낙 날카로운 눈매 탓에 그의 반응이 긍정인지 부정인지는 단번에 파악하기 어려웠다.

"쉽게 말해 이어달리기 4번 주자가 되어달라는 소리군요."

하지만 그가 자신에게 주어진 역할을 완벽하게 이해한 것만은 확실했다. 대답을 기다리는 시울과 하언의 눈빛에 긴장감이 서렸다.

"시작되지도 않은 사건을 맡는 게 얼마나 부담스러운 일인지 알면서, 차시울 이 새끼는 귀띔조차 안 하네."

나 검사는 시울의 뒤통수를 가볍게 때리며 싫은 소리부터 내뱉었다. 그러나 머지않아 씨익 휘어진 입술 사이로 흘러나온 건 하언이 그토록 기다려온 대답이었다.

"일단 가져오기만 하세요. 제가 골인 시켜드리겠습니다."

그의 외모와 성격만큼이나 군더더기 없는 깔끔한 수락에, 하언은 그제야 안도의 한숨을 내뱉었다.

함께 마음을 졸이고 있던 시울은 나 검사의 목을 끌어안았고 하언을 대신해 있는 대로 기쁨을 드러냈다.

"우리 현규 카리스마 넘치는 것 봐! 여러분! 얘가 제 친구예요!"

"닥쳐! 이 새끼야!"

이로써 끝까지 도달할 수 있는 통로는 만들어놓았다.

증거만 손에 넣는다면 잃어버리거나 놓치게 되는 일은 두 번 다시 일어나지 않을 것이다.

"……약속해 주셔서 감사합니다."

하언은 오늘 처음 만난 사이지만 그 누구보다 믿음직스러운 나 검사에게 진심을 다한 인사를 건넸다.

"감사하단 말 들을 일은 아니죠. 이게 국가가 주는 월급 받아먹으면서 해야 할 제 일인데."

돌아온 그의 대답은 어이없을 만큼 당연한 소리였다.

그러게. 세상 사람들이 자신의 본업만이라도 제대로 하고 산다면 진실이 파묻히는 일도 생기지 않을 텐데.

하언은 오랜만에 편안한 미소를 지어 보이며 앞에 놓인 포크를 들었다.

평소엔 음식을 그리 좋아하지 않는 그이지만, 오늘은 왠지 두둑이 먹고 힘을 내고 싶어졌다.

"유현 씨! 저런 맨투맨 티는 어때요?"

여울의 집에서 지하철로 몇 정거장 떨어진 백화점.

남성 캐주얼 코너를 분주히 돌아다니던 여울이 깔끔한 디자인에 흰 티셔츠 하나를 가리키며 말했다.

한 걸음 뒤쳐져 걷고 있던 유현은 그녀의 손가락 끝을 바라보았고, 별 생각 없이 의무적으로 대답했다.

"마음에 들어요."

그러면서 다시 고민하는 건 여울과의 쇼핑을 주선한 하언의 의도였다.

불과 며칠 전까지만 해도 그는 여울의 곁에 있는 유현을 사납게 경계했는데, 어째서 오늘은 느슨하게 풀어버린 건지.

머릿속을 가득 채운 궁금증은 좀처럼 해결되지 않았다.

이젠 유현을 도 회장의 편으로 보지 않기 때문에 밀어내지 않는다는 것까지는 이해할 수 있었으나, 감정이 얽힌 여울과의 문제까지 이리도 쉽게 허락해버릴 줄은 몰랐다.

'어쩌면 여울 씨 혼자 다녀오길 바란 걸 수도 있을 것 같은데……'

이유 없는 죄책감에 시달리던 유현은 여울에게로 가까이 다가섰다. 행거에 걸려 있는 옷들을 훑어보는 여울은 콧노래까지 흥얼거리며 그저 신나하는 중이었다.

"저기…… 여울 씨."

"네?"

낮은 목소리로 그녀를 부른 유현은 조심스러운 질문을 던졌다.

"정말 저랑 같이 이런 데 와도 돼요?"

"안 될 건 뭐예요?"

망설이지도 않고 되묻는 여울은 조금도 신경 쓰이지 않는다는 듯한 표정이었다.

'내가 여울 씨를 좋아하잖아요.'

순간 유현은 그녀가 벌써 잊어버린 듯한 고백을 꺼내놓을 뻔했다. 하지만 진심은 애써 삼키고 그는 넌지시 걱정 어린 마음을 드러냈다.

"하언이는 여울 씨랑 제가 같이 있는 걸 싫어하잖아요. 혹시라도 괜히 오해하게 만들까 봐……."

"응? 유현 씨 지금 내 말 못 믿는 거예요?"

"네?"

여울은 분주히 옷을 고르던 손까지 내려놓고 유현을 향해 몸을 돌렸다. 그녀의 눈동자가 또렷이 와닿자 유현의 얼굴엔 당황감이 어렸다.

그러거나 말거나 살짝 눈썹까지 찡그러트린 여울은 당당한 목소리를 이어 나갔다.

"정말 하언 씨가 유현 씨랑 같이 가서 선물 고르라고 했어요. 나 거짓말 못 해서 잘 안 한단 말이에요."

"아, 그 말을 못 믿는 건 아니었어요."

"아니긴 뭐가 아니야. 딱 그거구만."

여울은 도톰한 아랫입술을 장난스레 삐죽거렸다. 그러다 유현이 진심으로 난처해하기 시작하자, 이내 부드러운 미소를 입가에 머금었다.

"나도 오늘 하언 씨가 유현 씨 챙겨달라고 부탁했을 때 많이 놀랐어요. 그래도 빈말은 아닌 것 같더라구요. 애초부터 이런 걸로 사람 놀릴 성격도 아니고."

"……."

"그냥 하언 씨는 지금 다가가는 중인 거예요. 그동안 유현 씨에 대해서 오해하고 있던 것들이 같이 지내면서 많이 풀렸나 봐요."

이어지는 말은 유현의 걱정을 달래기에 충분했으나, 유현은 좀처럼 마음을 놓지 못했다.

분명 하언과 유현 사이에 크고 작은 오해들은 많았지만 그녀에 대한 유현의 마음만큼은 오해가 아니었다.

유현은 그 사실을 솔직하게 드러낼 수 없어서 살며시 고개를 떨구었다. 그러자 여울은 그의 어깨를 두 손으로 붙잡았고, 떠나갔던 시선마저 돌아오게 만들만큼 다정한 목소리를 흘려보냈다.

"하언 씨는 유현 씨를 믿고 있어요. 이젠 자기 사람이라고 생각하고 있으니까."

"……."

"유현 씨도 하언 씨를 믿어줬으면 좋겠어요. 그 사람 가식 못 떠는 거 잘 알잖아."

마주 닿은 그녀의 눈빛은 이유 없는 불안마저 내려놓게 만들 정도로 포근했다. 유현은 혹시나 점차 뜨거워지는 호흡이 들킬까 싶어, 서둘러 고개를 돌려 대답했다.

"……알았어요."

"정말?"

"네, 하언이 선물 받을게요. 일단 여울 씨가 골라준 것부터 입어 볼까요?"

사실 마음에서 우러난 대답은 아니었다. 유현은 아직 하언이 주는 믿음이 조심스럽다.

그러나 우선 그의 반응이 만족스러웠던 여울은 행거에서 눈여겨 봤던 맨투맨 티셔츠를 건네주었다.

"밖에서 기다릴게요. 안 어울리는 것 같아도 일단 입고 나와 봐요."

그녀가 추천해 준 티셔츠는 평소 유현이 입던 스타일이 아니었다. 하지만 설아가 일방적으로 입혀주었던 화려한 옷들과 달리, 심플한 디자인은 확실히 그의 취향에 가까웠다.

"이쪽으로 오세요. 신발 벗고 들어가시구요."

"아, 예. 감사합니다."

유현은 근처에 있던 직원의 안내에 따라 매장 구석에 위치한 피팅룸으로 들어섰다.

직원이 문을 닫아주자 문짝 뒤에 붙어 있던 전신거울이 유현의 바로 코앞까지 다가왔다. 그제야 보이는 자신의 얼굴은 차마 똑바로 봐주기가 어려울 만큼 엉망이었다.

붉어진 뺨. 일렁이는 눈빛. 달아오른 열기.

그는 지금 사랑에 흠뻑 젖어 있다. 감춘다고 해서 감춰질 수 있는 정도가 아니다.

"안 돼……."

그런 자신의 모습을 실감한 후에 처음으로 내뱉은 말은 탄식이었다.

'하언 씨는 유현 씨를 믿고 있어요.'

문득 방금 전 여울이 흘려보낸 말이 크게 와닿는 지금.

그는 이제야 겨우 자신이 해야 할 일을 깨달았다. 하언이 주는 믿음에 어떻게 반응해야 하는지까지도.

"와, 유현 씨. 저기 앵무새 분양하네요. 말도 가르칠 수 있으려나?"

"……."

"아아, 앵무새가 아니라 잉꼬였네. 하늘색 잉꼬 너무 예쁘다."

여울이 하는 이야기들은 별게 아니더라도 언제나 듣기 좋았다.

"아침에 새가 지저귀는 소리 들으면서 깨면 정말 기분 좋을 것 같아요. 숲 속에서 자고 일어난 느낌 들어서. 그렇지 않아요?"

그녀가 한 마디, 한 마디 이어 나갈 때마다 유현은 입가에 어린 웃음기를 거두지 못했다.

유현은 그 이유를 지금까지 그녀가 유쾌한 사람이기 때문이라 생각했다.

재밌는 이야기들을 많이 알고 있어서 함께하는 시간들이 즐겁고, 더 대화를 나누고 싶고, 그렇게 웃으며 만나다보니 자연스럽게 감정이 싹튼 거라고.

그동안 그렇게 자신의 마음을 납득해 왔다.

하지만 오늘 유현은 새롭게 깨달은 사실들이 많다.

"어머, 여기 거북이도 있다. 거북이는 잘만 키우면 솥단지만 해지기도 하던데."

그녀가 하는 이야기들은 조금도 특별하지 않다. 누구나 할 수 있는 잡담이고 어찌 보면 단조롭게 느껴질 수도 있는 소소한 에피소드들이다.

"그런데 거북이는 너무 오래 살아서. 내가 얘보다 먼저 죽게 될까 봐 못 키우겠어요. 이 친구 수명이 백 년이라고 치면 나 죽고 난 다음에 삼십 년은 혼자 살아야 하잖아."

"그러네요."

"아하! 손주한테 가보로 물려주면 되려나?"

그러나 유현은 여전히 이 시간이 즐겁다.

그녀의 입술이 예쁜 목소리를 흘려보내는 동안 조금 더 함께 있고 싶어서 그녀의 이야기에 귀를 기울인다.

어쩌면 그 어떤 이유가 생겨나기 전에 감정이 자라 버린 걸 수도 있겠다.

"그런데 유현 씨. 얼굴이 왜 이렇게 빨개요?"

"아…… 그래요?"

"네, 감기 걸린 거 아니에요? 병원 가볼까?"

지금도 봐, 조금 방심한 사이에 줄줄 새고 있잖아.

자신의 마음을 깨달아 버린 유현은 더 이상 여울의 곁에서 편할 수 없었다.

그는 걱정 어린 여울을 향해 부드러운 미소를 지어 보였고, 불안이 조금도 드러나지 않는 목소리로 말했다.

"어제 잠을 잘 못 잤더니 피곤해서 그런가 봐요. 집에 가서 눈 좀 붙여야 할 것 같아요."

마지못해 그녀와의 시간을 정리해야하는 유현은 지금 억지로 웃는 중이다. 지옥 같은 공간에서 빠져나온 후로 아주 오랜 만에.

"흐음, 내가 커피도 사 주려고 했는데…… 컨디션 안 좋으면 집으로 가야죠."

여울은 아쉬워하면서도 순순히 고개를 끄덕였다. 유현은 그 모습에 마음이 약해질까 싶어 먼저 몸을 돌렸다.

하지만 한 발을 채 떼어 내기도 전에.

지이이잉— 지이이잉—

겉옷 주머니에 들어 있던 유현의 휴대폰이 요란하게 진동했다. 별 생각 없이 꺼내서 확인해 보니 액정에 떠오른 발신자는 심장을 조여들게 만드는 사람이었다.

"설아……."

갑작스러운 설아의 연락은 흐리게나마 새어 나오던 유현의 호흡을 완전히 멈춰 버렸다.

그는 본능적으로 자신의 주변을 살펴보았고 두려움 가득한 눈빛을 파르르 떨었다. 이 넓은 매장 안엔 그녀와 닮은 사람조차 없지만, 그녀의 그림자는 분명 유현의 목을 조르고 있었다.

"갑자기 왜 그래요? 누구 있어요?"

"아, 아니요…… 저 잠깐 연락 좀…….."

"응? 누구한테…… 유현 씨!"

유현은 그 어떤 설명도 하지 않고 당황해하는 여울의 곁을 떠났다.

등 뒤에선 그녀의 다급한 부름이 재차 들려왔지만 그럴수록 유현의 걸음은 더욱 빨라질 뿐이었다.

그런 그가 향한 곳은 백화점 비상계단 가장 어두운 구석이었다.

그는 아직도 끊어지지 않은 그녀의 전화를 확인하며 깊은 한숨을 쉬었고, 떨리는 손끝으로 통화버튼을 눌렀다.

"……여보세요."

다행히도 짧은 첫 마디엔 그의 두려움이 묻어나지 않았다.

—유현 씨, 연락 안 피하고 잘 받네?

그건 설아 역시 마찬가지였다. 그는 웃음기까지 배어 있는 그녀가 대체 무슨 생각을 하고 있는 건지 도무지 모르겠다.

그러나 유현은 설아를 조금도 의식하지 않는 척, 애써 담담한 목소리를 이어 나갔다.

"무슨 일이야?"

그 안엔 경계심이 가득했다. 하지만 설아는 아랑곳 않고 제 할 말을 시작했다.

—오늘이 유현 씨 생일이잖아. 선물 하나 해 주려고.

"너한테는 그런 거 받을 이유 없어, 설아야."

—내가 뭘 해 줄줄 알고 그래? 어쩌면 유현 씨가 정말 갖고 싶었던 것일 수도 있잖아.

설아의 이야기는 유현의 관심을 조금도 자극하지 못했다. 그래서 입술만 닫아두고 있자 그녀는 도저히 외면할 수 없는 한 마디를 무심히 던졌다.

—차여울한테 갈 수 있는 기회를 줄게.

"……뭐?"

─말 그대로야. 더 이상 널 붙잡지 않을 테니까 차여울한테 가 보라고.

그건 얼핏 듣기에 유현을 놓아주겠다는 뜻이었다.

허나 유현은 조금도 반갑지 않았다. 설아가 떠미는 차여울의 옆자리엔 이미 그를 위한 공간이 없었다.

"그런 건 바라지도 않아. 그냥 날 혼자 내버려 둬."

유현은 체념 가득한 표정으로 지친 대답을 했다.

그 말은 단순한 외면이 아닌 진심이었으나, 설아는 휴대폰 너머로 옅은 웃음소리만 흘려보냈다.

─유현 씨가 바라지 않는다고 해도 조만간 기회는 생겨나게 될 거야. 그때가 되면 꼭 붙잡았으면 좋겠어.

마치 무언가를 내다보는 듯한 태도로 꺼내놓는 불길한 말.

─차여울에 대한 욕심, 아직 접지 못했잖아, 안 그래?

유현의 마음을 모두 알면서도 꺼내놓는 지독히도 나쁜 질문.

그녀가 던진 질문은 날카로운 갈고리가 되어 유현의 심장을 꿰뚫었다. 그렇지 않아도 제 마음이 버겁게 느껴졌던 유현은 지끈거리는 머리를 부여잡은 채 흐린 음성으로 물었다.

"무슨 일을 벌이고 있는 거야?"

그러자 설아는 지쳐가는 그를 지켜보며 보다 희열에 찬 웃음을 머금었다.

─난 유현 씨가 행복한 모습을 보고 싶을 뿐이야. 그래야 떠나보낸 보람이 있지.

거짓말. 처음부터 날 놓아준 적이 없었으면서. 지금도 나에게서 미련을 못 떼어 내고 옭아매려는 중이면서.

뻔뻔한 그녀의 말에 감정이 뒤틀려버린 유현은 딱딱하게 굳은 표정으로 대답했다.

"……그만 끊을게."

그러고는 제발 마지막이길 바라는 전화를 끊어 버렸다. 바닥으로 떨어진 휴대폰은 그의 처지처럼 형편없이 나뒹굴었다.

"하아……."

긴 한숨을 내쉬는 유현의 몸에 질척한 감정이 흘렀다. 아직도 갑갑하기만 한 현실은 그의 어깨를 무겁게 짓눌렀다.

설아의 연락은 분명 심상치 않았다. 그 안에 섞인 악의는 도저히 무시할 수 없는 수준이었다.

하지만 유현은 모든 생각을 멈춰 두었다.

지금은 아무것도 고민하고 싶지 않았다. 무조건 허락되지 않은 감정을 멋대로 품어버린 자신의 탓만 하게 될 것 같아서.

하늘에 주홍빛 노을이 짙게 깔릴 무렵, 외출을 나갔던 하언이 집으로 돌아왔다. 대체 뭘 사 온 건지, 그의 양손엔 근처 마트의 쇼핑봉투가 가득 들려 있었다.

"이게 다 뭐야?"

방에 있던 유현은 거실로 걸어 나오며 놀란 기색으로 물었다.

"차시울이랑 같이 장 봤어. 그 새끼가 다 먹을 수 있다고 호언장담을 했으니까 이따 너도 감시 잘 해라."

돌아오는 하언의 대답엔 신경질이 잔뜩 묻어 있었다.

하지만 진심으로 화난 것 같진 않아서 유현은 별 대꾸 없이 그의 짐을 나누어 들어주었다.

"시울 씨는 언제 와?"

"가방만 내려놓고 차여울이랑 같이 내려올 거야. 도유현, 너 맥주 마시지?"

"응."

"뭐 좋아하는지 몰라서 내가 좋아하는 거 집어 왔다."

단조로운 대화 끝에 하언은 쇼핑봉투 안에 들어 있는 맥주박스를 식탁 위에 올려두었다.

유현은 옅은 미소와 함께 맥주를 받아 들었고, 잠깐의 망설임 끝에 조심스러운 목소리를 건넸다.

"오늘 너 덕분에 옷 한 벌 샀어."

그리고서 매만지는 건 입고 있던 하얀색 맨투맨 티셔츠의 끝단이었다. 유현은 여울이 골라줬다는 말을 덧붙일까 했으나 아직 거기까지 나눌 용기는 나지 않아서 관두었다.

하언은 무심한 눈길로 잠시 유현을 훑어보았고.

"잘 어울리네."

이내 짧지만 호의적인 대답을 꺼내놓았다.

순간 유현의 입술 새로 편안한 숨이 샜다.

여울 말대로 우리 사이는 개선되려고 하는 중인데, 이런 짧은 대화를 나누는 것조차 왜 이렇게 긴장되는지 모르겠다.

다시 유현에게서 시선을 떼어 낸 하언은 진지한 표정으로 장을 봐 온 음식들을 냉장고에 정리하기 시작했다.

유현은 그런 그를 조심스럽게 훑어보다가 시울이 좋아하는 싸구려 와인 한 병을 품에 안은 채 흐린 목소리를 꺼내놓았다.

"저기, 하언아."

"왜."

"나 너한테 할 말이……."

하지만 오늘 도착한 불길한 연락에 대해 이야기하려는 순간.

"뭐야, 문 열려 있네?"

씩씩하고 유쾌한 목소리가 집 안에 울렸다.

두 남자가 현관 쪽으로 동시에 시선을 틀자, 곧바로 손을 흔들며 반가워하는 사람은 첫 번째 손님 혜수였다.

"아…… 혜수야, 왔어?"

유현은 하언에게 털어놓으려던 말을 잠시 넣어 두고, 그녀를 향해 다정한 인사를 건넸다. 혜수는 높은 구두를 벗자마자 유현에게 곧바로 다가갔고, 그의 몸을 한 품에 끌어안았다.

"오빠 잘 있었어? 도하언이 괴롭히진 않았고?"

"너는 여기 올 때마다 그거부터 물어보냐."

"널 못 믿어서 그런다. 왜!"

"확 진짜로 괴롭혀 버릴까 보다."

하언은 혜수에게 틱틱거리고 있었지만 유현은 그녀를 초대한 사람이 하언이라는 것을 알고 있었다.

오늘 하루 종일 머릿속이 복잡했던 유현은 그녀에게 연락하는 걸 까맣게 잊고 있었으니까.

유현은 싱크대로 향하는 하언의 뒷모습만 물끄러미 바라보았다. 무심한 표정으로 그릇을 골라내는 하언에게는 좀처럼 고맙다는 인사를 할 타이밍이 잡히지 않았다.

혜수는 곧 그를 품에서 놓아주며 코트 주머니에서 작은 상자 하나를 꺼냈다.

"오빠 선물 사왔어. 뭔지 맞춰 봐."

"선물? 저번에 홍삼 사왔잖아."

"그건 그거고 생일선물은 또 따로 챙겨 줘야지."

유현은 반짝이는 포장지로 싸여진 상자를 살며시 받아 들었다. 손바닥만 한 사이즈에 무게는 그리 무겁지 않았다.

하지만 좀처럼 정답을 맞출 수가 없어서 망설이고 있으니, 혜수에게 관심을 돌렸나 싶었던 하언이 불쑥 끼어들어 대답했다.

"지갑이랜다."

"아! 왜 오빠가 맞추는데!"

"어차피 알게 될 거 뭘 감춰."

"감추는 게 아니라 두근두근 기대하게 만드는 거잖아! 하여간 눈치는 어디다 팔아먹었는지!"

다시 언성을 높이는 두 사람은 사이가 좋은 건지 나쁜 건지 판단할 수가 없었다.

하언은 그녀를 놀려먹기 위해 일부러 신경을 건드리는 것 같았지만 혜수는 진심으로 하언에게 짜증을 표출하는 중이었다.

유현은 혜수에게 받은 선물을 잠시 식탁 위에 내려두고 혜수의 어깨를 토닥였다.

"지갑 바꿀 때 됐는데 선물해 줘서 고마워. 커피 타 줄 테니까 잠시만 앉아 있어."

그렇게 흥분한 그녀를 거실로 이끌려는데.

띵동―

두 번째 손님이 두 남자의 집을 방문했다.

"띵동! 띵동! 여기가 미카엘 네 집인가요!"

"좀 조용히 좀 해."

"아, 원래 목소리가 큰 걸 어떡해!"

현관문밖에서 들려오는 시끄러운 대화를 보니 여울과 시울임이 분명했다. 그 사실을 깨닫는 순간 혜수의 눈빛이 달라졌다. 반짝반짝 빛나는 그녀의 눈동자는 먹잇감을 노리는 하이에나와 같았다.

"어머어머, 시울이 오빠가 왔네."

혜수는 하언에게서 세웠던 날을 모두 거두고 재빨리 현관문 앞으로 다가섰다. 그러고는 문을 열어주기 전에 거울 속 제 모습을 확인했다.

시울과 만날 줄 알고 고심해서 한 메이크업은 다행히도 아직 무너지지 않은 상태였다.

혜수는 긴 머리를 단정하게 정리하는 것으로 외모점검을 마치고는 이내 긴장감 어린 심호흡을 내뱉었다.

그리고 현관문의 잠금장치를 풀어내자 현관문 너머에 서 있던 시울은 기다렸다는 듯 문고리를 잡아당겼다.

혜수의 얼굴에 혼신의 힘을 다한 예쁜 미소가 얹혔다.

하지만 바로 그때.

"어디서 예쁜 척이야."

불쑥 다가온 하언의 손이 혜수의 정수리를 마구잡이로 문질렀다. 애써 정리한 머리가 엉망이 되자 혜수는 솟아오르는 성질머리를 컨트롤하지 못하고 버럭 성질을 냈다.

"아! 진짜 미쳤나 봐! 베란다 밖으로 날아가 봐야 정신을 차리지!"

덕분에 오늘 시울에게 내뱉은 첫 마디는 걸걸한 협박이 되어 버렸다. 혜수의 목청에 놀란 시울은 잠시 그녀를 보며 두 눈을 끔뻑였고 이내 배시시 웃어 보였다.

"아이구, 아저씨. 오늘 또 뵙네요."

오늘도 첫 인상은 아저씨였다. 희망을 잃어버린 혜수는 지구를 멸망시켜 버리고 싶은 심정이었다.

까만 밤이 찾아올 무렵 시작된 유현의 생일파티.

하언이 마트에서 사 온 즉석식품들로만 이뤄진 생일상에 유현이 좋아하는 사람들만 옹기종기 모여 앉았다.

겉모습은 조촐하기 그지없는 파티였지만 시끌벅적한 분위기만큼은 강남 클럽을 방불케 했다.

"미카엘, 내가 생일 축하노래 한 곡 뽑아줄까?"

넉살이 좋은 시울은 유현의 어깨에 팔을 두르며 물었다. 마침 커다란 치킨 한 조각을 입에 넣고 우물거리던 유현은 급히 고개를 저었다.

그러자 곁에 있던 여울은 혀를 끌끌 차며 핀잔을 내뱉었다.

"그런 걸로 생일선물 퉁 치려고 하지 마. 어떻게 생일인 거 뻔히 알면서 빈손으로 퇴근을 하냐."

생일선물로 따지고 싶은 생각이 없었던 유현의 두 눈이 휘둥그레 졌다. 그는 괜찮다는 말을 전하기 위해 턱을 더욱 빨리 움직였으나, 그러기도 전에 혜수가 나서서 시율을 감싸주었다.

"어머, 언니. 바쁜 시간 내준 걸로도 괜찮아요. 선물이야 뭐 받은 걸로 치죠."

순간 하언의 입술 새로 피식, 비웃음이 샜다.

아까부터 시율의 앞 접시에 음식을 나르느라 분주하던 혜수의 모습은 안 그래도 우습게 보이던 찰나였다.

"이게 니 생일이야? 왜 니가 괜찮아 해."

"참나, 오빠도 같은 생각일걸? 도하언 넌 성격이 못돼먹어서 바쁜 판사님을 실컷 나무라야 속이 편하겠지만."

아직 심술궂은 하언에 대한 분노가 풀리지 않은 혜수의 대답은 몹시 까칠했다. 자꾸만 말을 낮추는 혜수가 거슬리기 시작한 하언 은 평온하던 미간을 좁혔다.

그렇게 잠시 휴전 상태였던 두 사람이 다시 날을 세울 때쯤.

"혜수야, 하언이한테 그렇게 대하지 마."

입 안을 깔끔히 비운 유현이 두 사람을 넌지시 뜯어말렸다. 전에 없던 유현의 태도에 혜수의 얼굴에 놀란 기색이 얹혔다.

"세상에. 오빠 도하언 편드는 거야?"

"편이 아니라······."

"오빠 지금 도하언이랑 나 중에서 도하언 선택한 거 맞지? 그치?"

"그건 아니고······."

"괜찮아. 오빠 잘못이 아니야. 도하언이 얼마나 협박을 해댔으면 나를 버려."

하언은 그 말을 하며 자신을 흘겨보는 혜수에게 기가 찬 헛웃음을 내뱉었다. 그러고는 자신감에 가득 찬 한 마디를 내뱉었다.

"난 협박 같은 거 안 해도 선택 받아. 호불호 강한 차여울이 날 선택한 거 보면 모르겠어?"

"푸핫!"

하지만 그 얘기가 터져 나오자마자 거실 테이블 한편에서 너털웃음이 터져 나왔다. 하언의 예리한 시선이 향하는 곳엔 동정심 가득한 표정으로 그를 마주하는 시울이 있었다.

"아, 우리 매제 자신감 넘치는 건 좋은데 너무 과해서 속상하다."

"니가 왜 속상해."

"여울이는 니가 아니라 날 선택하지. 덤빌 걸 덤벼."

"하, 뭐?"

시울이 손사래를 치며 꺼내놓는 말은 하언의 자존심을 들쑤셔놓기에 충분했다. 그의 오만을 용서할 수 없었던 하언은 허리까지 세우며 사납게 되물었다.

"넌 차여울이 내가 아니라 널 선택할 거라고 생각해?"

"응. 당연하지. 말해 뭐해."

"그렇게 철썩 같은 믿음, 접어 두는 게 정신건강에 좋을 텐데."

"내 말이 그 말이야. 현실을 깨달은 다음에 엉엉 울지 말고, 날 이길 생각은 고이고이 접어 넣어 두렴. 매제."

웃으며 얘기하곤 있지만 여울을 사이에 둔 두 남자의 눈빛은 이글이글 타오르고 있었다. 서로 생각하는 의미는 달라도, 그녀의 마음속 1순위는 자신이라는 확신에 의심은 없었다.

"좋아, 그럼 당사자한테 직접 물어보지."

그 사실을 증명하겠다고 나선 사람은 매사에 저돌적인 하언이었다. 그는 진지한 눈동자를 여울에게로 옮겼고 단도직입적인 질문을 던졌다.

"차여울, 니가 대답해. 차시울이야 나야?"

"왜 날 끼어들이고 그래요."

"쟤 눈치 보지 말고 솔직히 대답해. 나야?"

"아, 그렇게 물어보면 쓰나. 상황을 자세하게 설정해 줘야지."

하언 못지않게 승리를 자신하는 시울은 결과 확인에 흔쾌히 끼어들었다. 그는 유현의 어깨에 팔을 둘렀고, 특유의 장난스러운 표정으로 입을 열었다.

"여울아, 무인도에 나랑 도하언이랑 미카엘이랑 이렇게 셋이 있어. 그런데 딱 한 남자랑만 탈출할 수 있는 거야."

"도유현은 갑자기 왜 끼워."

"그러면 넌 누구랑 탈출할 거냐!"

자신만만한 시울의 손가락 끝이 여울에게로 향했다. 불만 가득한 하언의 눈동자도 멀뚱히 앉아 눈만 깜빡이는 그녀를 바라보았다.

여울은 한심스럽다는 듯 두 사람을 훑어보았고 이내 어느 한쪽으로 턱을 까딱였다.

"유현 씨를 가장 먼저 태울 거야."

그리고 꺼내진 건 참으로 군더더기 없는 대답이었다.

"……뭐?"

예상치 못한 패배를 맛본 두 남자의 동공이 뒤흔들렸다.

"미카엘? 너 미카엘을 선택한 거야?"

시울은 결과를 믿을 수 없다는 듯 되물었으나, 여울은 말을 바꿀 생각이 전혀 없는지 고개를 끄덕였다.

"응. 유현 씨."

"왜?!"

"유현 씨를 죽게 내버려 뒀다간 평생 죄책감에 시달릴 것 같거든."

그 얘길 들은 시울은 배신감에 젖으려던 시선을 유현에게로 옮겼다.

새하얀 피부, 길게 늘어진 속눈썹, 선하기 그지없는 눈빛.

시울이 보기에도 유현은 왠지 지켜 줘야만 할 것 같았다.

하지만 이런 내기에서 지는 게 죽는 것보다 싫었던 시울은 괜한 고집을 부렸다.

"그럼 나는! 나는 어쩌고! 내가 죽으면 다리 뻗고 살 수 있을 것 같냐!"

"아니, 오빠도 죽으면 안 되지. 그러니까 유현 씨랑 같이 배 타고 무인도를 빠져나가. 내가 내릴게."

희생정신 가득한 여울의 대답은 시울의 마음을 사르르 녹였다.

찡그려졌던 인상을 온화하게 풀어낸 그는 여울의 앞 접시에 치킨 한 조각을 놓아주며 진심으로 기뻐했다.

"크으, 역시 우리 여울이는 의리가 있어! 그래, 도하언 구해내서 뭐 하겠니!"

이 와중에 점점 기분이 안 좋아지는 건 유일하게 선택받지 못한 하언이었다. 겨우 이따위 걸로 화를 내고 싶진 않은데 여울에게 뒷전이 되어 버린 걸 순순히 납득할 순 없었다.

"난 죽어도 상관없어?"

결국 하언은 치밀어 오르는 서운함을 겉으로 드러냈다. 그러자 여울은 속도 모르고 한가로운 대답을 했다.

"왜 다들 죽을 생각부터 하는 거야? 난 무인도에 남겨지면 어떻게든 살아볼 건데."

"둘이서 살면 얼마나 살겠어."

"어머, 어떻게 살긴. 알콩달콩하게 살지."

하언은 여울의 너스레에도 까칠한 눈빛을 풀지 못했다.

그런 그를 흐뭇하게 바라보던 여울은 두 팔로 하언의 목덜미를 끌어안았고, 그의 귓가에 입술을 바짝 붙였다.

"그리고 왜 평생 우리 둘일 거라고 생각해? 무인도에서 인구 수 안 늘릴 거야?"

그 뒤에 흘러나온 속삭임은 달콤하고 야릇하기 그지없었다. 서늘했던 하언의 얼굴이 순식간에 붉어졌다.

하언은 평소엔 잘만 튕기다가도 가끔씩 저돌적으로 구는 그녀 때문에 종종 이성을 놓쳐버릴 것만 같다.

"뭐야, 도하언 표정 왜 저래."

혜수는 설렘 가득한 하언의 표정을 보며 인상을 찌푸렸다. 민망해진 하언은 곧바로 심술 맞은 대꾸를 했다.

"니가 차시울 보는 표정보단 나아."

그러자 혜수는 옆에 있는 시울의 존재도 잊은 채 본능적으로 이

빨을 드러내려 했다. 그녀는 애인 앞에서만 착한 척하는 하언의 태도가 마음에 안 들어죽겠다.

"괜찮아, 혜수는 오늘 나한테 정이 떨어지게 되어 있어."

하지만 무슨 말을 할 새도 없이 들려온 시울의 말은 어쩐지 의미심장했다.

한 번 차이고 나서도 감정을 정리하지 못했는데 설마 하루아침에 접힐 리가. 이제 자존심이고 뭐고 상관없어진 혜수는 당당하게 일편단심을 전했다.

"오빠, 제 정은 그렇게 쉽게 떨어지지 않아요."

"아직 정 떨어지는 모습을 못 봐서 그래."

"여기서 더 보여 주시게요? 지금까지도 많이 못되게 구셨잖아요."

"아니지, 그건 귀여운 수준이지."

시울은 혜수에게 고갤 돌려 해맑은 미소를 사르르 지어 보였다. 그 얼굴에 제대로 저격당한 그녀의 심장은 다시 미친 듯이 뛰기 시작했다.

그 광경을 한심스레 쳐다보던 여울은 심드렁한 목소리로 말했다.

"거기서 조금만 더 귀여웠다간 제 명에 못 살겠다."

"여울이 너무해!"

여울은 또다시 토라지려는 시울을 향해 혀를 끌끌 찼다. 그리고선 입고 있던 후드 집업의 지퍼를 올리며 자리에서 일어섰다.

"어디 가?"

그녀를 따라 시선을 옮긴 세 남자 중 가장 먼저 질문을 던진 사람은 하언이었다.

"콜라가 땡겨서 마트 다녀오려구요."

"그럼 내가 갔다 올게. 넌 앉아 있어."

"괜찮아. 나 먹을 거 사러가는 거잖아."

"어두워서 못 보내. 그냥 여기 있어."

하언은 여울을 멈춰 세워 두고는 벗어 두었던 재킷을 걸쳐 입었다.

저 때문에 귀찮은 일을 시키는 것 같아 마음이 불편해진 여울은 함께 따라 나설 생각으로 멀뚱히 서 있었다.

그러나 하언이 한 걸음을 떼어 내는 순간.

"나도 같이 가, 하언아."

이때껏 조용하던 유현이 급한 음성을 내뱉었다. 그런 반응은 생각지도 못했던 여울의 눈이 휘둥그레졌다.

"넌 갑자기 왜."

"그냥…… 산책하고 싶어서."

적당한 말로 얼버무리는 유현은 하언과의 시간을 필요로 하는 듯 보였다. 눈치가 빠른 여울은 그제야 한 걸음 뒤로 물러났고 하언의 등을 떠밀었다.

"그래, 둘이 다녀와요! 오면서 나 먹을 과자도 좀 사오고!"

"바로 앞에 다녀오는 건데 무슨…….''

하언은 딱히 반기는 기색이 아니었으나 유현은 일부러 그의 눈을 피했다.

"지갑은 내가 챙겨갈게."

서둘러 자리에서 일어서는 유현에게선 비장함까지 느껴졌다. 뜻밖의 데이트를 앞두게 된 하언은 그저 당황스러울 뿐이었지만 딱히 거부하지는 않았다.

하언이 아는 유현은 아무런 용건 없이 참견할 리 없는 성격이었으니까.

"다녀온다."

결국 하언은 유현과 함께 현관문을 나섰다.

"그래! 내일 제정신으로 봐!"

폭탄주 한 잔을 입가로 가져가며 인사하는 시울은 어쩐지 큰 사고라도 칠 것처럼 의미심장한 모습이었다.

아파트 단지에서 도보로 20분 정도 떨어진 대형마트.

여기까지 오는 동안 두 남자는 아무 말도 하지 않았다. 분위기가 좋지 않은 건 아니었다. 그저 평소에도 별 대화를 해본 적이 없어 무슨 말을 꺼내야 할지 몰랐을 뿐.

"콜라가 어디 있냐……."

하언은 마트에 도착하자마자 여울이 원하는 콜라부터 찾았다. 이전에 시울의 심부름을 하느라 몇 번 마트에 온 적이 있었던 유현은 어렵지 않게 음료 코너를 안내했다.

"아마 저쪽 끝에 있을 거야."

"그래?"

"응, 장바구니 이리 줘. 내가 들게."

"됐어. 꼴이 그래가지고 뭘 들겠다고."

하언은 유현의 손목을 턱 끝으로 가리키며 말했다. 괜찮다고 대답하고 싶었지만 까맣게 물든 피멍자국은 너무나도 선명했다.

머쓱해진 유현은 내밀었던 손을 거두어가며 입고 있던 카디건을 손가락 끝까지 끌어내렸다.

하언은 그런 유현에게서 무심한 눈길을 거두었다.

그가 알려 준 방향으로 걸음을 옮기는 하언은 다른 사람들과 있을 때보다 경직된 느낌이었다.

"필요한 거 있으면 가져와 담아."

"어? 아니, 나는 별로⋯⋯."

"잘 생각해 봐. 있을걸."

그건 하언이 베푸는 친절이었지만 유현에게는 다른 의미로 다가왔다. 아직은 어려운 사이라서 그런지, 유현의 눈엔 그가 자신과 함께하고 싶지 않아 밀어내는 것처럼 보인다.

"그럼 둘러보고 올게."

그를 불편하게 만들고 싶지 않았던 유현은 하언과 정반대 쪽으로 발길을 돌렸다.

굳이 여기까지 따라 나온 건 오늘 유설아와 불안한 대화에 대해 알려주고 싶어서였지만, 당연히 전해야 하는 이야길 꺼내는 일이 왜 이렇게 어려운지 모르겠다.

'널 쫓는 인간들이 찾아내지 못할 장소가 하늘 아래 존재하기나 할 것 같냐?'

'니 인생이 어떤 시궁창인지 알면! 니가 알아서 사라져 줬어야지!'

아마 전에 들었던 너의 원망 때문인 것 같다. 나는 겨우 가까워지게 된 니가 다시 날 탓하게 될까 봐 두렵다.

유현은 그와 적당히 떨어진 거리에 멈춰 섰고 작은 플라스틱 박스에 담긴 오렌지를 집어 들었다.

딱히 사고 싶은 건 아니었다. 그저 하언이 다시 다가와줄 때까지 기다리려는 것일 뿐.

하언이 돌아온 건 그로부터 몇 분 지나지 않아서였다.

여울이 주문한 콜라 한 병밖에 들지 않은 그의 장바구니는 돌아다닌 시간에 비해 아무것도 들어 있지 않았다.

"살만한 게 없었어?"

유현은 하언의 장바구니에 오렌지를 넣으며 넌지시 물었다. 그러자 하언의 입에서 새어 나오는 대답은 의외로 친절했다.

"어, 구급약은 여기서 안 판다더라."

"구급약?"

"그 상처. 가만 놔두면 흉지잖아."

하언은 무심한 표정으로 유현의 상처를 염려했다. 아무래도 그는 혼자서 유현을 위한 약들을 찾아다닌 모양이었다.

"아…… 신경 써 줘서 고마워."

뜻밖에 친절에 당황한 유현은 다소 어색한 말투로 감사를 표했다. 그러자 하언은 입꼬리를 들어 올리며 가볍게 대꾸했다.

"못 구했다니까 뭐가 고마워."

부정적인 감정이 조금도 들어 있지 않은 목소리는 겁이 많은 유현도 한결 누그러지게 만들었다. 밀어낸다고 느껴졌던 건 혼자만의 착각이었다고 여겨질 만큼.

"하언아."

유현은 계산대 쪽으로 몸을 돌리는 하언을 불렀다.

하언은 대답 대신 고개를 돌려 유현을 바라보았고.

"할 말이 있어."

조심스럽게 꺼내진 그의 말에 기다렸다는 듯 대답했다.

"알아, 나가서 해."

마트 정문에서 얼마 떨어지지 않은 벤치.

"자, 마셔."

유현이 자판기에서 뽑아온 캔 커피 하나를 하언에게 건넸다. 하언은 군말 없이 커피를 받아 들었고 캔을 따며 본론부터 물었다.

"할 얘기가 뭔데."

순간 유현의 눈빛이 옅게 떨려 왔다. 하지만 한숨과 함께 불안감을 정리한 그는 이내 하루 종일 그를 괴롭혔던 얘기를 꺼내놓았다.

"낮에 설아한테 전화가 왔어."

"유설아?"

"응, 별 얘기는 안 했지만 불안해서⋯⋯."

"또 무슨 소릴 지껄이디."

하언은 헛웃음을 치며 물었지만 유현은 대답을 망설였다.

숨길 문제가 아니라는 걸 알면서도 막상 얘기하자니 입술이 떨어지지 않았다. 하지만 유현은 더 이상 고민하지 않고 일단 뱉어내기로 결심했다.

"여울 씨를 빼앗을 기회를 주겠대."

그 말을 전하는 순간 하언의 눈빛은 싸늘하게 가라앉았다.

그러나 유현은 그의 시선을 피하지 않았다. 하언이 먼저 그를 믿어준 만큼 유현도 그를 믿어 줄 생각이었다.

모든 걸 솔직하게 털어놓아도 오해하지 않을 거라고.

"널 밀어내줄 테니까 그 사람을 손에 넣으라고 하더라."

무작정 경계하기 보단 내 얘기를 먼저 들어주려 할 거라고.

"……그래서, 뺏고 싶어?"

침묵 끝에 새어 나온 하언의 반응은 의미심장한 되물음이었다. 썩
유쾌해 보이진 않았지만 딱히 유현을 탓하는 느낌은 아니었다.

모든 것에 솔직해지기로 한 유현은 담담하게 대답했다.

"뺏고 싶은 마음과 뺏겠다는 마음은 다른 문제라고 생각해."

"……."

"나한테 그 사람은 충분히 뺏고 싶은 사람이지만 뺏을 수는 없어.
행여나 기회가 온다고 해도 그렇게는 못 할 거야."

그건 군더더기 없는 유현의 진심이었다.

하언은 그런 유현을 물끄러미 바라보다가 정면으로 고개를 돌렸
고, 캔커피를 입가로 가져가며 말했다.

"아직도 감정 정리를 못 했냐."

언뜻 듣기엔 나무람처럼 들렸다. 하지만 그 안엔 미묘한 온기가
어려 있어서 유현은 아무런 대꾸도 하지 않았다.

하언은 커피를 한 모금 들이켰고 이내 하고 싶은 얘기를 마저 이
어 나갔다.

"되도록 빨리 정리해."

"……."

"내가 거슬려서가 아니라 니가 걱정돼서 그래. 넌 마음이 여려서

차여울한테 마음 주는 내내 미안해하잖아."

나직하게 건네진 하언의 말은 유현이 공감할 수밖에 없는 얘기였다. 유현은 아직 여울에게 주었던 마음을 되가져오지 못해서 지금껏 죄책감에 시달렸고 오늘도 하루 종일 스스로를 원망했다.

'나도 그러고 싶어.'

지친 유현은 내뱉고 싶은 한 마디를 가슴 안으로 삼켜냈다. 하언도 이미 알고 있을 듯한 얘기는 드러내봤자 그에게 짐을 얹어주는 것과 다름없었다.

이쯤에서 그냥 깔끔하게 감정이 정리됐으면 좋겠는데. 어째서 마음은 의지를 따라가지 못하는 건지.

아무래도 유현에게는 시간이 필요하다. 지금도 끓어 넘치고 있는 미련한 감정이 차갑게 식을 시간이.

"그 얘기 하려고 따라 나왔어?"

하언은 살짝 고개를 틀어 물었다. 유현은 작게 고개를 끄덕였고 손에 들린 캔 커피를 매만지며 대답했다.

"응, 아무래도 널 노리고 있는 것 같으니까 조심하라고."

"조심해야 할 건 너 같은데. 유설아가 널 놓아줄 리가 없잖아."

"그럴 수도 있지만……."

"나는 괜찮으니까 너나 걱정해. 무슨 일 생기면 말하고 혼자서는 되도록 어디 싸돌아다니지 말고."

유현은 하언이 어떤 마음으로 괜찮다고 하는 건지 알고 있다. 그건 유현이 제일 많이 하는 거짓말이었으니까. 잠시 망설이던 유현은 지친 순간마다 자신이 가장 듣고 싶었던 말을 건넸다.

"힘들면 얘기해. 내가 도와줄게."

물론 픽, 실웃음만 짓는 하언은 힘들어도 얘기하지 않을 게 분명했다. 그러나 곁에 있는 이상, 모르고 지나치지는 않을 거라고 생각한다. 그가 먼저 손을 뻗지 않아도 유현은 기꺼이 위험에 처한 그를 붙잡아 줄 수 있을 것이다.

"누가 누굴 책임져. 너나 잘하라니까."

하언은 가벼운 웃음기를 머금은 채 농담 섞인 대답을 던져 놓았다.

하지만 이미 자신이 할 수 있는 일을 깨달아버린 유현은 그저 옅은 눈웃음만 머금었다.

"도유현."

잠시 후 하언이 나직한 목소리로 유현의 이름을 불렀다. 유현은 부드러운 시선을 곧바로 그에게 옮겼지만, 열리려던 하언의 입술은 이내 다시 닫혀 버렸다.

"……아니다."

머지않아 흘러나온 건 드러날 뻔했던 마음을 닫아두는 의미 없는 말이었다.

유현은 그 속에 숨어 있는 이야기가 무척이나 궁금했지만 굳이 캐묻지는 않았다. 왠지 말하지 않아도 충분히 전해지는 것 같아서.

그제야 꽉 막혀 있던 유현의 숨통이 편안한 숨을 내쉬기 시작했다.

그동안 커진 감정만큼이나 아파하던 그는 오늘 밤, 드디어 마음을 옥죄었던 죄책감에서 해방될 수 있을 것 같은 기분이었다.

"나 왔어."

시끌벅적한 집에 두 남자가 돌아왔다. 집 근처 마트에 다녀온 것 치고는 꽤 오래 걸린 시간이었다.

"늦게 왔네?"

소파에 앉아서 텔레비전을 보던 여울은 느긋하게 손을 흔들며 그들을 반겼다. 하지만 하언도, 유현도, 그 인사에 화답할 수가 없었다. 바로 화장실 앞에서 펼쳐진 익숙한 광경 때문이었다.

"왈! 왈! 왈왈!"

"오빠! 왜 그러세요! 이성을 찾으세요!"

"으르렁! 으르렁!"

개가 된 시울은 혜수의 비싼 핸드백을 들고 맹렬하게 짖어대고 있었다. 소리치는 혜수의 목상태가 반쯤 나간 걸 보니 저렇게 대치한 지 꽤 되었나 보다.

"저 새끼 그새 얼마나 마신 거냐."

하언은 그런 시울을 짜증 가득한 눈빛으로 바라보며 물었다. 그러자 여울은 태연히 휴대폰 시계를 확인했고, 테이블 위 술병들을 훑어보았다.

"삼십 분 동안 폭탄주 열 잔 정도 원샷 했으려나?"

그건 아주 작정하고 먹었다는 소리였다. 오늘이야말로 반드시 혜수에게서 정을 떼어 내 줄 생각인가 보다.

"으으으으!"

그때 시울이 손에 들린 혜수의 핸드백 끈을 마구잡이로 씹어대기 시작했다.

"악! 가방 끈을 왜 입으로 가져가요! 그게 얼마짜린데!"

혜수는 그의 팔을 붙잡고 필사적으로 매달렸다. 얼마 전 큰 맘 먹고 산 한정판 핸드백은 그녀에게 목숨과도 같은 존재였다.

"저기, 시울 씨……."

동생의 절규를 보다 못한 유현은 사건의 현장으로 가까이 다가갔다. 하지만 몇 걸음 옮기기도 전에 여울이 손사래까지 치며 그를 저지했다.

"아아, 잠시만 기다려요. 지금 아가씨 오빠한테 정 떨어지기 직전이야."

"……네?"

"차시울이 고주망태가 될 때마다 용서받지 못할 짓 하나씩 저지르거든요. 진짜 욕지거리가 튀어나올 만큼."

여울의 말은 유현을 더욱 걱정스럽게 만들었다.

다시 바라본 시울은 아직까지도 혜수의 핸드백 끈과 혼자만의 사투를 벌이고 있는 중이었다.

"오빠! 진짜 이러지 말라니까요!"

혜수는 그에게서 어떻게든 핸드백을 구해내기 위해 온 힘을 다해 잡아당겼다. 그 순간 위태롭던 핸드백 끈은 시울의 건치와 혜수의 팔힘 사이에 팽팽한 힘겨루기를 버텨 내지 못하고 뚝!

"아……."

힘없이 혜수에게로 딸려온 핸드백은 기품이 넘치던 이전 모습을 찾아볼 수 없을 만큼 엉망진창이었다.

스페셜 에디션으로 전 세계에서 딱 100개만 판매하는 제품이라 이젠 구하지도 못하는 건데…….

하도 귀해서 짝퉁조차 찾아보기 힘든 보물 중의 보물인데…….

"이걸……."

끈이 떨어진 핸드백을 내려다보던 혜수의 시선이 다시 시울에게로 돌아갔다. 그 눈빛의 온도는 이때까지 본 혜수의 모습 중 가장 싸늘하고 살벌했다.

"아, 쟤 정 뗐다."

하언은 그런 그녀의 모습을 보며 단언했다.

그 말이 끝나기가 무섭게 혜수는 공중으로 손을 들어 올렸고.

"이 개놈 새끼가!"

거친 욕설과 함께 그의 뒤통수로 내리꽂았다.

빠악—!

현직 테니스 선수의 손바닥에서 나온 커다란 타격음. 그것은 나쁜 남자에게 휘둘리던 순정이 드디어 끝을 맺는 타종과 같았다.

지독히도 새까만 밤. 가평의 거대한 저택.

"으…… 으윽……."

한 남자의 거친 신음이 터져 나왔다. 피로 뒤덮인 몸을 제대로 가두지도 못하고 있는 그는 도선웅 회장의 전 담당비서 최민석이었다.

"제, 제발 살려 주십쇼……."

최민석은 온몸을 수차례나 짓밟던 구둣발을 붙잡고 애원했다. 하지만 그의 손은 벌레라도 되는 양 매정히 뿌리쳐졌다.

피가 묻은 구두 끝에 인간미 없는 시선이 와 닿았다.

"자신의 미래 정도는 일을 저지르기 전에 생각했어야지."

그런 뒤에 꺼내지는 말에는 조금의 자비조차 느껴지지 않았다.

최 비서는 겨우 고개를 들어 올려 달빛에 비친 얼굴을 바라보았다.

한 사람에게 가학적인 고통을 가하면서도 한 치의 흔들림이 없는 살벌한 눈동자.

세월은 흘러도 도 회장의 살기는 여전히 짙기만 했다. 죽음의 공포와 마주한 최 비서의 얼굴에 절망이 어렸다.

"회장님…… 한 번만 용서를……."

최 비서는 이때까지 하염없이 흘려보냈던 사죄를 한 번 더 꺼내놓았다. 이런 말에 감정을 누그러트릴 사람이 아니라는 건 알지만, 그가 할 수 있는 건 이것밖에 없었다.

도 회장은 최 비서의 너덜너덜한 얼굴에서 눈길을 떼어 내고 뒤편으로 슬쩍 고개를 돌렸다.

"어떻게 생각하니, 설아야."

그리고서 여유로운 목소리로 건네는 질문은 아무런 의미가 없었다. 오직 조력자를 공범으로 만들겠다는 의도만 가득할 뿐.

또각, 또각, 또각—

이윽고 선명한 구두소리와 함께 어둠 속에 가려져 있던 설아가 모습을 드러냈다. 싸늘하게 가라앉은 눈빛에서 느껴지는 한기는 도 회장만큼이나 매서웠다.

"그걸 왜 저한테 여쭤보시나요? 제가 명령을 내리는 위치도 아닌데."

하지만 단 하나, 그와 차이가 있다면 그녀에게선 살의가 배어 있지 않다는 것이었다. 도 회장의 부름으로 가평까지 내려온 설아는 분명 이 상황과 동떨어지려 하고 있다.

그러나 도 회장이 끔찍한 현장으로 그녀를 부른 데에는 확실한 이유가 있었다.

도 회장은 언제나 빠져나갈 여지를 두는 설아의 태도가 믿음직스럽지 못하다.

애초부터 충성을 바치는 상대가 자신이 아니라는 것을 알기에, 일이 엉키는 순간 그의 목에 칼을 들이대고도 남을 거라 확신한다.

"난 무조건 너의 선택을 따를 거란다. 누구의 목숨이든 니가 어떤 선택을 하느냐에 달렸지."

도 회장은 그녀를 향해 부드러운 음성을 흘려보냈다. 그가 말하는 목숨이 누굴 일컫는지 알고 있는 설아의 눈빛에 날카로운 날이 섰다.

"그 누구의 목숨 안에 유현 씨는 없어야 할 겁니다. 이미 회장님의 부탁을 한 번 따라준 시점부터 그 사람은 제 사람이잖아요."

더 이상 그의 협박을 들어줄 수 없었던 설아는 낮은 목소리로 경고했다. 그러자 도 회장의 입가에 노골적인 비웃음이 얹혔다.

"그래서 그동안 그 애의 행방을 공유하지 않았던 거니?"

이어지는 질문은 설아를 얼어붙게 만들기에 충분했다. 살짝 몸을 틀어 설아를 내려다보는 도 회장은 이미 살기가 가득했다.

"도유현과 도하언의 현재 위치를 알아냈다. 그런데 그 주변에 신우그룹 쪽 경호실장도 함께 모습을 드러내더구나."

"……."

"경호실장도 같이 숨어들어간 건 아닐 테고…… 왜 내게 좀 더 빨리 보고하지 않았니?"

그녀는 도 회장의 질문에 쉬이 대답을 할 수 없었다. 차가운 숨만 내쉬던 설아는 이내 곁에 서 있던 경호실장에게 분노의 화살을 돌렸다.

자신이 도 회장 측근에게 발각된 줄도 모르고 있던 경호실장은 당황스러움에 어쩔 줄을 몰라 하고 있었다.

도 회장은 지나치게 경직된 설아의 어깨를 가볍게 툭툭 두드렸다.

"괜찮다. 너도 생각이 있어서 그랬겠지. 내게 말할 타이밍이 아니었을 수도 있고 말이야."

진심인지 빈말인지 모를 이해심은 왠지 더 불안하게 들렸다. 설아의 차분한 시선이 다시 도 회장에게 향했다.

"상황을 지켜보는 중이었습니다. 상대가 도하언이니만큼 섣불리 행동하는 건 위험한 일이잖아요."

변명을 내뱉는 목소리는 제법 자연스러웠으나, 도 회장의 신뢰를 얻기에는 많이 부족했다. 하지만 도 회장은 회의감을 드러내는 대신 설아를 똑바로 마주 보고 인자한 미소를 지어 보였다.

"앞으론 너 혼자서 상황을 판단하지 않았으면 좋겠구나. 내가 오해라도 하면 큰일이잖니?"

"……."

"혹시나 도유현을 빼돌리기 위해 개수작을 부리진 않을까…… 하고 말이야."

그리 말하며 어깨를 잡은 손끝에 힘을 더하는 도 회장은 마치 설아의 속내를 훤히 들여다보고 있는 사람 같았다.

설아는 동요한 모습을 보이지 않으려 애써 미소를 머금었다.

"그럴 리가요. 회장님 말씀만 잘 따라도 그 사람이 손에 들어올 텐데, 제가 어째서 그런 독단적인 행동을 하겠어요."

그 대답을 흘려보낼 때쯤, 설아는 큰 위험이 다가오기 전에 유현을 자신의 곁으로 온전히 가져오겠다는 계획을 잠시 접어 두었다.

여기서 더 의심을 샀다가는 신경을 거슬리게 만드는 유현의 존재를 과감히 처리해 버릴 도 회장의 잔혹성을 알고 있기 때문이었다.

그럼 난 어떻게 해야 할까. 아직까지 도선웅의 손에 들려 있는 너의 목줄을 가져오기 위해서.

대체 어떤 대답을 해야 할까. 결국 내가 바라는 대로 너를 손에 넣으려면.

짧지만 깊은 고민 끝에 내려진 결론은 단 하나였다.

도 회장의 옆에 붙어 그가 준비한 도하언 처리계획에 동참하는 것.

악의로부터 그 사람을 지키려면 악의를 가진 사람을 감시해야 했다. 이제부터 설아는 스스로 도 회장의 칼끝을 자처해 유현을 공격하지 못하도록 지켜낼 생각이다.

"저는 앞으로도 회장님과 함께할 테니 염려는 내려놓으세요."

"……."

"회장님께서 바라는 결말에 도달하도록 그 어떤 일이든 제가 나서서 도와 드리죠."

그를 위한 다짐을 하고 나니 도 회장에게 복종하는 일이 거리낌 없이 쉬워졌다. 물론 오늘의 약속이 그녀를 도 회장과 같은 운명으로 묶어 두었다는 건 알지만, 애초부터 그런 건 아무 상관없었다.

어차피 그녀는 그 사람을 사랑하며 단 한 번도 행복한 미래를 꿈

꿔보지 못했으니.

"그래, 드디어 대화가 통하는 느낌이구나."

그제야 도 회장의 눈빛에 만족감이 어렸다.

결국 배신의 가능성이 가장 높던 설아까지 원하는 곳에 단단히 묶어 둔 지금.

남은 일은 제 욕망을 지키며 기다리는 것뿐이었다. 그가 평생을 두고 꿈꿔왔던 형의 흔적이 완벽히 지워진 미래를.

"마무리 해."

도 회장은 싸늘한 목소리로 마지막 명령을 내렸다. 그러자 최 비서의 주위를 둘러싸는 경호원들은 마치 도 회장만을 위해 준비된 살인병기들 같았다.

"으아아악!"

고통 어린 비명이 터져 나옴과 동시에 붉은 피가 낭자하는 공간.

설아는 이 모든 광경을 보며 이곳이 지옥일 거라 생각했다. 빠져나갈 출구는 어디에도 없었다.

아마 유현도 아직 이 지옥 어디쯤을 헤매고 있을 거란 확신이 들었다.

"으으으……."

아침 이슬이 가실 무렵, 침대에 시체처럼 누워 있던 시울이 신음 소리와 함께 눈을 떴다.

피로는 조금도 가시지 않았지만 울렁거리는 속 때문에 더 이상 늘어져 있을 수만은 없었다. 시울은 편의점에서 숙취해소음료라도 사다 마실 생각으로 머리를 부여잡은 채 몸을 일으켰다.

"아, 진짜 아파⋯⋯."

하지만 똑바로 앉자마자 뒤통수에서부터 뻐근하게 번져오는 두통은 참지 못할 정도로 강렬했다. 원래 숙취가 심한 편이긴 하지만이 정도로 난리가 난 건 처음이었다.

"와, 나 진짜 미치겠네."

시울은 그럴수록 눈을 크게 감았다 뜨기를 반복하며 정신을 차리려 노력했다. 그러고선 한 마리 좀비와 다름없는 모습으로 비틀비틀 방문을 열고 나오니.

"이제 일어났니, 환장할 놈아."

거실에서 주말 아침 프로를 보고 있던 여울이 심드렁한 인사를 건넸다. 시울의 필름이 끊긴 사이에 무슨 일이 벌어졌었는지는 몰라도 그를 바라보는 그녀의 눈빛엔 환멸이 가득했다.

"누가 내 머리통 내리쳤냐?"

시울은 부엌 냉장고에서 물병을 꺼내 들며 다 쉬어버린 목소리로물었다.

"내리쳤지. 그것도 아주 세게."

그러자 전혀 기대도 않았던 대답이 돌아왔다. 시울은 오만상을쓴 채 물을 벌컥벌컥 들이켰고 한껏 목을 축인 후에 되물었다.

"도하언이?"

"아니, 오빠의 광팬 한 명이."

"광팬이라면⋯⋯ 혜수?"

여울은 정답을 맞춘 시울을 향해 천천히 고개를 끄덕였다. 어째서 그런 전개가 되었는지 이해할 수 없었던 시울은 의아한 듯 눈썹을 구겼다.

"걔가 날 왜 때려?"

"오빠가 맞을 만한 짓을 했으니까 때리지."

"내가 뭘 했는데."

"아가씨의 비싼 한정판 가방을 물어뜯었어. 송곳니까지 써서 아주 잘근잘근."

"아아…… 나 또 개랑 접신했구나."

"그래, 어제 온 개는 한창 이빨이 간지러울 나이의 사냥개인 모양이더라."

여울의 자세한 설명을 듣자 삭제된 줄 알았던 지난밤의 기억들이 시울의 머릿속으로 드문드문 들어왔다.

'오빠! 진짜 이러지 말라니까요!'

시울의 팔을 붙잡고 버럭버럭 소리를 질러 대던 혜수는 이내 커다란 손바닥을 번쩍 들어 올렸고.

'이 개놈 새끼가!'

거친 욕설과 함께 뒤통수를 후려갈겼다.

그러고 나서 그대로 화장실 앞에 털썩 널브러졌었던 것 같아. 난 원래 술 취했을 때 뒤통수 한 대 맞으면 곧장 뻗어버리니까.

"흐음, 이제 나한테 확 정 떨어졌겠네."

시울은 젖은 입술을 손등으로 문질러 닦고는 혼잣말처럼 중얼거렸다. 그 말이 왠지 의미심장하게 들렸던 여울은 살짝 미간을 구기며 되물었다.

"왜, 막상 너 싫다고 하니까 아쉽냐?"

"아쉽긴 하지. 걘 나 좋다는 애들 중에서 제일 재밌게 매달렸거든."

"세상에, 저런 쓰레기가 또 있을까."

여울은 여자의 마음을 코미디 프로그램 보듯 구경하는 그를 향해 혀를 끌끌 찼다. 그리고 어제 혜수가 집으로 돌아가기 직전 꺼낸 이야기는 영원히 묻어둬야겠다고 결심했다.

'언니, 욱해서 때리긴 때렸는데…… 시울이 오빠는 기억 못 하겠죠?'

'글쎄요. 기억하면 뭐 어때요. 이제 정 떨어졌다면서요.'

'야간 확실히 떨어졌죠. 떨어졌는데…….'

'떨어졌는데?'

'침대에 정신 놓고 누워 있는 모습 보니까 살짝 이성이 끊어질 뻔했어. 티셔츠 살짝 올라와서 복근 보였단 말이야.'

'넌 정말 구제불능이구나.'

포스트잇처럼 쉽게 떼었다 붙였다 할 수 있는 도혜수의 정은 결국 다시 착 붙어버린 채로 집에 귀가했었다.

하언은 그녀가 엘리베이터에 오르는 순간까지 한심스러운 눈빛으로 나무랐으나 딱히 알아듣는 뉘앙스는 아니었다.

"아가씨가 문제가 아니야. 어제 하언 씨랑 유현 씨 앞에서 얼마나 민망했는지, 나중에 또 술자리 갖게 되면 그땐 오빠한테 개목걸이 달아놓기로 했어."

더 이상 혜수와 시울의 관계에 대해 생각하고 싶지 않았던 여울은 그냥 다른 쪽으로 말문을 돌려 버렸다.

바로 그때, 호랑이도 제 말하면 온다고.

띵동—

요란한 초인종 소리와 함께 인터폰에 유현의 얼굴이 떠올랐다.

어제 시울을 챙기고, 혜수를 바래다주고, 어질러진 집안까지 청소하느라 고생했던 그는 피곤한 기색도 없이 말끔한 모습이었다.

"오, 미카엘이네. 내가 문 열어 줄게."

시울은 들고 있던 물병을 식탁 위에 올려 두고는 느린 걸음으로 현관 앞에 다가섰다.

"암호를 대시오."

"네, 네?"

유치한 장난은 빠지지 않는 필수 코스였다. 인터폰 속 유현의 얼굴에 당황감이 어리기 시작했다.

"시울아, 안녕? 나 유현이야. 라고 말해."

"아…… 시울 씨, 안녕하세요. 저 도유현입니다."

"아니아니, 그건 너무 정이 없잖아. 빨리 친한 척해 줘. 시울아, 안녕? 나 유현이야."

시울의 부탁은 다른 사람들에겐 쉬운 일이었지만 지나치게 예의를 차리는 유현에게는 하염없이 어려웠다.

그걸 아는 여울은 짓궂게 구는 시울을 뜯어말리기 위해 소파에서 일어섰다. 하지만 머지않아 짧은 한숨과 끝에 들려온 목소리는 그녀를 놀라게 만들었다.

"시울…… 시울아, 안녕. 나 유현이야."

첫 시작 빼고는 자연스럽게 흘러나온 반말 인사.

현관 앞에 도착한 여울은 두 눈을 휘둥그레 치켜뜬 채 시울을 올려다보았다. 그도 유현이 순순히 따라줄 거라 기대하진 않았는지 입 모양만으로 '오오'하는 감탄사를 내뱉는 중이었다.

"오케이, 암호가 일치합니다. 문을 열어드리겠습니다."

시울은 곧바로 함박웃음을 띤 채 현관문 잠금장치를 풀었다. 그리고 힘주어 현관문을 열자, 인터폰 화면보다 선명한 유현의 얼굴이 두 사람의 눈앞에 모습을 드러냈다.

그에 손에 들린 채 모락모락 김을 내고 있는 건 얼큰하게 끓인 콩나물국이 담긴 냄비였다.

"유현 씨, 이게 뭐예요?"

"아, 여울 씨 집에 있었네요. 시울 씨 숙취가 심하다고 들어서 끓어봤어요."

"어머, 미카엘! 나 챙겨 주는 거야?"

"입맛에 맞을지는 모르겠어요. 제가 워낙 싱겁게 먹는 편이라서."

"냄새만 맡아도 굉장한데? 고마워! 잘 먹을게!"

시울은 한껏 기뻐하며 냄비를 넘겨받아갔다. 유현은 혹시나 그가 쏟을까 싶어 불안한 눈길로 그의 뒷모습을 지켜보았고, 이내 자신을 빤히 바라보고 있는 여울에게로 시선을 옮겼다.

시울을 대할 때와 달리 그의 분위기는 한층 무거워진 상태였다.

"왜요? 나한테 할 말 있어요?"

여울은 두 눈을 더욱 또렷하게 치켜뜨며 물었다. 그러자 유현은 흐린 숨을 들이마시더니 이내 부드러운 목소리를 흘려보냈다.

"오늘 시간 괜찮으면 하언이한테 가 줄래요?"

"하언 씨요?"

"컨디션이 안 좋아 보이는데 저보단 여울 씨가 더 도움이 되지 않을까 싶어서요."

그리 말하는 유현의 마음이 아무렇지 않았다고 한다면 그건 분명 거짓말일 것이다. 요즘 들어 욕심만 부쩍 자라난 유현의 마음은 이미 떠난 그녀조차도 아쉬워하고 있다.

그러나 유현은 씁쓸한 감정 따위 애써 외면하기로 했다.

모든 것은 버릇이다. 그녀에게 반응하는 심장도, 그녀의 모습만 뒤쫓는 눈도, 그녀를 향해 뻗어나가려는 손도.

그저 어느 날 갑자기 생겨난 못된 버릇일 뿐이니, 조금만 노력하면 고칠 수 있을 거라 믿는다.

"그래요? 내가 가서 살펴봐야겠네."

여울은 도톰한 입술을 부드럽게 휘어 올리며 대답했다. 따라 짓는 유현의 미소는 어딘지 모르게 씁쓸했다.

"신경 써 줘서 고마워요, 유현 씨."

하지만 여울이 상냥한 눈빛으로 고마움을 전하자 꽉 막힌 유현의 가슴에 시원한 바람이 불었다.

모든 것은 버릇이다. 그녀에게 반응하는 심장도, 그녀의 모습만 뒤쫓는 눈도, 그녀를 향해 뻗어나가려는 손도.

그래서 아무리 뒤틀렸던 감정이라도 그녀가 기뻐하는 순간 사르르 풀려버린다. 꼭 그녀를 위해서 사는 사람처럼.

잠을 한숨도 자지 못했다.

술김이 올라와서 자꾸만 눈은 감기는데 복잡한 머릿속은 좀처럼 쉴 생각을 하지 않았다.

결국 몇 시간을 침대 위에서 뒤척이던 하언은 책장에 꽂아두었던 사건파일을 다시 집어 들었다.

이미 모든 내용을 통째로 외워버릴 만큼 보고 또 보았다. 그때마다 매번 가슴이 새까맣게 타들어 가는 듯했지만, 생각을 멈추진 않았다.

심증이 확실해질수록 절실해지는 건 물증이었다.

물론 도 회장은 협박을 할 수도, 거래를 제안할 수도 없는 상대였으나, 그렇다고 해서 손을 놓아 버려선 안 됐다.

길이 보이는 순간 미친 듯이 진실을 찾아 달려 나갈 수 있도록 하언은 조금 더 부지런해져 보려 한다.

그는 회사 내 유일한 아군인 직속 비서에게 준비시킬 계획들을 정리하며 파일을 책상 위에 내려놓았다. 그러고는 피곤이 한계까지 다다른 몸을 겨우 침대에 눕혀보려 하는데.

떵동—

의자이서 일어서기가 무섭게 명랑한 초인종 소리가 울렸다.

"하언 씨! 하언 씨!"

그 뒤에 들려오는 밝은 목소리는 분명 여울의 것이었다.

하언의 고개는 언제 지쳤었냐는 듯 소리가 들려온 방향을 향해 단번에 틀어졌다.

"차여울?"

하언이 현관문을 열어주는 데까지는 얼마 걸리지 않았다.

여울은 잠금장치가 풀리는 소리에 문고리를 붙잡아 당겼고, 그의 얼굴을 마주하자마자 들뜬 인사를 건넸다.

"안녕! 잘 잤어요?"

지금껏 단 한숨도 자지 못한 하언은 안녕하지 못했다.

"기분은 좀 괜찮고?"

여러 문제에 시달리고 있는 하언의 기분은 조금도 괜찮지 못했다.

"시간 있으면 나랑 데이트나 할까?"

그러니 오늘은 도저히 밖에 나가서 무언가를 할 수 있는 상태가 아니었으나, 귀여운 미니 원피스를 차려입고 온 여울의 모습은 도저히 거절할 수 없을 만큼 예뻐서.

"그래, 지갑 가지고 나올게. 기다려."

하언은 조금도 고민하지 않고 웃으며 대답했다.

나는 피곤하지 않다, 나는 피곤하지 않다, 끊임없이 스스로에게 주문을 걸며.

"응응! 그래! 얼른 나와!"

여울은 밝게 웃으며 하언을 재촉했다.

다시 제 방으로 들어간 하언은 남몰래 마른세수를 했고 거울을 보며 퀭한 눈에 힘을 주었다. 믿기지 않겠지만 이래봬도 그는 기대감에 부푼 상태였다.

하지만 겉옷을 챙겨든 그가 거실로 나왔을 때 여울은 확신했다.

'유현 씨 말대로 컨디션 정말 최악이구나!'

물론 아는 체는 하지 않았다. 그녀의 기분까지 신경 쓰느라 더욱 불편해질까 염려스러웠기 때문이다.

"점심부터 먹으러 갈까?"

애써 밝은 목소리를 내는 하언은 몹시 걱정스러웠다.

오늘 그에게 어떤 하루를 선물해줘야 할지, 그녀의 어깨가 심히 무거워졌다. 문제를 해결해줄 수는 없더라도 잠시 잊고 쉬게끔은 해줄 수 있었으면 좋겠다.

유현이 걱정할 만큼 상태가 나쁜 하언과 오붓한 점심식사를 위해 찾아온 파스타 집.

여울의 눈이 하언의 표정을 살폈다. 드러내놓고 안색이 안 좋진 않았으나 어쩐지 멍한 그의 눈빛은 확실히 걱정스러웠다.

"하언 씨 무슨 일 있어요?"

여울은 제 앞에 놓인 까르보나라 면을 포크로 돌돌 말며 하언에게 물었다.

"아무 일도."

곧바로 돌아온 하언의 대답은 평소처럼 단조로웠다.

하지만 그녀는 그 말을 순순히 믿을 수 없었다. 그는 정말 무슨 일이 있더라도 괜찮은 척만 할 사람이었다.

"어제 하언 씨 술 많이 마셨던가?"

여울은 단도직입적인 질문이 통하지 않는 하언에게 돌려 묻기로 했다. 덕분에 어제 시울이 보였던 우스꽝스러운 모습이 떠올라버린 하언은 헛웃음을 터트리며 대답했다.

"술은 차시울이 다 마셨지. 그 새끼 살아있긴 해?"

"거의 좀비 상태죠. 그래도 유현 씨가 콩나물국 끓여 줘서 해장은 제대로 할 거야."

"아아, 아침부터 바빠 보인다 했더니 차시울 아침상 차려 바치고 있었구나."

원활하게 진행되는 대화 속에선 딱히 하언의 이상한 점을 찾을 수 없었다. 웃는 얼굴도, 핀잔을 던지는 목소리도 그저 평소와 다를 바 없이 자연스럽기만 했다.

결국 그의 속내를 들여다보지 못한 여울은 캐묻는 일을 관두었다. 혹시나 어두운 감정을 숨기고 있다고 해도 오늘 안에 깨끗이 물러가게만 해주면 되는 거니까.

"아, 하언 씨. 내가 귀여운 거 보여줄까?"

여울은 그의 기분을 풀어주기 위해 자신이 우울할 때마다 즐겨보는 동영상을 찾아주기로 했다. 하언은 별 대답이 없었지만 그는 원래 무반응이 긍정의 뜻이었다.

"잠깐만 기다려 봐. 검색해봐야 돼."

여울은 빛나는 눈동자를 휴대폰에 박아두고 열심히 동영상 사이트를 뒤졌다. 그러다 갓 태어난 강아지가 하품을 하는 동영상을 발견하자, 기쁜 미소와 함께 다시 그에게로 시선을 두었다.

"여기 있다. 이것 좀……."

하지만 그녀를 마주하는 건 빛깔 좋은 하언의 얼굴이 아닌 새까만 정수리였다. 고개를 떨어트린 채 고른 숨만 내쉬고 있는 그는 아무래도 심상치 않았다.

"하언 씨?"

"……."

"자, 자요?"

여울은 조심스러운 손길로 그의 어깨를 흔들었다. 순간 놀라는가 싶던 하언은 급히 자세를 똑바로 세우며 자동응답기처럼 대답했다.

"그래, 좋아."

"뭐가 좋아?"

"……어?"

맥락과 맞지 않는 대답과 흔들리는 초점.

이것은 그의 이성이 잠시 떠났다가 돌아왔다는 것을 의미했다. 그를 보는 여울의 눈동자에 의아함이 얹혔다.

"하언 씨, 지금 졸았어요?"

"아니."

"졸았지?"

"안 졸았어. 잠깐 혼자 생각하느라."

하언은 여울의 추궁에 숨도 쉬지 않고 대답했으나 그녀의 눈에는 심상찮은 기색이 발견되기 시작했다.

유현의 말 때문이 아니더라도 컨디션이 묘하게 나빠 보인다 싶었는데, 이제 보니 언제나 깨끗하던 하언의 눈은 붉게 충혈되어 있다. 평소의 매서움이 사라진 속눈썹도 어쩐지 오늘따라 무거워 보인다.

아아, 이제 알았다. 그가 왜 이렇게 기운이 없는지. 그런 그를 위해 해줄 수 있는 일도 드디어 감이 잡히기 시작한다.

"밥 먹고 산책이나 갈까."

생각을 정리하고 있는 여울에게 하언이 제안했다.

까무룩 잠이 들었던 주제 산책은 무슨.

여울은 곧바로 뱉어낼 뻔했던 직설적인 대답 대신 휴대폰을 도로 들어올렸다. 열심히 무언가를 입력하는 그녀의 손가락은 몹시도 분주해보였다. 하언은 그녀의 눈길에서 벗어나기가 무섭게 또 한 번 몰려오는 잠을 참으려 애썼다.

고개를 숙인 채 새어나오는 하품을 가까스로 억누르고. 그렇게 정신을 붙잡기 위한 혼자만의 고군분투를 이어나가고 있는데.

"좋았어. 예약 완료!"

여울이 만족스러운 표정으로 외쳤다. 하언은 그녀가 무엇을 예약했는지 알 길이 없어 살짝 미간을 구겼다. 하지만 물어볼 새도 없이 여울은 하언 쪽으로 파스타 그릇을 넘겨주며 말했다.

"자, 어서 배불리 먹어요. 등은 내가 따듯하게 해줄게."

"뭐?"

도무지 짐작할 수 없는 그녀의 계획.

여울을 바라보는 하언의 눈동자에 의아함이 맺혔다.

"소셜커머스 앱으로 여기 당일예약 하고 왔는데요."

"아, 성함과 휴대폰 뒷번호 좀 알려주시겠어요?"

"차여울, 9668이요."

하언이 비즈니스 미팅을 위해 종종 들렀었던 서울역 부근의 한 호텔. 업무가 아닌 데이트 도중에 이곳으로 끌려온 하언은 홀로 동공을 떨고 있었다.

도착하자마자 안내데스크로 달려간 여울은 당당하게 키 카드를 받고 있는데, 그에 비해 하언의 얼굴엔 긴장한 기색이 역력했다.

"오, 1103호구나. 하언 씨! 엘리베이터 타고 가자!"

그때 예약확인을 끝마친 여울이 큰 목소리로 하언을 불렀다. 그는 놀란 눈동자를 그녀에게 두었고 아직 얼떨떨한 감정을 정리하지 못한 목소리로 물었다.

"여긴 왜 온 거야?"

"왜 오긴 왜 와. 자러 왔지."

"뭐?"

곧바로 내뱉어진 여울의 대답은 하언의 심장을 쿵! 내려앉게 만들었다. 지금껏 당찬 성격인 줄은 알았지만 이렇게 저돌적으로 나오리라고는 생각도 못했었다.

하언은 복잡해진 머릿속으로 그녀에게 보여야 할 반응을 고르고 골랐다.

"나 살짝 당황스러워."

그리고 어느새 붉어진 얼굴로 떨리는 목소리를 흘려보냈더니, 그를 보는 여울의 입가에는 장난기 넘치는 웃음이 맺혔다.

"새삼스럽게 왜 그래요? 우리 사이에."

"우리 사이가 무슨 사인데."

"볼 거 못 볼 거 다 본 사이?"

새초롬한 여울의 눈이 한쪽만 깜빡였다.

순간 잠에 취해있던 하언의 본능은 언제 졸았냐는 듯 깨어나고, 본능만이 가슴 속에서 거칠게 활개 쳤다. 역시 그녀는 흐느적거리던 그의 오감도 불끈불끈 되살아나게 하는 여자였다.

하언은 그녀 곁으로 빠르게 발걸음을 움직였다. 여울은 다가온 그에게 다정한 손길을 뻗었지만 그걸 낚아채는 하언의 손은 몹시

억셌다.

"어머, 갑자기 조급하게 굴긴."

"넌 가끔 사람을 미치게 만들어."

때마침 1층에 도착한 엘리베이터 문이 열렸다. 하언은 여울의 몸을 끌어당기며 로맨틱한 호텔방이 기다리는 11층 버튼을 눌렀다.

여울은 그런 그를 여전히 웃음기 가득한 얼굴로 올려다보았으나 하언은 끝끝내 눈을 마주치지 않았다.

"벌써부터 자극하지 마."

"난 성격이 나빠서 그런지, 하지 말라면 더 하고 싶어지더라."

"그런 얘기도 아직은 하지 말고."

"아, 그럼 이따가 방에 들어가선 해도 되는 거야?"

여울이 도발적인 질문을 던질 때마다 하언의 눈빛은 속절없이 흔들흔들. 평소의 도도하고 흐트러짐 없던 모습과 달리 순진한 반응을 보이는 그는 좋은 구경거리였다.

여울은 뜨거워진 하언의 손에 깍지를 꼈다.

"긴장 풀어. 하언 씨. 아직 엘리베이터잖아."

그러면서 괜한 여유를 부리자 하언은 살짝 약이 오르는지 삐딱한 눈빛을 건넸다. 하지만 굳이 저항은 하지 않았다. 어차피 조금 있으면 여우 같은 그녀를 품안에 가둬놓을 수 있을 테니.

띵—

그때 청량한 종소리와 함께 두 사람을 실은 엘리베이터가 11층에 도착했다. 마음이 급해진 하언은 문이 다 열리기가 무섭게 여울의 몸을 방 앞으로 재촉하듯 이끌었다.

그리고선 여울의 손에 들려있던 키 카드를 가져가 1103호 문의 잠금장치를 풀어냈다. 그와 동시에 함께 풀어지는 건 하언이 붙잡고 있던 마지막 이성이었다.

"흐음, 생각보다 내부가 되게 깔끔하게 되어있네요."

여울은 달아오른 그의 사정을 아는지 모르는지 태연한 감상평을 내뱉으며 방 안으로 들어섰다.

하지만 느긋한 태도와 달리 그녀가 직행하는 곳은 하얀 시트가 깔린 침대 위였다. 그녀를 바라보는 하언의 눈빛에 뜨거운 불이 붙었다.

"이리 와요. 씻을 필요 없어."

달콤한 말로 보채며 톡톡 침대 위를 두드리는 여울은 아무래도 그의 애간장을 녹이려 작정했나보다. 오늘따라 그의 마음을 간질간질 자극하며 정신을 차리지 못하게 만든다.

하언은 입고 있던 겉옷부터 옷걸이에 걸어두었고 발걸음을 옮겼다. 간절할수록 천천히. 욕심날수록 조심스럽게.

그는 마음속으로 주문을 외웠지만 효과는 조금도 없었다. 그녀에게 다가가는 두 다리만 더욱 다급해질 뿐.

침대 위에 다다른 하언은 여울의 곁에 슬며시 몸을 눕혔다.

쿵쿵쿵쿵— 빠르게 뛰는 심장박동은 여울의 귀에도 들릴 게 분명했다.

"자, 심호흡부터 세 번 내쉬자."

"심호흡은 왜."

"하언 씨가 너무 긴장해있으니까 나까지 긴장되잖아."

여울은 길게 늘어진 하언의 몸 위로 한 팔을 올리며 말했다.

하언은 당장이라도 그녀의 위를 덮쳐 오르고 싶었으나 일단은 자제해보기로 했다. 너무 성급하게 굴었다간 그런 쪽으로 잔뜩 굶주린 짐승처럼 보일 터였다.

"후우……."

"아이고, 잘한다. 이제 눈 감고."

"눈은 왜."

"토 달지 말고 얼른."

다음 주문은 이글이글 타오르던 눈빛을 감추라는 내용이었다. 그쯤 참을성이 한계에 다다른 하언의 미간은 살짝 구겨졌다. 하지만 그러든가 말든가. 여울은 다시 나긋나긋한 목소리를 흘려보냈다.

"옳지. 이제 내가 노래 불러 줄게."

"노래?"

"응, 이 노래 다 끝날 때까지는 아무 말도 하지 말고 눈감고 있는 거야."

끝이 부드럽게 올라가는 그녀의 목소리는 좀처럼 거부하기 힘들었다. 하언은 온몸의 힘을 뺀 채 나른 숨을 내쉬었다.

그렇게 얼마 되지 않아.

"잘 자라, 우리 자기♬ 앞뜰과 뒷동산에♪"

여울이 부르는 노래가 그의 귓가에 스며들기 시작했다.

처음엔 흐뭇하게 듣고 있던 하언이었지만 그녀가 그의 가슴을 토닥거리는 순간 영 좋지 않은 예감이 스쳤다.

"새들도 아가양도 다들 자는데♪"

잠깐만 이 전개는 아마도 날 재우려는 것 같은데.

"달님은 영창으……."

"차여울."

촉이 좋은 하언은 조심스레 움직이던 그녀의 손을 덥썩 붙잡고 눈을 치켜떴다. 곁에 누워있는 여울의 표정은 조금의 욕망도 없이 순진무구하기만 했다.

하언은 살짝 일그러트린 눈빛을 하고 그녀에게 물었다.

"나 자게 하려고 이러는 거야?"

그러자 여울은 원망스러울 만큼 군더더기 없이 고개를 끄덕였다.

"응, 하언 씨 많이 피곤하잖아."

피곤한 건 사실이지만 여기까지 와서 잠만 자다가 나가고 싶진 않았다. 하언이 지금 원하는 건 수면욕보다 강한 야릇한 그 무언가.

이미 프론트에서부터 달아오를 대로 달아올랐던 하언은 노골적으로 싫은 내색을 표했다.

"싫어. 나는 잘 필요 없으니까 이리 와."

"그러지 말고 잠깐만 힘 빼고 있어 봐요. 침대도 편안하니까 푹 잘 수 있을 거야."

"괜찮다고 했잖아."

"하언 씨가 괜찮다고 하는 말은 잘 못 믿겠어. 몸 뒤척이지 말고 가만히 있어."

여울은 자꾸만 몸을 일으키려 하는 하언을 억지로 눕혀 놓았다.

이럴 거면 처음부터 말을 똑바로 하던가. 자극은 있는 대로 해놓고 이제 와서야 시치미를 떼는 그녀의 모습은 치사해도 너무 치사했다.

"고문하는 것도 아니고 이게 뭐하는 짓이야."

참다못한 하언은 불만이 가득한 목소리로 툴툴거렸다. 하지만 그 사나운 한 마디까지 코웃음으로 받아친 여울은 다시 그의 가슴에 손을 얹고 토닥토닥 두드렸다.

"알았어, 정 잠이 안 오면 오 분만 눈 붙이고 있어."

"오 분 뒤엔."

"더 이상 재우려고 안 할게. 그땐 하언 씨가 하고 싶은 대로 해."

여울의 달콤한 제안은 폭발직전이던 하언의 한계를 딱 오 분 어치 분량만큼만 늘려놓았다.

픽, 입꼬리를 들어 올린 하언은 자신만만한 대답을 내뱉었다.

"그 말 책임지게 만들어줄게."

하언은 붙잡고 있던 그녀의 손을 놓아주었고 다시 두 눈을 내리감았다. 숨소리 같은 웃음을 흘려보낸 여울은 몸을 그에게로 가까이 붙이며 멈춰두었던 자장가를 다시 시작했다.

"잘 자라, 우리 자기♬ 앞뜰과 뒷동산에♪ 새들도 아가양도 다들 자는데♪"

달콤한 목소리는 마치 깃털처럼 살랑살랑 그의 귓가에 머물렀다.

노래를 꽤나 잘 부르네, 라고 느낄 때쯤 경직되어 있던 어깨에 힘이 풀리고 그의 숨이 느슨해졌다.

아무래도 목소리에 안정제라도 탄 모양이다. 병원에서 처방받은 약보다 효과가 좋다.

그렇게 조건부 휴식에 들어간 지 30분 쯤 지났을까.

혈기왕성한 두 남녀가 머무는 호텔 방, 폭신폭신한 침대 위.

그곳에서 새근새근 들려오는 숨소리는 하언의 것이었다. 이미 여울과 약속한 시간은 훌쩍 지나가 있었지만 푹 잠에 빠진 하언은 좀처럼 일어날 기미를 보이지 않았다.

"이렇게 쿨쿨 잘 거면서 괜한 고집은……."

여울은 그의 뺨을 살짝 꼬집었다. 하언은 차가운 그녀의 손끝에 살짝 미간을 찡그리는가 싶더니, 이내 다시 평온하게 풀어냈다.

여울은 조심스레 손을 옮겨 그의 뺨을 쓰다듬었다. 손끝에 닿은 따뜻한 온기는 이내 그녀의 마음까지도 데워놓았다.

처음 만났을 때만 해도 세상 무서울 게 없어 보이던 강인한 사람이었는데, 어쩌다 이리도 험난한 처지가 되어버렸는지.

한때 여울은 아무런 도움이 되어주지도 못하는 자신을 원망했다.

하지만 더 이상 그런 바보 같은 생각은 하지 않기로 했다. 스스로를 향한 자책은 그녀를 지키겠다는 일념 하나만으로 혼자 모든 짐을 짊어진 하언만 우스꽝스럽게 만들 뿐이니.

"하언 씨, 좋은 꿈 꾸고 있어요?"

여울은 무방비한 하언의 얼굴을 들여다보며 속삭이듯 물었다. 그가 들을 리는 없겠지만 언뜻 입가엔 미소가 어린 것처럼 보였다.

"꿈엔 하언 씨가 좋아하는 사람들만 나왔으면 좋겠다. 여긴 너무 하언 씨를 괴롭히는 사람들이 많으니까."

그 말을 내뱉을 때쯤 여울은 그의 품 위로 살며시 얼굴을 올려놓았다. 그녀가 가장 좋아하는 머스크 향이 코끝을 스치자 거짓말처럼 마음이 차분해졌다.

여울은 고른 박자로 뛰는 그의 심장박동을 들으며 이 순간이 영원했으면 좋겠다고 생각했다. 한 침대에서 잠을 자고 함께 눈을 뜨는 일이 아무 감흥 없을 정도로 당연한 일이 되길 바랐다.

아직 우리의 평화로운 아침까지 다다르기 위해선 많은 시련들을 넘어야 하지만, 어떻게든 버텨낼 수 있을 거라고 생각한다.

너무 힘이 들 땐 오늘처럼 이렇게 쉬었다 가면 되잖아.

여울은 하언이 쉬는 동안 마음의 끈을 단단히 동여맸다. 험난한 시간을 헤매는 동안 그에게서 멀어지거나 떨어져나가지 않도록, 그녀는 나름대로 준비를 해 두려 한다.

지친 내색도 하지 못하는 단 한 사람, 하언을 위해 그녀가 해줄 수 있는 일. 그건 어떤 현실이 덮쳐오더라도 언제나 곁을 지켜주는 것뿐이었다.

진심을 다해 각오를 다진 여울의 입가에 하언과 비슷한 미소가 얹혔다. 아마도 지금 우린 같은 꿈을 꾸고 있는 모양이다.

13장
피바람을 집어삼킨 허리케인

아아, 도 이사님이 무지막지한 명령만 내려놓고 출근을 안 한지
얼마나 지났더라.

만년 대기조가 되어버린 하언의 직속비서는 달력을 보며 한숨만
내쉬었다.

회사 분위기는 점점 심상치 않게 변해 가는데 나의 이사님은 대
체 어디서 노닥거리고 있는 건지.

아무리 캐물어도 별다른 근황을 들려주지 않는 걸 보면 꽤나 복
잡한 처지에 놓여있는 모양이었다. 그 때문에 이도 저도 못하고 가
슴만 졸이고 있어야 하는 비서는 마음이 몹시도 불편했다.

오늘도 하언은 비서에게 몇 가지 준비를 시켜두었지만, 언제까지
준비만 하고 있어야 하는 건지.

"으으, 어차피 치러야 할 전쟁인데 빨리 터져버렸으면 좋겠네."

비서는 딱히 할 일 없이 들여다보고 있던 모니터에서 신경질적으로 고갤 돌렸다. 한동안 비어있었던 하언의 푹신한 의자를 바라보고 있자니 문득 그리움만 들어찼다.

그걸 원망스럽게 노려보던 비서는 들어줄 사람 없는 볼멘소리를 내뱉었다.

"이사님, 불도저 같던 성질머리는 어따 내버려두고 기다리기만 하십니까. 참을성은 지지리도 없으면서."

그때, 비서의 비밀 업무용 휴대폰이 요란하게 울렸다. 수신자를 확인한 비서는 딱히 감흥 없는 표정으로 통화버튼을 눌렀다.

"예, 실장님. 아직 도 이사님께 아무 연락 못 받으셨죠?"

그는 늘상 묻던 질문을 인사처럼 던졌다. 그러나 돌아오는 대답을 들은 그의 표정은 새삼 어두워졌다.

"도선웅 회장이…… 움직이기 시작했다고요?"

방금까지만 해도 지루할 만큼 느긋했던 그에게 다가온 죽음의 그림자. 순간 등골이 오싹해진 비서는 사뭇 진지해진 목소리로 물었다.

"그 낌새가 발견된 건 언제쯤입니까. 그날로 디데이를 잡아둔 게 맞아요? 목표는 우리 도하언 대표이사님이 확실하고요?"

그에 따른 대답은 지체 없이 들려왔다. 도 회장이 직접 진두지휘하는 전쟁답게 잔혹함은 타의 추종을 불허했다.

하지만 굳어있던 비서의 입꼬리는 흥미로운 게임을 관전하듯 가볍게 비틀려 올라갔다.

"업체까지 써서 일을 진행시키다니…… 그쪽도 어지간히 마음이 급해진 모양이군요. 우리도 슬슬 움직여야겠어요."

모든 상황을 뒤엎을 수 있는 기회가 찾아왔다.

한 치의 실수조차 허용되지 않는 이번 전쟁은 충분히 부담스러울 법 했지만, 도하언의 충실한 비서는 지금껏 준비했던 계획을 실패했던 적이 없었다.

"교활하고 악랄한 범죄자는 현장체포가 답이죠. 일이 벌어지면 제대로 붙잡아 봅시다."

그는 평소처럼 자신감에 찬 대답을 하며 이메일 함을 열었다.

일요일 오후 11시.

도 회장 측근 수십 명이 금성시 하수처리장에서 대기예정.

방금 전달받은 내용을 그대로 적은 비서는 잠시 고민에 빠졌다. 뒤에 쓸 문장은 정해져있었지만 그걸 어떻게 표현해야할지 좀처럼 감이 잡히질 않았다.

하지만 순화를 시켜봤자 가려지지 않을 악의이니 그는 이내 다시 키보드를 두드렸다.

내일 도하언 이사님은 도선웅 회장에 의해 깔끔하게 살해되실 예정입니다.

아마 이 메일을 받은 그는 조금도 당황하지 않을 것이다. 그 누구보다 이 소식을 기다려왔을 테니.

비서는 수신인에 진절머리 나도록 익숙한 연락처를 추가했다. 연락처의 주인은 다름 아닌 도 회장이 칼날을 겨누고 있는 하언이었다.

송신 버튼을 클릭하기 직전 그는 짧은 문장 하나를 추가했다.

도 이사님의 건투를 빕니다.

딱히 걱정해서 보내는 끝인사는 아니었다.

거칠기 짝이 없는 성질머리를 억누른 채 때를 기다려온 하언은 목줄이 풀린 맹수와 다름없는 상태였으니까.

＊　　＊　　＊

평창동 저택, 짙은 노을이 내려앉은 집무실.

"마지막 진행상황 보고 해."

붉은색 가죽 소파에 앉아 있는 도 회장이 비서실장에게 명령했다. 그는 방금 전 받은 보고 자료를 도 회장에 건네며 건조한 목소리를 늘어놓기 시작했다.

"준비된 하수처리장에 다섯 명, 근처 도로에 열 명. 이렇게 총 열다섯 명의 인원을 배치했습니다. 도하언이 도착하면 무리 없이 일을 시작할 수 있도록 상황점검까지 끝마친 상태입니다."

"깔끔한 처리 가능한가."

"네. 도하언의 죽음이 자살로 마무리 지어질 수 있도록 손발을 맞춰두었습니다. 한남철 형사와도 모든 이야기를 끝냈고, 도하언의 필적으로 유서까지 작성해 뒀으니 걱정하지 않으셔도 됩니다."

"좋아, 역시 일 처리 하나는 마음에 드는군."

도 회장은 선명하게 드리워진 죽음의 그늘이 흡족한지 굳은 입꼬리를 휘어 올렸다. 비록 미소는 부드러웠으나 그 안에서 사람의 온기는 조금도 느껴지지 않았다.

비서는 품에서 휴대폰을 꺼내 손수건으로 닦아 낸 뒤, 도 회장에게로 건넸다.

"도하언 이사는 회장님께서 초대하시는 게 어떻겠습니까, 회장님."

나쁘지 않은 제안이었다. 이제 영영 떠나보내야 할 사람이니 마지막 인사정도는 해 두는 게 좋겠지.

도 회장은 말없이 휴대폰을 받아 들었고 하언의 번호로 전화를 걸었다.

뚜루루루— 뚜루루루—

—어쩐 일이십니까. 제게 연락을 다 하시고.

단조로운 통화연결음이 시작된 지 두 번 만에 들려온 목소리는 여전히 무례했다. 도 회장은 속이 뒤틀리는 듯했으나 끓어 넘치는 적의는 잠시 숨겨두고 태연한 인사를 건넸다.

"오랜만에 목소리를 들어보는구나."

—우리가 자주 연락할 사이는 아니라고 생각합니다.

"그렇다고 해서 할 말이 아주 없는 사이는 아니지. 내게 묻고 싶은 얘기가 많지 않니?"

도 회장은 간접적인 질문으로 하언을 도발했다. 가슴속에 수많은 의심을 품고 있을 하언은 대답 전에 피식, 헛웃음부터 흘려보냈다.

—묻고 싶은 말보단 들어야 할 말이 더 많은 것 같은데…….

"……."

—지금 계신 곳이 어디십니까.

역시 앞뒤 가리지 않는 성격이라 달려드는 일에 스스럼이 없다.

이런 성격 덕분에 하언은 살얼음판 같은 회사 내에서도 꿋꿋이 버텨 낸 것이겠지만, 오늘만큼은 제 명줄을 단축하는 실수가 되어

버렸다.

"글쎄다. 파주 쪽으로 출장을 나와 있어서 말이다. 이 주변으로 올 수 있겠니? 워낙 외진 곳이라 이야기 할 곳이 마땅치 않으니 적당히 조용한 곳으로 알아보마."

그리 묻는 도 회장은 잔악한 미소를 짓고 있었다. 그에게서 느껴지는 살기는 그 어느 때보다도 짙었다.

─원하시는 장소로 가도록 하죠. 계신 곳을 알려주기나 하세요.

물론 그걸 알 리 없는 하언은 느긋한 반응만을 내비쳤다.

그 고고한 태도가 엉망진창으로 흐트러지는 일도 머지않았다. 피투성이가 된 채 자신의 발밑에서 마지막 숨을 내뱉을 그를 상상하니, 솟구치는 희열을 감출 길이 없다.

"그래, 곧 주소를 보내주도록 하지. 그럼 저녁 7시에 만나는 걸로 하자꾸나."

도 회장은 한껏 상기된 목소리로 통화를 마무리 지었다.

하언은 대꾸도 하지 않고 전화를 끊었다. 그건 도 회장이 탐탁지 않게 여기던 행동 중 하나였지만, 오늘 만큼은 아무래도 좋았다.

어차피 제 손으로 꺼트려야 할 불빛.

작별 인사는 일말의 동정심조차 들지 않을 만큼 정 없이 주고받는 편이 좋을 테니.

"도선웅 회장의 연락입니까."

운전석이 앉은 비서가 뒷자리 하언에게 물었다. 하언은 휴대폰을 집어넣으며 담담한 대답을 내뱉었다.

"그래, 저녁 일곱 시. 장소는 들으나 마나 어제 니가 보고 받았다던 하수처리장이겠지."

"이사님의 무덤치곤 초라하네요."

"그 점이 가장 기분 더러워."

이미 죽음을 예고 받은 하언이었으나 그는 조금도 두려워하는 기색이 없었다.

체념한 것도, 해탈한 것도 아니었다. 예리한 빛을 내는 그의 눈동자는 확신으로 가득 차 있다.

"아직 두 시간 정도 여유가 있네요. 차에 앉아 있기 힘드시면 사무실에 올라가 계세요."

비서는 이미 목적지를 설정해 놓은 네비게이션의 경로를 확인하며 하언에게 말했다. 그러나 하언은 다리를 꼰 채 휴대폰을 꺼내는 것으로 대답을 대신했다. 전쟁 당일, 느긋하게 긴장을 풀고 있는 것보다 안일한 짓이 없었다.

"긴 싸움을 앞두고 있는데 좀 쉬시지 그러세요."

"쉴 틈 없어. 나현규 검사한테 상황보고도 해야 하고."

"어차피 도 이사님이 위기에 빠지는 순간 우르르 들이닥치면 끝일 텐데요."

"검찰 쪽에 도 회장이랑 손 잡은 인간들이 한둘인 줄 알아? 그 사람들 눈 피해서 움직이려면 신중해야 해."

하언은 까칠한 대꾸와 함께 휴대폰 연락처 속 나현규 검사의 번호를 찾았다. 상황이 상황이니 만큼 손가락을 움직이는 그의 표정은 제법 심각했다.

비서는 백미러를 통해 그 모습을 지켜보다가 슬쩍 고개를 돌렸다.

벌써 3년째 손발을 맞추고 있는 파트너였으나 가끔 하언 혼자만 고군분투 하고 있다는 느낌을 지울 수가 없었다.

평소엔 자신을 믿고 이런저런 부탁을 꺼내놓다가도, 이렇게 중대한 순간마다 결국엔 혼자 모든 일을 짊어지려 하니.

"이사님."

비서가 그를 부르자 하언은 휴대폰에서 시선을 떼지 않은 채 살짝 고갤 들었다. 비서는 그의 매끈한 얼굴을 물끄러미 바라보다가 조심스러운 질문을 던졌다.

"누군가에게 목숨이 위협받는 기분은 어떻습니까?"

"갑자기 그건 왜 물어."

"그냥 뭐…… 저도 살면서 척을 많이 지고 산 편인데 이사님은 스케일이 달라서요."

그리 묻는 비서는 하언을 걱정하는 게 분명했다. 하언은 그가 무엇을 불안해하는지 알면서도 실웃음만 흘려보낼 뿐이었다.

아무것도 두렵지 않은 척. 아무것도 걱정되지 않은 척.

"꼬박 20년 동안이나 죽음의 공포에 시달려왔는데, 지금 내 목숨이 위험해졌다고 해서 별다를 게 있을 것 같아?"

"그야 그렇지만……."

"누가 날 죽이려고 하든 말든 신경 안 써. 인생 중후반기에 목표 하나쯤 만들어둘 수 있지, 뭐."

장난스러운 그의 태도는 다소 무방비해 보였다.

그러나 비서는 그 모습마저 강인해지기 위한 필사적인 노력이라는 걸 알고 있었다. 이쪽에서 비서가 해 줄 수 있는 말은 진심이 담긴 약속이 전부였다.

"도 이사님 뒤는 제가 잘 봐드리겠습니다. 그쪽에서 손끝을 뻗기도 전에 상황을 정리해 버릴 테니 걱정하지 마세요."

진지하게 흘러나온 비서의 말에 하언은 눈동자를 그에게로 옮겼다.

예전에 꽤나 거칠게 살았다더니, 중대한 싸움을 앞두었으면서도 비서의 얼굴엔 긴장한 기색 따윈 없었다.

"걱정 안 해. 그럴 시간도 없고."

하언의 대꾸는 가벼웠지만 그 안에선 무게감 있는 신뢰가 느껴졌다. 비서는 다시 자신에게서 시선을 떼어 내는 하언을 물끄러미 바라보았다. 걱정은 아직 완전히 가시지 않았으나 그는 하언을 따라 마음을 내려놓기로 했다.

"하긴. 도 이사님 목숨은 저승사자라도 쉽게 손대지 못할 겁니다. 일찍 모셔갔다가는 그 뒷감당 어떻게 하겠어요."

비서의 장난스러운 멘트는 하언의 눈초리에 언뜻 미소가 얹히게 만들었다.

"알면 똑바로 해. 조금이라도 실수해서 내 목숨 아작 났다간 너도 같이 저승으로 끌려갈 줄 알아."

그가 내뱉는 무서운 협박은 함께 힘내보자는 응원과 다름없었다. 고개를 끄덕이는 비서의 눈빛이 한결 단단해졌다.

도 회장의 계획이 시작되었다.

그 소식을 전달받은 것만으로도 설아의 불안은 거세졌다. 도 회장이 손에 들린 칼날의 길이 때문이었다.

그는 하언의 목숨만 처리할 것이라고 말하지만 유현도 위태로워지는 건 마찬가지였다.

어차피 친자식도 아닌 아들. 도 회장은 그에게 경영권을 넘기고 설아와의 정혼을 추진하겠다고 말했으나 현실가능성은 조금도 없었다.

제 욕망을 위해서 친형도 제거해 버린 인간이니, 하언이 사라지고 난 뒤에 그 사람마저도 잘라내 버리고 모든 권력을 독식한다고 해도 이상할 게 없었다.

'도하언은 일곱 시 경 준비된 장소에 도착할 예정입니다.'

'그럼 적어도 여덟 시쯤엔 상황이 정리 되겠군요.'

'도하언 말고도 사사롭게 처리해야 할 일이 많습니다. 일이 언제 정리될지 정확히 알 수 없으니, 보고는 내일 오후에 총괄적으로 전달드리도록 하겠습니다.'

모든 계획을 진행시키는 도 회장 쪽 비서실장과 나누었던 대화는 불길한 미래에 확신을 더했다.

인적 없는 하수처리장에서 사람 하나 떠미는데 오랜 시간이 필요하진 않다. 어차피 자살로 위장할 살인 사건, 하언의 목숨을 끊어낸 자리에 준비된 유서 한 장만 두고 오면 끝나는 일이다.

그런데도 불구하고 오랜 시간이 걸릴 거라 예상한다는 건, 하언을 제거한 뒤에 처리할 사사로운 일이 보다 까다롭고 위험한 작업일 것이라는 뜻.

설아는 도 회장의 음험한 계획에서 풍겨지는 피비린내가 유현의 것이라는 의심을 지우지 못하겠다. 그걸 눈치채버린 이상, 더 이상 두 손을 놓고 있을 순 없을 것 같다.

쥐고 있던 휴대폰으로 시선을 내린 설아는 이 날을 위해 준비해 둔 일을 실행에 옮기기로 했다.

그녀는 연락처에 저장해 둔 번호 하나를 선택했고, 짧은 메시지를 서슴없이 적어 내려갔다.

[여울 씨, 오늘 꼭 해야 할 얘기가 있어요. 잠깐 만날 수 있을까요? 지금 서울역에서 기다리고 있어요.]

여울을 적대시하는 그녀와는 전혀 어울리지 않는 데이트 신청.

설아는 발신인의 번호를 자기 것이 아닌 다른 번호로 바꾸었다. 그리고 전송버튼을 누를 때쯤 입술을 꼭 깨물었다.

쓸데없이 촉이 좋은 여자라는 건 잘 알고 있지만, 이번만큼은 경계심을 순순히 풀어주기를 바라며.

그런 뒤 곧바로 전화를 거는 상대는 유현의 번호였다.

뚜루루루— 뚜루루루— 뚜루루루—

지루하게 반복되는 통화연결음은 그녀의 연락을 피하고 싶어 하는 그의 마음을 노골적으로 드러냈다.

하지만 늘 그래왔듯, 무슨 짓을 저지를지 모를 설아가 불안해서라도 매몰차게 거절하지 못하는 그 사람은 통화버튼을 누른다.

—……여보세요.

흐리게 들려오는 목소리는 어둡고 낮았다. 한때 그녀를 향해 웃어주던 얼굴과 전혀 매치할 수 없을 정도로.

"유현 씨, 지금 시간 있어?"

설아는 평소처럼 강한 어조로 첫 마디를 꺼냈다. 긴 한숨을 내쉰 유현은 단호한 대답을 내뱉었다.

―이러지 말자. 설아야. 우린 되돌아갈 곳도 없다는 거 잘 알잖아.

온화한 그의 성격이 묻어 나오는 말은 언뜻 설득처럼 들렸다. 그러나 설아는 알고 있었다. 그는 지금 온힘을 다해 그녀를 거부하는 중이라는 것을.

"나를 위해 쓸 수 있는 시간을 묻는 게 아니야. 유현 씨 번호로 차여울한테 데이트 신청해 뒀거든."

―뭐……?

"당장 서울역으로 가. 차여울 죽는 꼴 보기 싫으면."

일부러 꺼내놓은 거친 협박은 유현을 자극하기에 충분했다. 설아의 입에서 여울의 이름이 꺼내지는 순간 가슴이 내려앉은 유현은 무기력한 목소리에 날을 세웠다.

―지금…… 뭐하자는 거야?

"말했잖아. 도하언이 위험해질 거라고."

―…….

"오늘이 도하언을 처리하는 날이거든. 도 회장의 개들은 이미 움직이기 시작했고, 그쪽 일 다 정리되면 차여울을 노릴 거야."

―그게 무슨…….

"그러니까 그 여자가 도하언이랑 같이 묻히는 꼴 보고 싶지 않으면, 지금 당장 안전한 곳으로 피신시켜."

설아는 담담하게 여울의 위험을 알렸다.

물론 도 회장이 그녀까지 노리고 있는지는 알 길이 없으나, 유현은 그의 목숨이 위험하다고 백 번 알려줘 봤자 무기력하게 앉아 체념만 하고 있을 게 분명했다.

유현은 한동안 잠잠한 숨만 내쉬었고 이내 다시 입술을 열었다.

—멈춰, 그럼.

설아 앞에서 처음으로 선보인 명령조.

지금껏 보지 못했던 그의 단호한 태도에 설아는 더 이상 말을 잇지 못하고 얼어붙었다. 하지만 그 침묵이 거절의 의미라고 생각한 유현은 금세 흐려져 버린 한 마디를 힘겹게 덧붙였다.

—니가 나서서 하언이한테 손끝 하나 못 대게 만들어. 멈춰주기만 하면…… 다시 너의 곁으로 돌아갈게.

"……."

—벗어나려고 하지도 않을게. 예전처럼 곁에서 니가 원하는 대로 다 해 줄게.

이어지는 건 너무 달콤해서 심장이 아린 기회였다.

설아는 당장이라도 수락해 버리려는 입술을 비릿해질 때까지 힘주어 깨물었다.

—그러니까 멈춰. 도하언을 지켜내.

유현은 한 번 더 간절히 부탁했으나 설아는 그가 원하고, 그녀도 원하는 대답을 해 주지 못했다.

도하언을 지키기 위해 도 회장의 뜻을 거스르는 순간, 그의 제거 대상은 곧바로 당신이 되어 버릴 테니.

어떠한 대답도 섣불리 꺼내놓을 수 없게 된 설아는 주어진 선택지를 끝도 없이 곱씹었다.

당신을 되찾을 것인가. 당신을 지켜낼 것인가. 어차피 갖지 못하게 된 당신이니 차라리 존재 자체가 사라져 버리는 편이 낫지 않을까.

그동안 채워지지 않는 갈망에 몰두한 나머지, 그를 상처 입히고 부서트려서라도 손에 넣겠다 결심했던 그녀는 처음으로 정답을 찾아 헤매고 있다.

흉측하게 일그러지고 삐뚤어진 채 집착이 된 줄도 모르고 썩혀온 사랑. 모든 것이 잘못 뿐인 그 안에서 유일하게 순수했던 때와 변하지 않은 마음은 그를 지켜내겠다는 다짐이었다.

'피아노 잘 치네.'

'뭐하러 손을 숨겨. 손가락 길고 예쁜데.'

처음 그가 말을 건네주었을 때도.

'나는 모질지 못해서 죽지도 못할 거래.'

'무서워. 정말 무서워서 미치겠어, 설아야…….'

처음 그의 눈물을 닦아 주었을 때도.

추악한 욕망으로 더럽혀진 지금 이 순간조차도 그녀의 다짐은 퇴색되지 않았다. 모양은 형체를 알 수 없을 만큼 엉망이 되어 버렸을지라도 본질만큼은 온전히 같다.

'당신을 지켜야겠어. 그 누구도 당신을 상처 입히지 못하게. 당신만 지켜낼 수 있다면 나는 영원히 수그러들지 않을 원망을 사도 좋아.'

초심에서 답을 찾은 설아는 핏기 밴 입술을 잇새에서 풀어놓았다. 그러고선 숨을 깊이 들이마셨다.

쓰디쓴 대답을 품은 가슴은 목소리를 내기도 전에 아프게 저려

왔다. 하지만 늘 그래왔듯 그에게 상처받지 않는 척, 조금도 동요하지 않는 척.

"내가 왜 그래야 해?"

그녀는 매정한 반문을 던졌다. 점점 차가워지는 유현의 숨결을 느끼면서도 독한 말을 이어 나갔다.

"도하언만 없어지면 경영권은 유현 씨 손으로 넘어가게 될 거고, 그럼 난 굳이 유현 씨가 선심 쓰지 않아도 당신을 가질 수 있는데."

—유설아…….

"그 여자가 살 기회를 주는 건 유현 씨한테 베푸는 마지막 배려야. 겨우 유현 씨와 공식적인 사이가 되었는데, 첫사랑 따라 죽기라도 하면 큰일이잖아."

—……

"그러니까 자연스럽게 행동해. 이왕이면 정말 데이트 하는 것처럼. 혹시라도 차여울이 수상한 낌새 느끼고 내 일 그르쳤다간, 그 자리에서 명줄 끊어 버릴 테니까."

설아는 일부러 여울을 향해 매서운 적의를 드러냈다.

삶의 의지가 없는 그는 자신이 아닌 여울의 목숨이 겨누어져야지만 이 세상에서 가장 안전한 피난처를 찾아 떠날 사람이었다.

"다시 한 번 말하지만 장소는 서울역이야. 지금 당장 출발하는 게 좋을걸?"

마지막 재촉을 끝마친 설아는 유현의 대답을 듣지도 않고 전화를 끊었다.

사실 듣지 못했다고 표현하는 게 맞을 것이다.

방금 전 고의적인 협박을 내뱉으며, 그녀는 그의 마음이 완전히 닫혀버렸음을 느꼈으니.

닫힌 문을 굳이 확인하고 싶진 않다. 착한 당신이 내게 쏟아 내는 말을 듣고 싶지도 않다.

"하아……"

설아는 긴 한숨을 내쉬며 휴대폰을 바닥에 떨어트렸다.

그리고 눈가가 뜨거워지기 전에 차가운 두 손으로 얼굴을 감싸 쥐었다.

이젠 난 영영 볼 수 없을 당신의 미소를 추억 속에서라도 되새기고 싶은데.

아무것도 되새기지 못하겠다. 찰나조차 잊지 못하고 있는 우리의 순간들 중 당신이 나를 향해 웃어줬던 순간은 단 하나도 없어서.

그토록 사랑했던 당신의 미소가 돌이키기도 싫어진다. 절망을 감추기 위해 억지로 들어 올린 입꼬리는 도저히 봐줄 수 없을 만큼 안쓰러웠다.

미련과 집착으로 얼룩진 통화가 겨우 끝났다.

휴대폰을 귓가에서 떼어 내고 미열이 남은 액정을 들여다보니 그 사람의 문자가 도착해 있었다.

[무슨 일 생겼어요? 나 우선 지금 집에서 나왔으니까 근처 카페 들어가서 연락 줘요! 사십 분 정도는 걸릴 거야!]

언제나 다정한 그녀는 설아가 보낸 문자를 확인하자마자 뒤도 안 돌아보고 출발한 모양이다.

언제까지고 걱정을 끼치는 일도 지쳤다. 이제부터라도 더 이상 누군가의 짐이 되고 싶지 않다.

유현은 자신의 연락이 아니라고 해명할까 했지만 관두었다. 이곳에 있다간 그녀가 위험해질 테니 우선은 최대한 멀리 벗어나게 해야 할 필요가 있었다.

베란다 쪽으로 다가간 유현은 아래를 내다보았다. 추운 날씨에 비해 얇게 입고 나온 여울은 마침 아파트 단지에서 나와 빠른 걸음을 재촉하는 중이었다.

유현은 당장 그녀를 따르고 싶었으나 곧바로 실천에 옮기지는 못했다. 하언의 목숨과 여울의 목숨이 동시에 위태로워진 지금. 누군가를 따라나선다면 다른 누군가는 죽음을 면치 못할 터였다.

"아……."

옅은 신음을 흘린 그는 지친 눈꺼풀을 내리감았다. 그리고 필사적으로 자신이 할 수 있는 일을 생각했다.

악의를 품은 자들 앞에 무릎을 꿇을까. 제발 이러지 말아달라고 애원하고 매달려볼까.

하지만 그런 방법들은 더 이상 해결책이 될 수 없었다. 지금껏 유현에게 받아 온 상처들은 그들에게 무릎을 꿇거나 애원하지 않아서 생겨난 것이 아니었다.

결국 할 수 있는 일이 무색해졌다면 하고 싶은 일들 중에서 하지 못할 일들을 추려내는 수밖에.

'여울 씨를 지키고 싶어.'

가장 먼저 떠오른 욕심은 역시나 그녀를 향해 있었다.

그건 하고 싶은 일이기도 했으나 충분히 할 수 있는 일이었다. 이젠 바스라질대로 바스라져 버린 몸뚱이라고 해도, 그녀가 뒤에 있는 이상 쓰러지지 않을 자신이 있었다.

하지만 아무리 하고 싶다 해도, 어떻게든 해낼 수 있는 일이라고 해도.

'유현 씨가 새 보금자리를 찾을 때까지 숨을 곳 정도는 빌려줄게.'

유현은 결코 여울의 뒤를 벗어나지 못한다.

'갈 곳 없다고 죽으려하지 말고 잠깐만 내 뒤에 숨어 있어.'

자신에게 허락된 자리가 어디인지 아는 이상, 그는 절대 그 이상을 넘어서려 해선 안 됐다.

결국 유현이 해야 하고, 할 수 있고, 해도 되는 유일한 해결책은 단 하나. 여울의 앞에 설 자격이 되는 하언이 그녀 곁에 도착할 때까지 무사할 수 있도록 지켜 주는 일 뿐.

지금껏 모든 짐을 혼자 짊어지고 싸워 온 하언이었다.

유현을 외면하려 했지만 정작 벼랑 끝까지 몰렸을 땐 제 모든 걸 포기하고서라도 지켜 주려 했고, 유현의 존재를 달가워하지도 않으면서 자신이 할 수 있는 한 최선을 다해 책임지려 했다.

그래, 나는 그런 너를 지켜야겠다. 내가 쏟아지는 화살을 가로막고 있는 동안 넌 그녀를 지키러 떠날 수 있게.

유현은 베란다에서 등을 돌렸다. 그리고 굳건한 걸음을 움직였다.

그의 발길이 향하는 곳은 평소 문 한 번 두드리는 것조차 어려워했던 하언의 방이었다.

유현은 머릿속으로 하언이 즐겨 입던 옷차림, 하언의 걸음걸이,

하언의 숨소리를 떠올렸다.

오직 하언의 목숨만을 원하는 맹수들이 조금의 의심도 하지 않고 공격할 수 있도록, 그는 오늘 밤 완벽한 도하언의 모습으로 거듭나야만 했다.

지금 내린 결정은 스스로에겐 잔혹했으나 마땅히 내려야 할 결단이었다.

미처 준비하지 못한 삶의 마지막 날.

떠오르는 얼굴은 오직 한 사람뿐이었다. 그녀와의 작별 인사를 준비하는 유현의 입가에 쓰디쓴 미소가 얹혔다.

"시간 됐으면 출발할까."

차창 밖의 하늘이 저물어갈 무렵, 하언이 낮은 목소리로 명령했다.

"알겠습니다, 도 이사님."

지금껏 대기 중이었던 비서는 긴장감 어린 표정으로 대답했고 차키를 돌려 시동을 걸었다.

웅장한 엔진소리가 차 안을 메우자 오늘 치러야 할 전쟁이 실감나기 시작했다. 두 손으로 핸들을 붙잡은 비서는 살짝 몸을 틀어 하언을 바라보았다.

"저…… 도 이사님."

그리고 마지막으로 조심하라는 당부를 전하기 위해 말문을 열었다.

지이이잉— 지이이잉—

딱 그 타이밍에 하언의 손에 들린 휴대폰이 전화수신을 알렸다. 비서를 마주 보고 있던 하언의 눈길이 곧장 휴대폰으로 옮겨 붙었다.

"잠시만."

"아, 예. 통화하십쇼. 일단 출발하겠습니다."

하언은 방금까지도 이번 일에 관해 대화를 나누었던 나 검사일 것이라 예상했다.

시간이 되었으니, 내가 출발했는지 확인하려는 거겠지.

하지만 매끈한 액정 위에 떠오른 이름 석 자는 좀처럼 연락 올 일 없는 사람의 것이었다. 게다가 그는 지금 하언이 처한 상황을 모르고 있을 터라 더더욱 이 전화가 불안하게 느껴졌다.

하언은 통화버튼을 눌렀고 휴대폰을 귓가에 가져다 댔다.

"도유현, 왜."

때가 때이니 만큼 하언의 말투엔 다소 날이 서 있었다. 그러나 유현은 조금도 신경 쓰이지 않는다는 듯 그에게 물었다.

─어디야?

"급한 미팅이 생겨서 금촌 내려가는 중이야.

─금촌이라면…… 아버지가 부르셨겠네. 하수처리장으로.

오랜 시간 도 회장의 아래 있었던 유현은 목적지를 듣자마자 딱히 말해 줄 생각 없었던 부분까지 꿰뚫어 보았다.

하언은 유독 낮아진 유현의 온도를 느끼며 일부러 여유로운 대답을 내뱉었다.

"증거 받아내러 가는 거니까 쓸데없는 걱정할 필요 없어."

─가지 마, 하언아. 직접적으로 상대했다간 너만 위험해질 거야.

"상대 안 하고 가만히 있어도 위험해지는 건 마찬가지야. 내가 얌

전하게 군다고 해서 도선웅이 날 살려 줄 것 같아?"

하언은 앞길을 만류하는 유현에게 날카로운 반박을 던졌다.

─그래도…… 그래도 가지마. 지금은 안 돼.

하지만 그리 붙잡는 유현의 고집도 만만찮았다. 그는 필사적으로 하언의 앞길을 가로막으려 하고 있다.

"뭐 때문에 그러는데."

하언이 낮게 묻자, 휴대폰 너머의 유현은 흐린 숨을 들이마셨다. 그리고서 꺼내놓는 건 뜻밖의 이야기였다.

─여울 씨가 지금 서울역에 있어. 내 문자를 받고 나갔다는데 난 여울 씨한테 그런 연락을 보낸 적이 없어. 그럼 누가 그 사람을 불렀을 거라고 생각해?

"갑자기 그게 무슨 소리야."

─상황 알아챘으면 지금 당장 차 돌려서 여울 씨한테 가. 뻔한 수작에 속아 넘어가지 말고.

하언의 발길을 돌리는 유현은 어울리지 않게 단호했다.

하언은 잠시 입을 닫은 채 아무런 말도 하지 않았다. 순식간에 복잡해져 버린 머릿속은 잘 세워 둔 계획마저도 헝클어지게 만들었다.

─넌 여울 씨 지키는 것만 신경 써.

"……."

─니 사람이잖아…….

이어진 유현의 목소리엔 영문 모를 두려움이 담겨져 있었다.

하언은 그 이유를 묻고 싶었으나 유현은 그럴 시간도 주지 않고 전화를 끊었다. 걸려왔던 때처럼 참으로 일방적인 마무리였다.

하언은 휴대폰을 귓가에서 떼어 냈고 긴 한숨을 내쉬었다.

"차여울……."

낮게 흘러나온 그녀의 이름에 운전 중이던 비서가 관심을 두었다.

"왜 그러십니까? 혹시 그분께 무슨 일이 생기셨나요?"

아직 무슨 일이 생기진 않았을 거다. 만약 그랬다면 차시울에게서 먼저 연락이 왔을 테니까.

하언은 곁에 놓아두었던 가죽가방에 휴대폰을 집어넣으며 비장한 명령을 내렸다.

"서울역으로 차 돌려."

이때껏 도 회장과의 담판을 기다려왔던 그의 예상치 못한 명령. 백미러를 통해 그를 마주한 비서의 눈빛에 의아함이 어렸다.

"어휴, 대체 어디에 있는 거야. 전화도 안 받고……."

사람들이 붐비는 서울역.

여울은 휴대폰을 바라보며 한숨을 내뱉었다. 유현의 부름을 받고 한걸음에 달려왔건만, 그는 어디에도 없었다.

여울은 부재중만 수차례 찍혀 있는 통화목록을 훑어보았다. 다시 통화버튼을 눌러볼까 했으나 또 받지 않으면 걱정만 더 늘어날 게 뻔했다.

"분위기 상 안 좋은 일인 것 같은데……."

여울은 그가 보낸 문자를 다시 읽어 내려갔다. 그녀를 부르는 짧은 문구에는 무시할 수 없는 불길한 기운이 서려 있었다.

여울은 한탄 섞인 숨을 내뱉으며 긴 머리를 쓸어 올렸다. 바로 그때.

"여울 씨!"

드넓은 서울역 한복판, 붐비는 사람들 속에서 그가 모습을 드러냈다. 그녀를 '여울 씨'라고 부르며 다가올 사람은 딱 한 명밖에 없는데.

"······하언 씨?"

그녀는 어쩐지 흐릿한 실루엣을 하언이라고 착각했다.

"많이 기다렸죠."

"아아······ 유현 씨구나."

아마도 유현의 옷차림 때문인 것 같다.

하언의 짙은 회색 후드티와 검은 점퍼, 그리고 검은 모자를 푹 눌러쓴 그는 평소와 전혀 다른 분위기이다.

이목구비가 또렷하게 보일 만큼 가까워지고 나서야 유현을 제대로 알아본 여울은 걱정했던 만큼 핀잔부터 내뱉었다.

"사람이 왜 그래요? 그렇게 의미심장한 문자 하나 덜렁 보내놓고 연락도 없이 안 오면 내가 걱정을 하겠어요, 안 하겠어요?"

"미안해요."

"게다가 날씨도 이렇게 추운데······!"

"그것도 미안."

여울은 아직 분을 삭이지 못했지만 좀 더 그를 나무라지 못했다.

"정말 미안해요. 매일 걱정만 시켜서······."

마주한 유현에게서 전해지는 불안감 때문이었다.

애써 괜찮은 척 웃고 있는 그의 눈빛은 바람 앞 촛불처럼 흔들거리고 있다. 이제 유현이 숨기는 대부분의 감정들을 읽을 수 있게 된 여울은 긴장한 그를 용케 눈치챘다.

"아직 저녁 안 먹었죠? 무슨 얘기든 일단 밥부터 먹고 하자."

여울은 찡그렸던 미간을 풀어내고 서울역 출구를 향해 몸을 돌렸다.

"잠깐만."

그러나 한 발자국을 떼어 내기도 전에 차가운 유현의 손이 와 닿았다. 틀어졌던 여울의 시선이 다시 그에게로 옮겨 붙었다.

"응? 왜?"

강제로 멈춰 선 여울이 묻자 유현은 등에 매고 있던 가방에서 무언가를 꺼냈다. 이제 보니 그 가방도 하언이 출근할 때 매던 가죽 가방이었다.

"유현 씨 짐 누가 가져갔어요? 왜 옷이랑 신발이랑 가방까지, 죄다 하언 씨 거야?"

여울은 아까부터 생겨났던 의문을 참지 못하고 물었다.

하지만 유현은 별 대답을 하지 않았다. 가방에서 꺼낸 폭신한 목도리만 건넬 뿐.

"이거, 내 목도리."

"……."

"내가…… 해 줄까요?"

유현은 부드럽게 제안했으나 여울의 귀에는 간절한 부탁처럼 들려왔다. 여울은 그의 손을 물끄러미 바라보다가 고개를 끄덕였다.

그러자 기다렸다는 듯 손을 뻗는 유현은 전보다 더 위태로워 보였다. 제발 그만 웃으라 애원하고 싶을 만큼, 그는 안쓰러울 정도로 괜찮아 보이려 노력하고 있다.

"유현 씨…… 무슨 일 있는 거예요?"

여울은 그가 목도리를 둘러 주는 동안 넌지시 질문을 던졌다.

하지만 대답해 주지 않으리라 예상했다. 이렇게 가까운 거리에서 조차 그는 그녀의 시선을 피하려 안간힘을 쓰고 있으니.

"대체 무슨 일……."

"다 됐다."

한 번 더 묻기도 전에 깔끔하게 떨어져 나간 그의 손길.

힘없이 늘어져 있던 유현의 긴 속눈썹이 들어 올려졌다. 다시 그와 마주 보게 된 여울은 어떤 표정을 지어야 할지 혼란스러워졌다.

유현은 옅은 숨을 들이쉬었고 깊은 한숨으로 내쉬었다.

그리고 무언가를 손에 꼭 쥐어 주었다.

"곧 하언이가 올 거예요. 그때까지 어디가지 말고 여기서 꼭 기다려요."

"유현 씨……."

"오늘 하루 종일 기다리게 해 놓고 또 기다리라는 말해서 미안해요. 그래도 하언이는 늦지 않을 거예요. 나랑 다르게……."

"……."

"아무 데도 가지 말고 여기 있어요. 목도리는 돌려주지 않아도 되니까 신경 쓰지 말고."

그건 명백한 작별 인사였다. 그것도 영원히 돌아오지 않을 사람이 건네는 세상에서 가장 아련한 작별 인사.

여울은 많은 것을 묻고 싶어졌다. 하지만 어떤 걸 어떻게 물어야 할지 하나도 몰라서 묻지 못했다.

유현은 그녀에게 마지막으로 입꼬리를 들어 올려 미소 지었고, 천천히 등을 돌렸다. 한 걸음 한 걸음 멀어지는 발걸음은 무리한다고 여겨질 정도로 무거웠다.

"유현 씨."

여울은 불안감에 잠겨버린 목소리로 그를 불렀다. 유현은 속도를 늦추지도 않고 고개를 돌리지도 않고 그렇게 멀어지기만 했다.

"유현 씨! 어디 가는 데요!"

한 번 더 그를 붙잡는 여울의 목소리는 답답한 만큼 커졌다. 사람들의 시선이 하나둘 몰리기 시작했으나 여울은 하나도 신경 쓰지 않았다.

"이렇게 도망치듯이 가면 나는 나쁜 생각 밖에 안 든단 말이야! 또 어디서 떨어지려고 다 포기한 사람처럼 걸어 가!"

"……"

"제발 사람 걱정시키지 좀 마!"

여울의 외침은 결국 원망이 되어 버렸다. 그녀는 예전에도 본 적 있던 뒷모습을 이대로 외면할 수 없었다.

유현은 그녀의 음성에 물기가 어리기 시작하자 느슨해지던 걸음을 가만히 멈추었다. 규칙적으로 움직이는 어깨를 보니 숨을 고르는 중인 것 같았다.

"당장 이리 와."

"……"

"내가 알아들을 수 있게 왜 나를 불렀는지, 왜 늦었는지, 왜 이런 식으로 가는 건지 제대로 설명해."

그런 그에게 여울이 꺼낸 말은 완강한 명령이었다.

이 순간, 그녀는 상처가 너무 많아 늘 대하기 조심스러웠던 유현을 강압적으로라도 붙들어놓고 싶다.

"하아……."

남몰래 서러운 숨을 토해 낸 유현은 다시 몸을 여울 쪽으로 돌려 세웠다. 그리고 이내 빠른 걸음을 움직였다.

떠났던 자리로 돌아온 그는 언제나 그리워하기만 했던 여울의 몸을 처음으로 망설임 없이 품에 넣었다.

"앗……!"

놀란 여울은 갑작스럽게 다가온 그를 밀어내지도 못했다.

그렇게 눈동자만 크게 치켜뜬 채 얼어붙어 있으니, 유현은 두 팔에 들어간 억센 힘과 대비되는 부드러운 목소리를 나직이 흘려보냈다.

"포기하는 거 아니야."

"……."

"내가 가야할 곳을 찾아가려는 거야."

머물 곳이 없어서 슬퍼하던 그가 제 발로 찾아가는 곳.

여울은 그곳이 어디인지 감도 잡히지 않았다. 그러나 유현은 되물어볼 새도 없이 한 번도 꺼내놓은 적 없던 고백을 이어 나갔다.

"여울 씨는 내 인생에서 처음으로 만난 빛이었어요. 닿을 수 없고 잡을 수 없어도…… 곁에 있는 동안 정말 행복했어요."

"……."

"앞으로도 그렇게 밝게 빛나 줘요. 저 멀리서도 찾을 수 있게."

"유현 씨……."

"……바라보는 것 정도는 해도 되잖아."

고집스러운 부탁을 마친 유현은 천천히 그녀를 놓아 주었다. 어느새 엉망으로 젖어 버린 그의 눈가엔 감정이 덕지덕지 묻어 있었다.

여울은 아직 피부에 남은 온기를 느끼며 말없이 유현을 바라보았다.

불안은 더욱 짙어지고 걱정은 더욱 커져간다. 하지만 내 눈앞에 있는 당신은 이미 무너져 버린 마음을 들키지 않으려 발악하는 것처럼 보여서, 이젠 더 이상 붙잡지도 못하겠다.

"고마웠어요."

두 번째 건네진 그의 마지막 인사는 그 많은 미련을 어디에 감췄는지 모를 만큼 군더더기 없었다.

여울은 도망치듯 멀어지는 그를 지켜보았고, 애처로운 그림자까지 모두 사라지고 나서야 그가 무언가를 쥐어 주었던 손으로 고갤 내렸다.

부산으로 향하는 기차표 두 장. 얼마나 오랜 시간 꼭 쥐고 있었는지, 구깃하게 접힌 자국이 그녀의 마음을 할퀴어 놓았다.

드디어 시간이 되었다.

집무실 책상 앞에 앉은 설아는 숫자 '7'에 정확히 향해 있는 손목시계의 시침을 보며 싸늘한 숨을 토해 냈다.

10분 전부터 도 회장에게선 몇 차례 전화가 걸려왔으나, 그녀는 일부러 받지 않았다. 오늘부로 광기가 되어 버린 집착을 정리하려는 그녀는 더 이상 그와 내통할 이유가 없었다.

물론 도 회장은 분노하겠지만 이젠 아무래도 좋았다.

어차피 한 시간 전, 경호실장으로부터 유현이 서울역으로 향했다는 보고를 받았으니.

만일 도 회장이 그 뒤를 따르려 한다면 이때를 위해 간직하고 있던 무기를 빼어 들 생각이다. 그녀가 힘겹게 놓아준 그 사람은 이제 그 누구에게도 얽매이지 않고, 반드시 행복한 삶을 살아야 한다.

설아는 책상 위에 놓아두었던 휴대폰을 들었고 조심스러운 손끝으로 사진첩을 눌렀다.

함께 하던 시간 동안 모아 둔 유현의 사진 폴더.

작게 떠오른 썸네일 만으로도 가슴이 무너져 내려서 다시 보지 않고 통째로 삭제해 버리기로 했다. 이래봤자 그녀는 그 사람의 어떤 것도 잊어버리지 못할 테지만.

과감히 삭제 버튼을 누르려던 그때.

♩♪♫— ♩♪♫—

경호실장으로부터 전화가 도착했다. 유현의 소식일 거라 예상한 설아는 곧바로 통화버튼을 눌렀다.

"유현 씨가 벌써 부산에 도착했을 리는 없고…… 무슨 일이야?"

그녀는 제발 아무 일도 없기를 바라며 물었다.

—그, 그분을 놓쳤습니다!

곧바로 되돌아온 경호실장의 대답엔 당황한 기색이 역력했다.

"놓치다니?"

―서울역에 도착한 것까진 확인했습니다만, 그 뒤로 차여울만 남겨 두고 사라졌습니다. 현재 위치를 추적해 본 결과 파주 쪽으로 이동하는 듯한데…….

"……뭐?"

끔찍한 절망에는 더 이상의 설명이 필요치 않았다.

얼굴이 하얗게 질려버린 설아는 곧바로 차키부터 챙겨 들고 자리에서 일어났다.

아니야, 라고 외면해 보지만 그럴수록 선명하게 떠오르는 당신의 최후.

설아는 피가 나도록 입술을 깨문 채 다급히 집무실을 뛰쳐나갔다. 그녀가 내달리는 복도의 불빛은 밤거리보다 밝았으나 눈앞은 그저 새까만 어둠만 깔려 있을 뿐이었다.

차가운 바람이 스치는 하수처리장에 한 남자가 들어섰다.

도 회장의 명령에 따라 먼저 약속 장소에 도착해 있던 비서실장의 눈빛에 서슬 퍼런 날이 섰다.

익숙한 옷차림, 익숙한 가죽가방, 그리고 익숙한 걸음걸이까지.

비록 검은 모자를 푹 눌러쓴 상태였지만 비서실장은 누군가의 얼굴을 쉽게 떠올릴 수 있었다.

그는 소지한 무전기를 꺼냈고 차가운 명령을 내렸다.

"도하언 도착. 바로 시작해."

그와 동시에 남자의 뒤편을 에워싸며 다가가는 건 도 회장의 살의를 실행으로 옮겨주는 충직한 부하들이었다.

저벅 저벅 저벅 저벅.

고요한 바람 소리에 섞여 들리는 발소리는 차마 외면할 수 없을 만큼 또렷했다.

"후우……."

유현의 입술 새로 긴장감 어린 한숨이 샜다. 그는 떨리는 손끝이 들킬까 싶어 일부러 두 주먹을 꽉 쥐었다.

그리고 도 회장의 하수인들이 달려들기 전에 좀 더 빨리 걸음을 재촉했다. 육안으로는 신원확인이 절대 불가능할 만큼 어두운 구석을 향해.

지금 가는 이 길의 끝이 어디인지는 유현 본인이 가장 잘 알고 있었다. 하지만 딱히 미련이 들거나 두렵지는 않았다. 아무리 곱씹고 곱씹어 봐도 그의 인생에선 아쉬운 것이 없었다.

"이쯤에서 끝을 내시죠. 이사님."

하염없이 뒤를 따르기만 하던 하수인 중 한 명이 유현에게 말했다. 순간 주문에 걸린 듯 느려지던 유현의 발걸음은 달빛마저 들지 않는 구석까지 들어와서야 온전히 멈춰 섰다.

싸늘한 바람 소리만이 들려오는 이곳은 무덤으로 삼기에 적당한 느낌이었다.

하수인들은 유현의 바로 뒤까지 다가와서야 걸음을 멈추었다.

"도 이사님께 별다른 악감정은 없었습니다. 비록 이렇게 보내드리지만 그거 하나만큼은 오해하지 않으시길 바랍니다."

그리고 부질없는 고해성사를 덧붙였다. 죄를 사해 줄 사람은 이곳에 없는데, 이제 와서 그런 말들이 무슨 소용이 있다고.

유현은 가슴속에서 솟구쳐 오르는 많은 말들을 억지로 삼켜냈다. 숨소리조차 제 방식대로 낼 수 없는 그는 마지막 순간까지도 입술 한 번 마음대로 움직이지 못했다.

그런 그의 반응을 체념으로 여긴 하수인은 본격적으로 가죽장갑을 낀 손을 뻗었다. 끔찍한 압박감이 숨통을 조여들기 시작하자, 유현의 신경세포들은 살려달라고 애원하듯 몸부림쳤다.

하지만 유현은 그럴수록 눈을 감고 갑갑한 고통이 끝나기를 기다렸다. 사람이 숨을 못 쉬는 상태에서 버틸 수 있는 시간은 3분.

딱 그만큼만 참으면 모든 것을 끝낼 수 있다. 잔인했던 시간들, 잊고 싶은 기억들, 사랑하는 사람들의 불행까지도 전부 깨끗하게 사라진다.

"잠깐."

바로 그때.

"그 새끼 얼굴 확인해 봐."

어느새 현장으로 다가온 비서실장이 의미심장한 명령을 내렸다. 그 말이 끝나기가 무섭게 한 남자가 거친 손으로 유현의 머리채를 잡아 올렸다.

덕분에 푹 뒤집어쓰고 있던 후드와 모자는 벗겨져나가고, 질끈 눈을 감은 유현의 얼굴이 둠 속에 모습을 드러냈다.

비서실장은 휴대폰을 들어 조명을 비췄다. 눈이 아리도록 밝은 빛 아래 유현의 이목구비가 선명하게 나타났다.

"아니, 이게 누구야. 도 상무님 아니십니까."

유현을 붙잡고 있는 하수인들은 당황한 기색이 역력했지만 비서실장은 태연한 목소리로 아는 척을 했다.

동요한 유현의 눈동자가 파르르 떨려 왔다. 그 모습은 이때껏 보여 줬던 모습들 중 가장 비참하고 안쓰러웠다.

"여긴 당신을 위한 자리가 아닌데 어쩌자고 여기까지 찾아오셨습니까."

"……."

"설마 도하언 대신 목숨이라도 바칠 생각이셨나요?"

비서실장의 입가에 못된 미소가 얹혔다. 마른침을 삼키며 호흡을 정돈한 유현은 이내 흐린 목소리를 내뱉었다.

"하언이는…… 제발 내버려 두세요."

"그런 부탁을 하실 줄은 몰랐는데. 짧은 시간 같이 지내셨다더니 사이가 꽤나 돈독해지셨나 봅니다."

"부탁드립니다. 제가 할 수 있는 일이 있다면 뭐든 할 테니 하언이는 제발 해치지 말아 주세요."

애원하는 유현의 태도는 몹시도 간절했다.

그러나 비서실장의 마음엔 조금도 닿지 못했다.

이미 도 회장의 충직한 개가 되어 버린 비서실장은 자신이 받은 명령에 따라 움직일 뿐, 무엇이 선이고 무엇이 악인지는 신경 쓰지 않고 있었다.

그는 하수인들을 지나 두 팔을 붙잡혀버린 유현의 앞까지 다가왔다. 거만한 눈동자가 유현의 몸을 훑어 내려가자 등줄기에서부터 오싹한 소름이 돋아왔다.

"저는 상무님을 아주 어렸을 때부터 뵈어왔습니다. 처음부터 집

안에 섞여 들어갈 수 없는 이질적인 분위기를 갖고 계셨죠."

"……."

"하지만 그게 싫진 않았습니다. 물론 도 회장님은 상무님을 탐탁지 않게 여기셨지만 저는 연민이 더 앞서더군요. 이곳에 섞이지 못하는 것이 죄는 아니지 않습니까."

비서실장은 마지막에 와서야 솔직한 심정을 고백했지만 유현은 하나도 고맙지 않았다.

도 회장에게서 사로잡혀 고통 받고 있는 기간 내내, 그는 유현이 도망칠 수 없도록 퇴로를 막고 서 있는 역할을 도맡아왔으니.

"그런데 오늘 보니 한심하리만큼 미련한 분이군요. 나설 때와 나서지 않을 때 정도는 구분하시는 줄 알았는데……."

그래서 뒤따라오는 가시 돋친 말에도 상처받지 않는다. 누군가의 멸시를 받는 건 숨 쉬는 것처럼 익숙한 일이라 유현은 서러움도 느끼지 못한다.

"당장 멈춰 주세요……."

그러니 차라리 나를 망가트리는 것으로 만족해 준다면 좋겠는데.

"제가 전부 책임지겠습니다. 회장님의 명령을 거두어주세요……."

처절한 죽음은 전부 나에게 내려주고, 그들만큼은 가만 놔두었으면 좋겠는데.

"안타깝지만 도 상무님께서 책임지실 수는 없을 겁니다."

"제발……."

"어차피 당신도 오늘 밤에 운명을 달리 할 목숨이셨으니까요."

유현의 부탁을 잔인하게 걷어찬 비서실장은 오른손을 들었다. 그와 동시에 유현을 포박하고 있던 하수인은 그의 몸을 땅바닥으로 팽개쳐 놓았다.

"윽……!"

유현의 입에서 외마디 비명이 터져 나왔다. 비서실장은 그 모습을 바라보며 가볍게 혀를 찼다.

"저런, 괜한 참견을 하셔서 상무님의 최후가 살짝 앞당겨지고 말았네요."

"……."

"하지만 정해진 결말대로 진행하겠습니다. 어차피 상무님의 죽음은 정신질환을 이겨 내지 못한 도하언의 짓으로 처리될 예정이었으니, 상무님을 먼저 처리하는 편이 순차적으로도 좋지요."

비서실장의 악독한 설명은 끝나자마자 물러서 있던 하수인들이 다시 그에게로 다가왔다.

그리고 사정없이 구둣발로 그의 몸을 짓밟았다. 비명도 내지르지 못할 정도의 매서운 고통이 유현의 이성마저도 잡아먹는 듯했다.

"확실히 두들겨. 광기가 느껴질 정도로."

"으…… 으윽……!"

"적당히 망가졌다 싶으면 경동맥 깔끔하게 그어내고."

비서실장의 품 안에서 날카로운 칼이 꺼내졌다. 챙ㅡ! 소리와 함께 바닥에 떨어진 칼은 유현에게 단두대와 같았다.

유현은 자리를 뜨려는 비서실장을 향해 손을 뻗었다.

"하지…… 하지 마…… 제발 개수작 좀 부리지 마!"

마지막으로 내지른 절규와 같은 비명.

역겨운 입꼬리를 여유롭게 들어 올린 비서실장은 태연한 목소리로 빛 하나 들지 않는 유현의 어두운 미래를 예언했다.

"모든 것은 어차피 도 회장님의 바람대로 흘러가게 될 것입니다. 괜한 미련은 거두십쇼, 상무님."

반박할 수 있는 말은 없었다. 나는 끝까지 아무런 도움이 되지 못하는구나, 하는 자괴감만 그를 좀먹을 뿐.

"하언 씨, 제발 전화 좀 받아……."

해가 져도 여전히 북적이는 서울역 한복판.

맥없이 유현을 보낸 여울은 하언의 연락을 간절히 기다리고 있었다. 하지만 유현이 그러했던 것처럼 전화를 받을 기미도 보이지 않는 하언은 그녀를 더 깊은 불안 속으로 빠트렸다.

아무리 생각해도 지금 심상치 않는 일이 일어나고 있는 것 같은데, 하언도 유현도 그녀에게는 아무것도 알려주지 않는다.

─전화를 받을 수 없어 소리샘으로 연결됩니다.

또다시 들려오는 안내음성은 귀에 딱지가 앉을 지경이었다. 한숨과 함께 귓가에서 휴대폰을 떼어 낸 여울은 유현이 쥐어 주었던 기차표로 시선을 끌어내렸다.

'부산'이라는 먼 종착역은 그에게 닥친 위험의 크기를 짐작조차 하지 못하게 만들었다.

하언과 여울을 이토록 먼 곳에 보내두고 혼자 남아 뭘 어쩌려는 건지. 왜 기대거나 도움의 손길을 보내지 않고, 혼자서 모든 시련을 짊어지려 하는 건지.

물어보고 싶은 건 많았지만 그럴 기회가 없을 것 같다는 생각이 들었다. 불길한 예감은 무시해 버리고 싶은데 그럴수록 확신만 생겨날 뿐이었다.

이런 상황일수록 간절해지는 건 하언의 존재.

그녀는 반드시 하언을 유현에게로 보내야만 한다.

그 사람 덕분에 아무 일도 일어나지 않은 자신을 찾아오게 하는 것이 아니라, 이 순간에도 위급한 상황에 놓여 있을지 모를 그 사람을 구원하러 가게끔 만들어야 한다.

"제발 전화 좀 받아라, 제발."

여울은 다시 휴대폰을 붙잡고 하언에게 전화를 걸었다.

이젠 넌덜머리가 날 지경인 통화연결음 뒤에.

―여보세요.

그토록 기다리던 하언의 목소리가 들려왔다. 초조하게 애를 태우고 있었던 여울의 눈시울이 왈칵 뜨거워졌다.

"하언…… 하언 씨! 지금 어디예요!"

반가움에 목이 메인 여울은 무작정 그의 위치부터 물었다. 만약 이곳으로 오고 있다면 당장 그의 걸음을 가로막고 유현을 찾아달라는 부탁부터 꺼낼 생각이었다.

―기다리고 있어. 금방 갈게.

"하언 씨! 아니야! 오지……!"

그러나 그럴 시간조차 없이 뚝 끊어져 버린 하언과의 통화.

역시나 이곳으로 오고 있는 하언은 정신없이 다급해 보였다. 여긴 아무것도 걱정할 게 없는데, 정말 위험에 빠진 건 내가 아닌 그 사람인데.

해명할 게 남아 있는 여울은 곧바로 통화버튼을 눌렀다. 하지만 들려오는 건 전화가 아예 꺼져 있다는 안내음이 전부였다.

"안 돼……."

벌써부터 밀려들어오는 죄책감은 여울이 감당하기에 너무도 버거웠다. 만약 오늘 밤, 그 사람의 숨이 끊어져 버린다면 그건 떠나는 그를 잡아두지 못한 나의 잘못이 될 것만 같다.

바로 그 순간.

"차여울 씨?"

낯선 남자의 목소리가 여울의 이름을 불렀다. 울먹이던 여울은 젖은 눈동자를 뒤편으로 돌렸다. 그녀 앞으로 다가온 사람은 깔끔한 정장을 차려입은 젊은 남자였다.

"아, 여울 씨 맞군요! 처음 뵙겠습니다. 도하언 이사님의 직속비서인 김지훈이라고 합니다."

"……."

"도 이사님은 사정 상 함께 오지 못하셨습니다. 그래서 본의 아니게 저 혼자 여울 씨를 댁까지 모셔드려야 할 것 같은데……."

말을 하던 비서는 경계심이 잔뜩 묻은 여울의 눈빛을 확인했다. 상황이 상황이니 만큼 갑자기 나타난 하언의 비서를 믿지 못하는 눈치였다.

비서는 입꼬리를 들어 올려 부드러운 미소를 지어 보였고, 이럴 때를 대비해 하언이 부탁했던 말을 그대로 읊었다.

"아무 걱정 말고 집에서 기다리고 있어. 둘이 멀쩡하게 돌아갈게."

"……예?"

"……라고 전해 달라 부탁하셨습니다. 그러니 걱정하지 않으셔도 됩니다, 여울 씨."

비서의 목소리를 통해 전달된 메시지는 하언이 전화 통화로 들려주었던 말과 비슷했다. 그제야 하언의 의도를 제대로 파악한 여울은 안도의 한숨을 내쉬었다.

"내가 걱정하기 전에 뭘 하려는지 미리 말해 주면 되잖아……."

새어 나온 그녀의 혼잣말엔 원망이 가득했다.

그래도 진심은 아니었다.

그녀는 자신보다 먼저 위험을 감지해 준 그가, 영원히 용서받지 못할 실수를 저지르지 않도록 도와준 그가, 이 순간 누구보다 든든하고 고마울 따름이다.

그렇게 무수히 맞고도 아직 몸은 부서지지 않았다. 그렇게 많은 피를 토해 내고도 목숨은 아직 끊어지지 않았다.

"하아, 하아, 하아…… 쿨럭! 쿨럭!"

격한 숨을 몰아쉬던 유현은 모래바닥에 고갤 묻은 채 격한 기침을 토해 냈다.

"비켜 봐, 상태 좀 보자."

유현의 한계를 느낀 비서실장은 담배 한 개비를 입에 문 채 무심한 손짓으로 하수인들에게 명령했다.

하수인들은 그제야 유현을 짓밟아 뭉개던 발을 떼어 냈다. 멀어지는 기척 속에서 유일하게 가까워지는 건 웃는 낯으로 유현을 내려다보는 비서실장의 발소리였다.

비서실장은 유현의 앞에 무릎을 굽혀 앉았고, 피와 땀으로 얼룩진 그의 얼굴을 향해 매캐한 담배 연기를 뱉어 냈다.

"후우…… 보기보다 질기네."

"하아, 하아, 하아."

"뭐, 이 정도면 정신병자 소행으로 봐줄 법 하겠어."

비서실장의 만족스러운 반응은 다음 계획의 시작을 의미했다. 그는 미리 바닥에 떨어트려두었던 칼을 잡아들었고 가죽장갑을 낀 손으로 예리한 칼날을 매만졌다.

그가 차가운 칼날을 유현의 목덜미로 겨누자, 유현의 눈동자엔 그보다 더 서늘한 날이 섰다.

"니들 마음대로 되진 않을 거야."

"……."

"이대로는…… 절대 못 죽어."

그건 유현이 건네는 진심 어린 엄포였다.

기꺼이 목숨을 바치러 온 그였지만 자신의 죽음이 하언의 죄가 되어 버린다는 걸 알게 된 이상, 이곳에서 목숨을 빼앗길 수는 없다.

허나 그건 어디까지나 유현의 욕심일 뿐이었다.

손끝 하나 제대로 움직이지 못하는 유현은 비서실장의 칼부림 한 번에 곧바로 목숨을 내어 줄 상태였다. 그 사실을 너무나도 잘 알고 있는 비서실장은 헛웃음을 치며 칼날을 세웠다.

"어디 한 번 살아보시죠. 몇 초라도 더."

지금 눈앞에서 벌어지고 있는 악행을 증명할 수 있는 사람은 나밖에 없는데. 그들의 추악한 속내를 전부 목격해 버린 사람 역시 나밖에 없는데.

"으으…… 으아아악!"

목덜미를 파고드는 칼날은 왜 이리도 고통스러운 건지.

유현의 목에서부터 검붉은 피가 쏟아져 나왔다. 저도 모르게 맺혀버린 눈물은 이때껏 그가 흘린 눈물 중 가장 처절했다.

"안녕히 가십쇼, 상무님."

비서실장은 건조한 목소리로 마지막 인사를 건네며 칼을 바로 쥐었다. 그렇게 태어난 순간조차 환영받지 못했던 목숨이 볼품없이 초라하게 꺼져 버리기 직전.

끼이이익—!

사건의 현장으로 검은색 세단 한 대가 들어섰다. 눈이 쨍할 정도로 밝은 헤드라이트에 비서실장은 물론 하수인들의 고개까지 빛을 향해 돌아섰다.

"뭐, 뭐야! 이거!"

비서실장은 칼을 손에 쥔 채 그대로 자리에서 일어섰다. 그는 어떻게든 운전석에 앉은 사람을 확인하려 했으나 갑작스러운 빛을 감당하지 못한 눈은 쉽사리 떠질 줄을 몰랐다.

"너 뭐하는 새끼야! 헤드라이트 안 꺼?!"

결국 비서실장은 칼날 든 손으로 삿대질까지 서슴지 않으며 세단을 향해 분노한 걸음을 옮겼다.

하지만 묵묵부답인 운전자는 그의 인내심을 들쑤셔놓았다. 가장 중요한 순간을 방해받은 비서실장은 거친 손을 뻗어 세단의 본네트를 내리쳤다.

"이 새끼가 정말⋯⋯!"

그때.

철컥, 문이 열리며 검은 실루엣이 비서실장의 눈앞에 나타났다.

그는 드디어 나타난 그의 얼굴을 확인하려 했으나 제대로 고개를 돌리기도 전에 매서운 구둣발이 그의 복부를 가격해 왔다.

"으억!"

"어디서 새끼, 새끼거리나."

"너⋯⋯ 넌 대체 누구⋯⋯."

"상사한테 말 똑바로 안 해?"

갑작스러운 공격에 당황한 비서실장은 비틀거리는 몸을 겨우 똑바로 세워놓았다. 그리고 정면으로 고개를 들어 올려 불청객의 존재를 확인했다.

"도, 도하언⋯⋯."

빠악―!

그의 이름을 부르자마자 이번엔 단단한 주먹이 가차 없이 아래턱을 가격했다. 뇌가 뒤흔들리는 진동에 비서실장은 비명조차 제대로 내지르지 못했다.

"똑바로 부르랬잖아."

"으, 으윽⋯⋯ 도, 도하언 이사님⋯⋯."

"그래, 잘하면서."

예고도 없이 나타난 하언은 저 혼자 찾아왔으면서도 당당했다.

두 눈이 있다면 도 회장의 하수인들의 숫자가 눈에 보일 텐데 저 혼자서 전부를 상대할 수 있을 것 같은 태도였다.

비서실장은 그의 그런 모습을 가장 마음에 들어하지 않았다. 어차피 제대로 할 수 있는 것도 없으면서 자존심만 내세우는 꼴은 언제 봐도 고역이었다.

이대로 휘말릴 수 없었던 비서실장은 이를 악 문 채 칼을 쥔 손을 휘둘렀다. 칼날이 향하는 곳은 그의 복부였다.

"이야아아압!"

기합소리를 듣고서야 한 박자 늦게 움직인 하언의 손은 그의 칼날을 막아 내지 못했다.

캉―!

"뭐, 뭐야······."

아니, 굳이 막아 내지 않은 건가.

하언의 복부를 찔렀던 날이 맥없이 부러졌다. 비서실장은 당황한 나머지 쥐고 있던 칼을 바닥에 떨어트려버렸다.

그러고선 떨리는 시선을 하언에게로 두자, 그보다 두 뼘은 더 높이 있는 하언의 눈동자가 비서실장을 반겼다.

"난 총이라도 쥐고 있을 줄 알고 방탄복까지 챙겨 입었는데, 겨우 칼이었어?"

그리 말하는 하언의 눈빛에 어려 있는 건 도 회장에게서 느껴지는 것과 비슷한 크기의 살기였다.

본능적인 두려움을 느낀 비서실장은 입만 벌린 채 뒷걸음질을 쳤다.

"아, 아······."

"어딜 가, 이제 시작인데."

하언은 거친 손을 뻗어 비서실장의 머리채를 붙잡았다. 그리고 그대로 세단 본네트 위로 내던져 버렸다. 쾅! 소리를 내며 부딪힌 비서실장의 얼굴에 검붉은 피가 터졌다.

"으으윽! 당장…… 당장 이 새끼를……."

비서실장은 곁에 있는 하수인들에게 그를 잡으라 명령하려 했다. 하지만 그 말을 다 끝내기도 전에 하언은 한 번 더 비서실장의 머리채를 들어 올렸고, 또다시 본네트 위로 갖다 박았다.

그러기를 몇 차례. 이가 다 깨져 버린 비서실장은 제대로 말도 할 수 없는 지경이 되어 버렸다.

"하아…… 잘 들어. 이건 니들끼리 싸우다가 다친 거야."

"크으윽……."

"이따가 경찰들 오면 반드시 그렇게 말해야 해."

의미심장한 한 마디를 끝으로 하언은 비서실장을 옥죄고 있던 손에 힘을 풀었다. 그대로 쓰러져 버린 비서실장은 그 와중에도 몹쓸 오기를 부렸다.

"혼, 혼자 와서 뭘 어쩔 셈이지…… 인원이 우리 뿐인 줄 알아?"

폭발하면 무슨 짓을 저지를지 모를 도하언이라는 걸 잘 알기에 하수처리장 인근에 배치해 둔 인원만 해도 열 명.

아무리 도하언이라도 해도 총 열다섯 명의 하수인들을 상대할 수는 없을 것이라 확신한다.

그러니 지금의 수모를 되갚아주는 것도 결국엔 시간문제다.

"아아, 밖에 더 있어?"

하언은 흘깃 하수처리장 뒤편으로 고개를 돌렸다. 그리고 소름 끼칠 만큼 여유로운 목소리를 흘려보냈다.

"……난 내가 잡은 그 열 명밖에 없는 줄 알았는데."

그와 동시에 고요하던 하수처리장을 뒤덮는 건 요란한 경찰차 사이렌 소리였다. 차례로 들이닥친 열 대가량의 경찰차를 확인한 날카롭게 빛나던 비서실장의 눈이 급격히 일그러졌다.

"이게 무슨……."

분명 한남철 형사를 매수해 둔 덕에 경찰은 순순히 협조해 주지 않았을 텐데, 대체 무슨 일을 어떻게 꾸며낸 건지.

혼란에 빠진 비서실장은 제대로 숨조차 쉬지 못하고 쏟아져 나오는 경찰들을 바라보았다.

그 모습을 지켜보던 하언은 나른하게 입꼬리를 들어 올렸고, 언제나 도 회장 곁에서 우월감에 젖어 있던 그 얼굴을 향해 서늘한 말을 내던졌다.

"나한테 뭐하는 새끼냐고 물었지?"

"……."

"대답해 줄게. 나 도선웅 손발 자르러 온 새끼야."

도선웅의 손발이라…….

순간 비서실장은 저도 모르게 온몸에 힘을 풀고 주저앉았다.

지금까지 도 회장의 명령은 전부 수월하게 수행해 왔는데, 이번 만큼은 아무래도 성공하지 못할 것 같다.

주인의 욕망을 위해 준비한 피바람.

허나 반대편에서부터 불어온 건 가늠조차 안 될 크기로 휘몰아치고 있는 거대한 허리케인이었으니.

째깍.째깍.째깍.

고요한 서재에 울리는 시계의 초침소리를 듣던 도 회장이 앉아 있던 자리에서 일어섰다.

도하언과 관련된 모든 일을 종료하기로 약속한 시간은 저녁 여덟 시.

그러나 30분이 훌쩍 넘도록 비서실장으로부터는 연락이 오지 않 았다. 일이 어디서부터 어떻게 잘못된 건지, 심지어는 전화를 걸어 도 받지 않았다.

'아무래도 슬슬 정리를 해 둬야겠군.'

수상한 낌새를 눈치챈 도 회장은 서재 한편에 놓인 책장 앞으로 발걸음을 옮겼다.

겉보기엔 여느 책장과 다를 바 없었으나, 살짝 앞으로 당기자 문 처럼 부드럽게 열리며 숨겨진 금고가 드러났다.

가볍게 금고의 잠금장치를 푼 도 회장은 그 안에서 파일 하나를 꺼내 들었다.

살면서 저지른 죄들 중 가장 지워 버리고 싶은 죄.

그와 관련된 모든 증거가 담겨져 있는 파일이었다. 무사히 손에 넣기만 하면 안전할 거라 생각했으나 상황이 이리 되어 버린 이상 완벽한 인멸이 불가피했다.

도 회장은 다시 금고를 닫아 책장 뒤로 숨겨 놓고 유유한 걸음을 옮겼다. 굳게 닫아두었던 서재 문을 열고 밖으로 나서자.

"아, 아버지. 안녕하세요."

때마침 복도를 거닐고 있던 혜수와 정면으로 마주쳤다.

"서재 근처로는 얼씬대지 말라고 경고해두지 않았니?"

도 회장은 그녀의 인사를 받아주는 대신 차가운 목소리로 물었다. 혜수는 그에게서 느껴지는 위압감에 눈빛을 떨면서도 고분고분히 대답했다.

"어머니께서 저녁 식사를 거르신 걸 마음에 걸려 하세요. 시장하시지 않으세요?"

"별로 생각이 없다고 전해라."

도 회장은 짧은 대답과 함께 혜수의 몸을 살짝 떠밀었다. 어서 이곳을 떠나라는 무언의 압박이었다.

혜수는 비서실장을 제외한 타인의 서재 출입을 엄격히 금해 왔던 도 회장을 알고 있었다. 워낙 어린 시절부터 그래왔던 터라 그동안엔 딱히 이상하게 생각해 본 적이 없었다.

그러나 도 회장에게서 풍겨오는 짙은 살기를 맡아버린 지금, 그녀의 눈엔 그의 행동 하나하나가 의혹스럽게 비춰졌다.

오늘따라 그는 불길할 정도로 예민하게 신경을 곤두세우고 있다.

"그, 그럼 그렇게 전할게요."

혜수는 도 회장을 떠나기 전 마지막으로 몸을 돌려 인사했다. 그녀의 시선 끝에 도 회장 손에 들린 파일이 걸려 들어왔다.

"앞으로 쓸데없는 일로 여기까지 들어서는 일 없었으면 좋겠구나."

도 회장은 한 번 더 엄포를 놓았다. 그 말에 굽혔던 허리를 도로 편 혜수는 가벼운 목례를 덧붙인 뒤 발걸음을 돌렸다.

그런 그녀를 바라보는 도 회장의 시선은 친딸을 바라보는 것이라고는 믿을 수 없을 만큼 싸늘했다.

그는 혜수가 온전히 사라질 때까지 멈춰 있다가, 그녀의 발소리마저 사라지고 나서야 느린 발걸음을 움직였다. 이젠 아무도 살지 않는 2층 계단 앞을 지나 거실에 도착한 도 회장이 멈춰 선 곳은 벽난로 앞이었다.

그는 파일 속 종이 뭉치들을 꺼냈고 마지막으로 훑어보았다.

'도선웅 회장 살인미수 증거자료'

페이지 상단에 적힌 글씨는 비웃음을 자아냈다.

대체 무얼 위하여 이런 부질없는 노력을 했는지. 어차피 짧게 살다 가는 인생, 좀 더 후련하게 즐기다 갈 수는 없었는지.

"내게 조금만 협조해 줬다면 비참한 말로도 겪지 않았을 것을……."

도 회장은 혀를 끌끌 차며 활활 타는 불길 속으로 자료들을 집어던졌다.

그때.

지이이잉— 지이이잉—

도 회장의 재킷 안주머니에 들어 있던 휴대폰이 전화 수신을 알렸다. 발신자는 아무런 문제가 없다면 연락하지 말았어야 할 한남철 형사였다.

"무슨 일이십니까."

그는 휴대폰을 꺼내 통화버튼을 누르고는 신경질적인 첫 마디를 내뱉었다.

―회, 회장님. 문제가 생겼습니다.

아니나 다를까. 떨리는 목소리는 부정적인 결과보고를 시작했다. 도 회장 눈에 어린 살벌함이 한층 더 거세졌다.

"당신은 입만 닫고 있으면 될 텐데, 대체 문제 생길 일이 뭐가 있습니까."

―회장님께서 고용한 이들이 전부 구속되었습니다. 검찰 쪽에서 푼 인원이라 저도 손을 쓸 틈이 없었습니다.

"……검찰?"

―게다가 현행범으로 잡혀버려서…… 아무래도 빼내긴 힘들 것 같습니다. 비서실장을 포함해서 현장에 있던 인원 전부 다요.

현행범 구속이라…… 어쩐지 수월하게 넘어온다 했어.

"비밀리에 진행되고 있던 일을 도하언이 어떻게 알아챈 겁니까?"

분노에 사로잡힌 도 회장은 급격히 가라앉은 목소리로 물었다. 겁을 집어먹은 한 형사는 조심스럽게 대답했다.

―비서실장이 고용한 경호인원들 중에 도하언의 직속비서와 내통하는 자가 있었습니다. 이번에 들어온 신입이라 아무도 신경 쓰지 않았는데, 설마 이렇게 뒤통수를 칠 줄은…….

휴대폰을 쥔 도 회장의 손이 부들부들 떨려 왔다. 그는 처음부터 도하언 손바닥 위에 있었다는 사실을 도저히 인정할 수 없었다.

"이 개 같은 새끼가……."

―죄송합니다! 회장님! 제가 수습할 수 있는 만큼 수습해놓겠습니다!

튀어나온 욕설은 한 형사를 향한 것이 아니었으나 한 형사는 다급한 음성으로 사죄했다. 그 어수룩한 모습은 도 회장의 심기를 더욱 들쑤셔 놓았다.

도하언을 상대할 땐 절대 긴장을 풀지 말라고 그렇게나 일러두었거늘, 감히 방심을 해서 쥐새끼를 심어놓게 만들다니.

"한남철 형사님."

깊은 숨을 내쉰 도 회장은 한 형사의 이름을 호명했다.

―네, 네! 회장님!

한 형사는 잔뜩 긴장한 목소리로 즉답을 내뱉었다.

도 회장은 자료들이 던져진 난로에서 등을 돌렸고 서재를 향해 걸음을 옮겼다.

"아무것도 하지 마세요."

그러면서 꺼내놓는 명령은 그동안 자신에게 충성했던 자들을 외면하겠다는 뜻이었다. 당황한 한 형사는 다급한 목소리로 되물었다.

―아무것도 하지 말라니요? 그럼 비서실장님과 도 회장님 쪽 측근들은 전부 구속되고 말 겁니다.

"그 사람들은 저와 아무런 관련이 없습니다. 비서실장도 참, 자신의 사리사욕을 위해서 저의 조카를 해치려 하다니…… 상당히 대책 없는 분이시군요.

―아…….

"엄벌에 처하도록 놔두세요. 저도 그런 자들은 용서할 수 없습니다."

도 회장은 그동안 받아 온 충성을 냉혹한 배반으로 되갚았다.

그의 인간성에 대해 익히 알고 있는 한 형사는 그의 거짓말들을 곧이곧대로 받아들일 수밖에 없었다.

—회, 회장님의 무죄는 제가 증명해 보이겠습니다. 걱정 마십쇼.

한 형사가 비장한 태도로 답할 때쯤 도 회장은 서재 안으로 되돌아왔다. 문을 닫고 완벽하게 다시 혼자가 된 그의 얼굴엔 가식조차 흔적 없이 사라져 있었다.

"입만 나불거리지 말고 처신 똑바로 해. 조금이라도 수선스럽게 만들었다간 니 가족까지 시궁창으로 끌어내려 버릴 테니까."

들려오는 협박은 한 형사만이 감당해야 할 도 회장의 진심 어린 협박이었다.

한 형사의 등골에 오싹한 소름이 돋아났다.

그는 도 회장이 자신의 모든 걸 망가트려 버릴 수 있는 사람이라는 것을 알기에, 이성을 똑바로 붙잡아 놓지도 못할 지경이었다.

제발 이 이상 일이 꼬이지 않기만 간절히 바랄 뿐.

구두 굽이 부러졌다는 걸 깨달은 건 차에서 내리고 나서 한참을 달렸을 때였다.

앰뷸런스와 경찰차로 어지러운 하수처리장에 들어선 설아는 두려운 눈동자로 구석구석을 살폈다.

꼴이 엉망인 도 회장의 비서실장과 수갑이 채워지고 있는 도 회장의 하수인들.

상황이 어떻게 돌아가는 중인지는 짐작조차 가지 않았다. 다만 죽었어야 할 도하언이 꼿꼿이 서서 그녀를 바라보고 있는 걸 보니, 그를 처리하겠다는 도 회장의 계획은 무참한 실패로 돌아간 모양이다.

설아는 굽이 부러진 쪽 다리를 절뚝이며 그에게 다가갔다.

하언의 눈동자는 가까워지는 그녀를 그저 바라만 보고 있었다. 전신에 오한이 들 만큼 온도는 지독히 낮았다. 그러나 쏟아지는 원망을 조금도 알아채지 못한 척, 그녀는 힘겹게 입술을 떼어 내 물었다.

"유현 씨는……?"

"알려주지 않아도 여기까지 찾아온 걸 보니 너도 알고 있었나 보네. 도선웅이 날 처리하려고 한다는 거…… 혹시 너도 날 죽이고 싶었나?"

돌아온 하언의 대답엔 날이 서 있었다. 하지만 마음이 초조했던 설아는 불쑥 언성을 높여 물었다.

"유현 씨 어디 있는지 묻잖아!"

하언의 입가에 짙은 비웃음이 얹혔다.

"니가 그걸 물을 자격이나 된다고 생각해?"

딱히 답변을 기대하고 꺼낸 질문은 아니겠지만 설아는 순간 입술을 움직이지 못했다. 그 사람을 여기까지 몰아넣은 그녀에게 안부를 물을 자격 따위가 있을 리 없으니.

"어디 있는지…… 그것만 알려줘."

그리 애원하는 설아의 음성이 미세하게 떨려 왔다. 그녀에 눈에 스민 절망을 읽어낸 하언은 뒤편을 향해 덤덤히 고갯짓을 했다.

"앰뷸런스 안에."

순간 설아의 심장은 철렁 내려앉았다. 이곳으로 들어서던 때부터 앰뷸런스의 주인이 유현만은 아니길 바랐던 그녀는 눈앞이 깜깜해지는 기분이었다.

설아는 마주 선 하언에게서 곧바로 시선을 떼어 내고 유현이 있는 곳을 향해 위태로운 걸음을 옮겼다.

"못 볼 거야, 아마."

뒤따라온 하언의 말은 안 그래도 불안뿐인 마음을 파헤쳐 놓았다. 설아는 아까부터 느껴지는 피비린내가 그의 마지막 흔적일까 봐 미쳐버릴 것만 같다.

이 불길한 예감이 틀리기를. 증오를 토해내도 좋으니 제발 눈앞에 나타나만 주기를.

간절히 바라며 달려간 앰뷸런스 앞엔 이미 많은 경찰 인력들이 붐비고 있었다. 그들을 정신없이 밀치고 지나쳐 활짝 열린 차량 뒷문 앞에 멈춰 서자.

"유현 씨……."

앰뷸런스 간이침대 위, 그토록 원하던 그 사람이 그녀의 시선 끝에 걸려 들어왔다. 살아 있는 게 기적이라고 생각될 만큼 처참한 몰골을 한 채.

목에 대고 있는 면포는 원래 색을 알 수 없을 정도로 붉게 물들어 있다. 그걸 붙잡고 있는 손은 움직일까 걱정될 만큼 상처투성이고, 분명 집을 나설 땐 깨끗했을 그의 옷은 군데군데 찢어지고 뜯어지고 더러워져 있다.

"아……."

설아는 다 꺼져 가는 탄식을 내뱉었다.

그 목소리를 알아들은 유현의 고개가 아주 천천히, 그녀를 향해 들어 올려졌다.

고요히 와 닿은 눈동자는 여전히 색이 옅고 흐렸다. 그러나 깊은 호수처럼 잔잔하게 많은 감정을 담고 있었다. 부정인지, 긍정인지, 슬픔인지, 분노인지도 가늠할 수 없을 만큼 혼미하게.

설아는 그 눈을 바라보는 동안 언제나 궁금했었다.

당신은 무슨 생각을 하는 걸까. 어떤 마음을 품고 있는 걸까. 도대체 나를 얼마나 원망하는 걸까.

가끔은 붙잡고 묻기도 했으나 당신은 한 번도 대답해 주지 않았다.

괜히 웃거나, 나직이 이름을 부르거나, 다른 얘기를 꺼내거나.

언제나 피하기만 할 뿐이었다.

하지만 그것조차도 희망이라고 생각한 나는 너의 발밑에 매달리고, 애원하고, 그래 놓고도 불안해서 어디에도 못 가게 옥죄어 놓고.

사실 날 피해 달아나는 너의 눈빛만으로도 대답은 충분했는데, 돌이켜 보면 믿지 않았던 것 같다. 너는 나를 사랑하고 있다고 스스로를 세뇌시키기 위해.

"유현 씨……."

설아는 또 한 번 그의 이름을 입술에 담았다.

그리고 조금이라도 가까이서 상태를 보기 위해 한 발자국을 앞으로 내딛는 순간.

"……오지 마."

유현의 목소리가 그녀의 두 발을 멈춰 세웠다. 설아의 눈동자가 숨길 수 없이 일렁였다.

"오지 마."

"……."

"나한테…… 다가오지 마."

그가 밀어낸 건 이번이 처음은 아니었다. 그래서 아무것도 들리지 않는 사람처럼 무거운 발걸음을 떼어 냈다. 아직도 버리지 못한 그녀의 고집이었다.

하지만 유현은 피를 멈추기 위해 붙잡고 있던 면포를 떨어트리고 주머니에서 무언가를 꺼내 들었다. 상처뿐인 손끝에 딸려 나오는 건 붉은 피가 묻어 있는 비서실장의 단도였다.

"뭐하는 거야?"

"부탁이야…… 가까이 오지 마……."

아찔하게 선 매서운 날이 유현의 목을 겨냥했다. 비록 단도를 붙잡고 있는 그의 손은 바들바들 떨리고 있었으나 그녀를 직시한 눈빛만큼은 무슨 짓이라도 저지를 듯 단단했다.

결국 더 이상 다가가지 못하고 걸음을 멈춰 버린 설아는 닿지 못할 손을 뻗어 그를 저지했다.

"그러지 마, 유현 씨……."

순간 유현의 매마른 눈가에 축축한 고통이 어렸다.

그러지 말라고, 제발 그만 두라고. 애원하듯 빌고 빌었던 건 언제나 유현이었다.

한 번만, 단 한 번만이라도 그 말을 들어줬더라면 우리가 이렇게까지 망가지진 않았을 텐데.

유현은 서러운 숨을 들이마셨고 애달픈 목소리로 내뱉었다.

"살고 싶어……."

"……."

"나도 살고 싶어……."

스스로 목숨을 끊으려는 사람의 살고 싶다는 바람.

"살려 줘, 제발……."

그리고 애원.

뚝뚝 떨어지는 눈물방울은 안 그래도 처참한 그의 얼굴을 더욱 얼룩지게 만들었다. 그 모습을 바라보는 설아의 마음은 한 번 더 무너져 내렸다.

"다가가지 않을게…… 그러니까 그 칼 내려놔."

설아는 흐린 눈빛으로 그에게 말하며 뒷걸음질을 쳤다.

처음이었다. 그녀가 먼저 그에게서 떠나온 건.

하지만 멀어질수록 단도의 날도 그 사람의 목덜미에서 점점 멀어져서, 설아는 그 걸음을 멈출 수 없었다.

"하아……."

설아의 목소리가 들리지 않을 만큼 아득해지자 유현은 깊은 한숨을 내쉬었다.

그리고 그대로 정신을 놓아 버렸다.

스르륵 쓰러진 그의 몸은 숨이 끊어진 건 아닌지 의심이 들 만큼 무기력했다.

그걸 확인한 설아는 다시 그에게로 달려갈 뻔했지만, 그 와중에도 유현의 손에 꽉 쥐어진 단도를 본 순간 한 발자국도 움직이지 못했다.

그에게로 오기 전 하언은 말했다. 다시는 유현을 볼 수 없을 거라

고. 지금껏 하언의 협박 따윈 가볍게 무시해 왔던 그녀였지만 오늘
만큼은 납득할 수밖에 없었다.

놀라서 다가온 의료진들에 의해 닫혀버린 앰뷸런스 문.

설아는 절대 저 문을 넘어 그에게로 다가가지 못할 것이다.

그래서 두 번 다시는 그의 얼굴을 눈에 담을 수 없을 것이다.

기적이 일어났다.

깨어있는데도 몸에 아픈 구석이 없고, 아무런 걱정도 들지 않는
믿기 힘든 기적이었다.

나른한 숨과 함께 감은 눈을 뜬 유현은 몸을 일으켜 주변을 바라
보았다. 따듯한 햇살이 내리쬐는 방, 그 안엔 활짝 핀 꽃들이 가득
피어나 있었다.

보드라운 날개를 가진 나비가 날아다니고 은은한 온기가 온몸을
감싸는 곳. 굳이 힘을 주지 않아도 입꼬리가 올라갈 정도로 행복이
감도는 곳.

유현은 살짝 고개를 내려 제 몸을 확인했다.

성한 부분을 찾을 수 없을 만큼 흉터 가득했던 피부는 한 번도 상
처받지 않은 것처럼 새하얗고 깨끗했다.

덕분에 유현은 깨달았다.

'아, 이건 꿈이구나.'

아프지 않고, 상처입지 않은 것으로 꿈을 확신한다는 건 제법 씁
쓸했다.

눈을 뜨고 나서 마주할 나의 현실도 이렇게 멀쩡했으면 좋겠는

데. 아마 그럴 수는 없을 거다. 멀쩡하기엔 너무나도 많은 것들이 망가져 버렸으니.

유현은 다시 두 눈을 들어 정면으로 시선을 두었다.

아깐 분명 홀로 누워있던 방이었는데 어느새 눈앞엔 여울이 웃는 낯으로 그를 바라보고 있었다.

"언제 왔어요?"

유현은 나직한 목소리로 물었다.

"계속 여기 있었어요."

그러자 여울이 달콤하게 내뱉는 대답은 유현이 바라던 바였다. 이건 그의 꿈이니까, 이 안에선 그가 꿈꾸는 대로 모든 것이 이뤄지고 있다.

유현은 빙긋 미소를 띤 채 여울을 향해 손을 뻗었다. 보드라운 그녀의 뺨을 만지는 손끝엔 어떤 감각도 전해지지 않았다. 그렇지만 촉감이 느껴지는 척, 그는 계속해서 그녀를 매만졌다.

"나 여울 씨 정말 좋아해요."

덧붙이는 말은 한 번쯤 눈앞에서 꺼내놓고 싶었던 고백이었다. 물론 얼마 전, 그녀를 품에 넣고 그 비슷한 말을 한 것 같긴 하지만.

"나도 못 버틸 만큼…… 사랑해요."

이렇게 직접적으로 전한 건 아마 처음일 거다. 유현은 꿈이기에 낼 수 있는 용기를 빌려 자신의 모든 것을 드러내고 있다. 여울은 그가 원하는 대로 웃어주었고 그가 원하는 대로 입술을 움직였다.

"알고 있어요."

이 순간, 유현은 꿈에서라도 듣고 싶은 말이 있다. 아니, 어차피 깨어나면 헛것이 되어버릴 꿈이라서 들을 수 있는 말이 있다.

'나도 유현 씨를 사랑해요.'

현실에서는 감히 바라지도 못했으니 지금이라도 당신의 목소리로 듣고 싶어. 존재하지 않는 내 꿈속의 당신에게라도 사랑을 받고 싶어.

여울은 그의 바람을 따라 순순히 입술을 움직였다.

"나도 유현 씨를……."

하지만 끝까지 내뱉지는 못했다. 그녀의 입술을 가로막은 유현의 손 때문이었다.

"그 말은 하지 마."

"……."

"아무리 내가 원해도……."

유현은 그답지 않게 변덕을 부렸다. 그녀의 화답을 기대하며 설레는 마음이 전부 고통으로 변해버린 탓이었다.

나의 꿈속에서라도 그녀가 날 사랑해준다면 그건 더할 나위 없이 기쁘겠지만 다시 현실로 돌아갔을 때 덮쳐올 공허함을 감당할 자신이 없다.

다른 남자를 향해 웃고 있는 당신을 전처럼 미련 없이 지켜만 보지 못할 것 같다.

그래서 난 영원히 꿈속을 헤매며 당신을 찾고, 나의 바람으로 만들어낸 허상에게 또 한 번 사랑을 받고, 깨어나면 다시 끔찍한 고통에 시달리고.

악순환을 감당하기엔 이미 많이 지쳐버렸다.

아마 지금 내가 그토록 바라는 당신의 사랑을 받는다면 현실을 사는 나약한 나는 처참하게 부서져버리고 말 거다.

유현은 습관처럼 눈시울을 붉혔다. 그리고 그녀의 입술을 가려둔 손을 떼어내, 울음기 가득한 목소리로 부탁을 했다.

"날 사랑하지 않는다고 말해 줘요."

"난 유현 씨를 사랑하지 않아요."

"내가 싫다고 얘기해 줘요."

"난 유현 씨가 싫어요."

"내 기대를…… 바닥까지 무너트려 줘요."

"나한테는 어떤 마음도 바라지 마요. 하나도 채워 줄 수 없으니까."

여울은 꿈의 주인인 유현의 명령을 따라 못된 말들을 내뱉었다. 유현의 마음은 한 마디 한 마디 떨어질 때마다 푹푹 패여 왔으나, 적어도 사랑을 기대하던 때처럼 아프지는 않았다.

"후우……."

유현은 한결 편안해진 숨을 내뱉었고 두 눈을 깜빡여 고여 있던 눈물을 떨어트렸다.

맑아진 시야에 봄날을 닮은 그녀의 얼굴이 들어왔다.

나쁜 말들을 꺼내놓는 와중에도 왜 이렇게 예쁜 건지. 가슴은 주체할 수 없이 떨려온다.

"착하다."

유현은 손을 옮겨 그녀의 머리카락을 부드럽게 쓸어내렸다.

"정말 착하다……."

물론 아무런 감촉도 느껴지지 않았다. 하지만 이번에도 유현은 그녀의 모든 것을 손끝에 담은 것처럼 엷은 미소를 지어냈다.

"난 여울 씨한테 해 주고 싶은 게 많아요."

"……."

"하지만 하나도 해 주지 못할 거예요. 애초부터 내가 해 줘도 되는 게 하나도 없거든요."

다시 꺼내놓는 고백은 체념의 말이었다. 하지만 더 이상 아픈 기색은 없이 그는 장난기 어린 눈빛으로 뒷말을 이었다.

"만약 여울 씨가 날 사랑했으면 정말 행복했을 거야. 죽을 때까지 아무 걱정 없이 나한테 사랑만 받고 살았을걸."

그의 손가락이 여울의 코끝을 톡 건드렸다. 그러자 주문에라도 걸린 것처럼 눈앞에 그녀는 점차 색이 흐려졌다.

유현은 깊은 숨을 들이마시고는 다신 불러내지 않을 꿈 속 그녀에게 마지막 고백을 꺼내놓았다.

"이 마음을 거두진 않을 게요. 아주 많은 시간이 흘러서…… 아니, 아예 다른 생에서라도 내게 기회가 온다면 그때 전부 전해줄 거니까."

쌓아온 감정을 정리하는 시간.

현실을 사는 그녀는 듣지도 못할 작별인사를 하며 유현은 영원하지 못할 꿈에서 깨어나기로 했다.

"……잘 가요."

내 마음 안에서.

아직 떠내 보낼 자신은 없지만 눈을 뜬 순간부터 그러도록 노력해볼게요.

혼자라도 사랑할 수 있어서 정말 기뻤어요.

잊지 못할 거예요, 나의 첫사랑.

삐— 삐— 삐— 삐—

규칙적인 기계음을 들으며 눈꺼풀을 들어올렸다. 익숙한 고통이 몸을 덮쳐왔고 입을 가로막은 산소마스크가 숨을 더 갑갑하게 만들었다.

"음……."

나른 신음소리를 흘려보내자 곁에선 다급한 인기척이 들려왔다. 눈동자만을 움직여 바라본 병실 침대 옆엔 초조한 표정의 하언이 있었다.

"정신이 들어?"

하언은 물었지만 유현은 고개조차 끄덕이지 못했다. 대신 눈을 느리게 깜빡이니 하언의 입술 새로 안도의 한숨이 터졌다.

"하아…… 누가 너더러 그런 미친 짓하래. 정신줄 놨어?"

겉보기엔 질책이었지만 그 안엔 걱정이 가득 담겨 있었다. 유현은 무슨 대답이라도 해 주기 위해 힘겹게 손을 들어올렸다.

하지만 산소마스크 근처에 닿기도 전에 맥없이 떨어져 버리자, 그 의도를 알아챈 하언이 조심스럽게 산소마스크를 벗겨내 주었다.

"……여울 씨는 무사해?"

엉망이 되어버린 그가 처음으로 꺼낸 질문은 여울의 안부였다. 하언은 미련한 그에 대한 안쓰러움을 숨기지 못하고 미간을 좁혔다.

"니가 누굴 걱정할 처지야? 지금 니가 어떤 꼴을 하고 있는지 못

봐서 그렇게 오지랖 부리지?"

"미안……."

"쓸데없는 사과 좀 그만……."

답답함을 토로하던 하언은 잠시 입술을 닫았다. 안 그래도 처참한 얼굴에 불안감까지 물들어 있는 걸 도저히 봐줄 수 없어서였다.

짧게 한숨을 내쉰 하언은 유현의 눈을 똑바로 바라보며 그토록 원하는 소식을 전했다.

"차여울은 멀쩡해. 덕분에."

"……."

"무슨 일이 생기기도 전에 집으로 다시 데려다줬으니까 걱정 마."

"다행이다……."

그제야 마음을 내려놓는 유현의 입꼬리가 살짝 휘어졌다. 웃는다고 해서 상처가 덜 아파보이는 건 아니었으나 다 죽어가기만 할 때보다는 나았다. 하언은 그런 그를 물끄러미 바라보다가 이내 무거운 질문을 던졌다.

"대체 넌 거기 왜 들어갔냐. 나도 못 가게 막을 만큼 위험한 거 뻔히 알면서."

"……."

"그 새끼들 붙잡고 설득이라도 하려고 했어?"

설득이라는 웃기지도 않는 단어에 유현은 고개를 저었다. 그런 상식적인 대화가 통하지 않는다는 건 이미 숱한 경험으로 알고 있었다.

유현은 혀끝으로 메마른 입술을 적셨고 이내 담담한 대답을 내뱉었다.

"니가 죽을까 봐……."

미련한 새끼. 내 일은 내가 알아서 한다고 몇 번 말했냐. 다 쓰러져가는 니 도움 같은 거 필요 없다고 몇 번을 더 알려줘야 하냐.

곧바로 튀어나올 뻔한 책망은 혀끝에 걸려 내뱉어지지 않았다. 욱하는 마음에 터져 나오는 험한 말 대신 정말 하고 싶은 말이 따로 있었다.

"……고맙다."

모든 위험을 무릅쓰고 날 도와줘서. 그동안 한 번도 너의 편이 되어주지 못했던 나의 편이 되어줘서. 내가 감당해야 할 자리에서 나 대신 잘 버텨 줘서.

"어?"

"고맙다고. 두 번 말하기 싫으니까 한 번에 알아들어."

하언은 그에게 감사를 표현하는 게 어색한지 괜히 인상을 쓰며 고개를 돌렸다.

아픔조차 잊은 유현의 입가에서 피식, 실웃음이 흘러나왔다.

"알면 됐어."

유현은 가벼운 대답으로 그의 마음을 받아들였다. 그의 안색은 이때까지 하언이 보아왔던 모습들 중 가장 편안해 보였다.

우리도 이렇게 웃으며 얘기를 할 수 있는 사이었는데, 그동안엔 왜 원망하고 경계하기 바빴는지.

함께 했지만 남처럼 지내왔던 시간들이 새삼 아까워졌다.

만약 둘 중 한 사람이라도 먼저 손을 내밀었다면, 일방적으로라도 곁에 있어주려 했다면, 외롭고 서러운 순간들도 빨리 끝낼 수 있었을지 모르겠다.

하지만 지나간 세월은 돌이킬 수 없고 우리는 이미 얼마 남지 않은 시간마저도 1초씩 흘려보내고 있다. 삐뚤어져 있던 관계를 이제라도 똑바로 돌려놓고 싶었던 하언은 한 번 더 입술을 떼어냈다.

"앞으로도 잘 부탁한다."

그 말을 들은 유현의 눈동자는 순간 일렁이는가 싶더니, 곧 부드럽게 휘어졌다. '나도 잘 부탁해'라는 말은 일부러 돌려주지 않았다.

그때.

"유현 씨!"

벌컥— 요란한 소리와 함께 특별병동 문이 열렸다. 천천히 돌린 시선 끝엔 과일 바구니와 음료수, 그리고 뭔가 잔뜩 든 쇼핑백을 양손에 들고 온 여울이 선명히 비쳤다.

"꼬박 일주일 만에 깨어났네! 아직 못 일어났으면 어쩌나 했는데!"

"아, 여울 씨……."

"몸은 괜찮아? 어디 안 움직이는 데는 없고? 나는! 나는 잘 알아볼 수 있겠어?!"

온갖 걱정을 떠안고 있던 여울은 성급한 걸음으로 가까이 다가와 물었다. 그녀의 관심을 받고 있는 유현은 습관처럼 하언의 안색부터 살폈다.

하지만 하언은 정작 애 태우는 여울의 모습을 보고도 딱히 부정적인 감정을 드러내지 않았다. 무심한 표정으로 그녀의 짐만 넘겨받을 뿐.

"방금 너 알아보는 거 못 들었어?"

"그랬어? 유현 씨 머리는 안 다쳤구나!"

"안정이 중요하대. 소리 낮춰."

"아참, 그렇지! 미안해요, 유현 씨. 조용조용 말할게."

하언과 단 둘이 있었을 때의 차분한 분위기는 여울이 끼어드니 순식간에 활기차졌다. 아무리 목소리를 낮춰봐도 그녀의 밝은 기운은 좀처럼 사그라지지 않는다.

유현은 좀처럼 불안을 내려놓지 못하는 여울을 위해 이전보다 힘을 더해 물었다.

"뭘 그렇게 많이 들고 왔어요?"

"이거? 만화책. 차시울이 입원하는 기간 동안 엄청 심심할 거라면서 챙겨 줬어요. 오늘은 야근해야 한다고 내일 들르겠대."

"아…… 고마워요."

"줄 거 또 있어요. 기다려 봐."

시울의 선물을 무사히 전달한 여울은 곧이어 다른 쇼핑백을 뒤적였다. 머지않아 그녀의 작은 손에 들려나온 건 유현이 떠나던 날 둘러주었던 목도리였다.

"그날 잘 썼어요."

"……."

"돌려줄 수 있어서 정말 다행이다."

여울은 곱게 접은 목도리를 침대 위에 올려놓았다. 안도의 미소가 얹힌 얼굴은 평소보다 반짝반짝 빛났다.

유현은 그녀를 따라 빙긋 웃었다.

지친 기색이 역력한 눈동자엔 옅은 감정이 배어들어 있었다. 비록 그것이 무엇인지는 정확히 드러나지 않지만.

"가져도 되는데……."

"돌려줘야지. 그래야 나중에 또 빌리잖아."

유현은 흐린 대답을 꺼내놓았으나 여울은 가볍게 받아쳤다.

그녀가 꺼내놓는 훗날의 부탁엔 두 번 다신 그 때처럼 떠나지 말라는 의미도 담겨 있었다.

그 마음을 놓치지 않고 알아챈 유현은 옅은 한숨을 내쉬었다. 끝이 살짝 떨려오는 건 다행히 누구에게도 들키지 않았다.

"여울 씨는…… 몸 괜찮아요?"

유현은 이미 하언에게 대답을 들은 질문을 또 한 번 던졌다. 딱히 말을 돌릴 화제가 생각나지 않아서였다.

"멀쩡하다니까 그러네."

하언은 여울이 들고 온 만화책들을 침대 옆 선반에 놓아주며 무심한 대꾸를 내뱉었다.

"응, 나는 멀쩡해! 유현 씨는 어디가 제일 많이 다쳤어요?"

"모르겠어요."

"어쩌다 이렇게 된 거야? 뉴스에선 작은아버님 비서실장이 살인미수 혐의로 잡혀 들어갔다고 나오던데…… 작은아버님이 유현 씨를 해치려고 했던 거예요?"

이어지는 건 과거의 일들이었다. 그 역시 곤란한 대화주제였지만, 나중에 설명하는 것보다는 나았다.

모든 상황이 정리되고 드디어 지옥에서 풀려난 유현은 곧 미련뿐인 인연을 남겨둔 채 흔적 없이 사라져야만 했으니까.

"여울 씨."

유현은 이번 일에 대해 설명하는 대신 그녀의 이름을 입술 끝에
담았다.

"응?"

그녀의 시선이 닿아오자 심장은 쿵 내려앉는 듯 했다. 하지만 그
런 감정들은 모두 숨기고, 그는 입술을 곱게 휘어 올렸다.

"아무것도 걱정하지 마요……."

"……."

"다 잘될 거예요."

그건 남몰래 건네는 작별인사였다. 물론 남아있는 사람들은 그가
완전히 사라져 버릴 때까지 눈치채지도 못하겠지만.

챙!

유 회장이 던진 재떨이가 설아의 얼굴을 스쳐 벽에 부딪혔다. 산
산조각이 난 채 흩어진 파편들은 그녀의 뺨에 작은 상처를 냈다.

하지만 설아는 고통을 느끼지 못하는 사람처럼 조금의 미동조차
하지 않았다.

'옵타티움 비서실장, 도하언 이사 살인미수 혐의로 구속. 사건현
장에 신우그룹 유설아 대표 목격 돼…….'

세상을 발칵 뒤집어놓은 사건에 대한 인터넷 뉴스 기사.

"도선웅 회장이랑 대체 무슨 짓거리를 하고 다닌 거냐!"

"……."

"대답해! 도 회장이 푼 쥐새끼들 잡아들이는 자리에 왜 니가 있었냐고!"

그걸 도저히 납득할 수 없었던 유 회장은 설아는 계속 추궁했으나 그녀는 입을 열어 해명하지 않았다.

들리는 흉흉한 소문이 모두 사실이라고 인정하는 것처럼 유 회장이 쏟아내는 분노를 가만히 듣고만 있을 뿐이었다.

대답하는 게 어려워서는 아니었다.

설아는 도 회장이 무모한 짓을 벌인다는 걸 알고 있었으면서도 막지 못했고, 위태로운 그와 인연을 끊어내지 못했고, 사건이 정리되기도 전에 현장으로 달려간 이유가 모두 유현 때문이었다는 것을 이해시킬 자신이 없었다.

"너 정말 기자들 추측대로 도 회장이랑 손을 잡고 도하언을 죽이려고 한 거냐!"

"아닙니다."

"그게 아니라면 니가 왜 엮여들어 가! 왜!"

"복잡한 사건에 연루되게 만들어서 죄송합니다."

기계적인 그녀의 사과는 유 회장의 심기만 더욱 들쑤셔놓을 뿐이었다.

"이, 이런 무책임한……!"

쾅—!

핏대 선 유 회장의 주먹이 집무실 책상을 거칠게 내리쳤다. 장식용으로 놓여있던 유리 촛대가 바닥으로 떨어지며 한 번 더 소란을 피웠다.

모든 것이 부서지고 일그러지는 공간. 유 회장은 분노로 미쳐버릴 지경이었지만 설아는 여전히 조각상처럼 굳어있을 뿐이었다. 두려움도, 죄책감도 전혀 느껴지지 않는 눈빛을 띤 채.

"후우…… 잘 들어. 유설아."

"……."

"모든 기자들이 너에게 집중하고 있어. 현장에서 너와 관련된 증거가 발견되지 않았기에 망정이지, 만약 뭐 하나라도 수상한 부분이 잡혔다간 도 회장과 한 패라는 의혹을 벗지 못할 거다."

유 회장은 애써 이성을 붙잡고 상황을 정리하기 시작했다. 속을 이해할 수 없어도 결국엔 하나뿐인 자식인지라, 그는 어떻게든 설아를 더 이상 휘말리지 않도록 보호해야했다.

"이 시간부로 우리 신우그룹은 옵타티움과 어떠한 연관도 없는 거다. 혼사가 틀어진 이후로 옵타티움과의 인연은 완전히 끝이 났던 거야. 알았어?"

유 회장은 신신당부를 하며 설아의 수긍을 종용했다.

자신이 기꺼이 나서서 해결해주는 것이니 당장이라도 고개를 끄덕일 줄 알았건만, 그녀에게선 여전히 아무런 대꾸가 없었다.

"똑바로 알아들었냐고!"

그런 태도가 불안했던 유 회장은 다시 언성을 높여 그녀를 다그쳤다. 그러자 설아는 짧은 한숨을 내쉬며 고개를 숙였고, 제 손목에 찬 시계를 확인했다.

"일이 있어 먼저 들어가 보겠습니다, 회장님."

"뭐, 뭐?!"

"……."

"지금 이게 대체 무슨 경우야!"

시원한 대답을 돌려받지 못한 유 회장은 잔뜩 흥분한 채 고함을 쳤다.

하지만 설아는 그대로 등을 돌려 집무실을 빠져나갔다. 비장함마저 감도는 뒷모습은 제 무덤을 준비하는 사람처럼 불길한 기운이 흘렀다.

무겁게 가라앉은 눈빛. 모든 것을 내려놓은 걸음.

"유설아! 유설아!"

연신 터져나오는 유 회장의 부름도 무시한 채 발걸음을 움직이는 설아에게선 생기가 전혀 느껴지지 않았다.

어쩌면 당연한 일이었다. 그녀의 삶은 그날 영영 빛을 잃어버렸으니.

'부탁이야…… 가까이 오지 마…….'

'나도 살고 싶어…….'

절대 거역할 수 없는 명령을 받들어버린 설아는 지금 스스로 추락할 준비를 하는 중이다.

자신의 집착도, 누군가의 욕망도 다 내려둔 지금.

그녀의 눈앞에 길 하나가 펼쳐졌다.

그 사람에게로 향하는 꽃길이 아닌 그 사람을 위해 기꺼이 걸어야 할 가시밭길이었지만, 옳은 길인 것만큼은 확실했다.

여울이 병원 주차장에 도착한 시울을 마중 나가느라 자리를 뜬 병실.

　―최 씨는 '도하언 이사를 살해하려 했던 건 개인적인 원한이었다.'라고 범행동기를 밝혔으며, '도유현 상무가 다친 건 계획에 없던 일이었다. 당황감에 저지른 우발적 범행이었다'라고 진술했습니다.

뉴스에선 옵타티움 비서실장의 살인미수사건이 보도되고 있었다.

한층 초췌해진 비서실장의 얼굴이 텔레비전 화면에 가득 차자, 유현의 눈동자가 옅게 떨려 왔다.

　―이번 사건에 대해 옵타티움 도선웅 회장은 아직 어떤 공식 입장도 내놓지 않은 상태입니다.

도 회장의 이름이 거론될 무렵 유현의 고개는 살짝 아래로 떨구어졌다. 아무리 괜찮다고 말해도 오랜 시간 그를 옥죄었던 사람의 얼굴을 보는 건 꽤나 고역인 모양이었다.

하언은 트라우마에 시달리는 유현에게 지그시 시선을 두었다.

"다른 데 틀까."

그가 무심히 묻자 제 손끝위로 떨어졌던 유현의 눈동자가 되돌아왔다.

"어? 아니……."

"그냥 끌게. 시끄러우니까."

하언은 리모컨을 들어 텔레비전 전원버튼을 눌렀다.

삐릭― 소리와 함께 검게 변한 모니터 화면은 한결 바라보기 나았다.

"……고마워."

유현은 조심스레 입술을 움직여 대답했다. 하언은 그 말에 별 대꾸를 않고 있다가 이내 긴 한숨을 내쉬었다. 둘 사이에 흐르는 침묵의 무게는 제법 무거웠다.

그렇게 한참을 뜸을 들이다가, 괜히 벽시계를 살피다가.

"쓸데없는 걱정하지 마. 너한테는 아무 일도 안 생겨."

하언이 먼저 고요한 목소리를 흘려보냈다. 그를 향한 유현의 눈동자가 옅게 떨려 왔다.

"수발 들어주던 새끼들 죄다 잡혀 들어갔으니까 도선웅도 한동안은 잠잠할 거다. 상황판단은 빠르게 하는 양반이잖아."

"별걱정 안 해."

"그럼 다 죽어 가는 얼굴로 앉아 있지를 말든가. 신경 쓰이게."

하언은 유현을 걱정하는 마음에 까칠하게 쏘아붙였다.

하지만 유현의 마음은 도 회장으로 인해 복잡한 것이 아니었다. 그는 모든 상황이 결말과 가까워질수록 점점 더 또렷해지는 각자의 엔딩이 염려스럽다.

"아버지는 어떻게 할 생각이야?"

유현의 나직한 질문에 하언은 일말의 망설임도 없이 대답했다.

"아무것도 못 할 때 끌어내려야지."

"계획은 있어?"

"니가 당한 짓, 주동자가 그 인간이라는 걸 밝혀내는 데까지는 오래 안 걸려. 20년 전 사건까지 꿰어 넣는 건 운일지 몰라도."

"……."

"그러니까 니가 마음 단단히 먹어야 돼. 너도 싸워야 하니까."

그동안 도 회장의 손아귀에 사로잡혀 온갖 고초를 겪어왔던 유현은 그의 혐의를 입증할 수 있는 가장 중요한 증인이었다.

물론 텔레비전 화면에 그의 모습이 비친 것만으로도 불안해할 정도인 그가 직접 도 회장을 상대할 수 있을지는 모르겠지만.

유현은 아무런 말도 하지 않았다. 하언은 그런 그를 재촉하는 대신 고개를 돌렸다.

♩ ♪ ♬ ♩ ♪ ♬ ─

그때, 하언의 휴대폰이 울렸다.

스스럼없이 재킷 안주머니에서 휴대폰을 꺼낸 하언은 액정 위에 떠오른 이름 석 자에 인상을 굳혔다.

'유설아'

참 배짱도 좋은 여자였다. 사람 목숨을 기만해 놓고서 잘도 연락하는 걸 보면.

"나갔다 온다."

하언은 유현에게 아무 내색도 하지 않고 자리에서 일어났다. 떨리는 유현의 눈동자는 여전히 여리고 나약했다. 하언은 발걸음을 떼려다 말고 잠시 그에게 시선을 두었고, 한결 부드러워진 목소리를 냈다.

"김 비서 연락이야."

"어? 아, 응⋯⋯."

"이 앞에서 잠깐만 통화 좀 하다 올게."

하언의 배려 섞인 말은 걱정에서 비롯된 것이 분명했다.

유현은 그의 말대로 조금 더 단단해진 모습을 보여주기 위해 억지로 입꼬리를 들어 올렸다. 그리고 방금 전, 그의 휴대폰 액정에 떠오른 이름을 정확히 봤으면서도 보지 못한 척 말했다.

"김 비서님한테도 감사하다고 전해드려."

그리 말하는 유현은 이제부터 숨소리조차 죽일 생각이다. 이 문 너머에 있는 그녀로부터 좀 더 완벽하게 몸을 숨길 수 있도록.

복도로 나선 하언이 아직도 울리고 있는 휴대폰의 통화버튼을 눌렀다.

"왜."

지독히 차가운 목소리로 첫 마디를 꺼내자, 설아는 아무 대답도 없이 전화를 끊어 버렸다. 하언은 짜증이 배인 눈으로 허망하게 끊어진 휴대폰을 바라보았다.

또각 또각 또각.

순간, 특별병동 복도 끝에서부터 들려오는 발소리는 익숙한 한기를 띠고 있었다. 싸늘하게 굳은 하언의 시선이 가까워지는 인기척을 향해 들어 올려졌다.

"유설아……."

"내 이름 부르지 마. 유현 씨 들어."

늘 유현의 눈에 못 띄어서 안달이었던 설아는 오늘따라 자신의 기척을 숨기기 위해 애쓰고 있었다.

강인하던 눈동자는 이전의 기세를 찾을 수 없을 만큼 유약해졌고, 광기마저 느껴지던 집착은 흔적 없이 사라져 버렸다.

갑작스러운 변화는 아니었다.

사건 당일, 다 망가져 버린 유현을 찾아왔던 그녀는 그를 실은 구급차가 현장을 떠나고도 한참 동안 자릴 떠나지 못했으니까.

"공범 의혹까지 받고 있는 몸이 여길 찾아와도 되나?"

하언은 차가운 눈빛을 띤 채 그녀에게 물었다.

"……유현 씨는 어때?"

그 말에 대꾸하는 대신 유현의 상태부터 걱정하는 그녀는 초조한 기색이 역력했다. 하언의 입가에 노골적인 비웃음이 맺혔다.

"그걸 니가 알아서 뭐하게."

"말장난 할 기운 없어. 한 번 물으면 그냥 똑바로 대답해."

"일주일 동안 시체처럼 누워 있다가 겨우 살아났어. 뉴스에서 그 사건 보도되는 것만 봐도 불안해 미치려고 해. 됐냐?"

"……."

"뻔히 예상되는 결과에서 괜한 희망 찾지 마. 꼴사나워."

그리 다그치는 하언의 목소리엔 분노가 섞여 있었다. 유현을 벼랑 끝으로 내몬 설아는 적어도 그의 안위만큼은 물어선 안 됐다.

"괜한 희망이라……."

설아는 그의 날선 대답을 부정하지 않고 고개를 떨구었다. 흐린 한숨에 섞여 있는 건 평소의 질척한 감정이 아니었다.

오히려 고요한 새벽에 깔린 흐린 안개처럼 옅고, 어둡고, 그러면서도 애달픈…….

체념. 완전히 잃어버린 것에 대한 깊은 그리움.

참으로 안쓰러운 광경이었다. 애달프게 쫓던 대상을 잃어버린 그녀는 세상에 홀로 남겨진 사람과 같았다.

하지만 도저히 설아를 동정할 수는 없었다.

그녀에게 유현의 존재가 얼마나 컸는지 실감날수록, 속박된 유현이 겪었을 압박감도 오롯이 와 닿았으니까.

"사람 미치게 만들지 말고 돌아가. 도유현한테는 너만 아니면 돼."

하언은 가만히 굳어 있는 설아에게 한 번 더 엄포를 놓았다. 이제 막 악몽에서 벗어나려 하는 유현을 지키기 위해서였다.

설아는 쓸쓸한 빛을 담은 눈을 하언에게 고정시켰고 조심스럽게 입술을 열었다.

"그래…… 그 사람은 나만 아니면 돼."

늘 그래왔듯 몇 번쯤은 더 오기를 부릴 줄 알았는데, 그녀는 조금의 반항도 없이 순순히 납득했다. 그 뒤에 따라붙는 한숨엔 쓰라린 아픔이 짙었다.

"도하언, 너 많이 달라진 거 알아?"

설아는 자신을 차갑게 내려다보는 하언에게 의도를 알지 못할 질문을 던졌다. 그녀를 상대하는 게 달갑지 않았던 하언은 아무런 대꾸도 하지 않았다.

그러나 설아는 아랑곳하지 않고 불편한 말문을 꺼내놓았다.

"예전에 넌 사람처럼 보이지도 않았어. 감정은 메말랐고, 인정머리는 없었고, 세상 혼자 사는 것처럼 너 하나밖에 몰랐잖아."

쏟아지는 비난은 하언의 심기를 들쑤셔 놓았다. 사람 같지도 않다는 말을 지금껏 온갖 인간미 없는 짓을 저질러온 그녀에게 듣고 싶지는 않았다.

그래서 만만치 않게 사나운 반박으로 되갚아주려 했는데.

"그런데 지금은…… 그때의 도하언을 상상할 수도 없을 만큼 인간적이야. 남을 이해할 줄도 알고, 동정할 줄도 알고, 너의 사람을 챙길 줄도 알잖아."

이어지는 건 전혀 예상하지 못했던 긍정적인 평가였다. 그녀의 태도변화가 탐탁지 않았던 하언의 눈동자에 예리한 날이 섰다.

"그래서 하고 싶은 말이 뭔데."

하언은 상대할수록 혼란만 더할 뿐인 그녀를 돌려보내기 위해 매섭게 물었다. 순간 설아의 입가에 흐린 미소가 얹혔다.

"그냥…… 나는 왜 너처럼 되지 못했을까, 싶어서."

"……."

"아마 그동안 내가 했던 건 사랑이 아니었나 봐. 다 내려놓을 때가 되니까 이제야 알겠어."

뒤따라온 설아의 고백엔 후회만이 가득했다. 욕심도, 집착도 전부 깔끔히 비워낸 그녀의 얼굴은 그전의 독기어린 표정과 180도 달랐다.

그런 그녀를 말없이 바라보고 있는 하언에게 설아는 들고 온 가방 안에서 파일 하나를 꺼냈다.

"받아."

"이게 뭔데."

"니가 애타게 찾던 거."

군더더기 없는 설아의 대답은 혹시나 하는 기대감을 불러일으켰다. 그녀에게 동요하는 모습을 보이고 싶지는 않은데 파일을 넘겨받는 하언의 손끝은 미세하게 떨리고 있었다.

하지만 최대한 평심을 유지하며, 하언은 받은 파일을 펼쳐보았다.

'도선웅 회장 살인미수 증거자료'

낡은 문서를 복사해 놓은 A4용지 상단에 휘갈겨진 글씨. 기대하지도 않았던 간절한 증거자료에 하언의 눈동자가 눈에 띄게 일렁였다.

도 회장이 일주일 전 사건으로 조사받는 동안 그의 자택을 샅샅이 뒤질 생각이었건만, 증거는 계획했던 방법보다 훨씬 수월하게 하언의 손아귀에 들어왔다.

"주치의가 남겨 둔 증거자료 복사본이야. 도선웅 상대하려면 나도 무기 정도는 구비해 둬야 할 것 같아서 가지고 있었어."

"……뭐?"

"나는 도선웅의 모든 악행을 목격했고 기꺼이 가담했어. 법정에서 내 죄만 털어놓아도 그 인간은 꼼짝 못 할 거야. 하지만 내가 법정에 선다는 건 신우그룹 쪽에서도 알아채지 못하게 비밀로 해 둬."

지금껏 한 번도 그의 편이 되어준 적 없었던 설아는 처음으로 하언을 위해 움직이려 하고 있었다.

갑작스럽게 그녀의 도움을 받게 된 하언은 혼란스러움을 숨기지 못하고 되물었다.

"지금 뭐하자는 거야?"

"내가 뭐하자는 건지는 당신이 제일 잘 알잖아. 요즘 사람 다 된 건 알지만 앞으론 예전처럼 아무것도 신경 쓰지 말고 몰아붙여."

그리 말하는 설아는 언제 무너져 내렸었냐는 듯 담담했다.

아마도 옳은 길을 선택했기 때문인 것 같다. 앞으로 닥쳐올 절망을 이미 알고 있으면서도, 그녀의 마음은 이제까지 살아온 시간들 중 가장 평온하다.

반드시 해야 할 숙제 같은 일과를 마친 설아는 한결 후련한 표정으로 하언에게 악수를 청했다.

"일이 잘 마무리되길 바랄게."

"……."

물론 하언은 마주잡아주지 않았다. 그저 가라앉은 눈동자로 그녀를 노려보고 있을 뿐. 그건 못내 아쉬웠지만 그녀는 내색하지 않고 화답 받지 못한 손을 거두었다.

"뭐, 언젠가는 편하게 만날 날이 있겠지."

설아는 가벼운 미소와 함께 하언에게서 등을 돌렸다. 그리고 천천히 두 발을 움직여 유현이 머물러있을 특별병동으로부터 멀어졌다.

벽 하나를 사이에 두고도 오롯이 전해지는 그 사람의 존재감은 설아의 발길을 붙잡았지만, 그녀는 그럴수록 더 걸음을 재촉했다.

그렇게 하염없이 어두운 복도를 따라 걸어가다 비상구 문 앞에 멈춰 섰을 무렵.

"유설아."

넌지시 들려온 하언의 부름은 설아를 잠시 멈칫하게 만들었다.

문고리를 잡은 채 얼어붙은 설아는 황폐한 시선을 그에게로 옮겼다. 그녀에게 받은 파일을 꼭 붙들고 있는 하언에게선 서늘한 한기가 느껴졌다.

"이런 니 모습까지 도유현이 알아주길 원해?"

그런 하언이 그녀에게 꺼내놓은 질문은 수없이 고개를 끄덕이고 싶을 만큼 간절한 것이었다.

죄를 짊어지기로 결심한 나를 그 사람이 알아주길 원해. 더 나아가서 용서해 주길 원해.

이젠 다가와도 된다고, 내가 두렵지 않다고. 그 아름다운 눈으로 날 바라보며 고백해 주길 원해.

하지만…….

"아니."

그래선 안 되잖아. 당신과 나의 사이는 이미 돌이킬 수 없을 정도로 망가져 버렸으니.

"그 사람, 마음이 너무 약한 사람이야. 내가 개과천선 했다는 걸 알면 그동안 당한 건 전부 잊고 바보같이 고마워할걸."

"……."

"그러니까 그 사람은 이런 날 끝까지 몰랐으면 좋겠어. 용서하지 못할 사람을 억지로 용서하게끔 압박주고 싶지 않아."

설아가 꺼내놓은 대답은 더할 나위 없이 진솔했다. 그동안 억척스레 쥐고 있던 많은 고집들을 깔끔히 비워버린 모양이었다.

그게 어떻게 가능했는지는 모르겠다. 자신의 삶마저 부서트릴 만큼 거대하게 휘몰아치던 미련은 단번에 정리할 수 있는 수준이 아니었을 텐데.

"……알릴 생각도 없었어."

하언은 무심한 목소리로 대답했다.

하지만 동요하는 눈빛까지 숨길 수는 없었다. 선명히 펼쳐진 그녀의 미래는 하언이 보기에도 안쓰러울 만큼 처참했다.

설아는 그런 하언의 마음까지도 꿰뚫어 보았는지, 오히려 여유를 부리듯 말했다.

"마음 굳게 먹으라니까. 우리 사이에 무슨 동정이야."

그 말을 끝으로 설아는 비상구 문을 열었다.

그의 눈앞에서 사라지는 그녀의 모습은 마치 탈출하는 것처럼 보였다. 아무리 헤매도 출구가 나오질 않았던 지옥 같은 미로에서.

＊　　＊　　＊

조금의 분주함도 느껴지지 않는 평창동 저택의 평일 낮.

"회장님은 어디 계세요?"

방에서 나온 혜수가 가정관리사에게 물었다. 가정관리사는 30분 전 바삐 외출준비를 하던 도 회장을 떠올리며 애매모호한 대답을 했다.

"점심 식사를 준비하느라 나가시는 모습까지는 확인하지 못했는데, 아마도 외출하신 것 같아요."

"어디로 가셨는지도 모르시고요?"

"네, 목적지는 잘⋯⋯."

"분위기가 뒤숭숭해서 당분간 공식적인 스케줄은 없을 텐데⋯⋯."

고개를 갸웃거리던 혜수는 문득 지난밤의 고함을 생각해 냈다. 하루 종일 서재에서 나오질 않던 도 회장은 지난 새벽 알 수 없는 상대를 향해 언성을 높였다.

'도하언 이 새끼, 개수작 못하게 막아.'

'당장 움직이라고!'

뉴스에선 분명 비서실장이 욕망에 눈이 멀어 계획적으로 저지른 범행이었다고 밝혔는데, 어째서 아버지는 계획에 실패한 주동자처럼 하언의 구사일생을 안타까워하는 건지.

커져 버린 의문은 확신에 가까워졌다.

최근 들어 살얼음판이 따로 없어진 집안 분위기도, 도 회장과 하언 사이에 흐르던 팽팽한 긴장감도, 이유 없이 불안해하던 유현의 태도도 점점 이유가 명확해졌다.

"아버지 없는 거 확실하죠?"

혜수는 보다 낮은 목소리로 가정관리사에게 물으며 몸을 틀었다.

"네, 외출하신 건 확실해요."

그리고 가정관리사의 대답이 떨어지자마자 발걸음을 옮겼다. 그녀가 향하는 곳은 다름 아닌 서재 쪽이었다.

평소엔 서재로 향하는 복도 앞에 상주하고 있는 경호원들 때문에 입구 근처로도 다가가지 못했지만, 오늘은 가정관리사의 눈만 조심한다면 살펴볼 수도 있을 터였다.

"아아, 그럼 난 좀 더 자야겠다."

혜수는 일부러 기지개 켜는 시늉을 하며 발걸음을 움직였다. 가정관리사는 별 의심 없이 부엌으로 돌아갔고, 그녀의 기척이 멀어질수록 혜수의 걸음도 빨라졌다.

물론 철두철미한 도 회장이 많은 흔적을 남겨 놨으리라고는 생각하지 않는다. 아무 단서도 얻지 못할 확률이 더 크다.

하지만 그렇다고 해서 지레짐작하며 포기하고 싶지는 않았다. 그동안 힘든 오빠에게 어떤 도움도 되어 주지 못했으니, 그 죄책감을 갚기 위해서라도 뭐든 시도해보고 싶다.

"후우……."

서재 앞에 다다른 혜수는 문고리를 잡기 전 심호흡을 했다. 그리고 결단을 세운 눈빛으로 손에 힘을 주었다. 철크덕 거리는 소리가 들려오자 그녀의 등골엔 오싹한 소름이 돋아났다.

혜수는 그 여세를 몰아 조심스럽게 붙잡은 문고리를 돌렸다.

철컥— 철컥, 철컥.

그러나 굳게 닫힌 서재 문은 좀처럼 열릴 기미가 보이지 않았다. 아무래도 안쪽에서부터 단단히 잠겨 있는 모양이었다.

"아아…… 안 열리잖아."

이런 결과조차 예상하고 있던 혜수였지만 허탈한 마음은 감출 길이 없었다. 마음 같아선 문을 아예 부숴버리고 싶은데 그랬다가는 뒷수습이 안 되겠지.

혜수는 사건 당일 밤 서재에서 나온 도 회장과 마주쳤던 때를 떠올렸다. 심상치 않은 파일을 쥐고 있던 그는 의심스러울 만큼 지나친 경계심을 띠고 있었다.

대체 뭐 때문에 저러시는 걸까, 궁금해하던 혜수는 그날 제 방문을 전부 닫지 않고 빠끔히 열어 두었다.

그러고는 거실로 향하는 도 회장의 뒷모습을 지켜보았다. 하지만 자세히 구경하지는 못했다. 벽난로 앞에 서 있다가 전화가 걸려오자 곧바로 뒤를 돌아 다시 서재 쪽으로 향했던 도 회장 때문에.

'되새기면 되새길수록 뭔가 찜찜한데…….'

그렇게 하릴 없이 그에게서 느껴지던 독한 기운만 곱씹고 있던 그때.

"아……!"

문득 혜수의 머릿속에 무언가가 스치고 지나갔다. 다름 아닌 거실로 향할 때와 달리 돌아올 때는 텅 비어 있었던 도 회장의 손이었다.

도 회장 같은 완벽주의자가 파일을 두고 다닐 리는 없다.

하언과 유현이 비서실장의 계획에 따라 주지 않았던 날, 그 소식을 듣고 분개한 그는 아무래도 사건과 관련된 자료를 벽난로에 던져 태워버렸나 보다.

상황이 대충 정리되니 혜수의 가슴속에선 아버지를 향한 역한 감정이 피어올랐다.

복도에서 혜수의 방까지 전해지도록 들려오던 통화내용.

'아무것도 하지 마세요.'

'그 사람들은 저와 아무런 관련이 없습니다. 비서실장도 참, 자신의 사리사욕을 위해서 저의 조카를 해치려 하다니…… 상당히 대책 없는 분이시군요.'

'엄벌에 처하도록 놔두세요. 저도 그런 자들은 용서할 수 없습니다.'

그건 이제 보니 뼛속까지 나쁜 거짓말이었다. 그걸 깨닫는 순간 혜수의 머릿속엔 자신이 해야 할 일이 더욱 확실해졌다.

"꼭 증거가 아니더라도 당신에 대해 아는 건 많아, 도선웅."

혜수는 오기 섞인 혼잣말을 내뱉으며 잠긴 문고리를 노려보았다.

언제나 차갑기 그지없는 표정으로 식구들을 대했던 아버지는 아주 어릴 땐 무서우신 분이라고 생각했고, 사춘기 때는 그저 표현이 서툰 사람이라고 애써 이해했지만.

오늘 확실히 깨달은 그는 무서운 사람도, 표현이 서툰 사람도 아니었다. 그저 인두겁을 쓴 괴물에 불과할 뿐.

혜수는 입고 있던 카디건 주머니 속에서 휴대폰을 꺼냈다. 그리고 주저 없이 익숙한 번호를 눌렀다.

뚜루루루— 뚜루루루—

단조로운 통화연결음이 몇 번 반복되고 얼마 지나지 않아 휴대폰 너머에서 그리운 목소리가 들려왔다.

—여보세요?

"통화 가능해요?"

—니가 누군데?

"하아…… 이쯤 되면 저장 좀 해 주세요. 저 혜수예요."

—아아아! 그래, 어쩐 일이야? 예전에 내가 뜯어먹은 가방 받으려고 전화했어?

아직 정리하지 못한 미련 때문에 언제나 연락하고 싶었던 짝사랑 오빠, 차시울. 하지만 오늘 혜수는 사적인 감정이 아닌 공식적인 의뢰를 요청하기 위해 전화를 걸었다.

"차시울 판사님."

—응?

"아버지가 엮인 사건에 대해 보고 들은 게 많아요. 꼭 증인으로 서고 싶은데 도와주세요."

비장한 그녀의 목소리는 누구보다 진지했다. 그 말의 의미를 정확히 알고 있는 시울의 목소리가 살짝 흔들렸다.

—그 말…… 진심이야?

유현이 입원해 있는 병원의 특별병동.

평소 조용하던 복도의 웅성거림이 갑작스레 커졌다. 특종의 주인공을 따라 특별병동 앞까지 몰려든 기자들 때문이었다.

"도 회장님, 한 말씀 해 주세요."

"이번 사태에 대해서 어떻게 생각하십니까."

"도하언 대표이사와는 어떤 관계이신가요."

그들의 관심을 한 몸에 사로잡고 있는 사람은 다름 아닌 도 회장이었다.

오늘 별다른 스케줄이 없었음에도 불구하고 검은색 정장을 제대로 차려 입은 도 회장은 차가운 얼굴에 늘 지어 보이던 가식적인 미소를 얹었다.

그가 넌지시 방문소식을 흘려 불러 모은 기자들이니 만큼 그의 얼굴엔 놀란 기색도 없었다.

"이번 사건은 전부 저의 탓입니다. 제가 중간에서 비서실장과의 의견조율을 하지 못한 탓에 도하언 이사와의 갈등이 극에 달한 거라고 생각합니다."

"그렇다면 회장님과 도하언 이사의 관계는 아무런 문제가 없습니까?"

"저와 도하언 이사의 경영방식이 서로 다른 건 사실입니다. 하지만 늘 같은 목표를 바라보며 회사를 성장시키고 있습니다. 집안 내에는 아무런 문제도 없습니다."

적당한 반성과 해명이 섞인 입장표명은 제법 그럴싸했다. 도 회장이 기자들 앞에서 지어 보인 표정도 자신을 향한 의심을 잠재울 수 있을 만큼 침착했다.

도 회장은 눈빛을 번뜩이는 기자들에게 호소력 짙은 한 마디를
내뱉었다.

"도유현 상무이사의 상태가 생각보다 더 좋지 않습니다. 취재하
느라 애쓰시는 노고는 충분히 알고 있지만 부디 병실 앞에서의 소
란은 자제해 주시길 부탁드립니다."

그건 필요에 따라서만 선보이는 온기였다. 그의 주위를 에워싸고
있는 제3자에게는 무엇보다 절절하지만 정작 유현에게는 와 닿은
적도 없었다.

그러나 그 가식을 눈치챌 리 없는 기자들은 웅성이던 목소리를
잠재웠다. 유현의 병동 쪽으로 나아가는 도 회장의 발걸음은 그저
가뿐했다.

"그럼 이만."

도 회장은 병실의 문고리를 돌리기 전, 기자들에게 가벼운 묵례
를 했다. 그리고 문고리를 붙잡은 손에 더욱 힘을 더하려는데.

"작은아버님⋯⋯?"

기자들 사이에서 이질적이지만 익숙한 목소리가 들려왔다. 뒤돌
아보지 않아도 머릿속에 또렷이 떠오르는 사람은 하언의 그녀, 여
울이었다.

순간 도 회장의 표정은 살짝 경직되었지만 애써 부드러운 미소를
유지하며 뒤틀린 감정을 덮었다.

"⋯⋯새아가, 오랜만이구나."

천천히 고개를 돌린 도 회장이 나직한 인사를 건넸다. 혼란스러
운 눈빛을 띤 여울이 그에게로 한 걸음씩 가까이 다가왔다.

"작은 아버지가 여긴 어쩐 일로…… 혹시 유현 씨 만나러 오신 건가요?"

그리 묻는 여울의 온도는 미묘하게 차가웠다. 현재 하언과 유현의 가장 측근과 다름없는 그녀는 옵타티움 가문 사이에서 흐르는 살기를 이미 눈치채고 있는 모양이었다.

도 회장은 혹시나 그녀가 함부로 입을 놀릴지 모르는 상황을 대비해 최대한 인자한 표정을 지어 보였다.

"걱정이 많아 보이는구나. 유현이 몸은 좀 어떠니."

찰칵, 찰칵거리는 기자들의 카메라 셔터음은 여울을 당황하게 만들었다. 하지만 그녀는 도 회장만을 똑바로 바라보며 단호한 대답을 내뱉었다.

"작은아버님도 충분히 아시고 계시잖아요. 이미 엉망으로 망가져 있다는 거."

그 말 안에 느껴지는 뼈는 도 회장의 심기를 충분히 거슬러놓았다. 도 회장은 급격히 섬뜩해지는 눈빛을 숨기기 위해 좀 더 입꼬리를 들어 올렸다.

"상태가 많이 안 좋다는 얘긴 들었다. 최고의 의료진을 붙여줄 테니 너무 걱정하지 마렴."

"하……."

최고의 의료진. 이제 와서 그 사람에게 그런 게 무슨 소용이 있다고.

세상에서 가장 무의미한 보상에 여울의 입술 새로 헛웃음이 샜다. 그리고는 분노가 담긴 눈빛으로 그가 데려온 수많은 기자들을 훑어보았다.

정말 유현에 대한 감정이 걱정뿐이라면 기자들을 외부인 출입이 엄격히 금지된 특별병동까지 끌고 오진 않았을 것이었다.

아니, 애초부터 이곳까지 행차하시지 않았겠지. 유현이 심적으로 많이 불안한 상태라는 건 뉴스에서 흘러나오는 주치의의 인터뷰만으로도 알 수 있었을 테니까.

여울은 당장이라도 못된 고함을 내지르고 싶은 걸 억지로 참아 냈다. 대신 유현에게 향하는 도 회장의 발걸음을 단호하게 막아 섰다.

"돌아가세요. 의료진은 지금으로도 충분해요."

도 회장은 감히 자신에게 명령을 내리는 그녀가 몹시도 같잖았다. 주변에 기자들만 널려 있지 않았다면 이 자리에서 다신 입을 함부로 놀리지 못하도록 압박을 주었을 터였다.

하지만 자신이 차려 놓은 밥상을 스스로 뒤엎을 수 없었던 도 회장은 경직된 시선을 여울에게 내려두었다.

"……미안하다, 신경 써 주지 못해서."

그리고는 진심이라고는 하나도 보이지 않는 사과를 내뱉었다. 병실 안에서 이 모든 얘기를 듣고 있을 사람에게 더욱 잔인한 상처가 되는 사과였다.

"전부 내 잘못이라고 생각한다. 비서실장에게 너무 많은 신뢰를 주었어. 유현이를 조금 더 챙겼더라면 이런 파국으로 치닫는 건 막을 수 있었을 텐데……."

"……."

"내 가족을 돌보지 못한 죄책감이 참 크구나."

그의 입에서 처음으로 나온 '가족'이라는 단어는 유현이 그토록 바라고 바라던 말이었고, 그래서 더욱 거짓말로는 입에 담아선 안 될 말이었다.

여울은 지금껏 보지 못했던 그의 너그러운 태도에 결국 분이 차오르고 말았다.

"작은아버님이 어떻게 그런 말을······."

그래서 사람 더 이상 비참하게 만들지 말라고 소리치려던 그때.

끼익—

굳게 닫혀 있던 병실 문이 열렸다. 문틈으로 드러나는 건 진이 다 빠져 버린 유현의 얼굴이었다.

"유현 씨······."

여울은 일렁이던 눈동자를 그대로 옮겨 유현을 바라보았다.

평소의 슬픔도, 그와 가까운 절망도, 여울과 같은 분노도 느껴지지 않는 그는 걱정과 달리 용케 담담했다.

도 회장은 차디찬 시선을 유현에게로 옮겼고 처음으로 다정한 질문을 건넸다.

"유현아. 몸은 괜찮니?"

한 번쯤 받아보길 원했던 그의 관심.

순간 유현의 가슴 속에선 참 많은 감정들이 소용돌이쳤다. 유현은 이제야 친아들을 대하는 듯 구는 도 회장에게 참 많은 것들이 묻고 싶어졌다.

"깨어났다는 소식은 며칠 전에 들었지만 바로 찾아오진 못했다. 너도 안정을 취할 시간이 필요할 테니 말이야."

웃는 낯으로 말하는 당신은 지금 어떤 감정으로 날 대하고 있을 지.

"아무래도 기자들 때문에 난 여기 오래 있진 못할 것 같으니, 들어가서 좀 더 쉬거라. 난 니가 깨어날 걸 봤으니 안심하고 돌아가마."

굳은 내 얼굴을 마주하자마자 미련 없이 떠나려는 당신은 정말 나를 배려하는 것이 맞는지.

하지만 차오르는 의문에 대한 답은 구하고 싶지 않았다. 이미 인지하고 있는 현실을 확인해 봤자 남는 건 마음의 상처뿐이었다.

"회장님."

유현은 나직이 도 회장을 불렀다. 뒷말을 기다리는 도 회장의 눈빛은 감히 거스를 수 없을 만큼 서늘했다. 하지만 숨을 깊이 들이마신 그는 고요하고 침착하게 제 할 말을 내뱉었다.

"그만하세요."

"……."

"무얼 하셔도 달라지는 건 아무것도 없을 겁니다."

쉽게 뜻을 알아채기 힘든 유현의 얘기는 기자들의 취재욕구를 자극했다.

소란스럽던 주변은 유현의 작은 목소리를 보다 선명히 담아내기 위해 삽시간에 조용해졌고, 그에 반해 번쩍이는 플래시는 더욱 격렬해졌다.

도 회장은 일촉즉발의 유현을 향한 뒤틀리는 분노를 억누를 수 없었다. 그러나 부정적인 감정은 모두 숨긴 채, 그는 기자들의 관심을 의식하며 화제를 비서실장 쪽으로 돌리기로 했다.

"달라지는 건 아무것도 없다니. 그런 소리 하지 마라. 이제 내가 있으니 비서실장은 너에게 손끝 하나 대지 못할 게야."

감히 엇나가는 유현을 굴복시키는 훈육은 늘 그래왔듯이 은밀하게 진행할 예정이었다. 아마 단 둘이 만나게 되는 순간 유현은 지금처럼 도 회장을 똑바로 바라보지 못하게 될 것이다.

하지만 그 사실을 충분히 알고 있을 유현은 조금도 휘둘리지 않고 비웃음만 흘려보낼 뿐이었다.

"네, 손끝 하나 대지 못할 겁니다."

"……."

"저한테도…… 제 사람들한테도."

그리 말하는 유현은 모든 광경을 지켜보고 있던 여울도 놀랄 만큼 싸늘하고 단호했다. 항상 도 회장과 상대할 때면 버릇처럼 나약해지던 눈빛도 조금의 동요 없이 굳건하기만 하다.

"도유현……."

이질적인 유현을 견디지 못한 도 회장이 급격히 싸늘해진 목소리로 그를 호명할 무렵. 유현은 병실 문 밖으로 나왔고 도 회장의 어깨를 스쳐 지나갔다.

"도유현 씨, 몸 상태는 어떠십니까. 사건 당시가 기억나십니까?"

"비서실장과는 어떤 관계였습니까!"

"도유현 씨, 이번 일에 대해 한 말씀만 해 주세요."

쏟아지는 기자들의 질문에도 한 마디 대꾸가 없던 유현이 멈춰선 곳은 다름 아닌 일렁이는 시선으로 자신을 바라보는 여울의 앞이었다.

"여울 씨."

그에게서 이름이 불려진 순간, 여울의 눈동자는 크게 흔들렸다. 그녀는 이미 만신창이가 되어 버린 그가 완전히 부서져 버릴까 두렵다.

하지만 유현은 지금까지 도 회장 앞에서 보여왔던 모습과 전혀 상반되는 부드러운 미소를 지어 보였다.

"이리 와요."

"……네?"

"여기 있지 말고 안으로 들어가자."

다정한 목소리와 함께 내밀어진 건 억지로 링거바늘이 뽑힌 탓에 핏방울이 맺혀버린 아픈 손이었다.

"유현 씨……."

"괜찮아. 겁먹지 마."

유현은 망설이는 그녀의 손목을 조심스레 붙잡았고 제 사람만 들어올 수 있는 병실 안으로 천천히 이끌었다.

고군분투 하느라 잔뜩 지쳐버린 유현의 뒷모습은 금방이라도 쓰러질 듯했지만 적어도 절망에 휩쓸려 무너질 것 같지는 않았다.

유현은 열려 있던 문 안으로 여울 먼저 들여보내놓고 차가운 표정의 도 회장에게 다시 한 번 시선을 두었다.

'저 아이…… 정유현이라고 했나요?'

'예, 하지만 다른 아이들보다는 나이가 제법 있어서 식구로 온전히 받아들이기엔 힘들 수도…….'

순간 스쳐 가는 아주 오래된 기억 하나.

'유현이를 데려가겠습니다.'

'더 고민해 보시지 않으셔도 괜찮으시겠어요?'

'네, 곧바로 입양절차 진행해 주세요.'

이젠 빛바래고 왜곡되어 버린 기억이지만 나는 단 한 번도 그날을 잊은 적이 없었다.

'눈이 참 예쁘구나.'

'…….'

'이제부터 날 아버지라고 부르거라.'

탄생의 순간부터 버려졌던 나에게 당신이 허락해 준 '아버지'라는 단어는 너무나도 달콤했었다. 그래서 내가 할 수 있는 한 최선을 다해 마음을 주고 싶었다.

당신은 '비굴함'이라고 불렀던 내 감정들도 전부 그날의 선택을 보답하기 위한 사랑이었다.

아무리 당신이 나를 외면해도 내가 떠나지 않으면, 나는 언제까지나 당신의 곁을 지켜줄 수 있을 거라고 믿었는데.

결국 우리는 파국으로 치달았고 남은 건 그동안 쌓아왔던 감정들을 되가져오는 일 뿐이었다.

당신과 마지막 대화를 나누는 지금, 그 오랜 시간을 함께 지내오면서도 감정을 주었던 건 나뿐이었다는 게 새삼 서글프지만.

"유현아, 잘 생각해 보고 행동하렴."

"네, 안 그래도 이제부턴 제가 하고 싶은 대로 해 보려고요."

차라리 그런 사람이라 다행이라고 생각한다. 나는 당신 말처럼 모질지 못해서 일말의 마음이라도 확인하는 순간 영영 이곳을 떠나지 못하게 될 테니.

"법정에서 뵙겠습니다, 회장님."

새장은 열렸고 날개는 펼쳐졌다.

푸른 하늘을 맞이할 준비는 물론 바닥으로 곤두박질칠 준비까지 전부 끝마친 나는, 처음으로 해 보는 미숙한 날갯짓이 전혀 두렵지 않았다.

14장
당신의 가족이 되어줄게

나쁜 일과 좋은 일은 비슷하게 찾아온다고 하더니.

최근 큰 시련이 몰아서 닥친 혜수에게 믿기지 않는 기적이 일어났다. 바로 세상에서 가장 콧대 높은 남자 차시울이 먼저 그녀에게 만남을 청한 것이었다.

평소 같았으면 너무나도 들떠서 기절했을지 모를 사건이었지만, 오늘의 혜수는 설렘을 느낄 여유가 없었다.

오늘 약속을 잡기 위해 잠깐의 통화를 했을 때.

'법원 앞으로 와줄 수 있겠어?'

'겁먹지 말고 편하게 와. 너무 곤란한 질문은 안 할 거니까.'

'그냥 밥이나 같이 먹는다고 생각해.'

도도한 차시울답지 않게 조심스러웠던 목소리는 그의 용건을 짐

작게 했으니까.

오늘 그를 증인의 신분으로 만나야하는 혜수는 어떤 표정으로 무슨 얘기부터 꺼내야할지 혼란스러웠다.

비록 악독하기 그지없는 인간일지라도 나의 하나뿐인 아버지라서, 모든 악행을 드러내는 데에는 엄청난 각오가 필요했다.

그러나 마음이 약해질 때마다 혜수는 머릿속으로 폐허와 같았던 유현의 공허한 눈빛을 떠올렸다.

'이제 그만 하고 싶어, 혜수야.'

'난 너희 가족과 더 이상 엮이고 싶지 않아.'

그녀는 그날 애원하던 오빠의 모습을 절대 잊지 않을 것이다. 그리고 어떤 후환이 따르더라도 그와의 연을 놓지 않을 것이다.

이런저런 생각을 하다 보니 어느새 시울과 만나기로 한 음식점 앞에 도달했다. 예전에 소개팅을 할 때 함께 저녁을 먹었었던 그 싸구려 파스타 집이었다.

혜수는 문고리를 잡기 전 짧은 한숨을 내쉬었고 긴장한 표정으로 문을 열었다.

딸랑—

"어서오세요."

가게 문에 달린 종소리와 종업원의 인사가 그녀를 반겨주는 가게 안. 시울은 예전에 함께 식사를 했던 그 자리에 그대로 앉아 있었다. 살랑살랑 손을 흔드는 그의 얼굴은 전화상에서 느껴지던 것보다 밝았다.

"어, 여기야. 이리 와."

혜수는 시울의 부름을 따라 순순히 걸음을 움직였다. 살짝 경직된 입가는 그녀가 얼마나 굳은 결심으로 이곳에 찾아왔는지 짐작케 만들었다.

하지만 시울은 그럴수록 가벼운 미소를 흘렸고 그녀 앞에 이미 채워진 물 잔을 내밀었다.

"대충 알아서 시켰어. 예전에 니가 잘 먹던 걸로."

"아, 고마워요. 전 원래 아무거나 잘 먹으니까······."

지금 내 신분이 그냥 증인도 아니고 가해자의 직계 가족이라서 그런가. 어쩐지 저 사람 눈을 똑바로 마주치지 못하겠어.

혜수는 복잡해지는 마음을 애써 추스르고 그의 맞은편 자리에 앉았다.

"흠, 점심시간 얼마 안 되죠?"

그리고 최대한 자연스러운 목소리로 시울에게 물으니, 그는 제 손목시계를 흘끔 쳐다보며 대답했다.

"응, 두 시간 뒤에 공판이 있어서. 그래도 밥 먹고 커피 마실 시간 정도는 돼."

"아······ 그렇구나."

"사실은 너한테 몇 가지 묻고 싶은 게 있어서 불렀는데, 식사부터 하고 얘기할까? 아니면 식사 전에 얘기 끝낼까?"

시울은 원래 그의 성격답게 단도직입적으로 본론을 꺼낼 준비를 했다. 순간 혜수의 어깨는 살짝 경직되었지만 그녀는 억지로 입꼬리를 들어 올린 채 대답했다.

"먼저 물어보세요. 시간도 얼마 없으시잖아요."

크고 작은 비리들부터, 주변인들을 색출해낼 수 있는 증거까지.

지금껏 듣고 보아 온 게 많은 그녀는 치명적인 이야기들을 많이 가지고 있었다. 그중 몇 가지는 도 회장의 숨통을 단번에 끊어 버릴 수 있을 만큼 결정적인 단서였다.

물론 털어놓을 준비는 다 끝마치지 못했지만 확 저지르고 나면 마음이 편해지겠지. 적어도 우리 오빠는 행복할 수 있잖아.

"흐음……."

시울의 입술 새로 흐린 숨이 새어 나왔다.

그는 말문을 열기 전 물 한 모금을 삼켜 넘겼고, 물 잔을 내려놓음과 동시에 그녀에게 다시 시선을 두었다.

"자, 우선…… 너 미국에서 혼자 살았다고 했지? 혼자 얼마나 있었어?"

그리고 꺼내놓는 첫 번째 질문은 지극히 일반적인 내용이었다.

"중학교부터 미국으로 갔으니까 한 십이 년 됐으려나?"

"아무도 없이 혼자 여행해 본 적은 있어?"

"아니요. 혼자 다니는 거 싫어서 여행은 친구랑 우르르 몰려가는데요."

"그럼 혼자 밥 같은 건 잘 먹어?"

"밥 정도야 뭐……."

곧이곧대로 대답하던 혜수의 눈에 의아함이 맺혔다. 도선웅 회장에 대해 물어볼 줄 알고 잔뜩 긴장해 있었건만, 어째 쏟아지는 궁금증들은 전부 혜수에게만 향해 있었다.

혜수는 혹시나 그가 경직된 그녀를 배려해 주기 위해 편한 대화부터 이끌어 가는 것일까 봐, 그러지 않아도 된다고 말해 주려 했다.

쇠뿔도 단김에 빼랬다고. 그녀의 불안감은 이렇게 돌려 묻는다고 해서 줄어들 것이 아니었다.

"미국에 혼자 살면서 부모님 보고 싶었던 적 없어?"

"부모님……이요?"

하지만 뒤따라오는 질문을 듣는 순간.

"난 아플 때가 가장 보고 싶던데. 나 혼자서는 해결 못 할 일이 생겼을 때도 보고 싶고, 혼자 밥 챙겨먹어야 할 때도 보고 싶어."

"……."

"내가 부모님이랑 그렇게 사이가 좋은 편은 아니었는데, 그래도 돌아가시고 나서 한동안 정신을 못 차리겠더라고."

그리고 그가 처음으로 내보이는 개인적인 이야기들을 알게 된 순간, 혜수는 그가 정말 궁금해하는 게 무엇인지를 어렴풋이 깨달을 수 있었다.

그건 도 회장에 대한 정보도 아니고, 비서실장이 저지른 사건의 진실도 아니었다.

"나한테 뭘 묻고 싶은 거예요?"

"괜찮은가 해서."

"……."

"앞으로 많은 것들이 변할 텐데 넌 괜찮겠는지, 물어보려고 불렀어."

조만간 쑥대밭이 되어 버릴 집안을 견뎌야하는 혜수의 마음, 그거 하나에만 초점을 두고 있을 뿐.

"뭐……."

혜수는 곧바로 대답하지 못하고 망설였다. 지금껏 뒷일에 대해 고민하는 동안 자신의 마음은 괜찮을지에 대해선 한 번도 생각해 본 적이 없었다.

그래서 긴장감을 내려놓고 최대한 이성을 붙잡은 채 고민해 보니, 아무래도 괜찮지 못할 것 같다는 부정적인 결론이 앞섰다.

비록 애초부터 위태로운 성이었을지라도 태어난 순간부터 머물러왔던 곳이니, 우수수 무너져 내리는 모습에 가슴이 많이 아플 듯하다.

하지만.

"안 괜찮아도 뭐 어쩌겠어요. 견뎌야지."

"……."

"처음엔 속이 문드러지고 정신 못 차리도록 힘들어도, 시간이 약이 되어 주지 않을까요? 흉터는 남더라도 아픔은 언젠가 가시겠죠."

그리 대답하던 순간 혜수는 정말 자신이 어떻게든 버텨 낼 수 있을 거라 확신했다. 결말이 어떻든 간에, 무엇이 옳은 엔딩인지는 알고 있으니.

"흔하디흔한 권선징악 이야기라고 생각해요. 나쁜 사람들은 벌을 받고 착한 사람들은 행복해지고……."

"……."

"이십 년이 넘도록 함께 있었지만 우리 오빠 저희 가족과 다르게 정말 착한 사람이에요. 그러니까 오빠가 행복해질 수 있게 시울이 오빠가 많이 도와줘요."

혜수는 최근 들어 부쩍 상처가 많아진 유현의 얼굴을 떠올리며 부탁했다. 사실 그녀는 멘탈이 단단한 자신보다 천성적으로 선하고 여린 유현이 더 걱정이었다.

모든 상처에 약이 되어 준다는 시간이 그의 얼굴도, 마음도 흉터 없이 깨끗이 아물게 해 준다면 좋을 텐데.

그 염려까지도 훤히 알고 있는 시울은 부드럽게 입꼬리를 들어 올렸고, 조금의 무게감도 없는 가벼운 목소리로 대답했다.

"미카엘은 걱정하지도 마. 내가 봤을 때 걘 외유내강 형이야."

"오빠가 어떻게 알아요, 그걸."

"나랑 같이 살면서 화 한 번 안 낸 사람은 미카엘이 처음이거든. 속이 너무 넓어서 반할 뻔했잖아."

평소처럼 장난을 치는 시울 덕분에 경직되어 있던 분위기는 한결 느슨해졌다.

혜수는 오늘 원래부터 지니고 있었던 설렘과 상관없이 걱정스러운 관심을 보여 주는 시울의 존재가 특별히 더 고마웠다.

아직도 내 눈엔 완벽하게 멋진 차시울, 세상에서 가장 소중한 도유현, 은근히 성깔이 있어서 더욱 정이 가는 차여울, 그리고 인간성은 밥 말아먹었지만 그래도 듬직한 도하언.

최근에 새롭게 발견하게 된 나의 좋은 사람들과 모든 사건이 마무리된 다음에도 편안하게 지낼 수 있을까.

문득 그런 걱정이 들기는 했지만 이내 접어 두었다.

지극히 옳은 선택을 한 이상 잘못된 결말은 나오지 않을 게 분명하다고 확신한다.

"회장님. 안녕하……."

"비켜."

성난 도 회장의 걸음이 집무실로 향하는 복도를 따라 이어졌다. 예의 차린 인사를 건네던 비서까지 거칠게 밀쳐버린 그는 흥분한 기색이 역력했다.

그동안 손에 쥐고 마음껏 비틀었던 유현에게 공격당한 지금, 그는 가슴속에서 휘몰아치는 모멸감과 분노를 참을 수 없을 지경이었다.

마음 같아선 그의 약해빠진 목덜미를 쥐고 바닥에 내쳐버리고 싶은데, 그럴듯한 쇼를 위해 준비해 놓은 기자들이 그의 파괴적인 본능을 막아 놓았다.

"도유현 이 개 같은 새끼를……."

도 회장은 날카로운 욕설을 내뱉으며 집무실 문을 벌컥 열었다. 그는 유현이 입원해 있는 병원장에게 연락해, 당장 도유현을 자신만이 들어갈 수 있는 독방에 가둬 놓으라 명령할 생각이었다.

콰앙—!

하지만 성난 문이 쾅음을 내며 닫히던 순간.

"아, 간 떨어질 뻔했네."

"……."

"노크 좀 하고 들어오시죠?"

도 회장의 집무실 의자에 주인처럼 앉아 있는 누군가의 모습이 그나마 붙잡고 있던 이성을 박살냈다.

바로 유현보다 더 짓밟고 뭉개버리고 싶은 존재. 자신의 모든 계획을 망쳐버린 하언이었다.

"니가 왜 여기 있는 게냐."

도 회장은 이를 악문 채 그에게 물었다. 일렁이는 두 눈엔 금방이라도 휘몰아칠 듯한 분노가 가득했다.

그러나 하언은 그와 상반되게 느긋한 모습으로 대답했다.

"미리 들러봤습니다. 사이즈를 대충이라도 알아야 제 짐을 들여놓죠."

"뭐?"

하언이 미소까지 띠운 채 내뱉은 말은 도 회장의 자리를 빼앗겠다는 도발이었다. 그 사실을 깨달은 도 회장은 안 그래도 날이 바짝 서 있던 얼굴에 독기까지 품었다.

"벌써부터 날 다 이겨먹었다고 생각하진 마라. 난 아직 움직이지도 않았어."

"움직이지 못하시는 거겠죠. 수발 들어줄 사람들이 전부 사라져버렸으니까."

"니가 날 상대할 수 있을 것 같니?"

"죄송하지만 상대해야 할 필요성을 느끼지 못하겠습니다. 오늘도 전 그냥 제 집무실이나 한번 둘러볼 겸 온 거라니까요."

도 회장의 협박성 짙은 말들에도 눈 하나 끔뻑하지 않는 하언은 도저히 참고 보기 힘들었다.

열이 뻗쳐오른 도 회장은 책장에 놓여 있던 유리 날개 조각상을 집어 들었고, 하언이 앉아 있는 책상을 향해 있는 힘껏 내던졌다.

챙―!

"개수작 부리지 마! 너는 곧 내가 무너트려!"

날카로운 파열음과 함께 들려오는 도 회장의 고함. 그와 동시에 하언의 목덜미로 튕겨져 나간 깨진 유리조각.

따가운 통증이 일자 하언은 살짝 미간을 찡그렸다. 목덜미를 매만진 손끝엔 아주 작은 유리조각이 묻어나왔다.

"하아……."

하언은 싸늘한 한숨과 함께 다시 고개를 들어 도 회장을 바라보았다.

그 눈빛에 어린 건 분노도, 기만도 아니었다. 낭떠러지 밑으로 곧두박질치고 있는 자를 향한 동정심만 가득할 뿐.

하언은 도 회장의 의자에서 천천히 몸을 일으켰고, 옷에도 흩뿌려져 있던 유리조각들을 탈탈 털어 냈다.

그리고 도 회장을 똑바로 직시한 채 그의 앞으로 발걸음을 옮겼다. 가까워지면 가까워질수록 하언에게선 짙은 오기가 전해졌다.

"밑바닥에 가라앉아서 발버둥 쳐 봤자 제가 신경이나 쓸 것 같습니까?"

"……."

"여기서 더 꼴사나워지진 마세요."

독한 멘트보다 더욱 도 회장을 자극하는 건 하언의 입가에 피식, 맺힌 우월감 섞인 미소였다.

꽉 쥐어진 도 회장의 주먹은 터지는 분노를 참지 못해 바들바들 떨려 왔다.

하언은 그런 그의 어깨를 가볍게 툭툭 두드렸고, 천천히 곁을 스쳐 지나갔다. 그가 집무실 문고리를 붙잡아 돌리는 소리에 도 회장의 일그러진 얼굴이 홱 돌려졌다.

하지만 그가 폭언을 퍼붓기 위해 입을 떼기도 전에.

"도선웅."

하언은 이때까지 중 가장 거침없는 호칭으로 도 회장을 불렀다. 한계치를 넘어선 도 회장의 시선이 위태롭게 흔들리기 시작했다.

하언은 그 눈을 가만히 마주하고 지극히도 차가운 숨을 내뱉으며.

"……넌 나한테 안 돼."

도 회장이 끔찍이도 싫어하는 한 마디를 던져 놓았다.

순간 도 회장을 미치게 만들었던 그 시간들이 주마등처럼 그의 머릿속을 스친다.

'선웅아.'

'너는 절대 머리가 되어선 안 돼.'

'난 무슨 수를 써서든 널 막을 거야.'

가능하다면 영원히 지워 버리고 싶은 존재. 절대 마주치지 말았어야 할 끔찍한 악연. 이미 뼛조각 하나도 남지 않게 되었으니 동요할 이유는 전혀 없는데.

"하……."

"라고, 아버지가 전해 달라시네요. 그럼 이만."

그와 같은 얼굴을 한 존재가 그와 같은 눈빛을 띤 채 손을 흔들자, 도 회장의 온 신경은 마치 그를 마주하고 있을 때처럼 곤두선다.

뇌리를 파고드는 감정들은 한동안 느껴 보지도 못했던 부류였다.

"당장…… 그 입 닥치지 못해?"

도 회장은 새까만 독이 한껏 배어든 목소리로 하언에게 명령했다.

"뭐, 얼마든지."

이미 제 할 말은 모두 끝낸 하언은 미련조차 없었다. 집무실 문을 열고 복도로 빠져나가는 걸음마저도 속이 뒤틀릴 만큼 태연했다.

"하아, 하아, 하아……."

집무실에 홀로 남은 도 회장은 하언의 발소리가 멀어지면 멀어질수록 거친 숨을 토해 냈다.

오랜만에 그의 온몸을 포박하는 구역질나는 감정.

도 회장은 그걸 차마 정의내리고 싶지도 않았다.

깨달아봤자 나약함의 근본이 되기만 할 그 감정은 제 형이 처음으로 가르쳐 준 것이었기에.

밝은 빛을 품었던 하늘이 새까맣게 물드는 동안, 그녀는 집무실 안에서 가만히 멈춰있었다.

그리고 하나씩 떠오르는 기억들을 가만히 받아들였다.

'안녕.'

그 사람을 처음 만났던 순간부터, 처음 맞닿았던 입술의 감촉, 그리고 두 눈이 멀 정도로 아름다웠던 미소까지.

스쳐 지나가는 시간들은 저마다 빛깔이 달랐다.

정신을 차리지 못할 만큼 밝고 아름다웠던 그와의 시작, 붉은빛으로 타들어 가던 감정적인 순간, 그리고 마지막으로 공허한 어둠밖에 남지 않은 인연의 끝은 마치 해가 저물 듯 처참히 저물어갔다.

'무엇이 잘못이었을까.'

그녀는 하염없이 되새겨봤으나 지금껏 그에게 해 왔던 짓들이 전부 질 나쁜 잘못이었다.

'어디서부터 잘못되었을까.'

일그러진 인연의 시작점은 아무리 외면하려고 해도 처음 만난 그 순간부터였고, 그녀는 그 사람의 선한 눈동자를 마주쳤을 때부터 영원히 벗어나지 못할 거라는 걸 직감했다.

'그렇다면…… 나는 어디서부터 되돌려야 하는 걸까.'

마지막 질문에 대한 답은 한결 찾기 쉬웠다.

주지 말았어야 할 마음을 빼앗겨버린 설아는 지금껏 그 사람에게 잔혹한 죄만 저질러놓았으니, 그녀는 그와 함께한 시간 전부를 되돌려야 했다.

단 한 번 스친 적도 없는 완벽한 타인처럼.

"하아……."

깊은 한숨과 함께 머리를 쓸어 올린 설아는 허릴 숙여 집무실 책상 서랍을 열었다.

그 안엔 낡은 사진 한 장만이 덩그러니 놓여 있었다.

진심을 담아 웃고 있는 그와 살짝 경직되어 있는 그녀가 나란히 서서 찍은 사진은 다름 아닌 10년도 더 지난 고등학교 졸업사진이었다.

앳된 유현의 얼굴에 흠뻑 어린 미소는 지금 봐도 여전히 싱그러워서, 사막의 모래처럼 메말랐던 설아의 입가에도 싱긋 웃음기가 얹혔다.

그렇게 소중한 시간이었으니 나는 딱 이때로, 더도 말고 덜도 말고, 당신이 먼저 웃어주었던 10년 전의 시간으로 되돌아가고 싶었는데.

"이젠 돌아가고 싶지도 않아. 나는 또 당신을 망가트릴 게 분명하니까."

비어 버린 마음은 사람들의 발길이 끊어진 공터처럼 황폐했다.

그러나 사랑이라는 감정에 미쳐 있을 때보다 깨끗했다. 그 어떤 삶이든 새로 지을 수 있을 정도로.

설아는 사진 속 유현을 따라 마지막으로 미소를 머금었다. 그리고 다시는 이런 행복감을 추억하지 못하도록 책상 위에 놓여 있던 라이터로 불을 붙였다.

빠르게 타들어 가는 불이 우리가 함께 했던 아름다운 하늘을 태우고, 당신의 눈물이 스며있는 운동장을 태우고, 내 인생에서 가장 소중했던 당신마저 태웠다.

이 순간 각오했던 것보다도 더한 고통이 심장을 옥죄었으나 설아는 입술을 깨물고 버티려 노력했다.

타들어 가는 사진을 책상 아래 스테인리스 휴지통에 집어넣은 설아는 이내 휴대폰을 꺼내 들었다. 그녀가 연락처를 검색해 찾은 번호는 이미 예전에 손에 넣었던 번호였다.

그녀가 이 사람의 연락처를 알아낼 때만 해도 칼끝은 도 회장을 노리고 있었는데, 이렇게 스스로의 목숨을 겨누게 될 줄은 몰랐다.

하지만 최대한 담담하게 설아는 통화버튼을 눌렀고, 단조로운 통화연결음 끝에 이어질 목소리를 기다렸다.

뚜루루루— 뚜루루루—

—네, 서울중앙지방검찰청 나현욱 검사입니다.

죄의 심판대까지 그녀를 이끌어줄 길잡이의 형식적인 인사. 설아
는 아무런 기대감 없는 그 말이 끝나기 무섭게 오래토록 준비해 온
첫 마디를 꺼냈다.

"신우그룹 대표 유설아라고 합니다. 이번 옵타티움 비서실장 살인
미수 사건에 가담했다는 사실을…… 자수하려고 연락드렸습니다."

"그게 무슨 소리야! 유설아가 자수를 하다니!"

거친 도 회장의 고함이 집무실에 들어찼다. 보고를 담당했던 비
서는 떨리는 눈빛으로 비보를 이어 나갔다.

"유설아 대표님이 검찰에 바로 연락을 취한 터라 막을 수가 없었
습니다. 아마 신우그룹 쪽에서도 전혀 눈치채지 못하고 있었던 것
같습니다."

"그년이 입 한 번 잘못 놀리면 상황이 어떻게 되는 줄 알고 하는
소리야?"

"죄, 죄송합니다! 지금부터라도 수습할 수 있는 방법을 찾아보겠
습니다!"

비서는 연신 고개를 조아렸지만 도 회장의 살벌한 기운은 좀처럼
풀릴 줄을 몰랐다.

어쩐지 며칠 전부터 연락이 닿지 않는다 했더니, 뒤에서 그런 미
련한 짓을 벌이고 있을 줄이야.

이럴수록 거세지는 건 그녀에게 가장 큰 영향을 주는 유현에 대
한 증오심이었다. 애초부터 그가 순순히 설아 손에 잡혀 주었더라

면 그녀가 자수까지 할 일도 없었을 터였다.

"병원장…… 병원장한테 연락해. 도유현 제대로 가둬놨는지."

지금이라도 설아의 마음을 돌리려면 유현이 필요했다.

도 회장은 늘 그래왔던 것처럼 그를 반쯤 망가트려서라도 제 발 아래 무릎 꿇릴 생각이었다.

하지만 그 명령을 받은 비서의 얼굴엔 난처함이 더욱 짙어졌다.

"저 그게……."

"또 뭐가 문제지?"

"병원 측에서 요청을 들어줄 수 없다고 합니다."

"병원장이랑 얘기 다 됐는데 어째서!"

"아무래도 도하언 대표이사님이 미리 손을 써두신 모양인데……."

"이런, 제기랄!"

쾅!

도 회장은 주먹으로 집무실 책상을 내리쳤다. 요란한 굉음이 터지자 비서는 두 눈을 질끈 감았다.

"그럼 무작정 쳐들어가서라도 도유현을 끌고 나와! 그 새끼가 도하언 옆에 붙어 있지 못하게 하란 말이야!"

제 뜻이 이뤄질 때까지 몰아붙이는 도 회장의 스타일은 오직 비서실장만이 받아 줄 수 있는 것이었다.

하지만 그가 없어진 지금, 일을 강압적으로 추진할 능력이 없었던 비서들은 명령을 받아 들고 난처해하기만 할 뿐이었다.

"이, 일단 병원장님에게 다시 연락을 취해 보도록 하겠습니다."

비서는 두려움이 잔뜩 어린 목소리로 대답했다. 그건 전혀 믿음직스럽지 못한 태도라서 도 회장의 분노는 더욱 들끓어 올랐다.

"내 눈앞에서 당장 꺼져!"

매서운 표정으로 소리치는 도 회장은 이미 얼음처럼 차갑던 예전의 모습을 잃어버린 상태였다.

도하언이 그의 숨통을 조이려 다가오는 게 느껴지면 느껴질수록 그의 이성은 날아가 버릴 듯 아득해진다.

"염, 염려를 끼쳐드려 죄송합니다!"

비서는 부질없는 사과만 남겨 두고 서둘러 집무실을 빠져나갔다. 문 닫히는 소리와 함께 찾아온 정적은 도 회장의 거친 숨소리를 더욱 선명하게 만들었다.

이런 전개는 도저히 용납할 수가 없다. 상황이 도하언의 뜻에 따라 이뤄지는 건 가당치도 않은 일이다.

20년 전, 천륜을 져 버리면서까지 저질렀던 일.

그걸 지금껏 단 한 번도 참회하지 않았던 이유는 그리 얻은 자리를 마지막까지 지킬 수 있을 거라 믿었기 때문이었으니.

"하아……."

도 회장은 한숨을 내쉬며 책상 위에 올린 손을 꽉 쥐었다. 그의 왼쪽 손목은 시계로 가려져 있었지만 그 아래 감춰져 있는 흉터가 눈에 보이는 듯했다.

정확히 언제인지 기억도 안 날 정도로 까마득히 먼 어린 시절.

형은 집에서 키우던 진돗개를 재미 삼아 불태워 죽였던 날 붙잡고, 내 손목에 아주 깊은 칼자국을 냈다.

그게 몹시 아파서 소리를 지르며 울었더니, 그는 그런 날 일그러진 눈빛으로 내려다보며 말했다.

'그래도 넌 멀쩡하게 살아 있잖아.'

'목숨이 끊어지는 건 이것보다 수천 배는 더 아픈 일이야.'

'그러니까 살아 있는 모든 것들은 죽이면 안 돼. 재미 삼아든, 필요에 의해서든.'

그 말이 뇌에 각인되어 그동안 죽였어야 했지만 죽이지 못했던 이들이 몇 명이었던가. 진작 처리했다면 가능했을 일들은 또 얼마나 많이 있는가.

그는 언제나 나를 나약하게 만드는 존재였다. 그가 알려 주는 감정들은 전부 나의 족쇄가 되어 이도저도 못하게 만들었다.

그러니 다시 까맣게 존재조차 지워 버려야 한다. 지금까지 그래 왔듯, 그가 내게 해 준 말들은 처음부터 듣지 못했던 것처럼 잊어야 한다.

형은 나의 비밀을 알고 있는 수많은 사람들 중 한 명이었고, 그럼에도 불구하고 나를 피하거나 두려워하지 않은 유일한 단 한 사람이었다.

서럽도록 외로웠던 내 곁엔 언제나 그가 있어서, 나는 온전히 버려지지 않을 수 있었지만.

그건 선천적으로 미련한 그의 실수였다고 생각한다.

타인의 감정을 읽지 못하는 내겐 아무런 감흥도 끼치지 못했으니.

─오늘 신우그룹 유설아 대표가 옵타티움 도하언 대표 살인미수 사건에 가담했었다는 사실을 검찰에 자수했습니다. 유 대표는 도하

언 대표와 약혼까지 한 사이였었기에 세간에 충격을 안겨주고 있습니다.

특별병동 병실 텔레비전에 나온 그녀의 얼굴은 여전히 단아했다.

그녀의 주변에 몰려든 기자들은 수많은 질문세례를 퍼붓고 있었으나, 그녀는 하나도 들리지 않는 사람처럼 무표정하게 걸음만 재촉할 뿐이었다.

그 모습을 바라보는 유현의 얼굴 또한 공허하기만 했다.

10년이 넘도록 함께해 왔던 인연이지만 처음 만난 사람보다 불편한 관계.

우리를 어떤 사이라고 정의 내려야 할지 모르겠다. 연인이라고 하기엔 사랑이 없었고 남남이라고 하기엔 제법 감정이 깊었다.

그래서 완벽하게 지워 버리자니 당신에게 몹쓸 짓을 하는 것 같지만, 그렇다고 해서 추억 속에 묻어 두기에는 내 마음이 너무 아프다.

나는 더 이상 너의 존재를 감당할 수 없을 것 같다.

유현은 지친 눈빛으로 텔레비전 화면을 응시했다. 마침 검찰청 앞에 멈춰 선 그녀는 잠시 몸을 돌려 무언가를 얘기할 준비를 하고 있었다.

익숙한 그녀의 시선이 먼발치 떨어져 있는 유현과 맞닿았다. 순간 유현의 온몸엔 싸늘한 한기가 도는 듯했다.

그 느낌을 감당하기 어려웠던 유현은 침대 위에 놓여 있던 리모컨을 들었다. 그는 텔레비전 화면으로 그녀를 마주하는 것도 고역이었다.

―한 말씀만 해 주시죠! 유설아 씨!

그때, 한 기자가 마이크를 그녀 입가에 가져다대며 애원하다시피 요청했다.

그러자 내내 침묵만을 유지하던 화면 속 설아는 천천히 고갤 들어 카메라를 응시했다. 깊은 숨을 들이마시는 그녀의 입술은 미세하게 떨리는 중이었다.

─그 사람에게 마지막 말을 남기고 싶습니다.

이윽고 흘러나온 가라앉은 첫 마디는 기자들의 이목을 집중시켰다.

지금껏 셀 수도 없이 많은 시간 동안 그녀의 부름에 응답해 왔던 유현은 그녀의 상대가 자신이라는 사실을 알고 있었다.

그래서 과감히 전원버튼을 눌러버리려던 순간.

─걱정하지 마. 이제 다 끝났으니까.

또렷하게 터진 설아의 목소리가 유현의 시선을 다시 잡아끌었다. 일렁이는 유현의 눈동자는 마주하고 싶지 않은 그녀의 얼굴을 곧이곧대로 담아두었다.

설아는 그런 유현의 훤히 보이는 것처럼 입가에 적의 없는 미소를 머금었다.

─지금부터라도 당신이 행복해졌으면 좋겠어.

뒤따라 이어진 말은 축복이었다.

지금껏 자신을 떠난 유현이 처참해지기만을 바라 왔던 그녀는 처음으로 그가 행복해지를 바라고 있다.

유현은 리모콘을 든 손을 무릎 위로 떨어트렸고 물끄러미 젖어드는 그녀의 눈가를 응시했다.

─안녕, 우리…… 두 번 다신 만나지 말자.

그녀가 믿기지 않는 작별 인사를 건네는 순간, 유현의 귓가에 들려오는 파종소리.

우리의 인연은 이렇게 끝이 나려나보다. 끊어내지 못해 서로에게 고통만을 주었던 악몽 같은 관계도 흔적 없이 사라지려나보다.

유현은 손에 들린 리모컨을 이불 위로 떨어트렸다.

그리고 할 말을 마친 그녀가 검찰청 입구를 향해 들어서는 모습을 바라보며 흐린 한숨을 내뱉었다.

이제는 두 번 다시 보지 못할 그녀의 뒷모습은 슬프지도, 처량하지도 않았다. 오히려 지금까지 보아 왔던 모습들 중에서 가장 평온할 뿐.

앞으로는 그녀에게 어떠한 반응도 하지 않겠다, 결심했던 유현이지만 마지막 인사 정도는 되돌려주고 싶었다.

그래서 죽을 때까지 만져주지 못할 그녀의 머리카락에 가만히 시선을 놓아둔 채, 그녀는 들을 수 없는 작별 인사를 건넸다.

"잘 가. 설아야."

이번 생에, 아니 혹시 또 뒤틀릴지 모를 다음 생에서도.

"우리 두 번 다신 스치지도 말자……."

*　　*　　*

태양이 한풀 꺾인 늦은 오후.

"아, 차시울 이놈 새끼! 양말을 또 뒤집어서 세탁기에 넣었네!"

집에 홀로 남은 여울은 세탁한 빨래를 개다 말고 버럭 소리를 질렀다.

도와주지 않을 거면 짐이라도 되지 말아야 도리이거늘.

사람 스트레스 주는 시울의 사소한 생활습관들은 영원히 고쳐지지 않을 모양인가 보다.

"몰라, 아직 더럽든 말든 그냥 옷장에 넣어둘 거야."

여울은 때가 다 빠지지 않은 시울의 양말을 뒤집어진 그대로 접어 두었다. 그리고 미간을 잔뜩 구긴 채 나머지 옷들을 정리하는데 집중했다.

최대한 빨리 옷 정리를 마쳐야 아랫집 하언에게 놀러갈 수 있을 테니.

그때.

띵동—

요란한 초인종 소리가 여울의 집에 들어찼다. 신경이 곤두서 있던 여울은 날 선 목소리로 현관문을 향해 소리를 질렀다.

"누구세요!"

그러자 익숙하게 여울의 집 현관문 비밀번호를 누르고 들어오는 사람은 분명 시울이나 하언, 둘 중에 한 명이었다.

시울이라면 버럭 성질부터 내고 하언이라면 최대한 불쌍한 표정으로 빨래를 맡겨야지.

라고 생각하며 현관 쪽을 바라보고 있으니.

철컥, 소리와 함께 기운차게 열린 현관문으로 커다란 실루엣이 들어섰다. 그녀의 시선에 들어온 다행히도 보고 있어도 보고 싶은 여울의 남자 하언이었다.

"하언 씨! 잘 왔어! 이리 좀 와봐!"

여울은 준비했던 대로 입술을 삐죽 내밀고 하언을 불렀다.

하지만 곧바로 빨래를 들이밀 수는 없었다. 그의 손에 들려 있는 하얀 꽃다발 때문이었다.

"그게 뭐야? 내 선물이야?"

여울은 초롱초롱 빛나는 눈빛으로 넌지시 물었다. 그러자 하언은 잠시 당황하는가 싶더니, 애먼 곳으로 시선을 돌리며 대답했다.

"너한테 줄 선물은 아니고…… 어디 갈 데가 좀 있어서."

"어디?"

"같이 가 준다고 약속해."

"그러니까 거기가 대체 어딘데."

여울은 평소답지 않게 말을 뭉뚱그리는 하언에게 재차 목적지를 캐물었다.

하언은 그럴수록 그녀와 시선을 마주치지 못했다. 그날의 기억은 아직 깨끗하게 아물지 못해서 자연스럽게 꺼내놓는 일은 아직까지 못하겠다.

"하언 씨……?"

혼란스러운 하언의 마음은 그의 눈빛에 적나라하게 드러났다.

그런 그를 유심히 들여다보던 여울은 피식 미소를 지으며 곧바로 자리에서 일어섰다.

"뭐, 말해 주기 싫으면 말아. 어차피 따라가 보면 알겠지."

그녀가 하언이 숨기는 감정들까지 전부 읽어 낼 수 있을 만큼 눈치가 빠른 건 정말 다행인 일이었다.

그렇지 않았다면 안 그래도 어려운 발걸음이 더욱 무거워졌을 테니까.

여울은 겉옷을 챙겨 입기 위해 제 방으로 향했다.

하언은 그녀가 사라진 뒤에서야 손에 들린 하얀 꽃다발로 시선을 두었다. 그들을 위해 처음으로 사본 선물이 국화꽃이라는 건 다시 곱씹어 봐도 서럽고 미안했다.

20년 동안 혼자 살 궁리에만 정신이 팔려 한 번도 내비치지 못한 낯짝.

그건 스스로 생각해 봐도 뻔뻔하기 짝이 없는데, 과연 그들은 어떻게 느낄지 모르겠다.

물론 이미 세상에 없는 그들은 아무리 내가 원망스럽다고 해도 그들을 위한 공간에서 내쫓아버리진 못할 테지만.

'그래도 이왕이면 반갑게 맞아줬으면 좋겠어. 한 번도 당신들을 잊고 산 적은 없잖아.'

하언은 그들에게 애원 아닌 애원을 하며 쓴웃음을 지어 보였다. 거울을 보지 않아도 지금의 표정이 어색하다는 건 확신할 수 있었다.

큰일이다. 괜찮아보여야 할 텐데.

아무래도 훌쩍 커버린 나는 당신들 앞에서 듬직하게 굴지 못할 것 같다.

"추모…… 공원?"

하염없이 달라고 달려 도착한 넓은 공원의 주차장.

차에서 내리자마자 보이는 입간판에 여울의 눈동자가 휘둥그레졌다. 본능적으로 이곳에 누가 안치되어 있는지 알 것 같아서였다.

여울은 장소와 어울리지 않는 밝은 코트 끝자락을 매만지며 하언에게 물었다.

"여기 혹시…… 하언 씨 가족분들 있는 곳이에요?"

"어."

감출 것도 없어진 다음에야 순순히 대답하는 하언은 한껏 경직되어 있었다. 덕분에 그를 따라 같이 긴장해 버린 여울은 서둘러 주변을 살폈다.

"가, 가만 있자. 빈손으로 찾아오긴 좀 그런데 여기 꽃 파는 곳이 있으려나……."

"괜찮아. 꽃은 내가 사왔잖아."

"그래도 처음 조문 드리는 건데 예의가 아니지."

그리 대답하는 여울은 많이 혼란스러운 상태였다.

그도 그럴 것이, 이번 조문은 사랑하는 남자의 가족들과의 첫 만남이었다.

비록 실제로 얼굴을 마주하지는 못하겠지만 그래도 최선을 다해 좋은 인상을 남겨 두고 싶은데, 예의를 차리기엔 준비가 하나도 안 되어 있었다.

시울이 부모님 납골당에 찾아갈 때 얼마나 비장하게 출발하는지 아는 여울은 난처함 섞인 한탄을 내뱉었다.

"아이고, 너무 털레털레 와서 큰일이네."

"됐어. 국화꽃은 내가 샀잖아."

그래, 저 하얀 꽃이 국화라는 걸 미리 눈치챘어야 했는데. 꽃향기에 취했는지 평소보다 눈치 없이 굴었던 여울은 일단 긴 머리부터 단정히 매만졌다.

그들이 잠든 곳으로 발걸음을 떼기 전 그녀가 할 수 있는 건 몸단장이 유일했다.

하지만 막 차문을 열려는 순간.

"잠깐만 여기 있어."

하언의 낮은 목소리가 그녀를 저지시켰다. 커다란 여울의 눈동자에 짙은 의아함이 맺혔다.

"왜요? 내가 같이 안 가줘도 되겠어?"

"우선은 혼자 다녀와 보려고."

"……."

"무슨 일이 생길지 모르잖아."

그동안 더 위험한 일도 겪어왔으면서 대체 무슨 일을 걱정하고 있는 건지.

지나치게 불안해하는 하언은 도저히 혼자 놔둘 수 없었다. 그러나 그가 어떤 모습을 숨기려는 건지 정확히 알고 있어서, 여울은 더 이상 따라나서겠다는 고집을 부리지 못했다.

생각해보면 시울 역시 그랬다. 부모님이 돌아가시고 나서 처음으로 빈소를 찾았을 때, 그는 여울을 놔둔 채 홀로 다녀왔었다.

훗날 그 사실을 알게 된 여울이 어째서 날 두고 갔냐고 따져 물었더니, 그는 농담 섞인 말투로 둘러댔다.

'멋진 내 이미지가 확 깨질까 봐 그랬지.'

그 얘기를 듣자 떠오르는 기억은 그가 감춘 속이야기까지 드러나게 만들었다.

어느 날 말도 없이 집에 들어오지 않았던 오빠는 이튿날 새벽 잔뜩 지친 몰골로 귀가했고, 다 쉬어버린 목소리로 부질없는 사과만 반복했다.

'미안…….'

'지금이 몇 신데……!'

'미안해, 오늘만 아무것도 물어보지 말아 줘.'

그날 오빠에게선 서러운 눈물냄새가 짙게 풍겨왔다.

아마 그 냄새는 오늘 하언의 몸에도 잔뜩 배어들겠지. 하지만 다음에 내 손을 붙잡고 그들 앞에 찾아갈 땐 아무렇지 않은 척할 게 분명해.

망가질 만큼 우는 것도, 대책 없이 나약해지는 것도 첫날 혼자서 몰래 끝내놨을 테니까.

"그래요, 그럼. 여기 있을게, 천천히 다녀 와."

여울은 무너져 내릴 준비를 하는 하언을 밝은 표정으로 배웅했다.

하언의 낯빛은 그녀를 따라 밝아지지 못했지만, 적어도 굳어 있던 입꼬리만큼은 한결 매끄럽게 휘어 올라갔다.

"다녀올게."

나직한 목소리로 꺼내진 그의 인사는 기다리는 시간 동안 그녀가 무엇을 해야 할지 깨달을 수 있게 도와주었다.

지금껏 무거운 삶을 홀로 짊어지고 살아온 그가 모든 짐들을 그들의 앞에 풀어놓는 동안, 여울은 그의 마음에 새겨진 깊은 상처가 흉터 없이 낫게 해 달라고 기도드릴 생각이다.

사랑하는 만큼 간절한 마음을 담아.

서늘한 바람이 부는 넓은 초원. 줄 지어 늘어져있는 봉안묘들 사이에서 가장 먼지 쌓인 자리 하나.

그 앞에 선 하언은 아무런 감정이 없는 사람 같았다. 묘비에 물끄러미 향해 있는 눈동자도, 국화꽃을 꼭 쥐고 있는 손도 모래뿐인 사막처럼 메말라있었다.

한 번도 찾아온 적이 없었던 이곳은 관리인의 도움을 받아 겨우겨우 찾아냈다.

생각보다 구석에 있어서 놀랐고, 생각보다 봉안묘 대리석에 세월의 흔적이 적나라하게 묻어있어서 당황스러웠다.

딱 봐도 손길이 별로 닿지 못한 묘지는 어쩐지 낯설게 느껴지기까지 했다. 꼭 그와는 전혀 상관없는 고인을 조문 온 것처럼.

"하아⋯⋯."

하언은 나른 한숨을 내쉬었다. 그리고 그들의 유골함이 한 자리에 묻혀있는 봉안묘 앞으로 천천히 다가갔다.

'도선우', '김수연', '도재언' 이 세 사람의 이름을 대체 얼마 만에 눈에 담아보는 건지.

한때는 그들 사이에 나만 빠진 것 같아 서러웠다. 하지만 시간이 많이 흐르니 나라도 남겨져 있어서 다행이라는 생각이 들었다.

나 아니었어봐. 오늘이라도 누가 당신들 보러 와주나.

묘비 옆에 국화꽃다발을 내려둔 하언은 살며시 자리를 잡고 앉았다.

그리고 한동안 아무 말 없이 바라보기만 했다. 무슨 말이라도 건네고 싶었지만 20년 동안 끊어졌던 대화는 어디서부터 시작해야 할지 감이 오지 않았다.

우선 안부를 묻는 게 먼저겠지.

"잘…… 지내고 계셨습니까."

한 마디 던져놓고 보니 자기소개부터 할걸, 싶은 생각이 들었다. 시간이 흐른 만큼 달라져버린 하언의 얼굴을 못 알아볼지도 모르는 일이었다.

그러나 막상 자기소개를 하려고 해도 그만큼 멀어진 우리 사이만 실감날 것 같아서, 그는 되는대로 뒷말을 이었다.

"저는 잘 지냈습니다."

초반부터 꺼내놓는 거짓말은 스스로 생각해봐도 양심에 찔렸다. 하지만 용케 무너지지 않고 지금까지 버텼으니, 그는 조금 더 당당해지기로 했다.

"아마 기억하시던 모습이랑은 많이 다를 거예요. 그땐 내가 너무 어려서 뭐 하나 제대로 할 줄 아는 게 없었지만, 이젠 누구 도움 없이도 번듯하게 살 정도는 됐습니다."

하언은 혼자서도 잘 버티는 척 그들에게 말했다.

사실 죽지 못해 살아온 세월이면서. 두 눈과 귀를 틀어막고 약까지 먹으면서 억지로 그들을 잊어내려 했으면서.

정작 그들의 앞에선 멀쩡한 듯 구는 건 알량한 자존심과 비슷했다.

"그러니까 걱정하지 마시고 편히 잠드세요."

그 말을 내뱉던 순간, 진짜로 하고 싶었던 말은.

'그러니까 나를 동정하지 마. 꿈에 나왔던 모습처럼 안쓰럽게 쳐다보지도 말고.'

고집을 부리는 하언의 마음은 점점 불편해졌다. 잠시라도 긴장을 늦추면 정말 하고 싶은 말이 넘어올 것 같아서, 그는 다음 말을 잇는 게 어려웠다.

이럴수록 빠르게 정리해야한다고 생각한 하언은 망설임 없이 자리에서 일어났다.

"······그럼 또 오겠습니다."

군더더기 없이 짧은 인사. 물론 대답은 돌아오지 않았다. 그래서 돌아서는 발걸음은 그저 가벼웠다.

하지만 한 걸음을 옮기고, 두 걸음을 옮기고, 세 걸음마저 옮겨서 완전히 다른 사람 묘지 근처에 도달했을 때쯤.

묘비에 놓여있는 낯선 사람들의 가족사진이 떠나는 그를 붙잡았다.

웃고 있는 네 식구의 행복한 추억이 담긴 액자, 그리고 그 옆에 놓인 보고 싶다는 짧은 메모. 그 주변을 가득 메우고 있는 꽃다발들.

그건 방금 전까지 마주하고 온 그들의 자리와 매우 다른 풍경이었다. 최근까지도 손길이 닿았던 듯 깨끗한 묘비에선 남겨진 이의 온기마저 느껴졌다.

그걸 가만히 내려다보고 있자니, 왜 갑자기 가슴이 미어질 것 같은지.

떠나려던 하언의 눈동자가 다시 그들의 묘지로 향했다.

처음엔 조금 횅하게만 느껴질 뿐이었던 자리는 어쩐지 처참한 폐허가 되어 있었다.

그 모습을 보자 꽉 닫아두었던 마음에 금이 가기 시작했다. 그 사이로 흘러나오는 건 20년 동안 묵혀두었던 나약한 감정이었다.

"하……."

하언은 나른 신음과 함께 눈을 감아버렸다. 더 이상 나아가지도, 차마 되돌아가지도 못하는 그는 고장이 나 멈춰버린 것 같았다.

이 순간을 틈타 몰아치는 기억들은 하언의 숨통을 조여왔다.

'하언아! 얼른 일어나! 오늘 우리 여행가는 날이잖아!'

'애들아, 두 시간 뒤에 출발해야 하니까 얼른 씻고 옷 입어.'

'네! 엄마! 하언아, 들었지? 얼른 준비해!'

오랜만의 가족여행으로 잔뜩 들떴던 그날.

아직 잠에서 깨지 못한 하언의 귀에 들려온 형의 목소리는 유독 신이 나 있었고.

'하언이 일어났네. 머리가 왜 이렇게 까치집이야?'

헝클어진 머리카락을 부드럽게 쓰다듬던 어머니의 손은 정말 따듯했었다.

'드디어 나왔네, 우리 아들. 아빠가 아들 주려고 사탕 챙겨 나왔지.'

그리고 누구보다 먼저 운전석에 앉아 식구들을 기다리고 있었던 아버지는 아직까지도 기억에 남을 만큼 다정하게 웃고 있었다.

다시 생각해봐도 어린 하언은 그런 아버지를 진심으로 닮고 싶었다. 하지만 가장 행복했던 순간 뒤에 찾아온 게 왜 하필 감당할 수 없는 불행이었을까.

'전복된 차의 일가족은 전부 즉사한 것으로 보입니다!'

'그래도 모르니 다시 한 번 체크해!'

'여기 살아 있습니다! 남자아이에게서 미세한 호흡이 느껴집니다!'

왜 나의 소중한 시간들은 다시 회상하지도 못하게 핏빛으로 더럽혀져 버린 걸까.

하언은 이렇게 나약하게 굴 줄 알았으면서 막무가내로 찾아와버린 자신을 이해할 수 없었다. 그래서 그 자리에 다시 주저앉아 뜨거워지려는 눈가를 손으로 가리고.

"왜……."

그들에게 부질없는 질문을 던졌다.

"왜 그렇게 갔어……?"

원망 어린 그의 말은 절망의 크기에 비해 무척이나 유약했다. 떨리는 어깨와 가빠지는 호흡.

하언은 축축해지는 정장 소매를 느끼면서도 흐르는 눈물을 좀처럼 멈추지 못했다. 허망하게 사라져버린 가족들 앞에 주저앉아 우는 그의 모습은 영락없는 열 살짜리 어린 아이였다.

"그런 식으로 떠나면서 미안하지도 않았어? 나만 남겨두고 가면 어떡하라고…… 정말 나 혼자 뭘 어떡하라고……."

단단히 동여매두었던 마음이 와르르 무너져 내리는 소리는 얼핏 원망처럼 들렸다.

그러나 아마 듣는 이들은 알 수 있을 것이다. 하언은 평생을 잊지 못할 존재들을 간절히 그리워하는 중이라는 것을.

"왜…… 대체 왜……."

묻고 싶은 건 아직 많았지만 대답이 돌아올 리는 없었다. 그래서 하언은 열었던 말문을 도로 닫아두고 질문이 아닌 다른 진심을 꺼냈다.

"기다려."

내가 당신들에게 갈 때까지 얼마나 오랜 시간이 걸릴지는 모르지만.

"십년이 됐든 백년이 됐든 그 자리에서 가만히 기다려……."

하언은 정장 소매 끝이 푹 젖어버린 팔을 아래로 떨어트렸다. 그리고 천천히 눈꺼풀을 들어 올려 그들이 잠든 곳 위로 서러운 눈빛을 두었다.

"그리고 같이 태어나. 다음 생엔 좀 더 오래…… 내 가족으로 남아 줘."

제발. 잊으려고 했던 것도, 외롭게 놔둔 것도 전부 내가 빌고 빌어 사과할 테니.

"부탁드립니다……."

가족의 연은 하늘이 맺어주는 거라 했다. 부모자식의 연도, 형제의 연도 스쳐지나가는 우연이 수천 번 쌓이고 쌓여 생기는 거라 했다.

물론 그렇게 겨우 얻은 기회가 10년 만에 산산조각 나 버리긴 했으나, 연은 다시 쌓으면 된다고 생각한다.

당신들과 한 번 더 가족이 될 수 있다면 내가 천 번이든 만 번이든 죽고 다시 태어날 테니.

사실은 언제나 찾아오고 싶은 그들의 자리.

하언은 그 앞에 주저앉아 모든 고집을 내려놓은 채 울었다.

소리를 막기 위해 꽉 깨문 입술에선 비릿함이 느껴지고, 쉴 새 없이 눈물이 떨어진 눈가는 쓰리기까지 했지만 그는 좀처럼 자신을 추스르지 못했다.

이게 바로 자신이 그토록 싫어하던 나약함이었지만 이상하게도 오늘은 모두 용납할 수 있을 것 같았다. 아무래도 마음 놓고 무너져도 되는 가족들의 앞이라 그런 모양이다.

"……보고 싶어."

20년 동안 가시처럼 박혀 있던 한 마디를 드디어 입 밖으로 꺼낸 순간, 절망뿐이었던 가슴 한켠에 시원한 바람이 불어왔다.

분명 내 몸엔 그 어떤 손길도 닿지 않았는데 어쩐지 누군가의 품에 끌어 안겨 있는 기분이었다.

그것도 아주 따듯하게, 온힘을 다해 꽈악.

"와아, 나무들 참 예쁘다."

답답한 차 안에서 나온 여울의 눈동자가 반짝반짝 빛났다.

하언의 가족이 잠들어있는 이 추모공원은 수많은 사람들의 눈물이 스며있는 공간일지 몰라도, 외관만큼은 유명한 조각 공원 못지 않게 아름다웠다.

여울은 그중 가장 큰 나무쪽으로 시선을 돌렸고 겉옷 주머니에 넣어두었던 휴대폰을 꺼내들었다.

"사진 찍어놨다가 오빠 보여줘야지."

이곳이 마음에 쏙 든 여울은 훗날 여유가 생기면 부모님을 이곳으로 옮겨줄 참이다.

장례를 치를 당시 형편이 되지 않아서 제일 구석진 칸에 부모님을 모셔두어야 했던 것은 지금까지도 무거운 죄책감으로 자리 잡고 있으니까.

"하언 씨는 언제 오려나⋯⋯."

그럴싸한 사진을 건진 여울은 휴대폰을 도로 집어넣으며 혼잣말을 내뱉었다.

그때, 호랑이도 제 말하면 나타난다고.

"차여울, 거기 가만히 서서 뭐해."

그녀의 귀에 많이 익숙한 목소리 하나가 툭 튀어 나왔다. 인기척을 따라 고개를 돌린 그곳엔 예상했던 대로 눈가가 붉어진 하언이 있었다.

"아, 하언 씨 왔네. 인사는 잘 드리고 왔어요?"

여울은 하언이 미처 지우지 못한 슬픔의 흔적을 훤히 보고 있으면서도, 눈치채지 못한 척 밝은 표정으로 물었다.

그러자 그녀를 따라 미소 짓는 하언의 분위기는 출발할 때보다 개운해보였다.

"그냥⋯⋯ 그동안 하고 싶었던 말 좀 하고 왔어. 그 사람들은 듣고 있지도 않겠지만."

"에이, 다 듣고 있지 뭘 안 들어. 잘했어요. 다음엔 나랑 같이 가서 인사드리자."

여울은 괜히 엇나가려는 하언에게 살갑게 대답했다. 그리고 나온 지 얼마 안 된 차로 다시 발걸음을 움직였다.

마음 같아서는 추모공원을 빙 둘러보고 싶은데, 하언은 그럴 기분이 아닐 것 같아서 제안조차 하지 않을 생각이었다.

하지만 한 발자국을 막 떼어낸 순간.

"잠깐만."

하언이 여울의 손을 붙잡았다. 다시 틀어진 여울의 맑은 눈이 그에게 머물렀다.

"왜?"

"산책하고 들어갈래? 여기 경치 좋던데."

"응?"

어머나, 이게 무슨 일이야. 이 남자가 내 마음을 읽었나?

하언과 손을 맞잡고 푸른 나무가 안내해주는 산책로를 따라가는 길.

꽤 높은 곳까지 올라오는 동안 그는 아무 말도 하지 않았다. 이런 침묵은 정말 오랜만이라서 여울은 몇 번이나 그를 흘깃흘깃 쳐다보았다.

하지만 혼자서 무얼 그리도 고민하는지, 진지한 표정으로 눈길조차 주지 않는 하언은 어딘지 모르게 이상했다.

하긴, 생각해보면 오늘 하루 종일 평소와 다른 느낌이었긴 했지만.

"지금 무슨 생각해요?"

그런 그가 걱정되었던 여울은 조심스럽게 물었다. 그제야 그녀에게 향한 하언의 눈동자는 묘한 감정이 섞여 있었다.

"그냥…… 어떻게 말을 꺼내야 할지 모르겠어서 정리 중이야."

"무슨 말을 하려고 정리까지 해?"

"태어나서 한 번도 안 해본 말."

"응?"

머지않아 들려온 그의 대답은 하나같이 의미심장했다. 더욱 속이 답답해진 여울은 한쪽 눈썹을 살짝 구기며 재촉했다.

"뭐야, 사람 궁금하게 만들지 말고 얼른 얘기해 봐요."

순간 느리게 움직이던 하언의 두 발은 갑작스럽게 우뚝 멈춰 섰고, 그녀를 향한 눈동자는 눈에 띄게 일렁이기 시작했다.

심상치 않은 기운을 눈치챈 여울은 그보다 두 발 앞선 자리에 슬그머니 걸음을 멈춰 세웠다.

그리고선 사뭇 진지해진 시선을 물끄러미 두고 있는데.

"여울아."

하언이 대뜸 성을 뗀 그녀의 이름을 불렀다. 난데없는 호명에 놀란 여울은 대답하는 대신 눈동자를 더욱 동그랗게 떴다.

그러자 하언은 괜히 입술을 적셨고 또 괜히 옅은 한숨을 내쉬었다.

딱히 부정적인 감정이 느껴지는 건 아니었다. 굳이 정의를 내리자면 엄청난 일을 벌이기 직전의 초조함이랄까.

또 한 번 재촉하는 건 별 도움이 되지 않을 것 같았다. 그래서 가만히 숨을 죽인 채 그의 입술이 마저 열리기를 기다리고 있으니, 그는 그러고 나서도 한참동안이나 뜸을 들이다가.

"손 줘."

결국 할 말은 포기하고 대뜸 손바닥을 펼쳐놓았다. 더욱 더 그의 의도를 알 수 없어진 여울은 살짝 미간을 구겼다.

"아니, 하려던 말은 어쩌고 갑자기……."

"얼른. 더 시간 끌었다가는 다 망쳐 버릴 것 같아."

"참나."

여울은 하나도 이해하지 못했지만 곧이곧대로 그의 손바닥 위에 왼손을 얹었다. 그녀의 네 번째 손가락엔 오래 전 구색을 갖추기 위해 맞춘 싸구려 이니셜 반지가 끼워져 있었다.

"누가 이딴 거 끼고 다니래."

"치, 우리 커플로 맞춘 게 이거 밖에 없는데 그럼 어떡해."

"이제 이건 버려. 새 반지 끼워줄 테니까."

하언은 탐탁지 않은 표정으로 이니셜 반지를 벗겨 버렸다. 그 반지에 꽤나 정이 들었던 여울은, 혹시나 그가 던져 버리기라도 할까 싶어 되가져오려 했다.

하지만 다른 손을 뻗어보기도 전에.

"……마음에 들지 모르겠어."

하언은 잔뜩 붉어진 얼굴로 주머니에서 안주머니에서 무언가를 꺼내들었다. 영롱한 빛을 내는 그건 자세히 들여다보지 않아도 정체를 알 것 같았다.

"설마……."

"사이즈 맞아?"

아니나 다를까. 하언이 조심스럽게 네 번째 손가락에 끼워주는 건 영롱한 다이아가 박힌 백금 반지였다.

도대체 어디 브랜드인지는 알 수 없었으나 가격대가 어마어마하다는 것만큼은 본능적으로 느껴졌다.

이 인간의 큰 씀씀이 또 도졌네. 또 도졌어.

"제발 이런 비싼 것 좀 덜컥덜컥 사지 말라니까!"

예상치 못한 고가의 선물에 지레 겁을 먹은 여울은 감사의 인사보다 핀잔부터 먼저 내뱉었다. 받은 만큼 되돌려 줘야하는 성격의 여울은 무엇으로 이 마음에 보답해야할지 벌써부터 막막해졌다.

하지만 하언은 피식 실웃음을 흘려보냈고, 언제 심각했었냐는 듯특유의 여유로운 목소리로 여울에게 말했다.

"예전에 니가 그랬잖아. 이런 건 결혼반지로 해야 하는 거라고."

"예?"

"그래서 주는 거야. 이만하면 잘 사지 않았어?"

하언의 되물음에 여울은 뒤늦게 돌아가는 상황을 파악했다. 아무래도 그는 지금 소문으로만 듣던 프러포즈를 하려나 본데…… 보통 프러포즈를 받는 여자들은 어떤 표정을 짓고 있더라!

따듯한 사랑의 결실이 맺어지려는 순간, 여울은 놀라다 못해 완전히 얼어붙었다. 토끼눈이 된 그녀의 눈동자는 아까전의 하언처럼 잔뜩 경직된 상태였다.

반면에 서두를 꺼내놓자마자 느긋해진 하언은 나직한 목소리로 본론을 이어나갔다.

"꼭 이곳에 와서 하고 싶었어. 새로운 가족이 생겼다는 걸 보여주고 싶었거든."

"……."

"그런데 막상 묘비 앞에 서니까 제대로 인사를 건넬 자신도 없어져서 그냥 다른 날을 기약해야하나 고민했는데……."

"……."

"문득 그런 생각이 들더라."

딱 거기까지 말이 흘러나왔을 때쯤 하언은 더욱 깊어진 눈빛으로 그녀를 마주보았다. 이미 휘둥그레져 있던 여울의 눈빛은 주체할 수 없이 일렁이고 있었다.

"나는 오늘 니 손을 잡고, 내 가족들에게 정식으로 너를 소개하고 싶어."

그런 뒤, 마저 꺼내지는 한 마디는 여울의 심장에 청아한 종을 울렸다.

"지금…… 결혼하자는 얘기예요?"

여울은 이 순간을 믿지 못하고 되물었다.

가족이라는 단어는 여울에게도 뭉클한 의미라서, 그녀는 하언에게 그런 존재가 되는 일을 어떻게 받아들여야할지 혼란스러웠다.

8년의 연인 강태도 나의 반쪽이 아니었는데 고작 1년도 되지 않은 당신과 내가 서로의 반쪽이 될 수 있을까.

내가 이 자리에서 영원을 약속해도 될 만큼 당신에 대해 잘 알고 있을까.

문득 스치는 걱정들에 대한 대답을 망설이고 있던 그때.

'하아, 시작한다.'

'대체 뭘 시작…….'

'이 사람이 제가 사랑하는 여자입니다!'

'예에?!'

말도 안 되는 인연의 시작점이 떠올랐다.

그 뒤를 따라 파노라마처럼 재생되는 건 짧은 시간에 비해 수많은 의미를 가졌던 그 사람의 존재감이었다.

'으으…… 니가 내 인생 다 망쳤어!'

'진정해. 운다고 해서 해결될 일도 아니잖아.'

'우리 오빠한테는 어떻게 말할래?! 보기엔 멍청한 것 같아도 화나면 무섭단 말이야!'

'내일 너희 집에 가서 내가 얘기할게.'

'뭐라고! 돌이킬 수 없는 짓을 덜컥 저질렀다고?!'

꼭 내 인생을 망치기 위해 태어난 것 같았던 철천지원수.

'너 진짜 뭐하는 새끼야…….'

'앞으로 인생이 불편해질 거야. 그냥 이번 생은 배드엔딩이라고 생각해.'

'허억…… 억…….'

'그래도 절대 이쪽으로 손 벌리거나 얼쩡대면 안 돼. 벌은 죄인 혼자 받는 거니까. 알았어?'

갑갑한 나의 숨통까지 확 트이게 만들어준 내 인생의 구원자.

'나는 생겨먹기를 이기적으로 생겨먹어서, 내가 좋아하는 것밖에 신경 못 써.'

'나?'

'뭐가.'

'도하언 씨, 지금 나 좋다고 말한 거예요?'

'알고 있던 거 아니었나? 나 너 좋아하잖아.'

강물처럼 조용히 내 곁에 흐르다가 어느새 내 마음을 전부 훔쳐

가 버린 도둑.

'날 얼마나 사랑해?'

'지금 날 망가트려도 좋을 만큼 사랑해.'

'나도 그래.'

'…….'

'너는 날 해쳐도 괜찮아…….'

그리고 영원히 이렇게 사랑해줄 것만 같은 운명의 연인.

희로애락이 선명한 그와의 시간들은 떠올리면 떠올릴수록 다채로운 색깔들을 지니고 있었다. 그 색깔들은 전부 한 자리에 모여 우리들의 아름다운 추억으로 자리 잡는다.

이거라면 앞으로 펼쳐질 미래가 두렵지 않다. 웃는 날이든, 우는 날이든 당신이 내 곁에 있다면 결국 훗날에도 꺼내보고 싶은 소중한 보물들이 될 테니.

아, 이제야 제대로 결론이 선다.

내가 어떤 표정으로 무슨 대답을 해야 할지.

여울은 초조한 표정으로 자신을 바라보는 하언을 향해 시원한 미소를 지어보였다.

그리고 언제 고민했었냐는 듯, 전혀 군더더기 없는 밝은 목소리로 대답했다.

"그래, 가족이 되어줄게. 우리 결혼하자."

그제야 불안감이 엿보였던 하언의 얼굴이 비온 뒤 하늘처럼 맑아졌다.

그의 입가에 어린 미소는 그 어느 때보다도 따뜻했고, 그녀를 향한 눈빛은 사르르 녹아내릴 만큼 다정했다.

하언은 고개를 끌어내려 그대로 여울의 입술에 키스를 건넸다. 살짝 떼어지는가 싶었던 입술은 한 번 더 가볍게 붙어, 쪽!

"아, 아! 이런 곳에서 무슨 짓이야!"

괜히 수줍어진 여울은 고갤 돌리며 하언을 밀어냈다. 하지만 두 팔로 힘주어 그녀를 품에 넣어버리는 하언은 아무것도 들리지 않는 모양이었다.

"사랑해. 정말 많이."

"아이참……."

"너도 나 사랑해?"

"사랑하지, 그럼."

"좀 더 성의 있게 다시 말해. 사랑해?"

또 시작됐다. 제 감정에 취한 도하언의 사랑타령.

혹시라도 너무 기쁜 마음이 들킬까 일부러 눈썹을 구기고 있던 여울은 잠시 하언의 몸을 떼어냈다.

그리고 그의 빛나는 두 눈을 지그시 바라보며 화답해주었다.

"나도 하언 씨 많이 사랑해."

세상 모든 걸 손에 넣은 기분이 이런 기분일까.

그녀의 고백은 오늘만큼은 귀가 아닌 가슴으로 스며들었다. 죽는 날까지, 아니 죽은 후에도 잊지 못할 소중한 순간이었다.

하언은 꿈처럼 아름다운 그녀를 위해 목숨 걸고 지켜낼 맹세를 했다.

니가 오늘처럼 나를 사랑해주기만 한다면, 세상이 끝난다고 해도 너의 곁을 지키겠다고.

내 삶을 전부 다 바쳐서라도 나는 언제나 너와 함께 하겠다고.

지금껏 홀로 거친 삶을 버티기만 해왔던 나지만 앞으로는 하루하루 앞으로 나아갈 것이다. 그래서 언젠가 많은 시간이 흘러 마지막 숨을 토해내는 순간.

나는 너의 손을 잡고 한 치의 후회 없이 멋지게 살았노라고 말할 것이다. 세상에서 가장 행복한 표정으로.

*   *   *

"더 챙길 건 없나?"

아직 성치 않은 몸을 움직여 짐을 챙긴 유현이 병실을 훑어보았다.

하언이 퇴원할 때 입으라고 챙겨온 옷 한 벌과 휴대폰. 가지고 있었던 건 그뿐이라 유현이 메고 나가야 할 가방은 부담 없이 가벼웠다.

유현은 가방 지퍼를 단단히 잠가두고, 아무도 발견하지 못할 침대 밑에 잘 넣어 두었다.

길고 어두운 터널을 지나 드디어 빛을 맞이하게 된 그는 정처 없이 훌쩍 떠날 생각이다.

그러기로 마음먹은 지는 꽤 오래된 것 같다.

하지만 가장 믿을 만한 단 한 사람을 제외하고는 누구에게도 알리지 않았다. 소중한 사람들이 붙잡기라도 한다면 차마 그 손을 뿌리치지 못할 자신을 알고 있기 때문이다.

'도유현, 니 인생은 내가 구제해 줄게.'

'대신 넌 이 시궁창 같은 삶에서 벗어나게 되면…… 두 번 다시는 차여울 눈앞에 띄지 마.'

'그거 하나는 반드시 약속해.'

이 모든 게 딱히 하언과 했던 약속을 지키기 위해서는 아니었다.

유현은 아직 정리하지 못한 자신의 감정을 알고 있고, 그녀를 마주하는 한 절대 지워내지 못할 거라는 것도 알고 있다.

하지만 하언은 그가 이제 온전한 자신의 편이라고 믿고 있으니, 겹겹이 쌓여가는 죄책감은 전부 유현의 몫이었다.

그래서 잠시 떠나 있으려 한다.

정말 온전히 그를 축복해 줄 수 있을 만큼 미련이 사라질 때까지. 물론 시간이 얼마나 걸리게 될 지는 확신할 수 없지만.

"다 끝났다……."

다시 침대 위에 살며시 앉은 유현은 흐린 목소리를 내뱉었다. 소중한 사람들과 함께 있는 동안에는 시끌벅적한 병실이었으나 혼자 남겨진 지금은 소름 끼치도록 고요하기만 했다.

그 안에서 유현은 가만히 눈을 감고 자신이 좋아하는 것들을 떠올리려 애썼다.

나의 흥미나 관심사를 생각해내는 것뿐인데 어려운 문제라도 푸는 것처럼 난해했다. 온전히 제 삶을 찾은 지 얼마 되지 않은 그는 스스로에 대해 배워야 할 게 참 많았다.

'혼자서도 행복해질 수 있을까.'

첫 단계에서부터 막혀 버린 유현의 뇌리에 문득 불안감이 스쳤다.

지금껏 자신을 위해 무언가를 해본 적이 없었던 유현이라서 막상 제 삶을 꾸려보려 하니 어디서부터 시작해야 할지 막막했다.

그래서 저도 모르게 흐린 한숨만 내쉬고 있던 그때.

똑똑―

병실 문밖에서 노크 소리가 들려왔다. 빠르고 무심한 걸 보니 하언이 분명했다.

"들어와."

유현은 겉으로 가방이 보이지 않는지 다시 한 번 확인하고는 나직한 목소리로 답했다.

그 말이 끝나기가 무섭게 문을 열고 들어서는 하언의 분위기는 다른 때와 조금 달랐다. 평소의 딱딱함과 싸늘함은 온데간데없이 어딘지 모르게 부드럽고 말랑말랑한 느낌이었다.

"무슨 일 있었어?"

이질적인 하언을 단번에 알아본 유현은 넌지시 물었다. 그러자 하언은 성큼성큼 그의 앞으로 다가와 의자에 앉으며 말했다.

"분당 쪽 내려갔다왔어."

"분당에는 왜?"

"가족들 보러."

하언의 대답은 담담했지만 그걸 들은 유현은 놀란 기색을 감추지 못했다.

유현이 기억하고 있는 하언은 그동안 과거로부터 벗어나기 위해 안간힘을 써왔던 터라 오늘의 결심이 그저 의아하기만 했다.

"……괜찮아?"

다른 무엇보다 하언의 마음이 걱정되었던 유현은 조심스러운 목소리로 넌지시 물었다.

자신을 가로막고 있던 벽을 깨부수고 한 걸음 더 나아간다는 것은 인생에서 꼭 필요한 경험이었지만, 그 과정은 끔찍하리만큼 험난하고 고통스러울 게 분명했다.

그러나 유현의 걱정과 달리 하언은 가벼운 미소를 머금은 채 대답했다.

"안 괜찮으면 어쩌겠냐. 전부 내가 감당해야 할 일인데."

"……."

"애도할 면목도 없고, 그리워할 자격은 더더욱 없어. 그래서 사과 대신 원망만 늘어놓고 왔다. 아마 나 버릇없어졌다고 많이 놀랐을걸."

말을 마친 하언의 시선이 유현을 향했다. 자세히 바라본 하언의 눈가는 평소보다 유독 불긋했다.

지금은 저리 편하게 얘기해도 이미 많이 고통스러워했나 보다. 그런 그를 위해 유현이 해 줄 수 있는 말은 얼마 되지 않았다.

"수고했어."

그가 내보이지 않은 감정들까지 전부 감싸주는 격려의 한 마디.

"정말 수고 많았네."

그 말이 이번엔 한 번 더 자세히 꺼내지자, 하언의 눈빛이 살짝 흔들렸다.

그는 잠시 허공을 바라보며 무언가를 생각하는 듯했지만 이내 원래의 여유로운 분위기를 되찾아 가볍게 받아쳤다.

"수고는 무슨."

하지만 유현은 이순간의 하언을 진심으로 동경하는 중이었다.

하언처럼 마음이 굳세지 못한 유현은 어제 도 회장이 묶어 두었던 사슬에서 스스로 벗어나고 나서도 한참 동안 마음을 추스르지 못했으니까.

문득 그 언젠가 여울이 했던 말이 떠올랐다.

그녀는 지옥보다 지옥을 벗어난 삶을 더욱 두려워하는 유현에게 병 안에 갇혀 살던 벼룩 얘기를 들려주었다.

원래는 제 몸의 150배나 높이 뛸 수 있으면서 지레 겁먹고 망설이느라, 자신을 포획해 둔 병을 벗어날 생각조차 하지 못하는 미련한 생물.

유현은 그 얘기를 처음 들을 때도, 그리고 다시 회상하는 지금도, 그 벼룩이 꼭 자신의 처지처럼 느껴졌다.

무엇이 그리도 두려웠던 건지, 다가올 미래를 피하기 위해 망가진 현실에 적응하는 데에만 몰두했던 그는 스스로도 이해하기 힘들 만큼 미련했다.

그러니 이제부터라도 홀로서는 연습을 하고 싶은데…….

"저기, 하언아…….."

유현은 무겁게 닫아두었던 입술을 떼어 내려 했다.

다른 사람에겐 아니더라도 하언에게만큼은 잠시 떠나 있으려 한다는 사실을 말해 두고 싶었다. 그래야 겨우 가까워진 우리 사이가 도로 멀어지지 않을 테니.

"도유현. 할 말이 있어."

그러나 목소리가 너무 작았던 탓일까.

하언은 좀 더 또렷하게 자신의 본론을 꺼내두었다. 뒷말을 마저 이으려던 유현의 혀끝이 잠시 멈추었다.

짧은 침묵이 경청이라고 생각한 하언은 준비한 소식을 전하기 시작했다.

"나 오늘 프러포즈 했다."

"……어?"

"반지를 사둔지는 꽤 됐는데 전해 주진 못하고 있었어. 누군가를 책임지려면 내 자신의 문제부터 해결해야 할 것 같았거든."

"……."

"오늘 난 드디어 20년 동안 깨어나질 못하고 있었던 악몽을 끝마쳤고, 그 김에 차여올 보자마자 곧바로 반지부터 전해 줬어."

말을 마친 하언의 뺨엔 미세한 홍조가 어려 있었다. 순간 유현은 그런 그에게 묻고 싶은 질문을 떠올렸다.

'여울 씨는 뭐라고 대답했어?'

평범한 내용이 있었지만 꺼내지는 않기로 했다.

그는 바라는 답이 분명한 이 질문을 자연스럽게 꺼낼 자신도, 기대와 다른 대답을 멀쩡히 들을 자신도 없었다.

그래서 흐린 눈동자를 괜히 손끝 아래로 떨어트렸더니, 하언은 유현에게 고정시켜둔 고개를 조금도 틀지 않은 채 말했다.

"……너도 기뻐해 줬으면 좋겠다."

그러게. 나도 그래줄 수 있을 만큼 감정을 정리해 놓은 상태라면 참 좋았을 텐데.

　이런 말을 덧붙이는 너도 지금 내 심정을 이해하고 있는 거겠지.

　유현은 이러지도 저러지도 못하고 고개를 더욱 푹 떨구었다. 흐린 심호흡이 이어지는 동안 하언은 더 이상 아무 말도 하지 않았다.

　그러다 머지않아 하언을 다시 마주한 유현의 표정은 한 점의 먹구름조차 없는 하늘처럼 온화했다.

　"하언아, 니가 예전에 나한테 했던 말 기억 나?"

　"무슨 말."

　"우리 둘 다, 지금까지 살아온 대로는 살지 말자고 했잖아."

　유현이 꺼낸 그날의 이야기는 하언도 똑똑히 기억하고 있는 얘기였다.

　그날 밤 몸도 마음도 지쳤던 하언은 함께 벼랑 끝에 몰려 있던 유현에게 그런 말을 했었다. 너나 나나, 지금까지 살아왔던 것처럼 불쌍하게 살진 말자고.

　하언의 기억이 거기까지 다다르자 유현은 조곤조곤 말을 이었다.

　"나 이제부터 그렇게 해 보려고."

　"......."

　"한 번에 모든 것을 바꿀 수는 없겠지만 조금씩이라도 나아가고 싶어. 너처럼."

　보이는 것 이상으로 많은 감정들을 감추고 있다는 건 단번에 알아차릴 수 있었다. 하지만 굳이 캐내려고는 하지 않았다.

　그래서 아무 말 없이 그를 바라보고만 있었더니.

　"난 니가 행복해졌으면 좋겠어."

유현은 웃음기 어린 목소리로 그에게 축복을 전했다. 내보이지 않는 그의 마음이 어떻든 그 한 마디만큼은 진심이 분명했다.

하언은 그에게 한 번도 내비친 적 없던 부드러운 눈빛을 건넸고 넌지시 대답했다.

"너도 마찬가지야. 이제 행복해질 때도 됐잖냐."

"응."

"그때까지 잘 부탁한다."

"……."

유현은 행복해지라는 말엔 고개까지 끄덕이며 대답했고, 잘 부탁한다는 말에는 그저 웃을 뿐이었다.

하언은 오늘만큼은 왠지 그에게서 그리하겠다는 확답을 들어야겠다고 생각했으나.

"뭐라고 대답을……."

"아, 음료수 한 잔 줄까? 받아 놓은 건 많은데 내가 별로 마시질 않아서 얼른 퇴원하기 전에 없애야 하거든."

유현은 보채려하기가 무섭게 말을 돌렸다.

항상 제 뜻을 숨기려고만 했던 그가 그어둔 분명한 선.

하언은 그 선을 결코 넘지 못하고 순순히 고개만 끄덕였다.

어쩐지 손닿을 거리에 있는 유현이 아득히 멀게 보이는 기분이었다.

*　　*　　*

—회장님, 유설아가 자백한 내용이 아무래도 심상치 않습니다. 여기서 더 소란스러워지기 전에 몸을 피하셔야 할 것 같습니다.

　늦은 밤, 한남철 형사로부터 걸려온 전화에 도 회장은 이를 악물었다.

　충분히 수습할 수 있을 줄 알았는데 도하언이 저질러놓은 짓은 생각보다 처리하기 까다로웠다. 아마 수발을 들어주던 이들이 전부 사라져 버려서이리라.

　"그년이 어디까지 나불거리던가요."

　도 회장은 솟구치는 울분을 애써 억누르며 물었다. 그러자 한 형사는 긴 한숨 끝에 잔뜩 겁에 질린 대답을 내뱉었다.

　—자신과 회장님의 관계, 거래 내용, 도하언과의 사건들 전부를 넘겼다 해도 과언이 아닙니다.

　"⋯⋯."

　—게다가 20년 전 사건에 대한 증거까지 언급했다고 하니 잘못하면 도선우 회장 사건까지⋯⋯.

　"그게 지금 뚫린 입이라고 지껄이는 소리야?"

　한 형사의 보고를 전해들은 도 회장이 위압감이 느껴지는 목소리로 물었다.

　도 회장의 분노가 얼마나 자신의 목을 조여 올지 아는 한 형사는 벌써부터 숨통이 막히는 듯했다.

　이럴 때 그가 해야 하는 말은 어떻게든 처리해야겠다는 말이었으나, 오늘은 그 입에 발린 말조차 불가능했다.

　어떤 말을 해도 결국엔 수습하지 못할 것이다. 그것이 지금껏 잠잠히 때를 기다리고 있던 도하언이 날린 일격이다.

—유설아가 도하언 편에 서버린 이상, 밝혀지지 않는 진실은 없을 겁니다. 형량을 최소화시키는 방법은 어떻게든 마련해볼 테니, 제발 최대한 빨리 자택에서 벗어나십쇼.

"하……."

—죄송합니다, 회장님.

끝내 도 회장이 바라는 대답을 들려주지 못한 한 형사는 짧은 말로 용서를 구했다.

그리고 도 회장의 뒷말이 이어지기 전에 전화를 끊어 버렸다. 늘 그의 눈치만 보고 살던 한 형사에게 처음 받아보는 외면이었다.

이것만으로도 앞으로 상황이 얼마나 더 망가질지 유추할 수 있게 된 도 회장은 맥없이 종료된 휴대폰을 바닥에 내쳤다.

"이것들이 감히……!"

지금껏 내 말이라면 전부 복종할 것처럼 굴더니, 정작 위기에 몰리자 명령을 따르는 놈들이 하나도 없다.

애초부터 무능력한 새끼들이라 아무것도 못 하는 건지, 아니면 괜히 돌아가지도 않는 대가리를 굴리고 있는 건지.

그동안 지겨울 만큼 달라붙어 귀찮게 굴던 것들은 아예 눈앞에서 종적을 감춰버렸다.

도 회장은 경련이 이는 손을 꽉 쥐었고 분이 풀릴 때까지 책상이라도 내리치기 위해 위로 들어 올렸다.

그때.

똑똑—

집무실 문밖에서 다급한 목소리가 들려왔다. 도 회장의 일그러진 눈빛이 곧바로 인기척을 향했다.

"또 뭐."

"회장님, 법무팀입니다. 지금 큰 문제가 생겼습니다."

"대체 문제없이 진행되는 일이 뭐야!"

도 회장의 분에 찬 고함에 문밖에 서 있던 법무팀장은 저도 모르게 어깨를 움츠렸다. 그러나 그는 반드시 전해야 할 내용이 있었기에 두려운 와중에도 문을 열었다.

"한번 지껄여 봐. 이번엔 또 뭐가 잘못 됐는지."

"그게…… 이번 사건 담당판사를 최대한 저희 쪽과 인연이 닿은 판사들로 구성해 보려고 했는데…….."

"그런데 뭐."

"대법원장 선에서 가로막혀 버렸습니다. 경로는 모르겠으나 옵타티움과 유착관계가 있는 법조계 인사 명단이 죄다 넘어간 걸로 보입니다."

연달아 터지는 비보에 도 회장은 허무한 듯 무너졌다.

이젠 소름 끼치도록 완벽했던 삶이 어디까지 더럽혀질 예정인지 호기심까지 일 정도다.

"……그 명단을 아는 사람이 당신 밖에 더 있어?"

"네? 저는 절대 아닙니다, 회장님!"

도 회장의 차가운 목소리에 법무팀장은 심히 당황한 표정을 지어 보였다. 새어 나간 경로에 대해선 아는 바가 없었던 그는 옵타티움 가문 내부의 사람도 의심해 보는 중이었다.

그래서 최대한 오해가 없도록 '켈리 박'에 대한 얘기부터 넌지시 꺼내보려던 순간.

"열려던 입 그대로 닥치고 내 말 잘 들어."

도 회장은 그의 말문을 막아두고 옷걸이 앞으로 성큼성큼 걸어갔다. 까만색 롱코트를 걸친 그는 격앙된 목소리로 명령을 내렸다.

"지금 가장 빠른 항공편 준비해. 나한테는 아무도 붙이지 말고."

"아, 예! 회장님!"

"그리고 이거 하나 똑똑히 기억해 둬."

"마, 말씀하십쇼."

"내가 다시 돌아왔을 때도 혼란이 정리가 안 되면 최악의 결말을 맞이하게 될 줄 알아."

거세게 흔들리던 눈빛은 어느덧 평소처럼 잔혹하도록 냉정해졌다.

누군가의 숨통을 끊어버리는 일이 그에게는 작은 벌레 죽이는 일처럼 쉽다는 걸 아는 법무팀장은 전신에 오한을 참지 못했다.

도 회장은 바들바들 떠는 그를 스치기 직전 어깨를 붙잡았고, 그 어떤 때보다 위압적인 목소리를 내뱉었다.

"지옥은…… 나 혼자 가지 않아."

늦은 밤.

오늘 분리수거 당번이었던 시울이 멋대로 늦은 귀가를 감행했다. 지은 죄가 있어서 살살 눈치를 보며 들어오는 그는 신발을 벗자마자 제 동생부터 찾았다.

"여울아! 여울아! 오빠가 치킨 사왔어!"

사실 저번 주도, 저저번 주도 여울에게 집안일을 몰아줘 버렸으니, 고작 치킨 정도로는 용서를 해 주지 않을 지도 모른다.

그래서 오늘은 정말 일찍 들어와서 집안부터 싹 청소하려 했거늘, 갑작스럽게 누군가를 배웅할 일이 생겨 그러지 못했다.

이건 정말 피치 못할 사정이지만 절대 여울에겐 알려선 안 될 일이라서, 시울은 오늘도 자신의 죄를 얼렁뚱땅 넘겨보려 한다.

"우리 예쁜 여울이 어디 있니!"

그렇게 가식적인 칭찬까지 덧붙이며 그녀를 찾고 있던 그때.

"여울아! 얼른⋯⋯!"

"어? 오빠 왔어?"

부엌 싱크대 앞에 있던 여울이 그를 반갑게 맞아주었다.

분명 왜 지금 이 시간에 들어오냐며 화를 냈어야 하는데 그를 보는 그녀의 표정은 싱글벙글 웃는 낯이었다.

"여울이 오늘 기분 좋아 보인다?"

시울은 의아한 눈빛을 숨기지 못하고 물었다. 그러자 여울은 대답 대신 피식 웃어 보이고는 김이 모락모락 나는 냄비를 들어 식탁위로 옮겨다놓았다.

맛있는 냄새를 솔솔 풍기는 그건 시울이 가장 좋아하는 차여울표 참치찌개였다.

"아직 저녁 안 먹었어?"

"먹었지. 지금 시간이 몇 신데."

"그럼 야밤에 갑자기 웬 참치찌개야?"

"오빠랑 오랜만에 한잔하려고. 우리 둘이 술 마신지 꽤 오래 됐잖아."

그리 대답한 여울은 가벼운 발걸음으로 냉장고에서 차가운 소주 한 병을 꺼냈다.

그 모습을 얼떨떨하게 지켜보던 시울은 정장재킷도 벗지 않고 그대로 식탁의자에 자리를 잡았다.

"오늘은 왜 늦게 온 거야?"

여울은 시울의 맞은편에 앉으며 가벼운 질문을 던졌다. 솔직한 이유를 답하지 못하는 시울은 재빨리 머릴 굴려 거짓말을 지어냈다.

"갑자기 회식이 잡혔지 뭐야. 알지? 우리 부장판사님 기러기아빠라서 자주 외로워하는 거."

"아아, 그랬구나. 연락이라도 해 주지."

"부, 분리수거는 내일 새벽에 일어나서 할게. 저번 주도 니가 했고 저저번 주도 니가 했으니까…….."

"됐어, 잠이나 푹 자. 이번 주도 그냥 내가 해치워 버렸어."

평소엔 조그마한 일로도 엄청 성질을 내는 내 동생이 갑자기 무슨 일이지?

시울은 놀라울 만큼 관대해진 여울을 물끄러미 쳐다보았다. 앞접시에 찌개를 퍼오면서도 콧노래를 흥얼거리는 그녀는 확실히 좋은 일이 있는 게 분명했다.

"너 좋은 일 생겼구나?"

"왜?"

"얼굴이 싱글벙글해서. 혹시 적금 탔어?"

시울은 기대감이 어린 목소리로 캐물었다.

그녀의 기쁨이 곧 자신의 기쁨이었던 시울은 무슨 소식을 전해 듣든, 제 일처럼 행복해할 자신이 있었다.

그래서 벌써부터 그녀와 닮은 미소를 입가에 퍼트리며 이어질 말을 기다리고 있는데.

"나 하언 씨한테 청혼 받았어."

여울이 해맑게 꺼내놓는 이야기는 그의 심장을 철렁 내려앉게 만들었다.

한껏 올라갔던 입꼬리는 저도 모르게 굳어버리고, 반짝반짝 빛을 내던 눈동자는 눈에 띄게 흔들린다.

"청혼이라면…… 결혼?"

동생의 청혼을 받아들이지 못한 시울은 한 번에 이해한 그 말을 굳이 되물었다. 그러자 여울의 얼굴에 배어드는 행복은 더욱 짙어졌다.

"응, 결혼. 복잡한 일 마무리되는 대로 결혼해 버렸으면 하던데 오빠 생각은 어때?"

"……."

"어차피 내년엔 오빠도 지방으로 몇 년 내려갔다 와야 하잖아."

종알종알 들려오는 목소리도, 그러면서 슬쩍 내보이는 왼손 네 번째 손가락의 반지도, 지금껏 보아 왔던 동생의 모습 중에서 가장 기뻐 보인다.

이 애가 다른 사람으로 인해 이렇게 행복해한 적이 있었나, 자꾸만 곱씹어 보게 된다.

시울은 가만히 앉아서 숨만 쉬다가 괜히 숟가락을 만지작거리다가 흐린 목소리를 내뱉었다.

"⋯⋯한 번도 생각해 본 적이 없어."

"응?"

갑작스럽게 낮아지는 그의 텐션은 여울을 당황스럽게 만들었다. 하지만 분위기를 이상하게 만드는 이 대답은 다른 말로는 대체할 수 없는 진실이었다.

"니가 언젠가 남자를 만나서 결혼을 한다는 거, 정말 살면서 단 한 번도 생각해 보질 않았어."

일렁이는 시울의 눈빛은 평소보다 복잡한 감정을 띠고 있었다.

오늘 하루 마냥 들떠 있기만 했었던 여울은 그제야 제 오빠를 눈에 담았다.

기쁜 날이든 슬픈 날이든, 나와 가장 가까운 곳에 머무르며 나를 지켜주었던 가족.

이제 보니 여울은 지금 그 자리를 오빠가 아닌 하언에게로 넘겨주겠다는 말을 전하는 중이었다.

그건 오빠에게 홀로 남겨지는 일일 텐데, 낭만에만 젖어서 통보받아야 하는 사람의 마음은 조금도 고려해 보지 못했다.

"아⋯⋯."

그제야 오빠의 솔직한 감정을 엿보게 된 여울은 옅은 탄식을 흘려보냈다.

얼마나 놀란 건지. 시울은 아직까지도 휘둥그레진 눈동자를 진정시키지 못하는 중이었다.

여울은 그런 그의 눈길을 황급히 피하며 서둘러 술잔에 소주를 채웠다.

"우, 우선 한 잔 마셔. 마시면서 천천히 다시 얘기하자."

한결 조심스러워진 그녀의 태도는 시울의 눈에도 선히 보였다.

그렇게나 기뻐하던 모습은 온데간데없이 사라지고 어느새 그녀는 죽도록 미안한 기색만 띠고 있었다.

이런 걸 원하지는 않았던 시울은 애써 입꼬리를 들어 올렸다.

"아니야, 아니야. 해명하는 것처럼 말하지 마. 기쁜 일인데."

"그래도……."

"내 동생을 마지막까지 책임질 수 있는 사람이 도하언일 거라는 생각은 예전부터 해 왔어. 어차피 걔 아니면 믿고 보내 줄 생각도 없었고."

"……."

"그런데 막상 이게 현실로 닥치니까 씁쓰름한 건 어쩔 수가 없네. 이제 드라마는 누구랑 보고 야식은 누구랑 시켜 먹냐."

이어지는 말에는 아쉬운 감정이 가득 담겨 있었지만, 시울의 표정은 평소처럼 장난스럽기만 했다.

그래서 어떤 반응을 보여야할지 더욱 난처해진 여울은 보다 어렵게 입술을 떼어 냈다.

"그러니까 오빠도 빨리 신부감 찾아. 드라마도 같이 재밌게 보고, 야식 시키면 같이 맛있게 먹어 줄 수 있는 사람으로."

하지만 그런 사람을 찾는다 해도 피를 나눈 가족처럼 가까워질 때까진 많은 시간과 노력이 필요할 것이다.

서로 다른 삶을 살아온 두 사람이 한 가정을 꾸려나가는 일이 기적에 가깝다는 것쯤은 경험상 누구보다 잘 알고 있다.

그러나 여울은 늘 해오던 걱정 대신 그를 위한 축복만을 빌어주기로 했다. 지금 오빠도 같은 노력을 하고 있을 테니까.

"나는 오빠가 누구보다 잘 살았으면 좋겠어."

"……."

"끝도 없이 사랑받으면서 평생 외롭지 않으면 좋겠어, 정말."

여울은 시울에게 그 어느 때보다 진심 어린 바람을 드러냈다. 그러자 싱긋 웃어 보이는 시울의 얼굴은 참 보기 좋았다.

"푸핫, 그런 건 걱정 안 해도 돼. 원래 잘난 애들은 어떻게든 잘 살수밖에 없어."

언제나처럼 너스레를 떠는 시울은 여울과 비슷한 행복감에 젖어 있었다.

씁쓸함을 지워 버린 건지 아니면 받아들이기로 한 건지는 모르겠으나, 그건 여울에게 정말 다행인 일이었다. 만약 시울이 반기를 들고 일어났다면 마음 놓고 새로운 출발을 할 수 없었을 테니.

시울은 여울이 마음껏 안도하게끔 뒤늦게 잔을 들었고, 여울의 앞에 가볍게 내밀었다.

"크으, 그런 의미에서 오늘 달려보자, 한번."

그 잔을 물끄러미 바라보던 여울이 피식 웃으며 손에 잔을 쥐니, 시울은 곧바로 짠— 하고 부딪혀왔다.

청아한 소리가 울리는 유리잔은 차가운 술을 담고 있는데도 불구하고 왠지 따듯하게 느껴졌다.

언젠가 세월이 지나면 한번쯤 돌아와 보고 싶어질 시간.

여울은 항상 제 곁을 지켜주었던 오빠를 말없이 바라보았다.

자신이 봐도 참 많이 닮아 있는 얼굴은 오늘따라 유독 보고 있어도 보고 싶어졌다.

여울이 깊게 잠든 새벽.

홀로 제 방에 들어온 시울은 실없이 웃고 있었다. 평소 주량보다 훨씬 못 미치게 마셨는데도 어쩐지 취기가 온몸을 감싸고도는 듯했다.

시울은 어지러운 몸뚱이를 침대에 걸터앉혔고 지친 두 손을 들어 마른세수를 했다.

"후우……."

새어 나오는 한숨은 어쩐지 무거웠다. 지금까지 느껴 본 적 없었던 복잡한 감정이 마음을 짓누르고 있기 때문이었다.

마냥 기쁜 것도 아니고, 그렇다고 해서 속상한 것도 아니고. 안심이 되면서도 착잡해지는 이 감정은 흡사 서운함과 비슷했다.

그는 딱 하나뿐인 가족이 자신과 함께 있던 보금자리를 떠나 새로운 가정을 꾸리는 일이 대견하면서도 서운하다.

"아이고, 이러면 주책인데 말이야."

시울은 그의 성격대로 기분이 울적해지려 할수록 더 배시시 웃었다.

그리고 침대 머리맡에 놓인 서랍장 문을 열었다. 가끔 어깨가 너무 무겁다고 느껴질 때마다 종종 꺼내보는 부적이 오랜만에 그를 반겼다.

이제는 다신 볼 수 없는 사람들과 마지막으로 찍은 가족사진.

내 나이 중학교 3학년 때였나.

이때 가족이랑 속초에 놀러갔었는데, 한창 사춘기에 접어들었던 나는 그 시간이 너무 재미없고 지루하게만 느껴졌었다.

그래서 생색내듯 가족사진을 찍어 주고 그 뒤로는 괜히 오래 하지도 않는 공부 핑계를 대며 여행을 피했더니. 결국엔 그 지루했던 여행이 우리 가족의 마지막 여행이 되어 있더라.

그럴 줄 알았으면 몇 번쯤 더 같이 다녀볼걸.

시울은 액자 속 부모님의 얼굴을 매만졌다. 길게 늘어진 속눈썹은 여울에게는 잘 보여 주지 않는 피로감을 잔뜩 담고 있었다.

하지만 목소리만큼은 언제나 씩씩하게 그는 천천히 입술을 떼어 냈다.

"엄마, 아빠. 여울이 시집간댄다."

물론 대답은 돌아오지 않겠지만 들었다면 깜짝 놀랄 것이다. 그들이 마지막으로 본 여울이는 아무것도 모르던 어린 여자애였으니까.

"이정도면 잘 키웠지? 사윗감도 제법 듬직한 놈인데."

시울은 그리 말하며 하언을 떠올렸다.

비록 천성이 까칠하고 사납기는 하나, 여울에게만큼은 부드럽고 자상한 듯하니 그들의 앞날은 조금도 걱정스럽지가 않았다.

"나중에 꼭 칭찬해 줘야 돼. 나 진짜 내 인생 다 바쳤다, 그 계집애한테."

생색은 내보지만 시울은 항상 씩씩하게 잘 커준 여울에게 고마운 마음뿐이었다. 그녀마저도 남아 있지 않았더라면 자신에게 벌어졌던 대부분의 일들은 버텨 내지 못했을 거다.

주마등처럼 떠오르는 과거의 일들에 기분이 좋아진 시울은 부드러운 실웃음을 흘려보냈다.

가끔 아물지 않는 상처처럼 느껴질 때가 많지만 그래도 가족들로 인해 겨우 힘을 내는 사람이었다. 천상천하 유아독존 차시울이란 남자는.

시울은 액자를 끌어안은 채 침대에 길게 몸을 뉘였고 지그시 눈을 내리감았다.

"앞으로 등본 같은 거 외로워서 어떻게 떼냐……."

한숨 섞인 혼잣말은 어딘지 모르게 쓸쓸했다.

하지만 적어도 슬픔이 묻어 있지는 않았다. 시울은 이래봬도 지금 온 마음을 다해 진심으로 뿌듯해하는 중이다.

부우우웅—

도 회장이 무리해서 엑셀을 밟자 엔진 소리가 더욱 거세졌다.

이미 차는 규정된 속도를 한참이나 넘긴 상태로 달리고 있었지만, 도 회장의 눈에는 그런 사사로운 숫자들 따위 보이지도 않았다.

이성을 잠식할 만큼 휘몰아치는 분노. 도 회장은 이미 그 폭풍 같은 감정에 반쯤 잡아먹힌 몸이었다.

이토록 절벽 끄트머리까지 몰아붙여진 적이 언제였던가.

아마 언제나 나를 머리 위에서 내려다보고 있었던 그 존재 이후로는 없었을 것이다. 하지만 도하언은 하필 그 사람과 같은 얼굴을 하고 있어서 더욱더 역겨움이 밀려온다.

"감히 네까짓 게……."

도 회장은 성난 혼잣말을 내뱉으며 운전대를 꽉 쥐어 잡았다.

뇌리를 스쳐 가는 그 사람에 대한 기억은 단 하나도 마음에 드는 것이 없었다.

처음으로 그에게 아무 감정 없이 생명을 죽일 수 있다는 사실을 들켰을 때도 그랬고, 죄의 무게라는 것을 고통으로써 가르쳐 줬을 때도 그랬다.

형은 늘 도 회장의 뜻을 이루지 못하게 막는 존재였다.

하지만 그럼에도 불구하고 나를 위하는 척 연기하던 뻔뻔한 낯짝은 아직까지도 잊을 수가 없다.

'선웅아, 넌 내 자리를 감당할 수 없어.'

사실은 그저 내게 어느 것 하나도 양보하고 싶지 않았던 것이면서.

사람들의 감정을 느낄 수 없다는 죄로 괴물취급 받게 된 나를, 그저……

'더 이상 외로워져선 안 되니까.'

'아무리 무서워도 넌 사람들 사이에서 평범하게 살아갔으면 좋겠어.'

있는 힘껏 동정하고 싶었던 것이면서.

도 회장은 입술을 꽉 깨물었다. 그토록 증오하던 형의 최후를 떠올리지 않기 위해서였다.

하지만 그럴수록 점점 더 선명해지는 기억의 조각은 도 회장을 더 깊은 고통 속으로 밀어 넣었다.

'영양제? 피곤하던 찰나에 잘 됐네. 신경 써 줘서 고마워.'

내가 건네는 악의를 웃는 얼굴로 받아들였던 그 사람.

'너한테 마음을 받은 건…… 이번이 처음인 것 같아.'

물 한 잔과 함께 죽음을 삼켜 넘기며 마지막으로 건넸던 목소리.

그 말을 듣던 순간 아주 얼핏, 모든 일을 되돌리고 싶다는 생각이 들었다. 그러나 그동안 형의 그늘에 숨어 살기만 하던 내가 타오르는 욕망의 불길을 거부할 수 있는 방법은 없었다.

'잘 가, 형.'

그래서 나도 그를 따라 웃어 주며 마지막으로 악수를 건넸더니, 형은 눈앞에 내밀어진 손을 물끄러미 내려다보기만 하더라. 지금껏 어느 누구에게도 지어준 적 없던 따뜻한 눈빛을 띠고.

형은 그렇게 죽었고 나는 그렇게 형의 자리에 앉게 되었다.

'회장님은…… 언제나 도선웅 상무님을 위해 살아오셨습니다.'

'당신이 있을 곳을 마련하기 위해 얼마나 뒤에서 많은 노력을 해 오셨는지 아십니까.'

그의 장례식 날, 주치의는 기뻐하고 있는 내게 다가와 죄책감을 드러냈지만 나는 조금도 휘둘리지 않았다. 이미 사라진 사람을 지워내는 일쯤은 감정을 모르는 나에게 식은 죽 먹기였다.

"……그러니까 난 후회 같은 거 안 해."

도 회장은 단단히 자리 잡은 고집을 소리 내어 내뱉었다.

"당신을 없애 버린 뒤로 모든 것은 내 손안에 들어왔어."

그가 사라진 덕분에 이룰 수 있었던 꿈을 습관처럼 되새겼다. 그리고 곧바로 사고회로를 닫아 두었다.

살아생전 그가 막아 주고자 했던 지옥 같은 외로움이 기다렸다는 듯이 도 회장을 덮쳐 왔을 때도, 칠흑 같은 어둠 속을 헤매는 기분이 들 때도 줄곧 그리해왔던 일이었다.

그렇게 본능적으로 밝은 빛을 그리워하는 자신을 떨쳐내고 판도를 바꿀 계획만 세우고 있던 그때.

'선웅아.'

귓가에 아주 익숙한 목소리 하나가 스며들어왔다.

이젠 다시 들을 수 없는, 다시 들려와서도 안 될 사람의 목소리였다.

순간 당황한 도 회장은 핸들을 쥔 손을 부들부들 떨었다. 그러자 끼익— 하는 소리와 함께 차체가 흔들렸다.

그 덕에 가까스로 이성을 붙잡은 도 회장은 혼란이 담긴 눈빛으로 정면만 지그시 주시했다. 방금 귀에 들린 건 분명 긴장감이 만들어 낸 환청일 것이다.

하지만 외면하려고 해도, 벗어나려고 해도. 정말 다시 나타난 것이 아니라고 스스로 믿고 있다 해도.

'이제 그만해도 돼.'

"……."

'여기서 더 버틸 수도 없잖아.'

가족들도 두려워하며 피하던 날 유일하게 안아 줬던 사람의 목소리는 여전히 따뜻했다. 그리고 간절했다. 내 손으로 부서트려 버린 것을 백 번이고 천 번이고 후회할 만큼.

"당신이 틀렸어."

도 회장은 고집스러운 대답을 내뱉었다. 있지도 않은 사람을 향해.

"이 자리는 나를 위한 자리였어. 아니! 내가 아니면 그 누구도 감당할 수 없는 자리였다고! 당신을 비롯해서!"

더욱더 핸들을 꽉 잡아 쥐는 손에 핏발이 섰다. 흔들리는 눈동자는 이제 어느 곳을 보고 있는 지도 모르겠다.

그렇게 처절하게 버티는 꼬락서니를 하고, 도 회장은 뒤이어 소리쳤다.

"당신은 나를 막지 못할 거야! 살아서도, 죽어서도, 몇 번을 다시 태어난다고 해도!"

'……'

"당신은…… 당신은 결국 내 앞에 무릎 꿇게 될 거야……."

모두의 선망 어린 시선을 받고 있던 당신이 주검으로 돌아왔을 때의 쾌감이 떠오른다. 너덜너덜하게 찢겨진 당신의 시신은 제법 볼만 했다.

나는 오직 그 감정만을 기억한다. 뒤따라온 쓸모없는 감정들은 내가 느끼지 못하는 것들이다.

"그러니…… 후회 같은 건 안 해."

심장에서 또다시 욱신거리는 고통이 일었다. 그가 다시 나약함에 대해 알려주려는 게 분명했다.

도선웅은 이를 악물고 그 고통을 참아 냈다. 이제는 그 어린 시절처럼 동요하지 않을 생각이었다.

허나 그 순간.

'그래, 잘했어.'

독기와 오기로 얼룩진 그의 마음에 스며들어온 대답은 숨을 멎게 만들었다.

"……뭐?"

'그러니까 이젠 다시 내 옆으로 와.'

다시 자신의 곁으로 오라는 말. 그건 이 순간 결코 듣고 싶지 않은 지독한 명령이었다.

"그만……."

'지켜 줄게.'

"그 입 다물어……."

'니가 절대 외롭지 않도록…… 형이 꼭 지켜 줄게.'

"제발 닥치라고!"

살면서 오직 단 한 사람, 그만이 해 주었던 말들이 반복되기 시작했다. 그 한 마디 한 마디는 도선웅의 굳어 있던 이성을 두드리고, 점차 선명한 틈새를 낸다.

이러다 무너질 지도 모른다는 생각에 그는 눈을 질끈 감았다. 빠르게 질주하는 차 안에서 위험한 짓을 하고 있다는 건 알았으나, 그에게는 스스로 최면을 걸 시간이 필요했다.

나는 괴물이다.

태어날 때부터 감정을 느끼지 못하는 괴물이다.

그래, 그런 괴물이어야만 한다.

'넌 괴물이 아니야.'

하지만 어째서 눈을 감을수록 그 사람이 내는 빛은 선명해지는 건지.

'그러니까 형은 널 무서워하지도, 혼자 내버려 두고 싶지도 않아.'

사라지고 나서야 더욱 절실해지는 그의 위로는 어째서 점점 더 생생해지는 건지.

"그만……."

도 회장은 이젠 고문이 되어버린 위로를 견디지 못하고 애원했다. 자신이 만들어놓은 우리에 갇혀버린 꼴은 스스로 느끼기에도 비참하기 그지없었다.

이젠 내가 무엇을 위해 사는지 모르겠다. 내가 원해왔던 것들 중 손 안에 남아있는 것은 또 무엇인지 모르겠다.

도 회장은 송두리째 흔들리는 이성을 다잡기 위해 입술을 꽉 물었다. 혀끝에서 느껴지는 비릿한 냄새는 너무 익숙해서 끔찍하기까지 했다.

그때 마침, 젖은 뺨에 누군가의 손길이 닿았다.

'선웅아…….'

나직이 터지는 목소리는 저절로 그 사람을 떠올려버릴 만큼 따듯한 온기를 품고 있었다.

버티려 갖은 애를 써보지만, 몰아치는 감정은 그동안 외면당했던 만큼 거칠게 몰아쳤다. 금방이라도 자신이 구축해온 자아를 집어삼킬 듯이.

도선웅은 두 눈을 꾹 감았고, 머지않아 다시 치켜떴다. 그리고 이내 조수석 쪽으로 고개를 돌렸다. 흐린 그의 시야에 너무도 간절해서 지옥이 되어버린 사람이 담겨왔다.

기억도 나지 않을 만큼 아주 오랜만에 바라본 그의 얼굴은 세월의 때가 묻지 않아 그저 젊기만 했다. 담대하지만 온화한 눈빛도, 여유를 품은 미소도 20년 전과 변한 것 없이 그대로였다.

그래서 오랜 시간 걸어두었던 최면은 결국 허망하게 깨어나 버리고 말았다. 열린 마음의 틈새로 가장 먼저 파고드는 건 칼이 파고드는 것과는 비교도 할 수 없을 만큼 강렬한 마음의 고통이었다.

이런 걸…… 죄책감이라고 부르던가.

도선웅의 손이 맥없이 핸들에서 떨어졌다. 그런 뒤 조심스레 손을 뻗어 웃고 있는 그의 얼굴을 손끝으로 쓸어내렸다. 차체는 금세 중심을 잃고 흔들렸으나 그는 다시 붙잡지 않았다.

지금은 삶의 끈보다 더욱 붙잡고 싶은 존재와 재회해 버린 순간이니.

"도선우……."

얼마만인지 기억도 나지 않을 만큼 오랜만에 불러보는 이름. 사실은 잇고 싶은 뒷말이 있었다. 허나 미처 잇지는 못했다.

끼이이익— 콰앙!!

그저 찢어질 듯한 굉음과 함께 차체가 뒤집어질 때쯤 어렴풋이 생각했던 것 같다.

죄를 위해 괴물을 자처한 나의 종착역은 아무래도 당신과 다를 것 같다고. 그러니 당신 곁으로 돌아오라는 말은 아무리 그리하고 싶어도 들어줄 수 없을 것 같다고.

산산히 깨져버린 유리파편이 피부를 파고들 때쯤, 도선웅은 마지막 소원을 빌었다.

훗날 우리가 다른 세상에 다시 태어난다고 해도, 절대 연이 닿지 않기를. 모든 것을 짊어지려 했던 당신의 곁엔 가진 것이 불행뿐이었던 내가 없기를.

나는 의식이 사라지는 순간까지 간절히 빌었다.

사라지고 나서야 깨달은 오직 하나 뿐인 내 사람.

"형……."

오직 당신을 위해.

차가운 새벽, 평창동 저택에 전화벨이 울렸다.

최근 들어 상황이 상황이다 보니 이따금씩 새벽에도 벨이 울리곤 했지만, 이번 전화는 본능적으로 불길한 기분이 감돌았다.

거실 소파에 앉아 있던 켈리 박은 떨리는 손을 뻗어 수화기를 들었다.

"여보세요."

첫 마디를 꺼내는 목소리는 그녀답지 않게 낮고 차가웠다. 하지만 이내 전해지는 소식을 듣고는 얼굴이 하얗게 질려버렸다.

"뭐, 뭐라고요? 회장님이 교통사고요?!"

그녀의 비명 같은 되물음이 집안에 퍼지자 방에 있던 혜수가 한 달음에 달려 나왔다.

"상태는 어떤가요! 아직 의식불명이면 살아계신 거죠!"

굳이 상대방의 말을 듣지 않아도 혜수는 돌아가는 전개를 알아차 릴 수 있었다.

아버지의 사고는 그녀에게도 갑작스러운 일이었으나, 어떤 방식으 로든 그의 말로가 비참할 것이라는 건 어느 정도 예상하고 있었다.

하지만 항상 그랬듯 도 회장이 이번 일도 제 선에서 처리할 수 있을 거라 믿었던 켈리 박은 충격을 금치 못했다.

"말도…… 말도 안 돼……."

파르르 떨리던 켈리 박의 손이 급기야 수화기를 떨어트렸다. 그리고 잠시 휘청이는가 싶더니 그대로 다리에 힘을 풀어 버렸다.

혜수는 바닥으로 쓰러지기 직전의 그녀의 몸을 서둘러 붙잡았다.

"엄마, 괜찮아?! 정신 차려!"

"혜수야, 니 아버지가…… 아버지가……."

혼절 직전의 상태가 된 켈리 박은 끝말을 마무리 짓지 못했지만 혜수는 굳이 듣고 싶지 않았다. 그래 봤자 동요하기만 할 자신을 알고 있기 때문이었다.

분명 그와는 부모 자식 간의 정도 남아 있지 않을 텐데 가슴이 쓰라리다. 그는 많은 사람에게 고통을 준 화근일 뿐인데 자꾸만 안타까워지려 한다.

아마 이것이 시울이 걱정했던 상황일 것이다. 혜수는 그래도 친 아버지라고, 그의 비참한 결말이 참 보기 힘들다.

하지만 그날 그녀는 시울의 앞에서 유현을 생각하며 다짐했다. 절대 피하지 않고 모든 죗값을 받아들이겠다고.

혜수는 힘이 다 빠져 버린 켈리 박을 소파에 앉혔다. 그리고 애틋한 눈으로 그녀를 바라보며 입술을 열었다.

"엄마, 이제부터 내 말 잘 들어."

"혜수야, 이게 갑자기 무슨 일이니……."

"마땅히 일어났어야 할 일이었어. 엄마도 그건 잘 알고 있잖아."

"너……."

단호한 혜수의 목소리를 들은 켈리 박의 눈에 혼란스러움이 맺혔다. 그건 당장 하던 말을 멈추라는 신호였으나 혜수는 그럼에도 불구하고 꿋꿋이 얘기를 이어 나갔다.

　"난 이제 누구도 아프지 않았으면 좋겠어."

　"……."

　"그러니까 누군가에 고통을 주는 일도 멈췄으면 좋겠어, 엄마."

　켈리 박은 눈을 감고 옅은 신음만 흘릴 뿐이었다.

　혜수는 자신의 진심이 그녀에게 닿았는지 확신할 수 없었다. 하지만 필요 이상으로 걱정하지는 않기로 했다.

　자신의 어머니는 충분히 강한 여성이니 지금의 혼란도 시간이 지나면 차츰 가라앉을 것이다.

　혜수는 물을 떠오기 위해 자리에서 일어났다.

　과분할 만큼 커다란 저택.

　언제나 온기는 찾아볼 수 없는 집이었으나, 오늘따라 느껴지는 한기는 더욱 짙었다. 저택을 이루고 있던 모든 것들이 차갑게 얼어붙는 느낌이었다.

　여느 때와 다를 바 없는 아침.

　여울은 다소 긴장된 표정으로 유현의 병실 앞에 섰다. 오늘 아침 뉴스로 도 회장의 교통사고 소식을 접한 그녀는 그 누구보다 유현이 걱정스러웠다.

　하언은 그 뉴스를 보며 태연하게 밥을 먹고 정장을 챙겨 입었지만 유현은 그렇게 태연한 척도 못 할 게 분명했다. 모질지 못한 그는 괜한 죄책감만 가지고 있지 않으면 다행이었다.

똑똑—

가볍게 병실 문을 두드린 여울은 마른침을 삼켜 목소리를 가다듬었다.

"유현 씨."

그리고 그의 이름을 나직이 불렀다. 때가 때이니 만큼 그녀의 분위기는 살짝 무거웠다. 하지만 그리고도 한동안 대답이 돌아오지 않자 여울은 다시 한 번 문을 두드렸다.

똑똑똑—

"유현 씨!"

이번엔 노크 소리도, 그를 부르는 소리도 이전보다 거셌다. 그러나 유현은 역시 아무런 대꾸도 돌려주지 않았다.

어쩐지 불길해진 여울은 결국 허락 받기를 포기한 채 문고리를 돌렸다.

"유현 씨, 들어갈게요."

여울의 몸이 천천히 병실 안으로 들어섰다. 늘 그렇듯 포근한 향기가 가장 먼저 그녀의 코끝을 스쳤다.

"오늘은 컨디션 괜찮아요?"

여울은 안부를 물으며 문을 닫았고 최대한 환히 웃는 낯빛으로 그가 있을 침대를 바라보았다.

"뉴스는……."

그리고 본론을 꺼내려다 말고 말을 멈추었다.

매일 같은 자리에서 부드럽게 미소 지으며 반겨주던 사람이 흔적도 없이 사라졌기 때문이었다.

"유현 씨……?"

여울은 떨리는 목소리로 그의 이름을 부르며 한 발자국 다가섰다.

잘 개어진 병원복과 탁상 위 음료수 세 개, 그리고 여울이 빌려 줬던 만화책들은 분명 유현의 손길을 담고 있었다.

하지만 왜 그 사람만 보이지 않는 건지.

여울은 순간적으로 떠오른 불길한 생각을 애써 지워냈다. 비록 그는 여린 사람이긴 하나, 모든 걸 다 포기해 버릴 만큼 약해빠진 사람은 아니었다.

여울은 들고 온 토드백을 뒤적여 휴대폰을 꺼냈다. 몇 번 걸어본 적없는 번호를 찾아 누르는 손가락은 다급한 심정에 비해 한없이 느리기만 했다.

그럴수록 정신을 단단히 붙잡고, 그의 휴대폰으로 전화를 걸려던 순간.

"……어?"

자칫 보지 못하고 지나칠 뻔한 베개 밑, 곱게 반으로 접힌 종이 한 장이 들어왔다.

그것이 유현의 유일한 흔적이라고 생각한 여울은 휴대폰까지 떨어트려가며 황급히 편지를 집어 들었다.

'언제나 고마운 여울 씨.'

하얀 종이 위에 적힌 첫 마디는 그의 따뜻한 부름이었다. 여울은 선이 그어져 있지 않아도 정갈하게 적혀진 글씨를 침착하게 읽어 내려갔다.

축하해 줄 일은 하언이한테 들었어요. 그 애, 보기보다 외로움을 많이 타는 성격이니까 여울 씨가 곁에 잘 머물러줘요.

저는 아무래도 결혼식은 참석하지 못할 것 같아요. 혼자 정리하고 싶은 게 많아서 잠시 시간을 가질 생각이거든요.

하지만 멀리서라도 꼭 두 사람을 위해 축복해 줄게요.

여울 씨는 그 누구보다 행복해지세요. 웃는 얼굴이 정말 예쁜 사람이니까.

전에도 말했듯이, 여울 씨는 제 인생의 빛이었어요. 잊지 못할 따듯함을 선물해 줘서 정말 고마워요.

다시 만나면, 그땐 정말 좋은 친구가 되어 줄게요.

■■■■■.

－도유현 드림.

작별 인사와 다름없는 그의 편지는 그리 길지 않았다.

여울은 그 안에 담긴 내용을 다 읽었으면서도 좀처럼 시선을 떼어 내지 못했다. 편지 가장 끄트머리에 적었다가 까맣게 지워 버린 다섯 글자 때문이었다.

무슨 말이었을지, 어떤 감정이 담겨져 있었을지.

하나도 모르겠다면 그건 거짓말일 것이다.

여울은 그 사람의 마음을 누구보다 잘 알고 있다. 그렇기에 갑작스럽게 건네진 이별일지라도 그녀는 받아들일 수밖에 없다.

홀로 남겨지는 걸 두려워하는 그가 아무도 찾지 못할 곳까지 멀어지려는 건 전부 여울을 위한 것일 테니.

"유현 씨……."

여울은 흐린 목소리로 그의 이름을 불렀다. 어떤 상황이라도 대답해 주던 그에게서는 어떤 화답도 돌아오지 않았다.

여울은 저도 모르게 눈시울을 적시며 그에 대한 많은 것들을 떠올렸다.

상처는 얼마나 아물었더라. 뼈는 얼마나 붙었더라. 날씨가 제법 추워졌는데 옷은 어떤 걸 입고 왔더라.

대체…… 그의 보금자리가 될 만한 곳은 어디였더라.

대부분의 기억들은 떠오르지 않았고, 마지막 질문에 대한 답은 찾지 못했다.

마치 원래 존재하지도 않았던 사람처럼 깨끗하게 사라져 버린 탓에, 여울은 그를 어디서부터 되새겨야할지 감도 잡히지 않았다.

"하아……."

결국 흔적을 찾아 헤매길 포기한 여울은 깊은 한숨과 함께 편지를 접어 두었다. 몇 시간 전 이 자리에서 편지를 두고 뒤돌아섰을 유현의 모습이 머릿속에 선히 그려졌다.

후련하게 웃고 있었을지, 슬퍼하고 있었을지는 모르겠다. 하지만 단 하나 확실한 건 그 안에 절망은 없었으리라는 사실이었다.

그것으로 되었다.

언제나 절망이 가깝던 당신이었는데 그래도 이제는 괜찮을지 모른다는 기대감마저도 드는 걸 보니, 아마 내가 보기에도 당신의 상처는 많이 아문 모양이다.

이제 당신에게는 마음에 얹은 딱지가 흉터 하나 없이 말끔히 떨어져 나갈 일만 남았다.

여울은 그가 없는 침대에 조심히 걸터앉았다.

그리고 마지막으로 눈에 담았던 그의 모습을 떠올렸다.

'유현아, 잘 생각해 보고 행동하렴.'

'네, 안 그래도 이제부턴 제가 하고 싶은 대로 해 보려고요.'

'……'

'법정에서 뵙겠습니다, 회장님.'

도 회장에게 그리 말하던 유현은 조금도 나약하지 않았다. 맑은 날보다 흐린 날이 더 많았던 그의 눈빛도 그 어느 순간보다 생기를 띠고 있었다.

그 모습을 떠올리니 걱정 많았던 여울의 표정도 한결 차분해졌다.

너무 순수해서 누군가를 미워할 줄도 모르던 사람. 자신의 욕심을 가장 두려워했던 바보같이 착한 사람.

하늘도 사람 보는 눈이 있다면 그런 사람에게 반드시 축복을 내려줄 것이란 확신이 들었다.

그는 여울에게 세상 누구보다 행복해지라고 말했지만, 그녀는 유현이 딱 그만큼 행복해지기를 바란다.

"유현 씨."

다시 그의 이름을 부르는 그녀의 목소리는 한층 먹구름이 물러가 있었다. 그녀는 고마운 마음만큼 힘내서 눈물을 참으며 그에게 닿지 못할 답장을 보냈다.

"우리 꼭 행복해져서 다시 만나자."

언제, 어디에서, 어떤 모습으로 만나든.

"유현 씨도 웃는 얼굴이 제일 예쁘니까 꼭 웃고 있어야 해요."

애초부터 갚아 줄 수 없는 마음.

하지만 그동안 한 번도 부담스럽거나 불편하게 여겨진 적은 없었던 이유는 이제 보니 전부 그 사람 덕분이었다.

그토록 원하는 그녀에게 바라는 것은 단 하나도 없었던 그는 그녀의 세상에서 가장 따듯하고 선한 마음을 가지고 있었다.

함께 했던 시간들이 모두 아름다운 추억으로 기억될 만큼.

마지막 서류를 서류함에 넣어놓고, 새로 장만한 사무책상을 손바닥으로 조심스럽게 쓸어내리고.

하언은 뒤를 돌아 집무실 내부를 훑어보았다.

기존의 모습은 허물어버리고 오로지 하언의 주문대로 인테리어된 회장집무실 정경이 그의 눈에 훤히 들어왔다.

고풍스러운 무늬로 이뤄진 벽지와 앤틱한 디자인의 가구들은 전혀 하언의 취향이 아니었다.

게다가 소파는 왜 저렇게 촌스러운 벽돌색인 건지. 그가 원하는 대로 완벽하게 꾸며진 이 공간은 사실 조금도 마음에 들지 않는다.

그래도 하언은 피식 만족스러운 미소를 지어 보였다.

"취향 한번 참 올드하네."

빛바랜 사진 속 아버지의 집무실과 흡사한 이곳은 하언이 가장 심혈을 기울인 부분이었다.

그 옛날, 아버지가 카메라를 보며 웃고 서 있던 자리를 지키고 있는 그는 어느덧 편안한 얼굴로 그를 추억하는 중이었다.

하언은 책상 위에 놓인 액자로 살짝 시선을 두었다.

"마음에 드십니까."

그리고 그들을 향해 물었다. 대답이 돌아오지는 않았지만 그래도 불만스러워하지는 않을 거란 확신이 들었다.

이곳에서 가족들과 어떤 추억을 나누었었는지, 아버지는 주로 어떤 표정을 짓고 있었는지.

당시 너무나도 어렸던 하언은 똑바로 기억하고 있는 게 별로 없었다. 오랜 시간 동안 그들과 관련된 것들은 전부 잊으려고 노력해 왔었기에, 지금 와서 되새기려고 해 봤자 대부분이 흐릿해진 상태였다.

그래도 단 하나, 빛조차 바래지 않고 선명한 기억이 하나 있다면.

'우리 아들 왔구나.'

그건 하언을 부르던 아버지의 따뜻한 목소리였다.

이젠 그 누구에게도 들을 수 없는 '우리 아들'이라는 호칭은 떠올릴 때마다 가슴을 먹먹하게 만들었다.

하지만 더 이상 아프지는 않으니, 가끔 그리움에 사무칠 때 꺼내 봐도 괜찮겠지.

똑똑─

그때, 집무실 밖에서 노크 소리가 들려왔다.

"들어와."

짧은 말로 사람을 들이자 문틈으로 모습을 드러내는 건 고급 정장을 멋스럽게 빼입은 하언의 든든한 아군, 김지훈 직속비서였다.

"대주주님들께서 전부 도착하셨습니다. 준비는 되셨습니까."

이제 하언에 의해 공식적인 비서실장으로 승진하게 된 그는 평소보다 진지한 태도로 상황을 보고했다.

그런 그를 바라보고 있는 하언은 터져 나오는 웃음을 감출 수 없었다. 실장직함을 달던 순간 방방 뛰며 기뻐하던 모습이 지금의 모습과 극명하게 대비되어서였다.

"어젠 눈밭에 풀어 놓은 똥강아지마냥 날뛰더니 오늘은 차분하네."

하언은 장난기 가득한 목소리로 그에게 대꾸하며 옷걸이에 걸어놓았던 정장재킷을 갖춰 입었다. 그러는 동안 문을 닫고 들어온 김비서실장은 원래의 신이 난 목소리로 종알거렸다.

"저 오늘 명패 주문했다고 들었습니다."

"축하해. 정장은 잘 맞아?"

"그럼요. 제 사이즈를 몰래 재보기라도 하신 것처럼 잘 맞습니다. 비싼 선물 정말 고맙습니다."

"다행이네. 옷이 받쳐 주니까 얼굴도 산다."

나설 채비를 마친 하언은 드디어 회장실 밖을 향해 걸음을 떼어냈다. 대주주에게 새롭게 인사를 건네는 일. 이것은 하언이 아버지의 자리에서 수행해야 하는 역사적인 첫 업무였다.

긴장이 되지 않는다고 하면 거짓말이지겠지만 그렇다고 해서 걱정스러운 것도 아니다.

이전엔 철저히 혼자였던 탓에 누군가를 상대하는 일이 어려웠을지 몰라도, 이제는 제 곁을 지켜 주는 많은 사람들이 있으니 더 이상 불안해할 필요가 없다.

비서실장은 하언이 문 앞으로 다가오자 격식을 차린 손길로 문고리를 붙잡았다. 그리고 힘주어 열기 직전, 요 며칠 내내 품고 있던 질문 하나를 꺼내놓았다.

"지금 기분이 어떠십니까."

지금 내 기분이 어떤지, 그걸 굳이 말로 해야 아나.

하언은 시원한 미소를 지어 보였다. 그 뒤에 이어지는 대답은 부연 설명도 필요 없을 만큼 솔직하고 간결했다.

"죽여줘."

그래, 죽을 만큼 기쁘면 됐지. 또 무슨 표현이 필요하단 말인가.

비서실장은 오랜만에 아무런 걱정 없는 미소를 띠며 집무실 문을 열었다. 단단한 기운이 서린 하언의 눈동자에 자신이 걸어가야 할 기나긴 복도가 비쳐 들어왔다.

그 끝에 시선을 둔 채 숨을 고르고 있는 하언에게 비서실장은 말했다.

"가시죠, 도하언 회장님."

아직은 낯선 직함을 들은 하언이 시원한 입꼬리를 들어 올렸다. 햇빛보다 환한 그의 얼굴에 더욱 생기가 어렸다.

지금으로부터 수년 전 어느 날, 당신도 같은 심정이었을까.

책임감에 어깨가 무거우면서도 어쩐지 의욕이 솟구치는 기분.

"그래, 가 볼까."

한 발을 내딛는 순간 문득 아버지의 뒷모습이 떠올랐다.

어렸던 하언은 늘 동경어린 시선으로 그를 바라보았고, 언제나 닮고 싶어 했다.

그때 상상으로 그려냈던 나의 미래는 오늘의 모습과 비슷했다.

이 정도면 원대한 꿈은 이뤄 낸 것 같아, 앞으로 내딛는 발걸음에 보다 힘이 들어간다.

*　　　*　　　*

"어떡해! 어떡해! 어떡해!"

여울의 초조한 외침이 신부대기실을 메웠다. 그녀의 곁에 앉아 드레스 매무새를 만져주고 있던 웨딩헬퍼는 아까부터 전전긍긍하던 여울을 달랬다.

"신부님, 지금 충분히 아름다우세요."

"오늘따라 좀 퀭해 보이지 않아요?"

"괜찮은데요?"

"피부도 푸석푸석한 것 같고……."

몇 개월의 준비기간이 무색할 정도로 결혼식 당일의 여울은 정신이 없었다. 세상에서 가장 아름다워도 모자랄 결혼식인데 거울 속 진한 화장을 한 얼굴은 어색하고, 어쩐지 더 동그래 보인다.

웨딩헬퍼는 그런 여울에게 능숙한 위로를 건넸다.

"에이, 이따가 식장 들어가시면 조명이 세서 전혀 티도 안 날 거예요."

"예식 다 끝나고 기념사진 찍을 때도 조명 그대로 켜놓죠?"

"당연하죠. 그리고 오늘 신랑님 눈에는 신부님이 가장 예뻐 보일 테니까 아무런 걱정하지 마세요."

그건 하언의 꿀 떨어지는 눈빛을 지켜봐 온 웨딩헬퍼의 이유 있는 칭찬이었다. 그 사실만큼은 여울도 알고 있었지만 그녀는 왠지 부끄러운 마음에 손을 저었다.

"에이, 솔직히 가장 예쁜 건 아니다."

바로 그때.

"누구야! 누가 내 동생 못생겼대!"

우렁찬 외침이 신부대기실에 쩌렁쩌렁 울렸다. 놀란 여울과 웨딩 헬퍼의 눈동자에 들어온 건 유독 눈가가 붉은 시울이었다.

"뭐야! 오빠 왜 들어와! 밖에서 손님맞이 하고 있으랬잖아!"

"그거 현규 맡겼다! 그나저나 누가 너 못생겼대! 도하언이 그랬 어?!"

유일한 피붙이인 동생을 시집보내야 하는 시울은 여울보다 긴장 한 상태였다.

사실 그동안 결혼식 얘기만 하면 딴청을 피우거나, 우울감에 빠 지거나, 가끔 감정이 복받칠 땐 눈물까지 보이곤 했던 그는 오늘도 역시 여울의 짐 덩어리였다.

"뭐야, 또 울어?"

"계속 눈물이 나오는 걸 어떡해. 너 오늘부터 당장 도하언 집에서 사는 거야?"

"이따 예식 끝나고 들를게."

"들른다니. 돌아오는 게 아니라 들르겠다니……."

시울은 섭섭한 게 참 많았다.

긴장하긴 했어도 잔뜩 들뜬 동생의 모습도, 이젠 자신보다 더 가깝게 여울을 챙겨 주는 하언의 태도도 전부 아쉽기만 했다. 하지만 그건 여울의 결혼 이후로 당연히 받아들여야 하는 과정이었다.

"나 이따가 술 엄청 먹고 개가 될 거야."

그래서 딱히 불만스러워하지도 못하고 괜한 어깃장을 놓으니, 여울은 언제 호들갑을 떨었냐는 듯 단조롭게 받아쳤다.

"그러면 진짜 웃기긴 하겠다."

"진짜 할 거야."

"그래라. 오늘 오빠 선임도 오시고, 부장판사님도 오셨다면서. 앞으로 사람 취급도 못 받고 싶으면 꼭 그렇게 해라."

오랜 시간 시울을 상대해 온 여울은 받아주면 더 하는 그의 성격을 알고 있었다. 요 며칠 이렇게 징징거릴 때마다 그녀는 '오빠 마음 다 알지'라고 달래보았으나, 결국 돌아오는 건 '그럼 시집가지 마!'라는 말도 안 되는 고집뿐이었다.

"아휴, 그만 울고 씩씩하게 앉아 있어."

"치이."

시울은 더 이상 툴툴대는 자신을 달려주지 않는 여울을 원망스러운 눈빛으로 바라보았다. 그리고 고집스레 좁은 신부대기의자에 함께 걸터앉아 볼멘 목소리를 내뱉었다.

"날 떠나는 게 그렇게 좋아?"

말도 안 되는 질문을 던지는 오빠는 오늘따라 어린애처럼 느껴졌다. 여울은 혹시나 시울이 또 감정적이 될까 싶어, 일부러 장난스러운 대답을 꺼내놓았다.

"당연히 좋지. 이젠 오빠 뒷수습 안 해 줘도 되잖아."

"그건 내가 할 소리지. 그래, 나도 속 시원하다. 잔소리 하는 사람 없어져서. 이젠 너 대신 강태랑 놀 거다."

"오빠 걔랑 아직도 연락해?"

"응, 이제 내 여동생 삼을 거야."

그리 대답하는 시울의 입술은 오리처럼 삐죽.

그 모습은 쌓여 있던 여울의 긴장감을 다 풀어 줄 만큼 우스웠다. 이렇게 여동생만 신경 쓰고 있으니, 어떤 여자가 시집와 줄지 모르겠다.

"오빠, 손 줘 봐."

"몰라, 싫어."

"얼른."

여울은 까탈스럽게 구는 시울에게 손을 뻗었다.

서러움이 폭발한 시울은 한참 동안 그 손을 쳐다만 보고 있다가, 여울이 위아래로 까딱이며 재촉하자 은근슬쩍 맞잡아 주었다.

하얀 글로브 위로 느껴지는 그의 손은 오늘따라 유독 차가웠다. 어쩌면 오늘 아침 잠깐 만났던 하언보다 더 초조해 하는 것 같았다.

여울은 그와 얼굴을 마주한 채 배시시 웃었다.

"오빠가 아무것도 걱정 안 하게끔 잘 살게."

그런 뒤 꺼내놓는 말은 마치 시울의 마음을 읽고 건네주는 듯한 다짐이었다.

삐죽이던 시울의 입가에 슬쩍 여울과 비슷한 웃음기가 맺혔다.

"잘 살긴 살아야지. 그래도 어디 가서 나랑 지낼 때보다 더 행복하다고 하진 마."

"알았어, 혹시 그런 생각이 들더라도 속으로만 생각할게."

"그런 생각을 하게? 나 또 눈물 나오려고 해."

"아휴, 농담이지. 오빠 이렇게 울보인 줄 알았으면 내 결혼식에 부르지도 않는 건데."

여울은 핀잔을 주면서도 시울을 잡은 손에 힘을 더했다.

시울은 그것이 마지막으로 나누는 인사라는 것을 알고 있었다.

그래서 입을 닫아둔 채 속으로 말을 고르다가, 괜히 여울을 곁눈질로 바라보다가.

"넌 누구보다 행복해져야 돼. 그게 내 행복이니까."

오늘 하루 중에서 가장 진지한 목소리로 진심을 담은 축복을 건넸다. 어디선가 많이 들어 본 그 말은 여울의 머릿속에 누군가를 스쳐 지나가게 만들었다.

'여울 씨는 그 누구보다 행복해지세요. 웃는 얼굴이 정말 예쁜 사람이니까.'

떠나는 날, 제 행복보다 내 행복을 빌어주던 그 사람은 오늘 와줬을까.

아마 오지 못했겠지. 그동안 무너졌던 마음을 다시 일으켜 세우기 위해 어딘가에서 혼자만의 시간을 보내는 중일 게 분명하다.

"하언 씨는 뭐해?"

여울은 그 사람에 대한 걱정이 들기 전에 화제를 바꿨다. 벌써 한 시간 전부터 하언과 식장 앞을 지키고 있었던 시울은 질렸다는 표정으로 대답했다.

"사람이 너무 많이 와서 도하언 지금 인사하는 기계 됐다. 나 살다살다 저렇게 바쁜 신랑 처음 봐."

아아, 그래서 또 오겠다고 말한 지 30분이 지났는데도 못 오고 있구나.

여울은 신부대기실 입구 쪽으로 슬쩍 시선을 두었다. 소란스러운 메인홀에서는 하언의 목소리도 들리지 않았다.

오늘 밥도 제대로 못 챙겨먹었을 텐데 저러다 쓰러지진 않을까 걱정이다.

"도하언 회장님! 결혼을 축하드립니다!"

"네, 감사합니다."

"도 회장님, 안녕하십니까. 이렇게 좋은 날 축복을 전하게 되어 영광입니다."

"아, 네. 감사합니다."

결혼식 삼십 분 전, 시울의 말대로 하언은 인사하는 기계였다.

밀물처럼 몰려오는 사람들에게 하나하나 눈인사를 전하고, 악수를 건네고, 몰아치는 감사를 받아주느라 몸이 열 개라도 모자랄 지경이었다.

하지만 아무리 사람 상대하는 걸 귀찮게 여기는 그라도 오늘만큼은 짜증스럽지 않았다.

슬슬 지칠 무렵쯤 눈에 들어오는 대형 스크린 속 결혼사진 때문인 것 같다. 동화 속 여왕님처럼 화려한 드레스를 차려입은 여울의 모습은 볼 때마다 이성이 마비될 만큼 예쁘다.

'오늘 내가 저 여자의 남자가 된다.'

그 사실을 새삼스레 깨달을 때마다 하언은 없던 힘도 생겨나는 듯했다.

"안녕하십니까. 도하언 회장님. 결혼식 날 뵈니 얼굴이 더 빛나 보이시네요."

때마침 그와 친분이 깊은 손님이 하언에게 다가와 귀에 딱지가 앉기 직전인 멘트를 건넸다. 하지만 여울의 사진으로 사기를 충전한 하언은 처음 듣는 칭찬인 양 밝게 웃으며 대답했다.

"한지성 대표님 결혼식 때 얼굴만 하겠습니까. 사모님은 잘 계시죠? 얼마 전 딸이 태어났다고 들었는데."

"네, 그래서 요즘 정신이 없네요. 하하."

"그런 와중에 찾아와 주셔서 진심으로 감사드립니다. 언제 한번 자제분 선물 들고 댁으로 찾아뵙도록 하죠."

그렇게 남들이 보기에도 좋은 컨디션으로 손님을 맞이하고 있던 중.

"도하언 씨."

그의 이름을 부르는 여자의 음성이 들렸다. 온화한 미소를 띤 채 다가오는 사람은 주치의의 딸 서정희였다.

"아…… 와 주셨군요."

하언은 그녀에게로 몇 걸음 가까이 다가가 먼저 악수를 청했다. 서정희는 그런 그의 손을 기쁘게 맞잡아주며 축복의 말을 전했다.

"이런 경사는 꼭 축하해 주고 싶어서 찾아왔어요. 청첩장 전달해 주셔서 감사드려요."

"찾아와 주셔서 제가 더 감사드리죠. 그동안 잘 지내셨습니까?"

"네, 모든 일이 해결되니까 이젠 더 이상 악몽도 꾸지 않는 걸요."

"다행이네요. 앞으로 기쁜 일만 가득하실 겁니다."

그녀와 대화를 나누는 하언은 전에 봤을 때보다 편안해진 그녀의 안색에 남몰래 안도했다.

죽을 만큼 힘들었을 때 버텨내길 잘했다는 생각은 이럴 때마다 더욱 강해졌다.

"그럼 예식이 시작되길 기다리고 있을게요."

서정희는 하언에게 다가가길 기다리는 사람들을 위해 서둘러 그의 앞에서 물러났다. 하언은 멀어지는 그녀에게 다른 이들보다 더욱 신경 쓴 인사를 건넸다.

"이따 또 찾아뵙겠습니다."

새삼 드는 생각인데 요즘은 이런 인연들이 많이 생겨난 것 같다. 사업과 전혀 상관없어도 긴밀하고, 많은 추억을 가지지 않았어도 소중한 사람들.

"도하언 씨, 차시울 이 새끼는 대체 어디 있습니까."

이번 도하언 살인미수 사건을 유죄까지 이끌어낸 나현규 검사도 이런 인연 중 하나였다.

사라진 시울을 대신해 신부 측 손님들을 맞이하고 있던 그는 슬슬 열이 뻗쳐오른 모양이었다.

하언은 방금 전 총총거리며 신부대기실로 사라졌던 시울을 떠올리며 말했다.

"아무래도 와이프를 만나고 있는 모양인데, 제가 가서 데려올까요?"

"꼭 좀 부탁드립니다. 그 새끼가 원체 제 말을 들어먹질 않아서."

마침 웨딩드레스를 차려입은 여울의 실물이 간절했던 하언은 현규의 부탁이 떨어지기가 무섭게 발길을 옮겼다.

시주 받은 사람 잡으러 가는 사람치곤 묘하게 들떠 있는 뒷모습에 현규는 절로 불안한 기운을 눈치챘다.

"아아…… 신랑도 아예 사라져 버릴 분위기구만."

만약 그렇다면 신랑 측 손님들까지 전부 내가 맞이해야하는 건가. 아니, 대체 지금 난 하객으로 참석해서 무슨 개고생을 하고 있는 거지.

"아이고, 시울아. 못 본 사이에 얼굴이 많이 사나워졌구나."

억울해진 현규의 곁으로 시울의 먼 친척이 다가와 인사를 건넸다. 현규는 굳었던 입가에 다시 억지로 미소를 띠며 자동응답기처럼 대답했다.

"하하, 어르신. 차시울은 아니지만 와 주셔서 감사합니다."

차시울 이놈 새끼, 진짜 돌아오기만 해 봐라. 다신 어디 못 도망가게 다리몽둥이를 분질러버릴 테다.

향기마저 사랑스러운 신부대기실.

"여보."

성큼성큼 들어선 하언은 현규에게 부탁받은 시울이 아닌 여울부터 찾았다. 그 호칭을 들은 시울의 눈에 시퍼런 불이 일었다.

"내 앞에서 그 낯 뜨거운 호칭 부르지 마!"

"너 아직도 여기 있었냐."

"여울이 여보라고 부를 거면 나한테도 형님이라고 부르든가! 나보다 생일도 늦으면서!"

하언은 꽥꽥대는 시울은 반쯤 무시한 채 여울에게로 다가갔다. 마침 마지막으로 헤어스타일을 수정하고 있던 여울은 밝은 미소로 그를 맞이했다.

"하언 씨, 머리 올리니까 너무 잘생겨졌네. 손님맞이하느라 힘들죠?"

"방금 전까진 힘들었는데 이젠 괜찮아졌어."

"왜? 내 얼굴 봐서?"

"어. 너 아니면 내가 힘낼 일이 뭐가 있어."

닭살 돋는 예비부부의 대화는 사이에 끼어 있던 시울을 소름 끼치게 만들었다.

방금 전 여울과 훈훈하게 마무리해 버린 탓에 더 이상 훼방 놓을 수 없었던 시울은 누가 시키지 않아도 제 스스로 자리를 뜰 채비를 했다.

"난 못 보겠네. 매제. 이따가 식장에서 봄세."

"그래, 얼른 가라. 현규 씨한테 무릎 꿇을 준비하고."

하언은 달아나듯 신부대기실을 빠져나가는 시울에게 미련 없는 손짓을 했다. 그리고 다시 사랑을 가득 담은 달콤한 눈빛을 여울에게로 고정시켜놓았다. 복숭아 빛 홍조를 띤 그녀의 얼굴은 처음으로 설레던 때처럼 강하게 그의 심장을 두드렸다.

하언은 그녀의 화장이 무너지지 않도록 살며시 뺨을 붙잡고 부드러운 목소리를 흘려보냈다.

"안 피곤해?"

"내가 피곤할 일이 뭐 있어. 계속 여기 앉아서 사진만 찍었는데."

"아침에 밥도 제대로 못 챙겨먹고 나왔다며."

"얼굴 부으면 안 되니까. 이따 예식 끝나면 엄청 먹을 거야."

여울은 언제나처럼 그의 앞에서 씩씩하게 말했다. 하지만 그녀가 속으로 얼마나 떨고 있는지 아는 웨딩헬퍼는 넌지시 한마디를 던져 놓았다.

"아까 전까진 신부님 엄청 긴장하고 계셨어요. 조금 있으면 예식 시작되니까 그 전에 신랑님이 다독여 주세요."

"앗, 별로 안 긴장했어요!"

"에이, 안 예뻐 보이면 어떡하냐고 그렇게나 걱정하셨으면서."

"그거야 그냥 한 말이지!"

하언에게는 왠지 긴장한 내색을 하고 싶지 않았던 여울은 괜히 아닌 척을 했다. 그러나 일렁이는 그녀의 눈빛은 거짓말이라는 걸 여실히 드러내주고 있었다.

하언은 그런 그녀를 향해 시원한 미소를 지어 보였고.

"얼굴 보여 줘."

낮은 목소리와 함께 그녀의 고갤 위로 들어 올렸다.

쪽ㅡ!

옆에 웨딩헬퍼가 있든 없든 전혀 상관하지 않고 다가온 입술.

놀라서 토끼처럼 동그래진 여울의 눈에 심장을 두드리는 하언의 매끈한 얼굴이 들어찼다.

"이렇게 예쁜데 뭘 걱정해."

하언이 그런 얘길 해 준 건 이번 한 번이 아닌데, 어째서 가슴은 새삼스레 터질 것처럼 뛰는 건지.

"어머! 신부님! 얼굴 홍조 어떡해!"

순식간에 새빨개진 여울의 얼굴을 본 웨딩헬퍼가 당황감을 드러냈다. 그녀는 서둘러 여울의 얼굴에 부채질을 해 주었으나 하언이 앞에 있는 순간 열은 내려갈 줄을 몰랐다.

그렇게 사랑의 기운만 폴폴 풍기고 있는데.

"신랑님, 입장 준비 들어가실 시간입니다."

때마침 웨딩홀 직원이 신부대기실로 와 예식의 시작을 알렸다. 하언은 그제야 여울의 뺨을 놓아주었고 가볍게 손을 흔들었다.

"이따가 식장에서 봐."

어째서 내 남자는 돌아서는 뒷모습마저도 저리 섹시한 걸까. 아주 잠깐 떨어지는 것뿐인데 괜히 아쉽잖아.

"하언 씨!"

두근대는 마음을 뒤로하고 뒤늦게 정신을 차린 여울이 신부대기실을 나서려던 하언을 불러 세웠다. 그러고는 하언이 슬쩍 다시 시선을 두자, 제법 진지한 얼굴로 소리쳤다.

"오늘은 웨딩홀 한가운데서 파혼하겠다고 선언하면 안 돼!"

이 말을 이해하지 못한 웨딩헬퍼는 휘둥그레진 눈빛으로 여울을 바라보았다. 하지만 단번에 획기적이었던 그녀와의 첫 만남을 떠올린 하언은 피식 웃음을 터트리며 대답했다.

"오늘은 그날 했던 멘트에서 딱 1절만 해 줄게."

하언이 장난스레 꺼내놓는 그 말을 듣는 순간, 여울의 머릿속엔 아찔했던 그날의 기억이 새록새록 떠올랐다.

생전 처음 보는 날 제 웨딩홀로 끌고 간 그는 그녀의 손을 꼭 잡고 소리쳤다.

'이 사람이 제가 사랑하는 여자입니다!'

'에에?!'

'그러니! 오늘 전 이 여자를 위해 파혼하겠습니다!'

그때까지만 해도 도하언은 내 인생을 망치러온 난봉꾼, 그 이상도 이하도 아니었는데.

놀랍게도 나는 그 사람을 진심으로 사랑해 버렸다. 그리고 앞으로 남은 삶도 함께 해달라는 부탁을 어떤 조건도 없이 수락해 버렸다.

되짚어보면 시작부터 말이 안 됐었던 우리의 인연은 하나부터 열까지 기적이었다. 오늘 나는 그날의 선언을 현실로 만들어 버린 사람과 진짜 결혼을 한다.

"1절이면…… 뭐, 적절한 멘트겠네."

은하수처럼 아름다운 빛을 내는 행복들이 나에게 쏟아져 내리려 한다. 얼마나 가슴을 활짝 열어야 그 모든 축복을 다 받을 수 있을지 모르겠다.

"쟤 도혜수 아니야?"

"세상에 어쩜 염치도 없이 이런 자리를……."

"도선웅은 뇌사판정 났다던데. 이제 저 집안은 끝났다고 봐야지."

신랑신부의 하나 됨을 축하하는 자리에 모든 하객들이 행복한 건 아니었다. 적어도 여울의 초대를 받고 온 혜수는 그랬다.

옵타티움 내 사정을 알고 있는 하언 쪽 집안사람들과 회사 관계자들의 따가운 눈총. 그 사이에서 혜수는 그야말로 질식할 지경이었다.

덕분에 화장실 마지막 칸에 몸을 숨겨야만 했던 혜수는 예식이 시작되기 직전이 되어서야 슬금슬금 밖으로 나왔다.

제발 나쁜 말을 하려거든 안 들리게 했으면 좋겠는데, 쓸데없이 귀가 좋은 건지, 아니면 저들의 목소리가 유독 큰 건지.

최대한 떳떳하게 걸으려 해도 흘끔흘끔 닿는 사람들의 눈총은 그녀를 주눅 들게 만들었다. 그들의 불편한 관심을 감당하기 힘들었던 혜수는 결국 몇 걸음 가지 못하고 구석 쪽으로 몸을 숨겼다.

자존심 상하게도 사람들과 제법 동떨어지고 나서야 불규칙적으로 뛰던 심장은 조금 안정되는 듯했다.

'내가 잘못한 것도 없는데 뭣하러 기죽는 거야.'

그런 자신이 싫었던 그녀는 스스로를 다그쳤다. 하지만 머리가 고집을 부린다고 해서 마음이 따라가는 건 아니었다.

이런 모습을 보이면 초대해 준 여울도 괜히 미안해질 텐데 좀처럼 떨어지질 않는 발걸음을 보니 숨기긴 다 틀린 것 같다.

"아휴……."

혜수는 긴 한숨을 내쉬며 머리를 쓸어 올렸다. 웬만하면 처음부터 보고 싶었는데 아무래도 하객들이 모두 들어가고 나면 먼발치에서 잠깐 구경정도만 하고 와야겠다.

여울도 사정을 말하면 얼굴 한번 내비치지 못한 걸 이해해 주겠지.

그렇게 나약한 결론을 내리던 그때.

"어? 도혜수!"

반가운 목소리가 그녀의 이름을 우렁차게 불렀다. 놀란 혜수의 눈빛이 소리가 난 방향으로 휙 틀어졌다.

"거기 처박혀서 뭐해. 이제 곧 예식 시작될 텐데."

가시 돋친 시선들 사이에서 유일하게 혜수를 무던하게 대하는 사람. 그는 바로 어딘가를 향해 바삐 가고 있던 시울이었다.

시울은 늘 그녀의 온 신경을 앗아가기에 충분한 사람이었으나, 오늘의 그녀는 그보다 자신의 이름을 들었을지 모를 주변사람들이 더 신경 쓰였다.

"아, 아…… 잠깐 통화 좀……."

"통화 안 하고 있잖아."

"지금 하려고 했는데……."

"누구한테? 혹시 미카엘도 온다고 했어?"

"아, 아니요. 그건 아니고……."

주눅 들대로 주눅 든 혜수는 가볍게 내던지는 시울의 말을 기어 들어가는 목소리로 받아쳤다.

그의 앞에서 티를 내고 싶지는 않았으나 눈빛이 바람 앞 촛불처럼 일렁이고 있다는 것은 굳이 거울을 확인해 보지 않아도 알 수 있었다.

"흐음."

그런 그녀를 향해 얕은 한숨을 내뱉은 시울은 발걸음을 틀었다. 성큼성큼 향해가는 곳은 다름 아닌 혜수가 숨어 있는 구석 쪽이었다.

당황한 혜수는 몇 걸음 뒷걸음질을 쳐 봤으나 이내 벽에 가로막혀 멀리 도망치지는 못했다.

그 사이 바로 앞까지 다가온 시울은 긴 검지를 들어 축 처져 있던 그녀의 미간 정중앙을 꾸욱.

"뭐, 뭐예요."

"너 축의금 얼마나 냈어."

"네?"

"얼마나 내고 왔냐고."

그 상태로 의도를 파악하기 힘든 질문을 던지는 시울은 굉장히 엄했다. 혜수는 혼란스러운 와중에도 흐릿하게 대답했다.

"사, 삼십만 원정도……."

그러자 시울의 입가엔 흡족한 미소가 얹힌다. 손가락을 쓰윽 치워낸 그는 이 웨딩홀에서 가장 상냥한 목소리를 흘려보냈다.

"그럼 일등석에서 결혼식 구경하다가 기념사진 찍고 가."

"네, 네?"

"아, 뷔페도 열 접시는 해치워야 본전 뽑는다. 그 정도는 계산 되지?"

시울이 장난스레 건네는 얘기는 전부 혜수에게 부담이 되는 일들이었다. 결혼식 구경은 몰라도 기념사진과 식사만큼은 자신이 없었던 그녀는 서둘러 절레절레 고개를 저었다.

"아, 아니요. 저는 그냥……."

하지만 거절의 말이 미처 끝나기도 전에.

"도망칠 필요 없어. 내가 혼주야."

"……."

"그러니까 내가 있어도 된다고 하면 그냥 마음 편히 있어."

낮게 이어지는 시울의 목소리는 정적 속에서 들리는 듯 또렷했다.

이제야 그가 무슨 말을 하고 싶어 하는지 깨달은 혜수의 눈동자가 옅게 일렁였다.

"오빠……."

"정 혼자 먹기 창피하면 조금 기다려. 폐백 끝나고 나랑 현규랑 같이 먹자."

아마 지금 그가 보이는 행동에 혜수가 기대하는 의미는 없을 확률이 크다. 혜수가 아는 차시울은 여전히 자신에게 이성적인 관심이 조금도 없는 남자다.

그러나 이 순간 호흡이 멎을 듯 뛰는 심장은 조금도 억울하지 않았다.

꼭 자신과 같은 모양이 아니더라도 혜수는 그가 전해 주는 마음이 눈물 나게 고마울 따름이다. 그래서 돌려받지 못하는 마음일지라도 굳이 억지로 거둬오지는 않을 것이다.

'좋아하길 잘했어.'

라는 생각이 들자마자 혜수는 그의 앞에서 평소처럼 씩씩하게 웃어 보였다. 그리고 전보다 편안해진 눈동자로 시울과 마주했다.

"자꾸 흘리고 다니지 마요. 하여간 나쁜 남자라니까……."

그리 말하면서 혜수는 괜히 시울을 흘겼다. 그에게 끼쳤던 걱정을 무마하기 위해서였다. 그러자 시울은 잘 정리되어 있던 혜수의 앞머리를 흩트리며 장난스레 대답했다.

"나쁜 걸 알면 주워 먹지 마."

차시울답게 뻔뻔한 멘트였지만 차시울답게 사랑스럽기도 했다. 그래서 도저히 헤어 나오지 못하는 혜수는 오늘도 참 험난한 사랑을 하고 있다.

"나 간다. 이따 식당에서 봐."

그렇게 여자의 마음만 송두리째 가져가놓고, 시울은 한 치의 미련 없이 멀어졌다.

혜수는 어느새 멀어짐이 익숙해진 그의 뒷모습을 물끄러미 바라보았다.

여전히 세상에서 가장 밝은 빛을 내는 당신.

나는 그런 당신을 쉽게 포기하진 못할 것 같다. 그러니 원래의 성격대로 지치지 않고, 주눅 들지 않고 마음이 허락하는 한 당신의 뒤를 따라가 볼 생각이다.

이 사랑의 끝이 결국 아무것도 되돌려 받지 못한 외사랑으로 끝날 지라도, 당신을 쫓았던 시간에 후회는 없을 것 같으니.

예쁜 꽃들과 아름다운 음악으로 채워진 웨딩홀. 맑은 하늘에 내리는 눈처럼 투명한 빛이 쏟아지는 버진로드.

"그럼 오늘 가장 행복해하고 있을 그분을 맞이해 보겠습니다! 하객 여러분들은 큰 박수로 환영해 주시길 바랍니다! 신랑 입장!"

김지훈 비서실장의 멘트가 떨어지자마자 하언은 묵직한 걸음으로 그 안에 들어섰다. 까만 턱시도를 깔끔하게 차려입은 그는 하객들의 탄성을 자아낼 만큼 번듯한 모습이었다.

긴 버진로드를 따라 걷는 하언은 겉보기엔 여유가 넘쳤으나 사실 그는 살면서 손에 꼽을 정도로 긴장한 상태였다.

사실 이번이 그에게는 두 번째 결혼식이었지만, 그저 이 세상에서 사라지고 싶었던 첫 번째와 달리 두 번째는 어찌해야 할지 모를 정도로 가슴이 떨렸다.

그런 하언의 상태를 눈치챈 비서실장은 얄미운 웃음과 함께 장난기 어린 멘트를 던졌다.

"제가 올해로 저분 밑에서 일한지 3년쯤 되었는데요. 오늘처럼 긴장한 모습은 처음 보네요."

그러자 하언의 눈빛은 곧바로 잡아먹을 듯 찌릿.

허나 비서실장에게는 그 반응조차 동요하는 것으로 보일 뿐이었다. 하언에게 살짝 윙크를 날린 그는 천연덕스러운 뒷말을 이어 나갔다.

"괜히 부끄러워하시기는. 좋습니다. 그럼 더 시간 끌 것 없이 바로 다음 순서 진행해 보도록 하겠습니다."

'부끄러워하는 거 아니야'라고 받아치려던 하언의 입술이 '다음 순서'라는 얘기에 꾹 닫혀 버렸다. 기억하는 바가 맞다면 이어질 순서는 그녀의 등장이었다.

하언은 마음의 준비를 하기 위해 마른침을 삼켜 넘겼고, 자신이 걸어왔던 쪽으로 살짝 몸을 틀었다.

"신랑의 마음을 사로잡은 오늘의 주인공 입니다! 이전보다 더 큰 박수로 맞이해 주세요! 신부 입장!"

드디어 올 것이 오고야 말았다.

빛나는 조명이 버진로드 끝으로 향하고 한차례 음악이 바뀌며 웨딩홀의 화려한 문이 양 앞으로 열린다.

그 사이로 모습을 드러내는 건 몹시도 간절히 기다려왔던 여울이었다. 빛을 받아 더욱 아름다운 새하얀 웨딩드레스는 안 그래도 사랑스러운 그녀의 얼굴을 더욱 탐스럽게 만든다.

하언은 시울의 손을 꼭 잡은 채 다가오는 여울을 물끄러미 바라보았다. 시선을 지그시 아래로 내린 그녀는 부드러운 미소를 입가에 띠고 있었다.

그 얼굴은 하언의 심장을 두드리다 못해 쥐어 잡고 이리저리 흔들어놓았다.

"후우……."

남몰래 심호흡을 내쉰 하언은 어느새 바로 앞까지 다가온 그녀에게 손을 내밀었다.

그러자 생글생글 웃으며 그 손을 붙잡는 건 여울이 아닌 시울이었다. 하언이 뿌리치기도 전에 그를 끌어당긴 시울은 귓가에 입술을 가져다대고 은밀히 속삭였다.

"내 동생 한 번이라도 눈물 빼게 만들면 도로 데려와 버릴 줄 알아."

이제 정말 사랑하는 동생을 보내야 하는 친오빠의 진지한 협박.

그러나 뒤따라 건네지는 건 하언의 등을 끌어안은 포근한 그의 손길이었다. 시울은 다정하게 하언을 토닥여주며 처음의 협박보다 진심 어린 말을 이어냈다.

"결혼 축하해. 여울이 마지막까지 잘 부탁해, 매제."

그가 어떤 마음으로 신신당부를 하는지는 굳이 누군가의 오빠가 되어보지 않아도 알 수 있을 것 같았다. 지금 이 순간 자신이 어떤 임무를 부여받았는지 이해한 하언은 또렷한 목소리로 대답했다.

"걱정하지 마. 너도 부러워할 만큼 행복하게 만들어 줄게."

그의 약속을 받은 시울의 얼굴에 만족스러운 미소가 어렸다. 시울에게 한 번 더 내밀어진 손은 어느 때보다 믿음직스러웠다.

시울은 다시 여울의 손을 잡았고 한결 가뿐해진 마음으로 하언에게 전했다.

"오빠……."

제 오빠를 바라보는 여울의 눈가는 금세 촉촉해진다.

비록 온 마음을 다해 사랑하는 사람과의 행복한 결혼이지만, 가족의 곁을 떠나 새로운 보금자리를 찾는 일은 아쉬움이 크다.

하언은 그런 그녀의 손을 더욱 힘주어 붙잡았다. 그리고 눈물 날 만큼 나직한 목소리를 흘려보냈다.

"여울아, 이리 와."

부드러운 손길이 그녀를 끌어당겼다. 그러자 더욱 진해지는 머스크 향은 빠르게 뛰고 있던 그녀의 심장박동을 더욱 격해지게 만들었다.

입장하는 순간까지도 복잡하기만 했던 마음을 설렘 하나로 물들여주는 사람.

오늘 여울과 결혼하는 도하언은 그런 남자라서 그녀는 뒤로 물러서는 시울을 보면서도 용케 눈물을 떨어트리진 않았다.

"오늘 하나가 될 두 사람이 드디어 하객 여러분들 앞에 섰습니다. 이제 서로를 향한 애정과 존중을 담아 맞절을 올리겠습니다. 신랑 신부는 따듯한 눈빛으로 사랑하는 사람을 마주해 주세요."

이어지는 비서실장의 말에 정면을 보고 있던 하언이 여울에게로 몸을 틀었다.

웨딩헬퍼의 도움을 받아 한 템포 늦게 그와 마주한 여울은 곧바로 들어차는 하언의 얼굴에 남몰래 숨을 멈추었다.

"신랑신부 맞절!"

씩씩한 목소리가 터져 나오자 여울의 앞에 허리 굽혀 인사하는 하언은 꼭 '잘 부탁드린다' 인사하는 것 같았다.

그 모습을 바라보고 있던 여울은 '나도 잘 부탁드린다'라고 화답해 주기 위해 서둘러 고갤 숙였다. 그러고 나서 고갤 들자 긴장감에 굳어 있던 얼굴엔 괜히 실없는 미소가 얹혔다.

"다음으로 혼인서약을 받는 순서가 있겠습니다. 혼인서약과 성혼선언은 신부 측 장남이 진행하도록 하겠습니다."

비서실장은 그런 두 사람을 흐뭇한 표정으로 바라보며 다음 순서를 진행했다. 그가 단상을 향해 손짓하자, 물러나있던 시울이 아버지를 대신해 결혼식의 혼인서약과 성혼선언을 하기 위해 등장했다.

시울은 짧은 헛기침으로 목소리를 정리했고, 웨딩드레스와 턱시도를 곱게 차려입은 두 사람을 한동안 말없이 내려다보았다.

단상 위에서 바라본 그들은 하늘이 정해 준 인연처럼 흠 잡을 데 없이 잘 어울렸다.

그래서 일말의 아쉬움마저 사라져 버린 시울은 오늘따라 유달리 듬직하게 느껴지는 하언에게 먼저 식상할지 모를 질문을 던졌다.

"신랑 도하언 군은 어떠한 경우라도 항상 신부 차여울 양을 사랑하고 존중하며, 숨이 다하는 날까지 남편으로서 곁을 지켜줄 것을 맹세합니까?"

당신의 곁을 지켜주겠다는 다짐. 이건 당신을 처음 사랑하게 된 날부터 해오던 것이었다.

지금껏 여울을 지키기 위해 쉴 틈 없이 내달려왔던 하언은 목소리에 힘을 주어 대답했다.

"네. 숨이 다한 뒤에도 지켜 주겠습니다."

확신에 찬 대답을 들은 시울은 웃음기 어린 시선을 여울에게로 돌렸다. 결혼하는 게 그리도 좋은지, 여울의 표정엔 웃음꽃이 만연했다.

시울은 그런 여울에게 곧바로 하언과 같은 질문을 꺼내놓았다.

"신부 차여울 양은 어떠한 경우라도 항상 신랑 도하언 군을 사랑하고 존중하며, 숨이 다하는 날까지 아내로서 곁을 지켜줄 것을 맹세합니까?"

고민할 필요도 없었다.

"네."

비록 세상 풍파를 전부 막아줄 순 없는 작은 몸일 지라도, 당신의 옆자리만큼은 어떻게든 사수할 테니.

"언제까지나 바로 곁에서 지켜 주겠습니다."

여울의 약속마저 마무리되자 시울은 한층 미소가 짙게 밴 입술을 떼어 냈다. 그리고 두 사람을 하나로 인정하기 위한 성혼선언문을 낭독했다.

"이제 신랑 도하언 군과 신부 차여울 양은 일가친척과 친지를 모신 자리에서 평생을 함께할 부부가 되기를 맹세했습니다. 이에, 이 혼인이 원만하게 이뤄진 것을 여러분 앞에 엄숙하게 선언합니다."

순간, 그들을 향한 하객들의 박수 소리가 가슴 벅찰 만큼 가득히 쏟아졌다. 그 안엔 이제 막 부부가 된 둘을 향한 축복이 담겨 있었다.

천장에서부터 쏟아지는 화려한 빛도, 홀을 메우는 아름다운 클래식 선율도, 오직 두 사람을 위해서만 존재하는 듯하다. 하지만 그 무엇보다 내 마음을 사로잡는 건 바로 눈앞에 있는 당신이었다.

하객들이 전부 떠난다 해도, 이 공간을 이루는 화려한 장식들이 모조리 사라져 버린다 해도, 오늘 이 순간은 당신 하나로 인해 충분히 아름답게 빛났으리라 확신한다.

"하언 씨. 손잡아도 돼?"

곁에 있는 하언을 바라보던 여울은 혹시나 기적처럼 행복한 지금이 꿈일까 싶어 물었다. 그리고 하언이 무슨 대답을 할 새도 없이 그의 손을 꼭 쥐어 잡았다.

스며드는 그녀의 온기는 외로웠던 날들에 대한 선물이라고 생각될 정도로 눈물 날만큼 따듯했다.

'이제 다 괜찮아.'

문득 하언의 마음을 관통하는 감정은 스스로에게 처음으로 건네보는 위로였다.

아직 깨지고 찢어진 상처들이 다 아물었는지는 모르겠다. 그러나 한 가지 확실한 건 지금까지 얼마나 큰 고통을 거쳐 왔든, 앞으로는 무조건 괜찮을 것 같다는 믿음이었다.

"차여울."

하언은 부드러운 목소리로 그녀의 이름을 불렀다.

곧바로 그에게 따라붙는 눈동자는 그의 보물이라 여겨도 좋을 만큼 영롱한 빛을 띠고 있었다.

하언은 그런 그녀를 향해 예쁜 웃음을 건네고, 사랑이 가득 밴 숨결을 새어 보낸 뒤.

"고마워."

사랑한다는 말보다 더욱 간절히 전하고 싶은 말을 꺼내놓는다.

지옥을 헤매던 나에게 와줘서, 가장 행복한 순간을 함께 해 줘서 진심으로 고맙다고.

그러자 그녀의 얼굴에 기쁘게 퍼지는 미소는 어느새 하언과 많이 닮아 있었다. 서로를 향해 웃고 있는 두 사람의 모습은 세상의 모든 행복을 가득 안고 있는 것 같았다.

앞으로 펼쳐질 매일매일이 오늘처럼 꽃밭일 순 없다는 걸 알고 있다.

하지만 적어도 지금의 향기만큼은 변치 않기를 바란다. 훗날 추억이 빛바래더라도 멋진 이야기 책 사이에 꽂힌 마른 꽃잎 책갈피처럼 예쁘게 간직되어 있기를 원한다.

간절히 빌어보는 소원은 사랑하는 사람을 위한 것이기에 더욱 의미가 깊었다. 영원히 잊지 못할 오늘, 첫 번째로 맺어진 사랑의 결실은 잘 꿰어진 단추처럼 안정감 있었다.

하언은 그녀를 꼭 붙잡은 손에 힘을 더했고 모두의 앞에서 번쩍 위로 들어 올렸다. 그리고 숨을 가득 들이마신 뒤 커다란 목소리로 내뱉었다.

"이 사람이 제가 사랑하는 여자입니다!"

"어머, 깜짝이야. 뭐하는 거야……!"

"그러니 오늘부터 우리 잘 살겠습니다!"

그가 세상의 중심에서 사랑을 외쳤다.

그 사랑을 남김없이 전해 받은 여울은 그야말로 행복해 미칠 지경이었다.

결혼행진곡 선율에 맞춰 이제 막 부부가 된 두 사람이 버진로드를 나란히 걸었다. 화려한 웨딩홀에서 눈처럼 쏟아지는 종이 꽃잎과 그들을 축복하는 하객들의 박수 소리.

그 사이에서 아름답게 피어난 오늘의 신부는 멀리서 지켜보아도 밝게 빛나고 있었다. 비록 나를 향한 것은 아니지만 가끔씩 건네는 살가운 눈웃음은 쌀쌀한 마음도 녹아들게 만든다.

부디 행복하길 빌었는데 다행히 그녀는 누구보다 행복해 보인다.

언제나 탐스러운 미소를 짓고 있길 바랐는데, 당분간 그녀에게선 웃음꽃이 떠나질 않을 것 같다.

욕심껏 빌었던 소원들은 전부 완벽하게 이루어졌다.

그걸 두 눈으로 확인한 후에야 꾹 닫혀 있던 입술 새로 안도의 한숨이 새어 나왔다.

모두가 축하를 건네는 자리에서 완벽히 동 떨어진 유현은 하객들이 밖으로 나오기 시작하자 까만 모자를 더욱 푹 눌러썼다.

사실 처음부터 숨어 있을 생각은 아니었다.

그러나 메인 홀을 장식한 두 사람의 웨딩사진을 보는 순간 축하보단 부러운 마음이 먼저 들어서, '아직은 아니구나.'라고 생각했다.

지금 얼굴을 내비치면 그녀는 분명 반갑게 맞아주겠지만 아직은 그녀가 해 준 것처럼 좋은 친구가 되어 줄 순 없을 것 같다.

그러니 그 흔한 손 인사 한 번 전하지 못하겠지만.

"아가씨! 아가씨도 옆에 와서 찍으세요!"

"아, 저는 됐어요!"

"괜히 튕기지 말고 빨리 서라, 도혜수."

"튕기는 게 아니라……! 아휴, 참 부부가 고집은!"

멀리서 지켜보는 걸로도 유현은 그동안의 외로움을 위로받는 기분이다. 아직은 미련한 감정들을 하나도 정리하지 못한 유현이지만 언젠가는 편안한 표정으로 저들 사이에 설 수도 있을 것 같다.

유현은 품 안에서 휴대폰을 꺼내 들었다.

그리고 손수 청첩장까지 보내준 누군가에게 참석하지 못해서 미안하다는 짧은 사과 문자를 보냈다.

이제 그가 해야 할 일은 눈물 냄새가 가시지 않은 자신의 발자취를 지우는 일.

행복뿐이어야 할 자리에 미련을 오래 놔둘 수는 없었다. 결국 조용히 발길을 돌린 유현은 이내 메인 홀마저 벗어나 버렸다.

한 발자국씩 옮길 때마다 그녀의 얼굴이 선명해진다.

웨딩드레스를 차려입은 그녀는 오늘 특별히 아름다웠다. 그래서 당분간은 또 몸살처럼 밤새 앓을 것만 같다.

외전 1

Anemone

긴 늦잠을 잤다.

침실로 들어오는 밝은 아침 햇살에 눈을 뜬 유현은 포근한 이불을 어렵게 걷어냈다.

푸른 바다가 보기 좋게 펼쳐진 제주도 해변의 플라워카페 '아네모네'.

버려진 2층 집을 개조해 만든 그곳은 섬세한 유현의 손길이 닿은 유일한 안식처였다.

실내를 가득 채운 꽃향기와 커피향기, 그리고 가끔 창밖으로 눈을 돌릴 때마다 들어차는 넓은 바다는 언제나 그를 기쁘게 만들었다.

이곳에서 새로운 삶을 꾸려나가기 시작한 지 벌써 1년째.

처음엔 모든 것이 낯설고 두려웠으나, 이제는 제법 적응이 되어

규칙적인 나날을 보내고 있다.

짧아진 머리와 옅어진 흉터처럼 그는 확연하진 않지만 조금씩 꾸준히 변화를 감당하는 중이다.

침대에서 몸을 일으킨 유현은 긴 카디건을 걸쳐 입었다.

그리고 눈도 뜨지 못한 채 욕실로 향해 세수를 하고, 부스스한 머리를 대충 정리했다. 거울에 비친 그의 얼굴은 최근 카페에 손님이 많아져서 무리한 탓인지, 조금 야위어져 있었다.

"흠…… 우선 밥부터 챙겨 먹어야겠네."

혼잣말을 내뱉은 유현은 발걸음을 옮겨 부엌으로 향했다. 냉장고에서 토스트용 식빵을 꺼내 든 그는 문을 닫으려다 말고 우유를 들어 꿀꺽꿀꺽 마셨다.

그건 누군가에겐 별다를 것 없는 일상이겠지만 유현에게는 지금껏 혼자서도 보인 적 없었던 무방비한 모습이었다. 가끔 쓸쓸한 표정을 지을 때도 있으나 적어도 지금의 그에게서는 불안이 느껴지지 않는다.

Rrrrr— Rrrrr—

우유를 막 입술에서 떼어 내던 순간 요란한 전화벨이 집 안에 울렸다.

유현은 다급한 걸음을 움직여 거실 커피 테이블에 놓여 있던 수화기를 들었다.

"여보세요."

—아, 꽃집 총각! 일어났네! 아침은 먹었어?

그의 목소리를 듣자마자 편히 안부부터 챙겨 묻는 그녀는 근처

해변가에서 게스트하우스를 운영하는 아주머니였다.

평소 멀리 떨어진 아들이 생각난다며 이것저것 챙겨주고 하던 그녀는 유현이 친근하게 대할 수 있는 사람들 중 한 명이었다.

"지금 먹으려고요."

—또 빵으로 때우려 그러지?

"아, 뭐……."

—말 끝 흐리는 거 보니까 맞나 보구만? 그러지 말고 우리 집 와서 미역국 먹어.

"미역국이요?"

—오늘 생일이라 그러지 않았어?

맞다, 오늘 내 생일이었지.

예전에 슬쩍 흘려 말한 날짜를 그녀는 기억하고 있었지만 유현은 새까맣게 잊고 있었다.

제주도에서 처음으로 맞는 생일은 지금껏 보내왔던 날들과 달리 시작부터 고요하고 평온하다. 다른 평범한 날들과 조금도 다르지 않은.

"기억해 주셔서 고마워요. 저도 모르고 있었는데."

—혼자 살면서 그런 것까지 챙기긴 힘들지. 아, 그리고 말이야. 저번에 얘기한 거 생각해봤어?

"이야기 하신 거요?"

—강아지 한 마리 준다고 했잖아.

그녀가 꺼낸 말은 한 달 전 게스트하우스에서 태어난 골든 리트리버 다섯 쌍둥이에 대한 이야기였다.

넓은 집에 유현 혼자 지내는 모습이 마음에 걸렸던 그녀는 어차피 너른 마당도 있으니 한 마리 입양해 가라 권유해 왔다.

하지만 아무리 동물을 좋아하는 유현이라도 선뜻 수락하지는 못했다.

"아……."

미안한 기색 가득한 신음을 흘려보내는 유현은 지금 예전에 정을 주었던 고양이를 떠올리고 있다.

설아의 손에 목숨을 잃었던 고양이의 마지막 모습은 아직까지도 심장이 내려앉을 만큼 끔찍하고 처참했다.

겉으로는 제법 안정을 찾은 듯 보이지만 유현은 아직도 어떤 존재에게 마음을 주는 일이 두렵다.

자신에게 소중한 것이 되어 버렸다는 죄로 또 누군가에게 무참히 망가져 버릴까 봐.

유현은 마른침을 삼켜 넘겼고 최대한 안정된 목소리로 대답했다.

"아직 강아지를 키울 여건은 안 되는 것 같아요."

─그래? 마당도 넓고 좋더구만.

"카페도 더 자리 잡아야할 것 같고, 보살펴줄 시간도 없을 것 같아서……."

거짓으로 둘러대는 변명은 말끝을 흐려지게 만들었다.

하지만 유현은 그녀가 무슨 말을 덧붙이기 전에 서둘러 대화를 마무리 짓기로 했다.

"우선 나갈 준비하고 연락드릴게요. 신경 써 주셔서 고마워요."

물론 다시 만난 자리에서 이 얘기는 한 번 더 꺼내지겠지만 평소처럼 잘 둘러대면 될 것이다. 유현은 그녀와의 전화를 끊으며 최대한 과거의 상처가 드러나지 않도록 마음을 다스렸다.

바로 그때.

땡동—

아직 문을 열지 않은 플라워카페의 대문 초인종이 울렸다. 부드러운 유현의 눈동자가 거실의 전면 유리창으로 들어오는 대문 앞으로 향했다.

평일이라 예상하지도 못했는데 양손에 잔뜩 장을 봐 온 봉투를 들고 있는 사람.

"미카엘! 생일파티 하러 왔어!"

그가 유일하게 연락하고 있는 과거의 인연 시울이었다.

반가운 방문객을 발견한 유현의 눈가에 따뜻한 미소가 어렸다.

"네, 친구가 와 줬어요. 이따 저녁때 들를게요. 감사합니다."

뚝—

게스트하우스에 정중히 아침식사 불참을 말한 유현이 수화기를 내려놓았다.

그 모습을 바라보던 시울은 신이 난 목소리로 물었다.

"오오, 미카엘 인기 많구나? 나 아니면 챙겨 줄 사람도 없는 줄 알았더니."

그리 너스레를 떠는 시울은 유현의 거실 소파에 길게 누워 있었다. 제집처럼 편안한 분위기는 한 번 두 번 놀라온 폼이 아니었다.

사실 유현이 제주도로 떠나오던 날 공항으로 데려다주었던 시울은 유일하게 그의 거처를 알고 있던 사람이었다.

'오늘 데려다준 값으로 도착하자마자 주소 알려 줘.'

'네?'

'혼자서는 도저히 하지 못할 일도 있을 거야. 아무한테도 말하지 않을 테니까 걱정하지 마.'

비행기 탑승장으로 향하기 직전, 시울이 꺼낸 말엔 은근한 힘이 실려 있었다. 처음으로 홀로서기를 시도하는 그가 어지간히도 걱정스러웠던 모양이었다.

의외로 생각이 많고 진중한 시울의 성격을 알고 있었던 유현은 짧은 고민 끝에 주소를 알려 주기로 했다.

그 뒤로 동생 혜수도 모르는 제주도 은신처에 시울 혼자 들락날락 거리기를 몇 차례.

"제주도가 확실히 서울보다는 일이 적어."

"새로운 동료들은 성격이 잘 맞아요?"

"원래 이쪽 계통 중엔 나처럼 유머러스한 사람 찾기 힘드니까, 뭐. 서울이나 제주나 분위기 딱딱한 건 매한가지지."

시울은 아예 판사로서 어차피 거쳐야 하는 몇 년간의 지방 근무를 제주로 선택해 버렸다. 어차피 여울도 결혼하고 홀로 된 몸, 근처에 마음껏 정 붙여도 되는 사람이 필요해서였다.

물론 유현도 시울을 필요로 하는지는 잘 모르겠지만, 원래 그런 사사로운 것쯤이야 신경 쓰지 않는 막무가내 성격이니까.

"맛있는 거 엄청 사 왔으니까 확인 봐."

누워 있던 몸을 벌떡 일으킨 시울은 턱 끝으로 비닐봉투를 가리켰다.

　한 눈에 봐도 묵직한 봉투 속에는 유현이 좋아하는 재래시장 음식들이 잔뜩 들어 있었다. 비록 그가 손수 만들어 온 음식은 아니었으나 여기까지 들고 온 정성만큼은 너무나도 고맙게 여겨졌다.

　"잡채도 있네요? 이거 되게 좋아하는데."

　"가장 잘하는 집에서 가져왔어. 참고로 치킨이랑 회랑 갈비도 사왔다. 한 마디로 육해공 스페셜이랄까."

　"고마워요. 데워올 테니까 잠시만 기다려요."

　유현은 시울에게 빙긋 웃어주고는 봉투를 들고 부엌으로 향했다. 시울은 그 뒷모습을 물끄러미 지켜보다가 아주 조심스럽게 입술을 열었다.

　"생일을 맞아 듣고 싶은 소식 같은 거 있어? 뉴스 제법 업데이트됐는데."

　"뉴스요?"

　"뭐, 혜수 취업이라든가. 도하언네 부부싸움 소식이라든가."

　"하하, 글쎄요. 다들 잘 지내겠죠."

　애매한 대답을 하는 유현은 딱히 씁쓸해 보이지도, 울적해 보이지도 않았다.

　"아, 시울 씨 커피 마실래요?"

　그렇다고 해서 은근슬쩍 말을 돌리는 모습이 멀쩡해 보이지도 않았지만.

　사실 유현의 마음속엔 시울이 쉽게 건드릴 수 없는 감정들이 가득했다.

누굴 그리워하는 건지, 무엇을 잊기 위해 홀로 떨어져 나온 건지 알고 있는 그는 유현에게 근황을 묻기도 조심스러웠다.

그를 향해 정말 건네고 싶은 질문은 '요즘엔 좀 괜찮아졌어?'라는 한 마디.

분명 돌아오는 대답은 괜찮든, 안 괜찮든 '괜찮아요.'라는 거짓말일 게 뻔했다.

하지만 유현이 괜찮은 척, 연기하기를 바라진 않았던 시울은 두 눈을 그에게 고정시키고 찬찬히 살핀다. 솔직하지 못한 그의 입을 대신해 솔직하게 표현되는 무언의 신호들을.

"애들도 니 생일인 거 알던데…… 바뀐 휴대폰 번호를 모르니까 축하 인사 하나 못 해 준다고 아쉬워하더라."

시울은 한 번 더 그들의 이야기를 꺼냈고.

"그럴 거라고 생각은 했어요. 그걸로 축하는 다 받은 것 같아요."

유현은 늘 그래왔듯 그럴싸한 대답을 했다.

그런 뒤 시울이 입술을 닫고 아무런 말도 하지 않고 있으니, 유현은 찰나의 공백을 견디지 못하고 다른 말을 꺼내기 시작한다.

"새로운 커피콩을 들여왔는데 향이 괜찮아요."

"……."

"연하게 내리는 것보다 진하게 내리는 게 더 좋은 것 같기도 하고."

"……."

"이따가 점심 먹고 카페에서 한 잔 내려드릴게요."

혼자 주제를 꺼내고 혼자 결론을 내리고.

이건 시울의 침묵을 신경 쓰고 있다는 증거였다. 아직 온 마음이 편안해지진 못했구나, 하는 생각에 시울은 더 이상 그의 감정을 건드리지 않기로 했다.

"좋아. 커피 맛은 내가 기가 막히게 알지. 이래봬도 나 대학교 때 카페에서 아르바이트도 했었어."

시울은 다시 입을 열어 유현의 이야기에 동조해 주었다.

그러자 유현은 한결 편해진 얼굴로 시울이 사 온 음식들을 그릇에 담아 놓기 시작했다.

"치킨도 맛있어 보이네요. 그래도 예전에 시울 씨네 집 근처에서 먹었던 치킨보단 못하겠지만."

"아아, 상가에 있던 가게? 거길 갔었나?"

"하언이랑 같이 살 때, 여울 씨가 언제 한번 사 왔었거든요. 그때 시울 씨는 없었구나."

"응. 거기 치킨 먹어 봤으면 지금 건 성에 안 찰 수도 있겠네."

"하하, 여울 씨도 그 말 했는데. 그 집 치킨 먹었으니까 앞으론 어떤 것도 성에 안 찰 거라고."

저렇게 먼저 얘기를 꺼내주는 걸 보면 그들의 존재 자체가 상처가 된 건 아닌 것 같은데, 왜 새어 나오는 눈빛에선 씁쓸함이 느껴지는 건지.

투명한 물속도 아니고 사람 속이니 그의 마음을 정확하게 알 수는 없다. 하지만 오늘도 그에게서는 괜찮냐는 질문에 대한 '괜찮다'라는 대답을 들을 수 없을 것 같다.

"걔가 거기 치킨에 환장하긴 하지. 아 참, 회는 고등어 회인데 괜찮아?"

아직은 유현의 마음이 다 아물지 않았다고 생각한 시울은 서둘러 말을 돌렸다.

"네, 해산물은 종류 가리지 않고 좋아해요. 그동안 시울 씨랑 가리지 않고 잘 먹으러 다녔잖아요."

순순히 화제를 따라가는 유현은 오늘도 시울에게 신세를 지고 있다 여기는 중이다.

유현은 자신의 속마음을 모른 척해 주는 그가, 아무것도 묻지 않고 되돌아가주는 그가 미안하면서도 고맙다.

어떤 걱정을 하고 있는지는 누구보다 잘 알고 있기에.

바다가 보이는 도로.

검은 페라리 한 대가 갓길에 멈춰 섰다.

유현이 머무는 플라워카페 '아네모네'가 점처럼 작게 보이는 자리.

그곳에 물끄러미 시선을 두고 있는 사람은 다름 아닌 설아였다.

예전보다 길어진 머리, 단정한 옷차림, 그리고 수수해진 화장은 이전의 강한 이미지를 무색케 만들 만큼 다른 분위기를 풍기고 있었다.

유현의 새로운 주소는 모든 사건이 종결되기 전, 경호팀장에게서 전달받았다.

그가 이곳에 새로운 보금자리를 남몰래 계약했다는 소식을 듣자마자 감히 또다시 나에게서 벗어나려 한다는 생각에 어찌나 분노가 치솟던지.

원래는 그가 도망치자마자 찾아가 붙들고 올 생각이었다. 당신이 어디에 있든 결국엔 내 옆으로 되돌아올 것이라는 걸 알려주고 싶다는 생각뿐이었다.

'나도 살고 싶어…….'

'살려 줘, 제발…….'

그러나 결국엔 그를 위해서 쥐고 있던 집착들을 스스로 내려놓던 순간, 기껏 새겨놓은 그의 새로운 보금자리는 반드시 지워야 할 기억이 되어 버렸다.

'다가가지 않을게…… 그러니까 그 칼 내려놔.'

그와 했던 마지막 약속대로 그녀는 죽을 때까지 그의 곁에 다가가지 않으리라 맹세했었다.

그래서 뻔히 알고 있는 흔적도 전혀 모르는 척, 그에게로 뛰어가고 싶은 발걸음을 애써 붙잡아두고 있었는데.

미처 지우지 못한 휴대폰 스케줄 속 그의 생일은 설아의 억장을 무너뜨려 놓았다.

비록 그녀는 한때 유현을 외롭게 고립시켜놓은 장본인이었지만, 적어도 오늘 만큼은 외로움 따위 모르고 지나갔으면 좋겠다.

"하아……."

설아는 긴 한숨을 내쉰 뒤 시계를 확인했다.

시간은 아직 카페 문이 열기 전. 지금쯤 자리에서 일어난 유현은 제집에서 씻고 옷을 갈아입고 가게 오픈을 준비하고 있을 것이다.

그녀는 조수석에 놓아두었던 선물을 집어 들었고 차에서 몸을 내렸다. 그녀의 앞에 펼쳐진 바다는 참 아름다웠지만, 그 광경을 바라보는 그녀의 눈빛은 먹먹하기만 했다.

"유현 씨는 이런 곳을 좋아했구나……."

가만히 서서 그를 추억하던 그녀는 천천히 걸음을 떼어냈다.

그에게로 한 발자국씩 나아가는 두 발은 하염없이 무겁고 무거워서, 벌써부터 되돌아오는 길이 걱정이었다.

"와, 진짜 배 터질 것 같아."

생일 음식을 허겁지겁 해치운 시울이 포기했다는 듯 젓가락을 내려놓았다. 이미 한참 전에 식사를 끝마쳤던 유현은 웃으며 자리에서 일어섰다.

"그럼 잠시만 기다려요. 대충 뒷정리 하고 커피 타드릴게요."

"오늘 카페 영업은 안 하게?"

"아, 쉬어야죠. 시울 씨 놀러 왔으니까."

유현은 빈 접시들을 겹겹이 쌓아들고 싱크대 앞으로 걸음을 옮겼다. 시울은 그런 그를 물끄러미 바라보며 장난 섞인 말을 던졌다.

"법원만 가까웠으면 같이 사는 건데 말이야."

"제가 살림 잘해서요?"

"오올, 눈치가 제법 빨라졌네."

"시울 씨 속은 이제 빤히 보여요."

유현은 시울의 너스레를 받아칠 정도로 그를 가깝게 여기고 있다.

그건 전부 유현이 남몰래 세워두는 벽을 깨부수고 들어온 시울 덕분이라고 생각한다.

그 사실을 시울도 모르는 것은 아니었다. 하지만 시울은 친구로서, 유현이 조금 더 많은 사람들을 제 곁에 두었으면 한다.

"요즘 친하게 지내는 친구는 없어?"

시울은 식탁을 정리하느라 분주한 유현에게 넌지시 물었다. 그러자 유현이 곧바로 뱉어 내는 대답은 이번에도 역시 애매모호했다.

"동네 분들이 다들 친근하게 잘 챙겨 주세요. 아까 아침식사까지 챙겨 주시는 거 봤잖아요."

"아니, 그런 거 말고. 니가 친하다고 생각하는 사람은 없냐, 이 말이지."

"네?"

"넌 워낙 상냥하게 사람을 대하니까 대부분 너랑 친하다고 생각할 거야. 하지만 정작 니가 받아들이는 사람은 얼마 안 되잖아."

그리 말하는 시울은 유현의 성격을 정확하게 꿰뚫어보고 있었다.

유현 역시 그런 스스로에 대해 모르는 건 아니었으나 안다고 해서 딱히 고칠 방법은 떠오르지 않았다.

많이 평온해진 요즘에도 타인을 잘 받아들이지 못하는 걸 보면, 원래 천성이 이런 것 같기도 하다는 게 최근 들어 내린 결론이다.

하지만 유현은 지금 이대로의 삶에도 만족하는 중이었다.

대충 접시를 닦아 낸 유현은 싱크대 수도꼭지를 잠갔다. 그리고 손의 물기를 툭툭 털어 내고는 커피머신 앞으로 걸음을 옮겼다.

"사실은…… 누군가와 가까워지고 싶은 생각이 없어요."

그러고선 표정을 감춘 채 꺼내놓는 목소리는 쓸쓸했다. 꽤 단호한 유현의 생각을 들은 시울의 눈빛이 무겁게 가라앉았다.

"시울 씨가 항상 걱정하시는 건 알지만 저는 정말 괜찮게 지내고 있어요. 아무도 저를 모르는 곳에서, 아무도 곁에 두지 않고 조용히 보내는 하루가 진심으로 마음에 들어요."

"……."

"가능하다면…… 계속 이렇게 남은 삶을 보내고 싶을 만큼요."

그 말이 끝날 무렵 시울은 고갤 틀어 주변을 살펴보았다. 깔끔하게 정리된 유현의 집엔 혼자 살면서도 쓸모없이 여러 개 사둔 물건들이 많았다.

예를 들면 큼지막한 소파라든가, 방문객용 슬리퍼라든가, 유난히 많은 컵과 그릇이라든가 하는 것들.

확실히 유현의 살림살이는, 혼자 잘 먹고 잘사는 삶을 선택한 시울의 것과 근본적으로 달랐다.

시울의 집엔 오로지 자신을 위한 물건들 밖에 없어서 가끔 누군가 불쑥 찾아오면 곤란할 때가 많은데, 유현의 집엔 언제 누가오든 편히 머물다 갈 수 있도록 곳곳에 손님들을 위한 배려가 느껴진다.

이런 걸 보면 아마도 그는 언젠가 멀리 있는 소중한 사람들과 함께 하게 되기를 꿈꾸고 있는 모양이다. 지금은 그날이 너무나도 멀게 느껴져서 체념하기 직전인 듯 보이지만.

"도유현."

시울은 웃음기 없는 목소리로 그를 불렀다. 커피를 내리고 있던 유현의 고개가 미세하게 그를 향해 틀어졌다.

"괜찮은 척은 그렇게 하는 게 아니야."

"……."

"눈도 제대로 못 맞추면서 괜찮으니까 신경 끄라고 하는 건, 더 관심 가져달라는 애원 밖에 더 돼?"

그리 말한 시울은 천천히 자리에서 일어섰다.

유현의 귀에 저벅저벅 들려오는 발걸음은 1층 카페로 내려가는 현관문으로 향하고 있었다.

그제야 유현은 두 눈을 고정시켜 두었던 커피머신에서 손을 떼어 내고 신발장으로 급히 고개를 돌렸다.

"벌써 가세요?"

새어 나온 목소리는 정말 시울의 말대로 애원하는 것과 다름없을 만큼 아쉬움이 느껴졌다.

시울은 신발을 신다말고 유현을 마주했다. 웃음기가 사라져 있는 얼굴은 그를 불안하게 만들었다.

유현은 그 눈을 오래 마주하지 못하고 살짝 어긋냈다.

"불편하게 들렸다면 미안해요. 저는 그냥 너무 시울 씨한테 걱정을 끼치는 것 같아서……."

이어지는 유현의 말은 변명 밖에 없었다. 그걸 전부 들어주고 있던 시울의 입에서 짧은 한숨이 새어 나왔다.

"봐, 역시 넌 거짓말이든 연기든 형편없다니까."

하지만 짧은 말 뒤에 맺히는 건 평소의 장난스러운 미소였다. 아직은 조심스러운 유현의 눈동자가 시울에게 도로 따라붙었다.

"담배 한 대 피우고 올게. 오늘 여기서 자고 갈 거니까 걱정하지 마."

돌아오는 대답은 없었지만 유현은 그제야 안도하는 기색을 띠었다.

역시 누군가의 따듯한 애정이 필요한 사람, 이라고 생각하며 시울은 바지 뒷주머니의 담배를 꺼내 들었다.

끼익— 쿵!

시울의 손에 의해 현관문이 열렸다 닫히고.

유현은 아까 전 틀에 박힌 대답을 하던 자신의 모습을 떠올렸다. 괜찮다고 하자마자 괜찮지 못한 모습을 보인 건 스스로 생각해 봐도 미련스러운 일이었다.

시울에게 한 대답이 거짓말은 아니었는데, 막상 한 번 더 되짚어 보니 억지를 부리고 있는 것처럼 느껴지기도 한다.

아직도 난 혼자가 된 삶에 적응하지 못한 걸까.

"하아……."

홀로 집 안에 남은 유현은 긴 한숨을 내쉬었다. 지금껏 더 단단해지기 위해 노력해 왔었지만, 오늘은 조금도 발전하지 못한 자신을 실감해 버린 듯하다.

마음이 착잡해진 유현은 흐린 시선을 돌렸다.

와인 냉장고에 들어 있는 와인들은 하언이 즐겨 마시는 것들이었고, 부엌 책꽂이에 꽂혀 있는 파일 안엔 혜수가 좋아하는 안주 레시피가 가득했다.

그리고 거실 선반 서랍 한편에 들어 있는 보드게임은 그 언젠가 여울이 가장 잘한다고 자부했던 것이었다.

이 모든 것들을 이사 오던 순간부터 준비해 두었던 유현은, 평생 이렇게 혼자이고 싶다는 자신의 말이 단순한 고집이었음을 뒤늦게 깨달았다.

사실은 이사 오고 나서 한동안 그런 상상을 했었다.

손님들이 찾아온 시끌벅적한 집안.

커다란 식탁 위에 소중한 사람들이 좋아하는 음식을 한 상 차려 놓고, 하언이 좋아하는 와인 한 병을 꺼내 잔에 따라두고. 거실에 모여 있던 사람들을 불러 모아 기분 좋게 떠들고 싶다는 생각.

하언과 여울의 신혼 이야기, 혜수가 들려주는 집안 이야기, 시울이 떠는 너스레를 들으며 입가가 아프도록 웃고 싶다는 생각.

언젠가 다친 마음이 아문다면 꼭 이루리라 다짐했던 소망들이 옅어진 건 대체 언제부터였을까.

아침 햇살에 눈을 뜬 순간부터 지쳐 잠이 드는 순간까지 저 혼자뿐인 삶에 안주해야겠다 마음먹은 건 또 언제부터였을까.

'하아…… 죽어도 별 상관없는 목숨은 나도 흥미 없어.'

순간 유현의 머릿속을 스쳐 지나가는 기억들은 절망에 가까웠다.

'전부 다 네 탓이다.'

'내가 만들어 놓은 자리에서 감히 발버둥 치려고 했으니까.'

그가 한 걸음 나아가보려 시도할 때마다 기억들은 유현을 제자리에 붙들어놓았다.

'전부 다 유현 씨 탓이야.'

'날 원망하지 말고 유현 씨의 말도 안 되는 욕심을 원망해.'

이젠 그들의 악의 섞인 원망에 더 이상 동의하지 않는데 언제까지 마음에 담아두고 살는지.

그는 변화를 원하고 있지만 아직 그 타이밍을 잡지 못했다. 소중한 사람들과 함께 웃고 있는 미래를 상상하고는 하지만 아직 현실로 옮길 엄두는 나지 않는다.

대체 어떻게 하면 좋을까. 홀로 깊은 고민을 하고 있던 그 순간.

"미카엘! 미카엘! 미카엘!"

1층으로 내려갔던 시울이 왁자지껄하게 유현의 이름을 부르며 올라왔다.

놀란 유현의 눈이 휘둥그레진 채 현관으로 향했다. 곧이어 벌컥 문이 열리고 들이닥친 시울의 손엔 전혀 예상치 못한 생물이 들려 있었다.

"이거 봐! 요 앞에 어떤 아줌마가 너한테 보여 주겠다고 데리고 오셨어!"

"아……."

"너무 귀엽지! 와, 리트리버 진짜 좋아하는데 얜 내가 본 리트리버 중에 제일 예쁘게 생겼다!"

근처 게스트 하우스 아주머니가 일주일 전부터 권했던 새끼 골든 리트리버.

아침에도 은근슬쩍 입양을 권유한다 싶더니 기어이 집으로 데려온 모양이다.

동물을 좋아하는 유현은 혹시나 정이 붙을까 봐 애써 보러가지도 않고 있었거늘, 기어이 집 안으로 데려온 시울은 마냥 신이 난 눈치다.

"너 강아지 좋아하지 않아? 한 마리 들이는 게 어때?"

"예? 아직은 마음의 준비가……."

"집도 넓고 마당도 넓은데 무슨 준비가 더 필요해. 개집이랑 밥그릇만 한편에 놔두면 완벽하겠구만."

시울의 설득은 구구절절 맞는 말이었지만 유현은 아직 무리라고 생각했다. 그는 누군가에게 애정을 쏟는 일이 하루 종일 외롭게 남아 있는 일보다 두려웠다.

그래서 한 번 더 매정한 거절의사를 표현하려던 그때.

"내 소견으로는 말이다. 넌 마음을 주고받는 연습이 필요해."

"네?"

"1년이 다 되도록 혼자 이러고 있는 건, 한 번도 그걸 제대로 못해봐서 그런 거 아니야?"

시울이 이어내는 평가는 그의 정곡을 찔러왔다. 유현은 하려던 대답을 전부 접어 두고 그에게 조심스러운 시선을 두었다.

"받아야만 했던 경험을 떠올리면 숨 막히고 무섭겠지. 그렇다고 해서 주기만 했었던 경험을 떠올리자니 스스로가 비참해지고."

"⋯⋯."

"원래 하나만 일방적으로 하게 되면 그래. 그런데 받은 만큼 줄 수 있거나, 준만큼 받을 수 있는 상대가 생기면 느껴지는 감정은 많이 달라질 거야. 숨 막혀 죽을 일도, 지쳐 나가떨어질 일도 없을걸?"

뒤따라오는 시울의 설명은 유현조차 납득할 수밖에 없게 만들었다.

지금껏 유현이 두려워하던 일은 마음을 주거나 받아오는 일이었을 뿐. 한 번도 주고받은 적은 없었다.

그래서 그는 매번 질식할 듯한 두려움에 휩싸이거나 심장이 처참하게 도려내져 아파했던 기억이 전부였다.

그러니 무언가에 마음을 품는 일이 두려워질 수밖에.

"너 같은 초보자가 초반부터 사람한테 마음 여는 건 위험해. 그러니까 이렇게 천사 같은 애들한테 먼저 애정을 쏟아보도록. 알겠어?"

"아……."

언제나 공허함이 스며있던 유현의 눈빛이 일렁이기 시작했다. 그것이 마음의 빈틈이라 생각한 시울은 무작정 강아지를 그의 품에 안겨주었다.

비록 억지로 품은 존재이긴 하나 막상 느껴지는 온도는 무척이나 따듯했다.

시울은 강아지를 딱히 거부하진 않는 유현을 바라보며 말을 이었다.

"내가 아주 예전에 병아리를 키워봐서 아는데, 애완동물들은 자기가 버려지기 전까지 절대 날 안 버리더라. 마음을 실컷 주고도 넘치게 돌려받을 수 있는 완벽한 상대야."

실컷 마음을 주고받을 수 있는 상대.

유현은 한 번도 가져본 적 없었던 존재에게 흐린 시선을 내려두었다. 그 눈맞춤에 화답하듯, 작은 강아지는 고갤 들어 마주했다.

아무것도 모르는 듯한 초롱초롱한 눈망울에 유현은 저도 모르게 피식 웃음을 흘리고 말았다.

"예쁘네……."

나직이 흘려보낸 유현의 목소리는 비로소 편안하게 들렸다. 그 목소리가 좋았는지 강아지도 고갤 틀어 유현의 손을 할짝거린다.

"얘도 니가 마음에 들었나 본데, 그래도 싫으면 말고. 내가 확 데려가든가 해야지."

시울은 흔들리는 유현의 마음을 확실히 굳혀주기 위해 장난스러운 협박을 했다. 그러자 유현은 긴 한숨과 함께 혼잣말을 내뱉었다.

"하, 강아지를 키워 본 적은 없는데……."

"……."

"시울 씨가 준비 좀 도와줄래요?"

하지만 뒤따라오는 대답은 시울의 제안을 도전해 보겠다는 긍정의 뜻이었다.

남들보다 어렵게 떼어 냈을 그의 첫 발이 심히 대견스러웠던 시울은 유현의 어깨를 토닥였다.

"아이고, 기특해라! 이제 시시때때로 전화해서 심심하냐고 물어볼 일은 없겠네!"

물론 텅 빈 집에 식구 하나 들인다고 해서 허한 마음이 곧바로 채워지진 않을 것이다. 시울이 바라는 만큼의 정을 나누었다고 해서 이미 흉터로 남아 버린 기억들이 미화되지도 않을 것이다.

그러나 이곳에 와서 처음으로 누군가를 진심으로 받아들였으니, 언젠가는 나의 소중한 사람들도 가슴에 품어줄 수 있을 것 같다. 그들의 마음을 갑갑해하지도 않고, 나의 마음을 미안해하지도 않고.

괜찮냐는 안부는 그동안 뻔뻔한 시울조차 감히 물어보지 못할 만큼 철저한 금기어였다.

하지만 유현은 다음번에 다시 그가 찾아와 준다면 안부부터 물어 주길 바랐다.

괜찮다고. 시울 씨도 잘 지냈냐고.

느긋하게 대답해 주고 되물어 줄 수 있을지도 모른다는 희망이
벌써부터 싹을 틔우고 있으니.

"이름은 뭐로 붙여 줄 거야?"

"글쎄요. 너무 갑작스럽게 진행하는 일이라…….."

"예쁜 이름이었으면 좋겠다. 하늘이라든지, 바다라든지, 여울이
라든지."

"하하, 여울이라고 붙이면 나중에 하언이가 가만있지 않을걸요?"

한결 편안한 대화를 나누며 입양 계획을 알리기 위해 게스트하
우스를 찾아가는 길. 무언가가 시울과 나란히 걷고 있던 유현의 눈
길을 사로잡았다.

그건 바로 해안 길을 따라 이어진 돌담 위에 놓여 있는 꽃송이들
이었다.

꽃잎의 색깔은 하얀색과 보라색 두 종류였으나, 전부 유현이 가
장 좋아하는 '아네모네'였다.

누군가 흘리고 갔다기엔 너무도 정갈하게 장식되어 있는 꽃송이
들은 끝도 없이 이어져 있다.

"시울 씨, 잠깐만 강아지 좀 안아주세요."

유현은 강아지를 시울에게 떠맡기고는 꽃 앞으로 다가갔다. 아
직 시들지 않은 싱싱한 꽃잎 사이에선 포근한 향기가 났다.

그래서 저도 모르게 입가에 미소를 띠우자, 그 모습을 바라보던

시울이 넌지시 물었다.

"이거 니가 꾸며놓은 거야?"

"아니요."

"그래? 하긴, 처음 도착했을 땐 이런 거 없었던 것 같기도 하고. 그나저나 얘 이름은 대체 뭐로 한담."

애초부터 꽃에 흥미가 없는 시울은 금세 관심을 강아지에게 돌렸다. 하지만 유현은 한동안 그 자리를 떠나지 못하고 보드라운 꽃잎을 매만졌다.

'제 곁에 있어 줘서 고마웠어요. 비록 당신이 날 사랑하지 않더라도 나는 당신을 사랑할게요.'

사랑을 간직한 이별의 꽃, 아네모네.

애처로운 꽃말은 유현의 진심과 매우 닮아 있었다.

그 때문에 유현은 이 꽃 앞에 설 때마다 그녀의 얼굴을 선명하게 떠올릴 수밖에 없었다.

그렇게 홀로 회상하다 보면 그녀가 그리워지고, 한동안 그리워하다 보면 결국 슬퍼지기만 했던 날이 반복되었다.

유현이 지금껏 보내온 1년은 한 마디로 아픔에 무뎌지는 시간이라고 해도 과언이 아니었다.

'같이 찾아보자. 유현 씨가 머무를 수 있는 곳.'

'내 옆자리는 주인이 있어서 안 돼요. 하지만 유현 씨가 새 보금자리를 찾을 때까지 숨을 곳 정도는 빌려 줄게.'

'갈 곳 없다고 죽으려하지 말고 잠깐만 내 뒤에 숨어 있어.'

그래도 그 사람은 여전히 유현에겐 빛이었다. 닿을 수 없고 잡을 수 없어도 여전히 따듯한 존재.

"이 꽃은 아네모네예요. 내가 제일 좋아하는 꽃."

유현은 조심스럽게 손에 쥔 꽃 한 송이를 시울에게 건넸다.

'왜냐하면 이걸 볼 때마다 그 사람이 선명해지거든요.'

그리고 뒷말은 삼켜냈다. 미련을 드러내지 않는 건 그에게 너무도 익숙해진 일이었다.

누군가는 이런 그가 가엾다하겠지만 유현은 이런 자신이기에 다행이라고 생각했다.

유현은 앞으로도 마음이 허락하는 한 그녀가 주는 빛을 품어 두고 싶다.

또다시 험난한 인생에 절망이 찾아오거나, 지독한 외로움이 숨통을 조여 올 때 오늘처럼 꺼내서 온기를 쬘 수 있도록.

"다시 출발해 볼까요?"

그리 말하며 부드럽게 웃는 그는 지금 아네모네처럼 은밀하게, 또 한 번 그녀를 떠올리는 중이다.

이 순간, 유현의 눈에는 보이지 않을 저 먼 발치에서.

"……유현 씨, 생일 축하해."

꽃송이가 전부 떨어진 꽃다발을 손에 쥔 그 여자가 홀로 그러하듯이.

외전 2
Epilogue

"축하드립니다. 임신이에요."

"예?"

혹시나 해서 극비리에 찾아온 집 근처 산부인과.

의사의 난데없는 축하를 받은 여울의 눈이 휘둥그레졌다.

저번 달. 규칙적으로 찾아오던 고통의 시기를 건너뛰었을 때 대강 눈치 챘었는데, 막상 직접적으로 통보받으니 어쩐지 심장이 덜컹 내려앉는 듯했다.

"정말…… 아이가 생겼다구요?"

"네, 6주 되셨네요."

"세상에. 이게 갑자기 무슨 일이야. 우리 뉴욕 여행이 코앞인데."

"임신 초기엔 장거리 비행 안 되는 거 아시죠? 각별히 주의하셔야 해요."

부모가 된다는 건 2세를 계획하던 2년 차 신혼부부에게 축복 같은 일이겠지만 여울 마음은 마냥 좋지 못했다.

하언의 바쁜 일정으로 인해 결혼 후엔 여행 한번 제대로 못 했던 신혼생활.

하언은 결혼 2주년 선물로 뉴욕여행을 선물해 주었고, 여울은 장장 3개월 동안 그날만을 기다려 왔다.

그래서 2세 계획까지 살짝 뒤로 미루고 뉴욕으로 떠나기 위해 캐리어까지 예쁜 걸로 새로 장만했건만.

아이가 덜컥 생겨 버리다니! 그래서 전부 물거품이 되어 버리다니!

모든 것은 결혼 후로 2년 동안 시시때때로 불타올랐던 도하언 때문이라고 생각한다.

아침에 일어났을 때, 세수를 하고 나왔을 때, 막 화장을 끝마쳤을 때, 옷을 갈아입었을 때, 지친 하루를 마치고 돌아왔을 때, 함께 침대에 누웠을 때…….

한 마디로 여울을 바라보는 매순간마다 못 잡아먹어 안달이었던 남편은 기어이 일정을 이렇게 꼬아놓았다.

"하아……."

긴 한숨을 내쉰 여울은 시선을 들어 의사를 마주보았다.

"그럼 전 어떻게 해야 하나요, 선생님."

그리고 중병이라도 선고받은 사람처럼 물으니 의사는 특유의 시니컬한 표정으로 대답했다.

"새로운 식구를 맞이할 준비를 해야죠. 우선 오늘 집에 가자마자 남편 분에게 이 기쁜 소식을 전하세요."

중요한 미션을 부여받았다.

오늘의 놀랍고도 기쁜 소식을 현재 회사에서 아무것도 모르고 앉아있을 도하언에게 전하기.

순간 여울의 마음에 휘몰아치던 억울함은 온데간데 없이 사라지고, 처음 느껴보는 긴장감과 두근거림이 그녀를 덮쳐왔다.

'하언 씨! 우리의 아이가 생겼어요!'

라고 말해준다면 언제나 도도한 당신의 눈빛은 어떻게 변할까.

이왕이면 세상에서 가장 환하게 웃어 주었으면 좋겠다. 나도 모르게 품어버린 생명이 뿌듯하고 자랑스러워지도록.

"그쪽이 내건 조건이 말이 된다고 생각하셔서 저한테 말씀하시는 겁니까, 최 부장님."

늦은 밤, 평창동 저택.

김 비서의 차에서 내리는 하언의 표정은 그리 좋지 않았다.

그도 그럴 것이 몇 달째 질질 끌고 있는 계약 건을 오늘도 제대로 마무리 짓지 못했기 때문이었다.

일이 미뤄지는 걸 극도로 싫어하는 완벽주의자 타입의 하언은 법무팀에게 단호한 명령을 내렸다.

"절대 들어줄 수 없다고 전하세요. 계약 자체를 파기했으면 파기했지 상대해 줄 생각은 추호도 없습니다."

하지만 매정한 목소리와 달리 차 트렁크에서 커다란 꽃 바구니를 꺼내는 하언의 손길은 부드럽기만 했다.

그는 제대로 잠잘 틈도 없이 일정에 치이는 와중에도 결코 결혼
기념일을 잊지 않았다.

"그럼 끊겠습니다. 나머지는 내일 얘기하죠."

하언은 찝찝한 기분을 뒤로 한 채 일단 전화를 끊었다.

그리고는 저택 마당으로 들어서기 전에 자신을 에스코트 하는
비서실장을 힐끗 바라보며 물었다.

"나 오늘 어때."

"무엇을…… 말씀이십니까?"

"오늘 하루 통째로 말아먹은 사람인 거 티 나?"

"흐음, 살짝 화난 기색이 보이긴 하는데 웃으면서 들어가면 사모
님은 모르실 것 같습니다."

비서실장의 대답을 들은 하언은 억지로 입꼬리를 끌어올렸다.
밖에서의 스트레스와 울화통 터질 일들을 집으로 끌어들이지 않겠
다는 건 하언이 결혼 전부터 굳게 해왔던 다짐이었다.

"그래, 들어가 봐, 내일 아침에 보지."

"아, 네! 회장님!"

마지막 모습은 밝으려 노력하는 게 많이 티 났으나 비서실장은
굳이 걱정을 드러내지 않기로 했다.

요즘 들어 하언은 저러다 쓰러지는 건 아닐까 싶을 정도로 안팎
에서 무리하고 있지만, 오늘은 그에게 특별한 날이라고 하니 눈 감
고 넘어가 줄 생각이었다.

"도하언 파이팅!"

"……."

비서실장은 회사에서도 집에서도 슈퍼맨이 되려는 그에게 진심 어린 응원을 보냈다.

허나 그런 그의 마음을 몰라준 하언은 힘찬 파이팅을 가볍게 무시한 채 무거운 대문을 힘주어 열었다. 그 뒷모습은 굉장히 시니컬하기만 했다.

하얀 수국과 푸른 잔디가 곱게 깔려 있는 저택.

한때 하언의 가족이 살았지만, 그 후 꽤 오랜 시간은 지옥이 되어 버렸던 이곳은 이제 하언과 여울만의 러브하우스였다.

좋은 기억보다는 나쁜 기억이 훨씬 많은 공간이지만 그리움을 버리지 못해 결국엔 떠나지 못한 곳이기도 했다.

대신 상처를 지우기 위해 하언이 좋아하는 꽃을 심고, 작은 연못엔 여울이 직접 고른 금붕어 몇 마리를 풀어놓고.

값비싼 장식품들 대신 두 사람의 추억이 담긴 사진들로 조금씩 공간을 꾸며 나갔더니 집안의 분위기는 2년 전과 180도 달라졌다.

차갑고 냉혹하던 공간은 따뜻한 온기와 사랑하는 사람이 주는 설렘으로 아름답게 채워지고 있다.

이중 하언이 가장 좋아하는 부분은 아직까지도 수습하지 못한 정원 한 복판에 푹 파인 차 바퀴자국.

남들의 눈에는 옥의 티 같겠지만 하언은 저 자국을 볼 때마다 여울을 태우고 이 집에 쳐들어왔던 첫 날의 쾌감이 떠오른다.

'아, 와버렸어. 나 이제 어떡해……'

'이건 어쩌면 내리지 말라는 신의 계시일 지도 몰라요. 나 다시 우

리 집에 데려다주면 안 돼요?'

생각해보면 나의 그녀는 징징대던 그 모습조차 참 귀여웠던 것 같아.

"차여울 보고 싶다."

어느새 진짜 미소를 입가에 퍼트린 하언은 곧 보게 될 아내를 떠올리며 현관문 앞으로 다가섰다.

장미와 안개꽃으로 꾸며진 꽃바구니는 등 뒤로 숨기고 능숙하게 도어락 잠금장치를 해제했더니.

"잠깐만요!"

다급해 보이는 여울의 목소리가 하언의 발걸음을 멈춰 세웠다.

"왜. 뭐하는데."

"아직 들어오지 마요! 준비 안 됐으니까!"

"……준비?"

그리 외치는 여울은 안에서 하언을 위해 이벤트라도 열어 줄 모양인가 보다.

은근히 무심한 성격이라 기념일을 잘 챙기지 못하는 그녀가 올해의 결혼기념일을 기억해 준 건 온전히 뉴욕여행 덕분이었다.

일주일 뒤 떠날 여행은 달력에 빨간 동그라미로 분명히 표시되어 있어서, 그 윗줄에 하언이 파란색으로 표시해 두었던 결혼기념일도 자연히 각인되었을 테니.

"됐다, 이제 들어와요!"

머지않아, 드넓은 집 안에서 여울의 명랑한 목소리가 들려왔다. 순순히 슬리퍼로 갈아 신은 하언은 그녀가 있는 곳으로 발걸음을 옮겼다.

캄캄한 집 안에서 빛나는 촛불, 알록달록한 풍선, 먹음직스러운 케이크.

이 순간 하언의 머릿속을 스치는 예상 시나리오는 그도 준비하려고 훑어보았던 만큼 제법 많았다.

하지만 정작 거실을 마주한 순간, 하언의 눈동자에는 미처 감추지 못한 당황감이 어리고 말았다.

여울이 말한 '준비'가 무색하리만큼 별다를 거 없는 집안. 그럼에도 불구하고 반응을 잔뜩 기대하는 듯한 여울의 눈빛은 혼란스럽기만 하다.

"짜잔."

"뭐가 짜잔이야."

"안 보여? 하언 씨 깜짝 선물 준비해 놨잖아."

"선물?"

하언은 보다 집중한 눈빛으로 한 번 더 주변을 살펴보았다. 여전히 평소와 다름없는 저택 풍경 속에서 딱 하나 눈에 띄는 것은 새빨간 리본이었다.

그것도 여울의 허리에 단단히 동여매진.

"니가 선물이야?"

"아니. 선물은 내가 아닌데?"

"그럼 이건 왜 묶고 있어. 포장 벗기고 싶어지게."

그 멘트는 본인이 내뱉어놓고도 은근히 야릇했다. 번쩍 스위치가 들어온 하언의 손이 능숙하게 여울의 허리를 휘감았다.

탐스러운 머리카락에서 풍겨 나오는 달콤한 향기는 지친 몸도 활기차게 일깨워 주었다. 이젠 익숙해질 때도 됐는데 하언은 그녀를 품에 안을 때마다 전신이 짜릿해질 만큼 떨려온다.

"잠, 잠깐만."

여울은 다가오는 하언의 입술을 피하기 위해 고개를 뒤로 뺐지만, 하언은 그녀가 도망가지 못하게 두 손으로 얼굴을 붙잡아 버렸다.

그리고는 머금기 좋을 정도로 젖은 입술을 곧바로 밀어붙였다. 회사라는 메마른 사막에서 온종일을 보낸 하언은 지금 당장 오아시스 같은 그녀를 한껏 들이키고 싶었다.

급작스러운 전개에 놀란 여울은 잠시 어깨를 움츠리는가 싶었으나, 이내 부드럽게 넘어오는 하언의 혀끝을 수줍게 받아들였다.

그 모습이 귀여웠던 하언은 그녀를 은근슬쩍 소파 쪽으로 이끌었다. 폭발하는 애정을 지금 당장 쏟아내고 싶은데, 이 넓은 저택에서 침실까지 가기에는 거리가 너무 멀었다.

그러나 여울을 막 소파에 앉혀놓은 그 순간.

"잠깐만! 기다려 봐! 오늘은 이럴 때 아니야!"

두 손으로 힘주어 하언의 가슴팍을 밀어낸 여울은 소리를 보다 완강하게 그를 뜯어 말렸다. 애정표현이 가로 막힌 하언은 살짝 붉어진 입술로 아쉬움을 드러냈다.

"오늘 아니면 언제 해."

"병원에서 각별히 몸조심하라고 했단 말이야!"

"뭐? 병원이라니."

뜻밖의 얘기를 들은 하언은 당황한 눈빛으로 되물었다. 그러다 요즘들어 곧잘 몸이 으슬으슬하다고 한 여울의 말을 떠올렸다.

최근 야근이 잦아서 살펴보지 못했더니 그 사이 상태가 더욱 안 좋아진 모양이었다.

"아…… 미안. 아픈 줄 몰랐어."

하언은 그녀를 좀 더 챙겨 주지 못했던 자신을 탓하며 여울을 감싸고 있던 두 손을 떼어냈다. 그리고는 약이라도 가져다주기 위해 발길을 돌리려 하자.

"아픈 거 아니야."

여울은 그가 멀어질 새라 커다란 손을 꼬옥 붙잡았다.

"우리 애 놀란단 말이야."

그리고 감히 단번에 알아듣지 못할 어마어마한 고백을 꺼내놓았다.

"우리…… 애?"

방금 내가 들은 말이 대체 무슨 뜻인지.

굉장히 직관적인 고백이었지만 하언은 쉽사리 받아들이지 못했다. 휘둥그레진 그의 눈동자는 퓨즈가 끊긴 사람처럼 가만히 얼어붙어 있었다.

여울은 그런 그의 어깨를 단단히 부여잡고 준비해 둔 뒷말을 이어 붙였다.

"아빠가 된 걸 축하해. 하언 씨."

그제야 하언은 그녀의 허리에 묶여있던 리본의 정체를 이해하기 시작했다. 그녀가 준비했다는 선물이 대체 무엇이었는지 까지도.

"아……."

흐린 신음을 내뱉은 하언이 여울의 배를 내려다보았다.

얼마나 됐어? 병원 혼자가기 무섭진 않았어? 넌 처음 그 소식을 들었을 때 기분이 어땠어?

하언은 많은 질문을 묻고 싶었지만 한 마디만 꺼내놓아도 목이 메일 것 같았다.

지금 그의 심장은 다른 의미로 터질 듯이 쿵쾅대고, 그녀가 만들어낸 놀라운 기적에 믿기 힘들 만큼 가슴이 벅차오른다.

하언은 떨리는 입술 대신 두 팔을 벌려 그녀의 작은 몸을 있는 힘껏 껴안아 주었다. 평소보다 빠르게 뛰는 하언의 심장은 현재 그가 얼마나 놀랐는지를 여실히 드러내 주었다.

"깜짝 놀랐지?"

"……어."

"하언 씨 때문에 우리 뉴욕여행 일정은 다 취소됐어. 그러게 조심 좀 하라고 했잖아."

"미안."

부끄러운 마음을 감추기 위한 괜한 핀잔 뒤에 따라붙은 하언의 대답은 지나칠 만큼 간결했다. 그러나 미세하게 떨려오는 그의 목소리는 일렁이는 그의 속마음까지도 눈치 채게 만들었다.

겉으로 침착해 보이긴 해도, 하언 역시 오늘 산부인과 진료실에 앉아서 여울이 느꼈던 감정들을 고스란히 느끼고 있는 듯하다.

여울은 피식 웃음을 흘려보냈고 따뜻한 손길을 뻗어 그의 등을 끌어안았다.

"우리 식구 잘 부탁해. 앞으로 하언 씨만 믿을게."

그건 분명 하언의 책임감을 가중시키는 말일 텐데, 정작 하언은 그 말을 듣는 순간 절대 부서지지 않을 단단한 방패를 얻은 기분이다.

그동안 억지로 버텨냈던 힘든 일정들도 더 이상 삶의 무게로 느껴지지 않을 만큼, 하언은 앞으로 무슨 일이든 다 헤쳐 나갈 수 있을 것 같다.

"뭐 먹고 싶은 거 없어?"

한동안 그녀만 꼭 끌어안고 있던 하언은 겨우 진정된 목소리로 물었다.

벌써부터 자신을 알뜰살뜰 챙겨 주는 모습이 기특했던 여울은 키득거리며 대꾸했다.

"수고했다고 밥 사 주는 거야?"

"응, 뭐든 다 말해. 문 닫은 가게도 다시 열어 줄게."

어쩐지 비장하게 들리는 하언의 말은 엄동설한의 산딸기도 갖다 바칠 기세였다. 어깨를 떨며 키득키득 거리던 여울은 평소 요즘 몹시도 생각나던 음식 하나를 기억해냈다.

"나 원래 살던 동네에 순대국 먹고 싶어."

그것쯤이야 하언에게는 식은 죽 먹기였다. 재빨리 품 안에서 그녀를 떨어트려놓은 하언은 들어온 지 얼마 안 된 현관 쪽으로 몸을 돌렸다.

"기다려. 가서 사올게."

"혼자 가지 말고 같이 가!"

"무리하지 말고 기다리지그래?"

"이 정도는 괜찮아. 뉴욕 여행도 취소됐는데 오붓이 드라이브라 도 하자."

여울은 하언이 가장 좋아하는 시원한 미소를 띤 채 그의 손을 부 드럽게 감싸 쥐었다.

얼마나 힘든 하루였는지, 얼마나 스트레스를 받았었는지 따윈 전부 잊게 해 주는 존재.

오늘부로 그런 존재가 둘이 된 하언은 먹먹해져 오는 가슴을 주 체하지 못했다. 기쁜 상황에 맞지 않게 눈가는 자꾸만 뜨거워져 오 고 타이밍이 아니라는 걸 알면서도 자꾸만 진심을 내뱉고 싶어진다.

"여울아."

"응?"

"많이 사랑해."

하언은 매끈한 입꼬리를 부드럽게 휘어 올리며 달콤한 고백을 흘려보냈다.

그 온도는 매일 아침 출근할 때마다 들었던 것보다 훨씬 뜨겁게 타오르고 있어서, 여울은 첫사랑에 빠졌던 순간처럼 얼굴을 붉히고 말았다.

"아이, 말 안 해도 알아."

생각해 보면 파혼을 꿈꾸다가 결혼까지 치달아 버린 인생.

되짚어 볼수록 우리의 이야기는 한 치 앞을 내다볼 수 없었던 당 혹스러운 사건의 연속이었다.

처음 만났을 때는 미처 예상하지 못했던 일들이 지금 우리에겐 너무나도 많이 일어났다.

그중 하나도 예상했던 것 없었기에 가끔은 당신으로 인해 덜컥 겁이 나기도 하고, 불안해지기도 하고, 미안하고 안쓰러워서 눈물이 나기도 했지만.

결국은 당신으로 인해 이렇게 사랑스러운 시간을 보내고 있다. 굉장히 만족스럽게도.

앞으로 우리에게 찾아온 이 생명이 또 한 번 우리의 인생을 뒤엎어놓겠지만 이제는 더 이상 막막하거나 무섭지 않다. 이젠 내 곁엔 언제까지고 변하지 않을 당신이 있을 테니.

"하언 씨."

여울은 사랑하는 그 남자의 이름을 불렀다. 하언은 사랑하는 그 여자를 따스한 시선으로 내려다보았다.

"그냥, 나도 사랑한다고."

사랑하는 사람이 사랑하는 사람에게 전하는 한 마디는 가벼운 말투가 무색할 정도로 진한 설렘을 안겨주었다.

시선을 주고받는 두 사람 사이에 비슷한 눈웃음이 맺혔다.

"나도 말 안 해도 알아."

당신의 마음도, 나의 마음도, 그리고 우리가 앞으로 얼마나 행복해질 지도.

"정말?"

"당연하지. 난 이제 너에 대해 모르는 게 없어."

물론 우리의 미래는 지금부터가 시작이겠지만 더할 나위 없이 기쁜 지금과 조금도 달라지지 않을 것이다.

어제처럼 오늘의 당신을 사랑하고 오늘처럼 내일의 당신에게 감사한다면, 흐르는 시간이 무색할 정도로 우리의 행복은 굳건할 거라 믿는다.

힘든 삶의 끝에서 만난 나의 소중한 사람.

"하언 씨 내 곁에 있어줘서 고마워."

그런 사람이 사랑스러운 미소를 지으며 말했다.

순간 머릿속에는 지금 꺼낼 수 있는 수많은 대답들이 떠올랐지만, 어떤 대답도 진심을 다 담지는 못할 것 같아 말없이 그녀의 어깨를 감싸 안아 주었다.

그리고 간절한 마음으로 하늘에 맹세했다.

나의 여자는 물론, 당신만큼이나 사랑해줄 수 있는 우리의 아이까지도 내 남은 삶을 바쳐 지켜 주겠다고.

거칠 것 없었던 인생에 진중한 무게감이 느껴진다. 장담하건대, 이건 분명 하루에도 수십 번씩 가슴을 벅차게 만드는 행복 때문이었다.

*   *   *

까만 밤하늘이 그림처럼 아름답게 펼쳐진 제주도 해변가의 플라워카페.

손님들이 전부 떠나고 커피의 잔향만이 남아있는 그곳에서 남자는 엽서에 마지막 온점을 찍었다.

편지라고 하기엔 단 한 문장밖에 적혀있지 않은 엽서지만 이걸적기 위해 얼마나 많은 밤들을 버텨냈는지.

아마 편지를 받는 사람은 모를 것이다. 하지만 애초부터 내색할 생각이 없었던 그는 정말 진심처럼 보이는 그 한 마디를 마음껏 기뻐하는 중이었다.

마지막으로 받는 사람, 보내는 사람의 주소까지 모두 채워 넣은 남자는 흐뭇한 미소를 머금었다.

그리고 엽서의 앞면을 펼쳐 의자 옆에 앉아있던 리트리버에게 내보였다.

"이거 봐, 너 정말 잘 찍혔지."

"멍!"

명랑하게 짓는 리트리버는 남자의 말귀를 전부 알아듣는 듯하다. 그는 이 순간을 함께 나눌 수 있는 존재가 바로 옆에 있어 한없이 기뻐진다.

"내일 우체국 같이 가자. 바다야."

남자는 부드러운 손길로 리트리버의 머리를 쓰다듬었고 엽서를 투명한 비닐봉투 안에 고이 넣었다.

이젠 습관이 되어버린 하루의 마무리는 집으로 올라가기 전 텅 빈 카페를 훑어보는 일.

앞으로 많은 손님들이 찾아올 것을 대비해 조만간 큰 테이블 하나를 새로 들일 예정이다. 감자탕을 유독 즐겨먹던 그 사람을 위해서 한식도 열심히 연습해 볼 생각이다.

"좋아, 우리 이제 올라가서 잘까?"

뒷정리까지도 모두 마친 남자는 나무 계단을 올라 2층으로 향했다. 중문을 닫기 전 마지막으로 불을 끄자 카페엔 깊은 고요함이 찾아들었다.

그럼에도 불구하고 더 이상 외로움이 느껴지지 않는 그의 보금자리. 달빛 아래 남자가 적어놓은 엽서가 선명히 비춰졌다.

'저는 잘 지내고 있어요.'

이 한 문장을 적어내기까지 정말 오래도 걸렸다.

하지만 진심을 다해 적었으니, 이제는 말할 수 있을 것 같다.

정말 많이 보고 싶다고. 그러니 기꺼이 나를 보러 찾아와달라고.

〈외전 끝〉